美器

韩晓征 著

北京出版集团公司
北京十月文艺出版社

序一　新的开始　新的祝福

陈建功

我认识晓征的时候，她正少年得意。一部《夏天的素描》使她在中学时候，就有了相当的知名度。我永远记着她的父母、我的朋友韩少华、冯玉英伉俪谈起女儿时那欣赏与满足的神情。我和妻子也曾把晓征作为我们女儿的榜样，希望她能和晓征姐姐一样，顺风顺水地展开人生的风帆。

然而其后数年，晓征却突然转入了沉寂。我知道是因为少华突然发病于京浦路上，濒临危境的少华使妻子和女儿不得不置身于拮据与奔波。从少华罹病到辞世这十九年间，玉英、晓征母女，应算是炎凉尽品艰辛备尝了吧。想起了我的老友，我时不时就心痛，又想到晓征，更是心酸。我从来就不相信晓征是个激情一过性的文学爱好者，也不相信她属于"小时了了，大未必佳"的类型。以她的家学渊源和北大文学专业的训练，我从来也没有放弃过对她的期待。

最初的欣喜发生在一九九四年，晓征寄来她的另一部中篇《橘子》，是从一个女童视角，写一位少女的性觉醒，在当时铺天盖地的"身体写作"大潮中，晓征的文字平静内敛，有别于他人的喧嚣和张扬。看得出，在凄清与冷寂中，她对文学的沉静的热爱，依然在延续。难得的是，这热爱并不追风逐浪，而是自有主张。

又十年，晓征继《美器》之后，又发表了《妙色》，让我对她的创作后劲，有了信心。而完成于二〇〇八年的《换头》，是用今人的眼光，古文的笔法，写出穿越古今的灵与肉的纠缠。或许因为是戏仿文言的小说，无论当时还是现在，几乎没有杂志肯拿出篇幅来发表，我不敢说她的尝试是否成功，但从中看到晓征对崭新的艺术表现的大胆追求，则更令我惊喜。我知道，这种追求，源于对文学持续不减的、超越功利的热情。

我个人认为，《美器》是一个分水岭，此前，应该说晓征的创作都还属于青春文学，此后，一个思考女性整体命运的，从人性的角度观察灵与肉之纠结的，初具沧桑感的作家开始了成长。

这种沧桑感的产生，是不是得力于晓征有所挫折的人生?

这突然把我念及老友一家境遇时的心酸，全都变成了欣慰，变成了对晓征更高的期待。

我记得曾经给女儿写过，从事人文科学的知识分子的最高境界，是对降临人生的磨难永远作艺术化或哲学化的观照，将其变为丰富自己、激励自己的机会。

当一个作家又何尝不是这样?

晓征又开始了。

祝愿晓征，祝福晓征!

是为序。

二〇一一年，雨水

陈建功，作家，中国作家协会副主席，中国现代文学馆馆长。

序二　时代无须戴镣跳舞，可我愿意

李　静

在曾是古宅的一所废弃小学里，有一座保存完好的礼堂；在礼堂的舞台上，垂着苍松野鹤的幕布；在幕布的前方，打下一束顶光；在顶光之下，有一艘搁浅的旧船；在旧船的里面，躺着一位青春将逝、赤身裸体——惟有双脚穿了白线袜——的女艺术家；在女艺术家身体的“关键部位”，摆放了月饼和寿桃；这些月饼和寿桃，一小块儿一小块儿地被到场嘉宾陆续吃掉……这是一场名为“美器”的行为艺术，中场休息时，一位男宾对女艺术家发表了评论：“这哪儿是什么‘美器’，倒像是马王堆的出土文物！知道她为什么穿袜子吗？脚是最能暴露年龄的啦！……”

将《美器》里的一个场景复述于此，当然是因为感到它的隐喻性质。那个投机而山寨的艺术圈，那位几乎输掉所有、奋力最后一搏的女艺术家，那个只作生物性解读的粗率看客，组成一幅喧嚣时代的滑稽缩影。

但我想说的不是这些。我想说：它还隐喻了另外的东西。虽然韩晓征的小说穿了一层又一层精心织造的内衣、衬裙、礼服、外套，但无疑，穿得越精心，内里越赤裸——这是成熟写作的基本特征。但这种趋向成熟、内心赤裸的写作之于这个崇拜年轻、热爱表面的时代，意味着什么呢？它所要遭遇的，会比这具“美器”已经历过的，美妙多少呢？既然如此，那么它的精心，它的虔诚，它的赤裸，它的疼痛，又所为何来呢？

我担心地望着它那注定被辜负的创作者。她是我见过的最怕写小说的小说家。早年小说《夏天的素描》写于一九八五——一九八六年，晓征还是个高中生，才华横溢，名满天下，在文气稀薄的辽西小城念初中的我，其时正手捧刊载晓征文章的《作文通讯》，孜孜研习作文秘籍；但此后三十年，她产量稀少。从这少之又少的作品中，她精选出五个中短篇，结成自己第一部小说集。无论如何，此一举动隐含的“对写小说的害怕”，也令我害怕。也因此，晓征要我干什么，我就干什么。比如现在，她命我写序，我就乖乖坐在书桌前写序，也不管自己行不行。

依着写作的时间顺序，读完了这些作品。我有点明白晓征“怕”从何来。她所写和想写的，都是难以捕捉之物。稍有粗放不慎，就会不准确，不微妙，失了初衷，因此，需得花费很长的时间和很多的子弹，瞄准，放枪，打偏，再打偏，直到击中——在很远的地上，躺着一只颤动的蜂鸟。

这一摸索过程是漫长的。在《夏天的素描》这部著名的“校园文学”里，她瞄准的还是某种共通的事物——出身各异的少年主人公，带着今日同龄人视为传说的沉重背景，在历史的暗影、家庭的残破、阶层的挤压和未来的召唤之间，奔波、沉思并做出选择。没有青春的娇嗲，只有成人礼式的节制和冷峻。那种对社会—历史—人性—心理含而不露的洞察和描摹，显示出超越年龄和性别的宽广与锐利。此后的写作岁月，晓征则逐渐偏离其宽广，而采取自觉的女性视角，继续锻造她那含而不露的锐利了。这也许与她的阅历有关——走出大学校门不久，她就相夫教子，当起了职业主妇。

写于一九九二—一九九四年的《橘子》令我惊讶：它和王小波《革命时期的爱情》写作时间相近，不约而同地触及了“革命时期的虐恋”隐秘。只是晓征潜入女童视角，含蓄低语，点到即止，以“我”对“坏女孩”橘子的追忆怀念为线索，全息而写实地映现“性变态”的时代与“性觉醒”的女孩之间的交互作用，由此揭示时代政治和个体悲剧之间微妙的因果与互震。

晓征曾与我谈及小说家对笔下人物必尽的一种责任，那就是其言动要与其身份相符，关于这一点，她自己是锱铢必较的。《美器》写当代艺术家，《妙色》写一位古典文学教授和他的少妇忘年交，人物生活和穿梭于他们的行当里，并以该行当的语汇来思维和行动，极富质感，而这一切是以晓征自己的当代艺术、古典文学和佛学修养垫底的。由此，女艺术家的尴尬、孤绝和焦躁，老教授的爱欲、情色与悟空，才有了结实可信的依据。而两部作品对人类情性深处的烛照，愈是娴熟优雅，游刃有余，愈见痛楚荒凉，血色淋漓。

但真正吓到我的，却是两万多字的文言小说《换头》。这是戴了百公斤的镣铐跳舞，却舞姿风流，情真意切。小说以蒲松龄《陆判》里书生妻子被换头的情节为生发点，偷天换地，扭转主题，演绎出一场两性之间、女性自身灵与肉之间的婉转战争。在白话文运动百年之后，以如此之长的文言写小说，意欲何为？她曾自答：为了跟蒲松龄做游戏。此话，但凡创造欲强的写作者当然会心，却也不能满足。我宁可理解为：她确有那么一段生命、一汪心境，惟有此种语言与之相契相融。

于是我忽地释然，不再担心她以及跟她同样呕心沥血的写作者，被这薄情的时代所辜负。因为创造本身那花样百出的欢乐报偿，便已足够。

晓征，你说呢？

二〇一五年五月十八日，于北京

李静，剧作家，文艺批评家。

目录

美器

一

魏家胡同九号，本是明末某显族的祠堂，三进的院落，颇有一点幽深。解放后成了一所小学校。历五十年，拆迁之风席卷四九城，新校舍建好，小学校匆匆搬走了，推土机却迟迟不见来。原是要建个大型商业城的，又传说资金方面出了问题。房子闲置了半年多，有家画廊疏通了关系，暂时在这里安身。

松因决意要在这里做她的行为艺术，是经过一番考虑的。

此地临近闹市，交通便利，又有些人去楼空之感，正好符合她对那行为的设想，就是要有一点儿鬼气。

实际上，第一次到这里来找卫东，她就暗暗地有点心惊。

二十多年前，当她刚刚从南方转学到北京，就曾来这个小学参加过文艺会演。附近七八所小学校，惟独这里有个礼堂。松因还记得那绛红的幕布，温暖的灯光，台下黑压压的人群，人群特有的嗡嗡声，和安静下来零星的咳嗽。

那天在她前面表演的，是一段双人舞《小刀会》，松因很羡慕人家那样的浓妆重彩，还有衣饰上闪闪发光的亮片。演员在掌声中下场的时候，那个舞刀的男孩子温热的呼吸一直吹到她的左颊上，痒痒的。

松因表演的是京剧清唱。“家住安源萍水头，三代挖煤难糊口，地狱里度岁月，不识冬夏与春秋……”唱是清唱，脸是素脸，掌声也就寥落。不过松因知道，这样的小节目，从来都是一些大节目的过场，不用太认真的。下了场，跟带队老师请了假，就去上厕所。

厕所位于礼堂后面，分成品字形的三部分，光线也是怪怪的，靠南的两部分，有礼堂挡着，是递进的幽暗，蹲坑之间都没有隔板，像是阳谋的陷阱。北面的部分缩进去一些，有矮墙与外面隔开，而天窗漏进的阳光，能一直照进里面那些蹲坑底部。那种光线很像是马厩独有的。也许做祠堂的时候，这里就是一处马厩吧。

从厕所出来，松因听见礼堂传来歌声：“雄鸡，雄鸡，高呀嘛高声叫……”不知为什么，她每次听到这段歌，总觉得里面裹着一股子说不清的流气。

经过礼堂的时候，忽然不想就这么进去。

空气中有一股莫名的甜香浮动着。

她从一条岔路，绕过空寂的操场到了中院。在那“好好学习，天天向上”的金字两侧，各有一棵高大的果树，擎着无数黄灿灿的果子，于和风里静默着。松因拾起落在西边树脚的一颗，见那果子通身没有一点伤，又凑到鼻尖闻了闻，明白了那香气的来源，心里就更生怜惜。见四周无人，就匆匆揣进衣兜，小跑着回到礼堂。

坐在台下看节目，手一直放在兜里握着那果子，偶尔需要鼓掌的时候，发现满掌都是淡淡的温香。

那时候正值八十年代初，物质方面依然相当匮乏。水果的种类很少，夏天无非是西瓜桃，冬天就是苹果梨。而松因握在手里的是颗杏儿。又属于“公物”。这使她在多年后回想起来，留有一点儿“禁果”的印象。而这果子的谐音与她如今要做的行为艺术之间，又似乎有着某种联系。这一联系，仿佛是命运多年前埋下的暗示，又仿佛是某种揶揄。

不过无论是暗示还是揶揄，松因的行为，都像是箭在弦上，不得不发了。

这多半年来，她总觉得有个硬坨坨的东西堵在胸腔里，不上不下地鲠在那儿，有时候还会骤然灼热起来，燎得人如热锅上的蚂蚁。尤其梦中醒来，四周是无边的夜，睁大眼睛瞪着黑暗，仿佛要从里面看出个眉目，看久了，只见一团隐隐的白光，如想象中的模糊星云。松因知道那是视觉在黑暗中残留的光感。可终有一天，连这光感也会消失的。连传达这光感消失的意识也会消失的。

动动手，指尖是温热的；动动脚，脚尖是清凉的。是的，只要到了时候，无论温热还是清凉，都是注定要消失的。

松因缩成一团蜷在被里。心中是一股惶急的热。脚底是两片茫然的冷。

不过，长命如太阳，又能怎么样呢？她曾在一本书里读到过，说若干亿年之后，连太阳也是会寂灭的，遑论地球和人。

如果结局是注定了的，那么人所能做的，又该是什么呢？

松因被这样的问题煎熬着。眼看就要三十岁了。仿佛是一夜之间，她忽然想到，二十几岁的日子再也不会回来了。

有那么几天，她觉得这件事就如世界末日将要来临一样的可怕。于是拒绝跟任何人谈起年龄的话题。

痛感青春不再，她开始盘点自己的人生。

结果却发现，自己不但是一无所成，又几乎是一无所有的。

二

松因出生在成都，而她的记忆，却开始于云南，金沙江边的一个村庄。跟着下放的父母，松因在那里度过了她的幼年，懵懵懂懂的，不知道危险的幼年。那些记忆都是片段的，不连贯的。一会儿是躺在江边晒太阳，一会儿是躲在夜晚的草丛里数星星，一会儿又故意藏在人家的门洞里，听着近处母亲那焦急的呼唤，可就是屏住气，一声不答。当然她要躲避母亲，躲避那每天必不可少的过场：每当母亲最后抓住她，不管她怎样挣扎，必是夹在腋下疾步回家，关上房门，一把脱下裤子，劈开两腿来验看，松因见挣不脱，也就安静了，等着母亲长长地呼出那口气，知道得了释放，一个打挺跳起来，提上裤子又去玩儿了。

虽然多年之后，从姐姐嘴里听到些故事，知道了那个记忆中阳光普照的小村庄，曾有不少幼女，纷纷在那个暑假的中午失去了童贞，母亲医治过那些小病人，从诊所回到家来，若是又见屋门反锁，而窗户洞开，就会满村子发了疯般地找女儿。这使她多多少少理解了母亲的苦心。可不知为什么，也并不感激。

或许连松因自己都不知道，当年心力交瘁紧张过度的母亲，以她粗暴的方式，种下了某种奇怪的种子。隐性的种子。又是深入人心的。连本主都不易觉察。只有在多年之后，才可能偶尔一窥端倪。

十岁，松因随全家迁入了北京。十三岁，开始习画。

说起习画的原因，就不得不提两句松因的姐姐松蓉了。

其实两人是双胞胎。但松蓉的脾气是，凡事都要占先，她勇往直前，早出生半小时，就成了姐姐，从此一锤定音地校准了她和妹妹之间的主次关系。

仿佛老天也有偏有向似的，松蓉的一切，都让松因难受。

首先就是名字。松蓉的“蓉”字，能组出来的，什么芙蓉啦，苁蓉啦，蓉城啦，都是好词，有枝有叶，有花有朵，有头有脸的；自己的名字呢？其实松因的“因”字，最早爸妈给起的时候，是顺着姐姐带了草字头的“茵”，对此，她很久都是耿耿于怀的，只要稍稍翻翻字典就能知道，那个“茵”不是席子就是垫子褥子，好点的联想是“绿草如茵”，可还是被踩在脚底下的。熬到自己能做主的时候，她就把那个草字头给去掉了，仿佛剃掉了一头生了虱子的乱发，有那么几天，这个爽利的“因”字给了她一些豁亮的感觉，好像去掉了一些跟松蓉的干系似的。可也只是豁亮了那么一点。该不释怀的，依然不能释怀。

松因三岁就跟着父母下放了，松蓉却留在了成都，留在了外婆身边，吃的喝的使的用的，全都要好上几倍；松蓉全盘继承了母亲的美貌，从落生开始，就是人见人夸，松因虽说也清秀，无奈有松蓉比着，显不出来了，自然听不到多少赞许，除非有时候母亲看不过去，会夸上半句，说是“松因白”；在学校，松蓉是老师的宠儿，每回的年级总成绩第一，又是全校的短跑冠军，还跟音乐老师学起了小提琴，松蓉提着琴盒疾步而过的身影，总会令一两个男生驻足。就连来月经，松蓉都要抢在前头。松因忘不了那日姐姐和母亲躲在房里叽叽咕咕好半天，出来的时候那居高临下看自己的表情，仿佛她是个跟母亲平起平坐的大人，在看家里惟一的孩子。

松因讨厌姐姐的一切，那精巧的下巴，总是在人家问她功课的时候高高地翘起来；那红润的嘴唇总是半张着，时刻要纠正别人的发音——从中文到英文；那吱嘎作响的琴声，安了弱音器还是那样的刺耳……年深月久，松因甚至憎恨跟家里人共用一个厕所。她的鼻子极灵，能立刻分辨出是谁在自己之前光顾过。相对来说，爸爸的气味还不那么讨厌，而妈妈和姐姐的，则浸透了同性那份特有的腥甜味道，使她几欲作呕。当然，这种作呕也留下了某种安慰，那就是，大校花贺松蓉小姐，也是和她贺松因一样的，需要排泄的动物。

所以在十三岁的时候，松因考上了少年宫的油画班，决定从此习画。母亲本来要她学国画，说是风雅。而松因却执意要学油画，打心眼里认为油画洋气，又可以背着画夹子到处走，一定能跟某人提着琴盒的姿势相抗衡。

学画的头几年，松因是相当勤奋的，课余时间全部用来画画。当松节油清冽的气味弥散开来的时候，她那躁动的心就能慢慢笃定。

堆皱的红绒布，三五个青苹果，一两只土陶罐，它们之间有一种相依又舒展的关系。久久地凝视这一切，她深信光阴是有脚的，又相当顽皮，就在她的笔落于画布的刹那间，立刻轻巧地往前移了一格；而当她再次瞩目于静物的时候，那光线又似乎静止不动了。

那时候她崇拜的是达·芬奇、丢勒一样的写实大师，幻想着有朝一日，自己的笔下也能出现那种亦真亦幻的效果。

高中毕业，没有考上中央美院，这是松因心里一个永远的痛。不过她急于从家里搬出来，也没有把握再考一年就一定能考上，只好别别扭扭地上了一所工艺美院。

四年下来，虽说也能设计个商标药瓶什么的，又在一个不小的广告公司谋了个报酬不菲的职位，可松因还是不痛快——这离她想象中的艺术家生活，简直差了十万八千里。首先朝九晚五，就让她觉得不自由，再要天天看客户的嘴脸，按嘴脸的要求数易其稿，而这些客户，在松因的眼里，都是些脑子里只想着回扣而毫无美感的家伙。

对于心目中的艺术，松因又是相当的迷茫。这时候，她对于艺术的理解已经比较宽泛了，知道法国人杜尚把小便池搬进美术馆，是具有划时代意义的行为，也听说过一位中国艺术家，用大字报模拟了一个小型的“红海洋”，细读上面的文字，却是“大白菜三分钱一斤”“今日停水”……有时候她觉得艺术之于人的心灵，似乎像是摇滚乐，追求一种震撼的效果；有时候又觉得艺术像天文学，总想在人心这个浩瀚的宇宙中搜求各种丰富的可能性，探寻各种各样的边界。

具体到自己要做什么，松因却想不好。

因为老师的关系，她的一些装饰性很强的小油画：早晨的睡莲啦，夕阳下的浴女啦，总能顺利地卖给一两个画商，每幅赚上两三百元人民币。一个月下来，卖画的收入往往比工资还要多。可松因不认为这是艺术，在画上连真名都没有署。

那时候她已清楚，在写实功力上，自己一辈子也赶不上那些大师。可要就此罢休当个纯粹的画匠，又于心不甘。

身边有许多人出国。松蓉是早就走了。松因本不想走的。因为这里有爱情。

可是有一天，那爱情忽然就出了问题了。

松因高中时候就有了一个男朋友。两人的感情一直保持到大学毕业。此间虽不能说是如胶似漆吧，至少也是情意绵绵。然而正像任何一段感情一样，总是隐伏着问题的。松因对此只是下意识地有所感，却从没有正面地有所觉的。直到毕业后，他的第一个生日。

那一日正逢星期天，两个刚刚上班的恋人都休息了。他跟父母一起吃了午饭，饭后老两口出去串门，说好晚上才回来。他们前脚走，他后脚就给她拨了电话，松因抱了鲜花和蛋糕赶来。两人吃过蛋糕，交换着舌尖上的甜蜜，他很自然地把她抱进了自己的房间。

此前他们虽说有六年的恋爱史，但他一直嘲讽那是“精神恋爱”，而松因则在耳语的时候称之为“上半身的爱情”。

那是一个和暖的春日午后，窗外是欣欣向荣的韶光，窗内是两个青春年少的恋人。窗帘拉得严严的，两重门都上了锁，他还准备了一个橡胶的小东西，放在伸手可及的地方，真的再没什么好担心的。一切都可以是顺水推舟的。

然而不。

那条船行着行着就像到了浅滩。走不动了。也不是水不够大。

也不是船不够轻。只是。江心鼓起了很大的石头。那潜藏已久的暗礁一下子露出了头角，赫然挺立在水面之上了，体积又大得惊人，绕也绕不过去。

松因坐了起来。

因为忽然觉得床上是三个人。

可她什么也没说。只是跪下去吻他。像以前一样，等着他平复。

他一直闭着眼睛，一言不发。

松因没有办法，只好走了。

出了门就有些后悔。可是毕竟出来了，又感到几分轻松。心想明天再告诉他为什么吧。今天这样的日子，说出来一准让他扫兴。

她刚才坐起来，是因为白日梦一般，看到床上那第三个人，是她自己的妈。

松因叹口气，也并不想回家，就那样骑着车，在路上徜徉。遇到卖衣服的小店，就踅进去瞧瞧，讨价还价，试来试去。

太阳寸寸西移。

忽然发现一条很美的吊带裙。珠灰的底子上，随意地散落着浅淡的橘黄落英，远远看去，又像薄暮的轻霭配着镀了夕阳的烟霞。她还从没有过吊带裙呢。在试衣间一上身，处处感觉妥帖，度身定制的一般，尤其衬出了肤色的姣好。看着镜中的自己，她忽然有些心动，立刻抱了那换下来的衣衫，匆匆骑上车，往男友家赶。

春末的黄昏，穿着吊带裙站在背阴的楼道里叩门，而那扇门又迟迟不开的时候，人是会感到阵阵寒意的，尤其是多年的直觉告诉她，他肯定就在里面。

没有什么戏剧性的场面出现。正像生活本身一样，许多本应是戏剧性的东西，都在事后的叙述中被轻描淡写地一带而过。

第二天，他亲自来告诉她，当时他确实在家。不过不是一个人。他曾对自己发过誓，一定要在生日那天，解决那个问题。无论跟谁。

其实他们之间从没有过什么约定。这也谈不上是个天大的背叛。然而松因还是在瞬间发了狂。她咬了他。自己的舌尖也破了。又把口中的血喷到了他的脸上。

那带血的唾液顺着他的左颊缓缓下滑，而他呢，垂着眼睑纹丝不动。

松因的泪汩汩而出。

她知道，他们之间，完了。

接下来的时日，她就一门心思地想要出国。只要离开这里，无论去哪里，无论交多少钱，都行。

那时候松蓉正在美国一个名牌大学里读化学硕士，拿着全额奖学金，成年累月为导师的课题做数不清的实验。

松因知道自己英语不行，况且松蓉已经去了美国，自己就一定要换个地方。

母亲有个拐了弯的亲戚是过去的皇族，借着“满洲国”的瓜葛，在日本有些个门路，答应把松因办到日本去读书，不过需要些时间。

一等就是一年。

这中间松因倒也逍遥，索性辞了职，每日里混迹于美院、东村和三里屯的酒吧之间，不过午夜绝不回家。其时松因的父母尚未退休，两人之间又处于感情上的冷战时期，父亲行踪不定，有时候回来住一两晚，有时候又说是出差，一连几天不见人影。母亲本来对两个女儿管教很严，松蓉出国以后，松了一多半的心，加上着迷练一种据说能够长生不老的功法，每天都要会会功友，对松因也就没什么要求，只要早起的时候，知道她是在家过的夜就行了。

在钱上，松因跟父母的关系本来也并不紧张。她从大三开始，就不向家里伸手了。工作以后，逢年过节还会交给母亲一些。只是一次的说者无心听者有意，使这一切有了改变。偶然听见母亲跟那位皇族亲戚提起大女儿，说松蓉“寄回来的全是美元”，这句在松因看来明显的废话让她一股无名火陡然升起，此后很久都不再向母亲交人民币，心安理得地吃住在家里，天经地义的一般。

三

一九九五年的北京，高楼大厦没有现在这样多，市容上的贫富对比也更明显。亮马桥一带，就是当年中国城市的一个缩影。三环路以西，是整齐有序的使馆区，与之隔路相望的，有长城饭店、亮马大厦、燕莎友谊商城和凯宾斯基饭店，交相辉映着一种现代、豪华的气派。若是再往东走上几百米，则立刻可以见到大片的荒地、垃圾场、农田和低矮的民房。在那片民房里，聚居着一些来北京寻求发展的艺术家，这里房租便宜，又靠近市区和使馆，靠近市区意味着生活方便，靠近使馆区，则意味着机会。

习惯上，北京的艺术圈称这里为东村。

松因最早到东村来，是为了和茂根的缘故。

和茂根是云南人，到美院进修油画，毕业后就住进了东村。他总是随身带着个大相册，里面是几十张油画照片，找到个机会，就要请人家看看。画面上多是些似人的透明精灵，飘浮在空中，周围坠以各种古拙的象形文字。当然人家并不总是有耐心的。松因头一次跟他说话，就是在这样的场合：一个小型的画展开幕式，人们看过画之后，三三两两聚在画廊门口聊天，和茂根拦住一位批评家，摊开了相册。批评家也许是心里有事，也许是内急，也许干脆对他的画就没有兴趣，反正看到一半敷衍两句就走了。松因见他颇为尴尬，就鼓起勇气，走过去说话。

其实松因也说不上是对他的画有兴趣，还是对人有兴趣。十几岁就开始学画，手不高还眼高呢，真正一看就服的画是很少的。松因只是觉得那些象形文字有些面善，让她想起了什么，就问和茂根是不是云南来的。得到肯定的回答之后，又问他是否属于那个拥有自己文字的少数民族，他说是。说是的时候眼睛一亮。这一亮让松因有些心动。

聊着聊着，两个人发现原来他们小的时候有一段时间都住在金沙江边，中间只隔着三两道山梁。这样的巧合让松因浮想联翩，也许同一片叶子，她刚刚注视过的，几经周折又漂到了他的眼前。

和茂根的眼睛是成年人里少见的孩子般的眼睛，棕黑的瞳仁大大的，睫毛又很长，垂下眼帘的时候，常常让人误以为他是羞涩的。

他说：“你在江边看见过浮尸吗？”

这么一问，松因的心里就是一紧。记忆中有一团白白的影子漂过：

“可能是云彩的倒影吧？”

“不对。是浮尸。”

他这样说的时候，嘴角掠过一丝不易觉察的笑容。

松因不知道他为什么要笑。直觉告诉她，这个有着孩子般眼睛的人，多半会是个冷酷的人呢。奇怪的是，腔子里有一股热气，这热气是没有脑子的，有的只是蛮力，蠢蠢欲动着，推了她往前，再往前，靠近这个人。

和茂根的脸带些古铜色，仿佛还保留着高原阳光的灼人气息。衣衫随着里面的内容起伏着，使松因在瞬间产生一些幻想。

“过了这么多年，还是经常想起那个村子，我就是在那儿看见过银河。后来到了北京，这里空气差，再也没看清楚过。”

和茂根已经收起了大相册，抱了双臂看着画廊外面闹嚷嚷的人流：“可是这儿有的东西，那儿一百年都不会有。”

松因还等着他说下去，他却打住了。

两人互留了电话。分手的时候，他很自然地拍了拍她背在肩上的书包：“我住东村，有空来玩儿吧。”

松因为了避免盯看他的背影，急急地朝相反方向走去。心里却缓缓地，涌上来一点儿疼痛。

这点疼痛是久违了的。让她想起那逝去的恋情。

她在失恋之后患了甲亢——一种内分泌方面的疾病，整个人的新陈代谢加快，心里总是发慌，好像没着没落的；两个手又不自觉地发抖，似乎想抓什么又总也抓不住；每天需要往嘴里填进大量的食物，仿佛内里有个无形的黑洞，总也填不满似的。在与和茂根这次见面之后，不知为什么，心里存了这个人的影子，那个黑洞就相形地缩小了，人也就不再那么发慌，那么饕餮。

盛夏，忽然有一天接到他的电话，说是在东村有个行为，不看肯定是要后悔的。

放下电话，松因心里怦怦跳着梳洗打扮了一番，临出门的时候，还不忘在裙摆处喷了点香水。可是到了行为现场才发现，喷香水绝对是多余的。

四

那是松因第一次进男厕所，而且是那样脏的一个公厕。

和一些陌生的男女鱼贯而入，这种感觉是有点儿怪异的，可是进了门，松因已经来不及体会这种怪异，因为迎门赫然坐着一个赤身的人，身上还隐隐地放着亮光。地上遍布着污迹，旁边的蹲坑里，内容物几乎要漫溢而出，墙上有几个被尘埃遮住的红字，细看才知是："讲究卫生。"红字下面，发亮的人坐在那儿一动不动，除了他身上的苍蝇。苍蝇密密麻麻，不可胜数，那刮青的头皮上，眼皮上，半张的嘴里，四肢、躯干、手脚、生殖器上，无处不在。定睛一看，才明白原来那层发亮的东西很像是蜂蜜。可能是刚涂上不久吧，像肘部等地方，那黏稠的液体还在往下淌，有时候与突起的血管并行，像是明河与暗河。而苍蝇嗡嗡着，似乎为这些或明或暗的液体所激动。

行为的名字叫《十二平方米》，应该是由公厕的面积而来。也许真的跟面积有关，也许跟气味有关，反正进去的人都不会久留，匆匆看过就出来透气。

人是出来了。方才的记忆给人的压迫还在。松因只觉得浑身不舒服，像是紧贴肌肤裹了层塑料薄膜一样，尤其是想起那人留在脑后的几缕头发，涂了蜜胶着在一起，她的枕部也觉得发紧；还有他的双脚，赤裸着踩在厕所的水泥地上，又有蜜流下来，与周围的污迹融合……于是，她自己的脚板也不自在起来，一种黏腻的感觉缓缓上行。

和茂根与几个朋友合租了一个农家院子，这些人一律家在外地，有画画的，也有搞行为艺术的，头发都是几天没洗的样子，烟却是不能断的，松因不知道他们怎样维持生活，却很喜欢这些人聚在一起时的那种气氛——倒不仅仅是因为这里异性居多，当然这也是个因素，使空气中隐约着一种神秘的味道，不过还有一层，就是那种置身于猛兽旁边的感觉——动物们有时候是放浪形骸的，把自己扔在草地上慵懒地晒着太阳，一旦机会来了，又会在瞬间精神百倍地一跃而起。

这帮人谈论着刚才的行为，自然而然地涌进和茂根的房间，主人忙着给大家倒茶递烟，松因找个角落坐下，一边听人家说话，一边左看看右看看。

这是一个三进的套间，外面是门厅兼厨房，中间是画室兼客厅，最里面应该是卧室了，门是虚掩着的，有长方的蜡染布垂下来，权作门帘了。

画室大概有二十平方米，画框占据了东西两面墙，一律是背朝外的，使人的目光无法停留。客人大多靠窗坐着，屋子里弥漫着混了松节油味的烟火气。

令松因稍稍有些吃惊的是，他们关心的好像只是谁谁谁来了。一会儿这个说，拿尼康相机的是BBC的记者；那个说站在厕所紧里面的高个子金发女人是某国使馆的文化专员；还有的说看见老栗了么，老栗也来了。

这位栗宪庭先生，大家都尊称他“老栗”，是八九十年代北京前卫艺术圈的灵魂人物。

老栗原是某个美术杂志的编辑，是国内最早推介抽象艺术的人。后来因为种种不得已，成了自由艺评人。上世纪八十年代末，中国人的心态为世人所瞩目。外国媒体急于报道中国的艺术现状，外国策展人欲挑选中国的艺术家参展，到了北京都是俩眼一抹儿黑，不知道从哪里做起。而国内许多年轻的艺术家想要做事情，想要出头，又苦于找不到门径。老栗正是两者之间接合的那个点。外国人一下飞机，先跑他那里去报到；艺术家也纷纷投奔他，更有一时困顿的，就索性吃住在那儿。而老栗颇有名士风度，他的家成了一个联络站，整日里高朋满座，烟雾缭绕。这种情况持续了十几年，其间，艺术家运道的起起落落，世态的炎凉，在他亦是皆如过眼云烟。

他具有职业批评家的敏感，能够把纷纭的艺术现象创造性地冠之以名，比如此间的“玩世现实主义”“政治波普”，等等，短短几个字里，隐含着对于社会思潮的有力把握，一方面给了观者审视的立足点，又给了艺术家理论的依凭，经他命名的艺术风格，其主导艺术家在国际展览上一炮而红，又引起了国内的人群起而效之。从此，老栗更是一言九鼎。不管是不是千里马，都想让他这个伯乐给相看相看。对很多人而言，他说谁行，谁就行。

“不知道老栗会怎么说？”和茂根一边倒烟灰缸，一边问。

“不管他怎么说，这个人肯定是会红的。”

说这话的是当时还算年轻的美术编辑卫东，口气显然是不服的。那时候他的头发还能盖住前额，眼镜也还是有框的。

他中学时候跟松因是同校，比她大两级。曾给松因写过一封信，被她妈妈发现，交给老师了。不知怎么一来，这封信竟在学校广为传诵，以至于有那么一段日子，有那么一伙人，只要在校园里见到卫东，都会条件反射般朗声背上那么几句，然后哄笑着走掉。

这会儿，说到“红”字的时候，他的目光落到了松因这儿，松因避开了。

在座的都是还没有“红”的，空气忽然变得黏稠起来，谁不希望自己一下子拥有重量级的展览、国际级的声誉和绿茵茵的美元呢？

好的生活大家虽然没有亲历过，却多多少少见识过。远的不说，初春时候，很多圈内人都被邀请去了一个外交官的告别晚会，足有一百五十平方米的套房，平时只男主人独自住着。大厅能够容纳几十个人同时进餐、聊天，果汁、啤酒、葡萄酒、威士忌，仿佛取之不尽，各种肉制品、奶酪、蛋糕、冰淇淋应有尽有。最难得的还有两件。那时候正值三月底，居民区的集中供暖已经停了，松因妈在家里捂着棉坎肩两手还是冰凉的，而在外交公寓，客人们直嫌暖气太热，纷纷脱掉大毛衣、二毛衣，男主人单穿一件雪白的衬衫，显得青春洋溢。还有就是盘子。松因拿起盘子取食的时候，发现它竟然是温热的。那种体贴，让她心里有种受宠若惊的感觉。物质的力量是巨大的。那个甜蜜微醺的晚上，她觉得屋子里每个人都是和善可亲的，甚至连男主人，都仿佛比刚刚谋面的时候年轻了十岁。

这样的生活离自己有多远呢？大概是千山万水吧？不过艺术圈里也不乏传奇。人们不时听说，谁在美国买了一栋楼，谁在巴黎有巨大的工作室，谁的画又卖到了六位数。奇迹永远是有的。机遇也仿佛就是眼面前儿的那根红萝卜。可是谁又能够抓得住呢？

打破沉默的是一位画家的女朋友小关，她是个幼教老师，爱用小朋友的口气说话，从来不怕被视为“外行”，而提出的问题有时候又相当本质。

她把散开的头发束起来：“我就不明白啊，为什么一定要脱呢？”

“不脱？不脱谁理你呀？！”——一个相貌有几分秀美的行为艺术家接过了话头，他有时候会因为面孔和长发的缘故而被误认为是女人。

“从某种意义上说，行为艺术以裸体为正宗。”和茂根的口气是那种半真半假引经据典式的严肃。

这种口气有点儿滑稽味道，空气慢慢活跃了。

“这么说吧小关——”卫东朝小关的方向欠了欠身子——“我来给您普及一下。这里还有个角色问题，就比如你小关吧，你要是在家里在你老公面前脱了呢，他会觉得很正常，就得赶紧准备计划生育用品了；你要是在幼儿园脱了，小朋友肯定高兴，还以为你要喂奶呢，只有园长会紧张，忙着给安定医院打电话叫他们派车拉人；你要是在这儿脱了呢，那和茂根就得自责，说我怎么连空调也不预备一个，看把客人热成这样——总之一句话，你不宣称自己是个行为艺术家，你就是脱得再干净，人家也不把你当成行为艺术。”

几句话把大家说得哄笑起来，小关红了脸，瞟了一眼男朋友，又拢住自己衣领道：“欸，我可没说要脱啊！”

卫东也正经了一些：“打个比方嘛！关键是啊，”他拍拍胸脯道，“人心。人从心眼儿里，是想看到别人脱的，行为艺术家当然知道这一点，所以一定要给自己找个非脱不可的理由出来。”

这时候小关的男朋友反驳道：“不是所有的行为艺术家都脱吧？像黄永砯、徐冰什么的。”

“啊——”卫东为了自圆其说，骨碌骨碌转着眼珠子——“那是他们还不够健美。”

这回他抓住了松因的目光，松因垂下眼帘，可还是忍不住笑了。

“徐冰自己是没脱——”和茂根插了进来——“可他的猪都是光溜溜的，还配了。”

“啊——这个这个，”卫东往上翻了翻眼睛，“得澄清一下啊，徐冰那回可是个观念艺术，什么光啊配啦的，那都是猪的行为，不过不管是谁的行为，那天二三百人都看得不亦乐乎，没一个‘愤然退场’的。”

那时候松因也在。

她还记得高大空旷的临时展室里，漆皮剥落的木地板嵌着经年的尘土，在杂沓的脚步下吱吱地呻吟着。屋子中央围出一个几十平方米的场子，摊开的中英文书籍堆了一地，有一头浑身印满了英文字母的猪，旁若无人地在书堆里这儿拱拱那儿拱拱。没什么可吃的，它显得有些百无聊赖，身躯又是那样庞大，加之那些精装书的硬皮是交叠在一起的，经常使它脚底打滑，虽说是践踏着斯文吧，却也有点儿不胜其苦。

场子的西北角有个开口，与一个小门相通。人群嗡嗡地兴奋着，似有所待。

徐冰细长的眼睛总似笑眯眯的，配上圆圆的眼镜，很有些书卷气。可是真正笑而露齿的时候，一对虎牙又让他显得顽皮天真。

等嗡嗡声沉下去的时候，他向那个守候在门旁的小伙子做了个开始的手势。那小伙子脸色铁青，两腮的咬肌非常打眼，这使松因在回想当时那一幕的瞬间，记忆的脚步在他的脸上又稍事停留——近期记忆在远期记忆中检索，最后两张记忆中的人脸叠印在了一起：她这才意识到，虽然头发由长到短，衣服从有到无，可是毫无疑问，今天坐在厕所里的行为艺术家，就是当年那个临时猪倌。

这重记忆的唤起让她有了一点点兴奋，就像她希望从猪倌今天的行为中学到点东西一样，猪倌也一定从当年徐冰的展览中汲取过什么。

人群嗡嗡的声音忽然又升起来了，定睛一看，原来另一头身上印着方块字的猪被赶了出来，那些方块字都是徐冰独创的，曾在他的《天书》作品中铺天盖地出现过：看上去很像中国字，可不是多几笔就是少几笔，结果变成了四不像，谁也不认得。不过还是姑且叫它“中文猪”吧。其实若细看那头“英文猪”，身上的单词似乎也是子虚乌有的。无论从将错就错，还是从以讹传讹来说，两个都像是门当户对的。

从后来交合时的体位来看，中文猪是雌性的，被动的，而英文猪则是雄性的，主动的。于这种安排中，松因似乎能够揣测到中国人徐冰生活在异域文化之中的某些内心冲突。有自嘲，也有“他嘲”。当然，批评家也可以搬来“话语霸权”之类的时髦概念展开他的评论。

不过这些并非松因当时关心的全部。撇开作品的意义，她更关心场子里面忙活的猪，和场子周围看它们忙活的人。

说到猪，据说这两头是从猪场借来的，展览完了无疑会送回去，不日定是要挨上致命的一刀，被肢解成小块，再被制熟，送进各色购买者的嘴里去。这么一想，猪在此刻的忙碌于松因看来就变得毫无意义，就说是制造小猪吧，那小猪也许都来不及出生，即便出生了，不还是这样一个循环，一个俗套么?

然而猪也许不这么想。被此在的快感驱使着，它们呻吟着，动作着。是啊，除了现在，它们还拥有什么呢?雌猪的脸被阴影笼罩，似乎是一种含笑的忍耐；而雄猪的脸则暴露在灯光里，它的小眼睛闪烁着昂扬的欢欣和满足，完全沉浸在此时此刻之中，那种目中无人和充沛体力，实在令场外围观的人叹服。

时值隆冬，场外的人衣服的严整是相同的，表情却有微妙的差异。有的严肃，有的淡然，有的讥诮，有的厌恶……然而无论怎样，大家都看得很投入，就像卫东说的，“没一个‘愤然退场’的”。松因一边观察别人的表情，一边审视自己的内心，觉得在猪面前，人真的没有多少可以自负的。首先是，最终的命运都是相似的，皆不免一死，所谓的区别是多数的猪都会遭遇屠戮，多数的人则是老死床榻；就繁衍而言，都是要通过性交，而生育率都是受到控制的，所谓的区别，不过是一个公开，一个隐秘。想到这里，再看雄猪的小眼睛，凝视着污浊空气中的某一个点，好像真的看见了虚无的极乐远方。小眼睛里的光是那样明亮，致使松因的心里，陡然升起一丝悲凉。

“去！”也许是得到了徐冰的示意，这时候猪倌挥着棍子劈面打在雄猪的头上，雄猪的欢乐停了，又一棍，再一棍，雄猪退到了一旁，它体液的气味弥散开来，异常刺鼻。雌猪被赶走了。只剩下雄猪落寞地站在那儿喘息。大家被告知“第二回合二十分钟之后开始”。

人群的嗡嗡声再次响起，不过又是一种混杂着落寞与期待的嗡嗡。这时候松因才明白，这里不是公社的配种站，而是一个艺术家的展览现场。他是这里的主人，完全控制着猪，也在一定程度上控制着人。

松因看了看自己的翻毛皮鞋，鞋尖上有几处黏液的痕迹，一定是刚才躲闪不及，溅上的雄猪激情的残余。这一点异性的异物让她有些不自在，以至于展览过后，和茂根邀她去附近的小饭馆吃饭，她也没有去。本来她是一直盼望着那个邀请的。这会儿她说不清是没有食欲呢，还是干脆有一点嫌恶或恐惧？反正“异性的异物”这个想法那天一直粘在她的脑子里，挥之不去。

松因妈当年是有些洁癖的，看不得女儿穿着这样的鞋出门，当松因想起她老人家一边唠叨着“什么东西这样顽固”一边吭哧吭哧地挥舞刷子对付那只有染的鞋，就忍不住想笑……

“你看你看，提到徐冰的展览，连最最正经的松因小姐都要笑啦，也算是一种成功吧。”卫东不知什么时候捕捉到了松因微妙的表情。

松因白了他一眼，正色道：“徐冰很会控制人的观看欲。”

卫东咧嘴一笑："推己及人嘛。"

松因接着说："不过我倒发现这么一条，古代那些所谓好的艺术，大多是让人看了觉得舒服，现代的艺术正好反着，谁让人不舒服，谁就接近成功了。"

"着哇！"卫东点头道，"这一不舒服，可就有了讲头了。这一需要讲头呢，也就有了我们这些人的饭碗了。"

松因微微颔首："不过今天这个行为，让人明白点事儿——差的行为艺术，就是为脱而脱；好的行为艺术，脱了更有尊严。"

卫东接过来道："得让那些穿着衣服的人反倒觉着不好意思才成！"那口气有点儿怪，不知是赞同呢还是揶揄。

两人的目光交叠在一处。

卫东正待再说什么，小关的男朋友忽然拍拍肚子站起来："哎呀，先别谈什么艺术啦，人都要饿死啦，走，吃饭去！"

大家看看表，可不是，艺术当不得饭吃，不知不觉晚上七点了，就纷纷站起来，去餐馆吃饭。

其间卫东好像还要跟松因说点什么，总是隔着两三个人，也就罢了。大家乱七八糟点了些凉粉啤酒之类，吃到九点多，才四散而去。

接下来发生的事情在松因的记忆中就有些模糊。好像是忽然有雨点打在身上，和茂根就说到他那儿去拿伞。

也许是喝了酒的缘故吧，在雨中两人几乎是相拥着往前跑，真正到了屋里，又分开了，松因抱着胳膊，胳膊上的雨水，好像是刚才顺着和茂根的指尖流下来的，还有一点点余温。

和茂根似乎忘记了伞的事，收拾过桌上的杯碟，重新沏上茶。他的衬衫湿了，索性脱下来挂上，跨栏背心在身上紧绷着，领口处有一丛野性的胸毛钻了出来，这个发现让松因心跳更快了，他说了几句什么，她也没有听清，两个手在膝头紧紧地攥着，竟攥出了一层薄汗。

关于胸毛，松因和松蓉之间曾有过一次激烈的争论。也许是对妈妈立的那些规矩的反动吧，姐妹俩有时会交流一些妈妈明令禁止的内容。松因最早的性知识，就来自于这种夜间的恳谈。有一次提起胸毛来，松蓉说她最讨厌有胸毛的男人，松因说她不。好笑的是，松蓉最近的一次来信，她假期去了一趟芝加哥，在信里忘性极大地对松因大夸芝加哥男人，以及，他们的胸毛。松因就笑。原来，胸毛也是要分国籍的。如果是美国胸毛，就可以是性感的喽。她知道，松蓉一门心思，想的就是如何彻底地美国化，包括写信的口气，完全像一个吃奶酪和汉堡包长大的熟透了的美国妞，其实也许她这个吃惯了谷物和蔬菜的苦孩子没有那样夸张的膨胀的欲望。

数年后，松因冷静地回想自己当时的那一股冲动，觉得跟和茂根的胸毛有关，跟喝了酒有关，跟松蓉的那封信有关，跟“他”的背叛有关，还跟妈妈那些“不许”有关。

松蓉出国之前，妈妈曾在家里开了个小会，松因作为“陪绑”的，聆听了妈妈严厉的几个不许。妈妈谈到性的时候那种嫌恶的表情，仿佛眼前的两个女儿并非出自她的身体似的。

会后，姐妹俩回到自己的房间，松蓉关上门就冲外面吐舌头：“老土！该讲的不讲，不该讲的讲个没完。还大夫呢，至少得说说安全措施吧？害得咱——唉，还得自己摸索！”

松蓉出国摸索去了。写给父母的信，说的全是导师如何青眼相加，做实验如何出色之类；而给松因的信，则使人觉得松蓉仿佛天天都在野餐、健身、旅行或是聚会。这最近的一封芝加哥来信，更暗示自己捷足先登，尝到了禁果，嗯——好像味道不错似的，大有自由人看狱中人的劲头。

在松蓉来说，让妹妹羡慕仿佛是一个终生的使命。而松因呢？松蓉设的陷阱，她是回回都要跳下去的。当时她就因为松蓉再次占了先而异常着急。多年后她再想起来，都不明白自己怎么会那么急的？松蓉不是已经占了先吗？那自己比她晚上一个月、一年、十年，不都是同样一个晚吗？

和茂根用目光环住她说："你的衣服也湿了。"松因被那目光箍得有些气促，就站起来说我得走了。和茂根就说我给你拿伞吧。

两人一前一后到了外屋。外屋灯泡坏了，松因站的地方很暗，和茂根拿着伞站在画室门口，身上一半亮一半暗，他撑开伞说没办法，太旧了，还有个洞。说着说着，他就把手伸过去，而在松因那一面，看见了鼓胀的伞面上，一个富有表情的食指探出来，深深浅浅地弯了一弯。

那股冲动肯定是自下而上来的。松因的头脑还没反应过来，身体已经迎了上去。有那么一瞬间，她仿佛眼睁睁看着自己的肉身移过去，裙摆颤了一颤。而那慢了半拍、留在原地的脑子里响着一个信念：你的身体是你自己的。

黑伞缓缓落下，金属的伞骨轻触着地面，发出了决然清脆的一响。

五

直到松因躺在计划生育门诊的手术台上，都没有弄明白那天究竟是怎么一回事。

似乎刚刚感到痛楚，就听到有人急促地敲门，松因以为是联防的人，紧张得出了一身冷汗，和茂根动了句粗口，穿上衣服出去开门，在外屋和来人嘀咕了好半天，回来的时候松因已经结束停当。和茂根告诉她，白天做行为的艺术家刚刚被人打了，打得还挺厉害，他跟几个哥们要去看看。松因忍着疼站起来。不能相信自己的第一次竟然会是这样，就有一种想要抱住他哭一场的冲动。不知道他是怎么想的，也许是有些自危吧，眼前的事一定变得无关紧要了，反正他打开了日光灯，默默地收拾着书包。没有拥抱。没有安慰。日光灯发出一种单调的嗡嗡声，松因的酒也醒了。在那惨白的光线里，眼前的似乎是个陌生人。

鼻子里钻进一股精致的香气，这香气让她心生疑窦，忽然觉出了彼此之间的距离——他们毕竟算不上恋人啊。

两人一前一后走出来，又一东一西地越行越远。

松因的心里，那个黑洞又渐渐胀开，是广袤幽深的。

忽然觉得要吃东西。要吃很多很多的东西。

路过一家酒吧的时候，她径直地推门而入。

要了数客的甜点、冰淇淋，全部填进黑洞里去。再要威士忌。

这时候远处的街灯暗了一暗。对面坐下来一个人。也拿着酒杯。眼睛亮亮的，嘴角像是存了点笑意。

松因第一个反应就是想起了那句古诗，“氓之蚩蚩”，余冠英老先生翻译成现代汉语，道是“有个汉子笑嘻嘻”，对呀对呀，这也是个汉子呀。她吞下一大口那棕色液体，就有一团看不见的火入喉，又渐渐地有了燎原之势，在周身的血脉间奔突往复。

不知为什么，初恋男友的那个心愿，此刻也成了她的心愿：一定要在今天解决，就在今天，午夜之前。这个完整的成人礼是如此的艰难，以至于她对自己、对周围的人，都产生了无端的恨意。

心里存着恨意，对眼前的那个人倒无声地笑了。眼波里跳动着点点星火，又掺杂了甜点的黏腻、冰淇淋的寒意和威士忌的热辣。

那人汲取了这样的眼波，嘴角的笑意倒退去了。

两人默默地喝干了杯中物，一道出了门。

进了男人的房间，她也不等他开灯，就开始疯狂地吻他。他也热切地回应着，或许是借助了黑暗的怂恿吧，动作比她想象的还要迅捷大胆。这使她的心里，仿佛有两股力道不停地搅动着，分不清是悲是喜。恰恰就在这悲欣交集之时，那黑洞的深处翻卷上来一股又湿又冷的东西，顽强地上行上行，纷披四散着，从两个眼角骤然滑落。那如雨的东西，只在一瞬间就打湿了男人的脸和整个前襟。也浇灭了他胸中的火。

他扳住松因的肩头，借着窗口透进的微光看了又看。

他说我不能。你心里有事。

可是她仍然环住他。头埋在他怀里。

他叹口气。这样吧。我先送你回去。如果你明天还是这么想的，我就在这儿等你。

又坐进出租车，两个人倒更像是一对兄妹了。

松因靠在卫东的怀里，卫东轻抚着她的头发，像是抚慰着一个孩子。

看着松因跌跌撞撞地走进楼门里去，他吩咐司机开车。那一刻，他的心里，有一点儿后悔，一点儿心疼，一点儿轻蔑，还有一点儿胜利的快意。

松因曾是卫东第一个单相思的对象。

两人同校不同级，可在少年宫学画的时候，却是一个小组的，松因的座位就在卫东的前一排，卫东如果出气大一些，就会吹动她脑后的头发。松因那细瘦的脖颈、发际上卷卷的茸毛，给了卫东很多遐想。就是受了那遐想的驱使，他写了那封使自己声名扫地的信。为了这件事，他曾恨过松因。后来两人上了不同的大学，又各自有了男女朋友，儿时的往事就如同云烟般飘散了。

不过人和人之间，有些心理定式是很难扭转的。比如卫东之于松因，不知为什么，总觉得有些自卑。是因为自己的父母都是工人，而松因的爸妈都是大夫么？还是为了自己那怎么也包藏不住的东北口音？……他也说不清。反正这种自卑感使他面对松因的时候，一忽儿口若悬河，一忽儿又极为沉默。

可是那一晚卫东对自己相当满意。一方面自认是个正人君子；另一方面，又觉得找回了一点儿失落多年的面子——这回连他自己都吃了一惊：原来卫东也是个记仇的男人呢。

六

躺在手术台上，医护人员动作的粗鲁和态度的轻慢是松因意料之中的，反而不生这些人的气。

她只对一个人生气。这人不是前男友，不是和茂根，当然也不是卫东。而是松蓉。

她弄不懂，为什么性在松蓉那儿就是一种驾轻就熟的浪漫，而在她则是充满了痛楚和危险。

这时候正值十一月初，刚刚大风降温，暖气还没有来，医护人员穿着厚厚的白大褂，戴着无菌的帽子和口罩，手上又套着手套，面临的活儿又多，就非常怕热，门啦窗啦，能开的都开着，松因也被命令打开着自己，穿堂风呼呼地吹着，她觉得自己像个肉质的口袋，鼓鼓地装满了冷风，本来那里面是有一小块血肉的，经过一番忙碌，几阵痛楚，它像小鱼的一串内脏，被人熟练地取出来，垃圾一样扔掉了。松因觉得自己就像那条被掏空的鱼，眼睛也能动，嘴巴也能张，就是肚子空了。而结果又全然不似她想象中的轻松。

“还是个男胎呢。”一个老护士嘟哝着。

有那么片刻的工夫，她想欠身往那边看上一看，可是又怕真正看到。她弄不懂自己的心。来的时候还认定那是一团急欲摆脱的赘肉呢。这时候她只定定地盯着天花板，听着各种金属器械咣啷咣啷掉进盘子里的声音。一片一片，天花板上仿佛有羽毛般巨大的灰尘降下来，几乎就要迷了眼。

然而浑身痉挛着走下手术台的时候，她脑子里想的还是松蓉。虽然理智告诉她这个时间松蓉多半会在实验室，打着瞌睡完成导师布置的任务，可她还是执拗地想象着，松蓉刚刚享受了完美的高潮，慵懒地躺在情人的游泳池边，身后的暖气呼呼地散发着热力，丰臀上晒的是落地窗透进来的温暖阳光，朱唇里喝的是又香又热的巧克力。

有一点松因始终也弄不明白，这些事情如果发生在任何一个土生土长的美国姑娘身上，她会觉得很正常，为什么一旦换成自己的亲姐姐，就会让人这样难受呢？

正像回国的时候没人接一样，松因走的时候也没有人送。爸爸自然是出差，妈妈去听一个据说是千载难逢的大师带功报告，和茂根那里她也没有说。做手术前，她曾去过一趟东村。他的屋里坐着一位荷兰姑娘，松因这才明白了那股精致香气的来源。她没说什么，茶没凉就告辞了。人往高处走啊。她不能怨他。况且她与和茂根之间，又算什么呢？连一夜情都够不上。蜻蜓点水而已。

不过这挨得很近的两次挫折，使松因旧伤没好，又添新伤。仿佛一个罐子，只要有了一处裂纹，稍遇风吹草动，就势必会向纵深发展。对自己和自己的身体，她有时候会无端地心生厌恶。尤其是在异国他乡，厌恶到极处，会一连两天把自己关在房里，不吃不喝。耳朵里只听见闹钟的嘀嗒声，每一声都像有一滴冰水滴到耳膜上。她就把那电池拔了。让它跟自己同处于断电状态。

呼吸是细若游丝的。连眼皮都懒得眨一眨。身体的感觉越来越轻，轻到仿佛只剩下睫毛的重量。而睫毛之所以还有重量，则是因为上面蓄积的灰尘。

直到有经血涌出，她的意识才又开始流动，知道自己仍然是个活物。该拿这样一个身体怎么办呢？她蒙尘的脸上，是一种浅笑的迷茫。

七

松因在日本的经历几乎是个谜。名义上肯定是要读一个语言学校的。可是又很少有几个中国留学生仅仅止于此。出门在外，生活的负担一下子压了过来，学费、生活费、房租像鬼一样撵着人的脚后跟。不过她似乎从没向家里开过口。父母的经济状况她是大略知道的。说了也是白说。如果再混到要靠松蓉的美元来接济呢，那么她也许宁可饿死吧。她很少写信，报安电话一年才那么一两个，居所又常换，家里要找她也很困难。松因的母亲有时候会觉得她去的地方，比松蓉还要远。遇上从日本回来的人，她就会自以为巧妙地跟人家聊起留学生活，然后再拐弯抹角打听二女儿的情况。有的干脆摇头。有的说见过，好像是背着一个画筒，一家画廊一家画廊地碰运气。也有的说曾见她在餐馆的后厨房洗碗，两边堆积如山的碗碟几乎要把整个的人埋起来。更有的开始还说见过，很快又改口说没有，脸上阴晴不定，嘴里语焉不详，让松因的母亲颇为疑惑，可又不便深问了。好在老太太凡事以养生为本，忧啦愁啦都是要尽量淡化的，那点子疑云很快冰释，又恢复了每日仨饱儿俩倒儿外加两遍功法数集电视剧的生活。至于风光的事也还是有的。此间松蓉曾寄来往返机票，请母亲去参加她的毕业典礼。老太太在国人知道的一些著名景点，换上不同式样的衣服，拍了清晰的留影，然后揣着厚厚两大本相册美滋滋回来了。遇到功友聊天同事聚会，总要拿出来讲解传看一过。耳边全是羡慕或眼红的啧啧声。这样的时候，老太太就觉得这样的女儿，养上一个也就足矣。

有了如此的心情做底子，忽然看到松因平地里冒出来，让人还真有些不适应。松因只在一周之前打过一个电话，说是最近要回国，可没想到回来得竟然这么快，她的房间还没来得及打扫，几乎是尘封的。

一别四五年，大家都有了各自的生活习惯，忽然一下子又聚拢到一个屋檐下，最初的一点点兴奋欣喜过后，那种别扭又是难以抵挡的。松因妈第一个感觉就是麻烦。这几年来，两个女儿都出国，老伴儿又不常回来，她每天的家务极简单，吃的可以买半成品，要是自己动手做一锅菜，够吃两三天的。清洁想起来做做，要是懒了，可以找小时工。忽然多了个大活人出来，想想都要头痛。

另一个感觉就是陌生。这个大活人看上去是她的二女儿，言谈举止却极为客气，客气得好多母女间的体己话都说不出口了。所以女儿回来两三天了，对她这些年出门在外的生活，老太太还是一头雾水，笼统的印象是语言学校毕业以后，又打了两年工，攒了一点钱，至于男朋友，免谈。松因妈觉得掉进自己围的栅栏里了，她以前设置了太多的路障，赶到真要跟孩子交交心的时候，才发现没有路了。

再一重为难就是怎样解释她爸爸的不着家。

女儿刚一回来，她头一个兴奋点倒不是因为见到了松因，而是有了一个可以让老伴儿回家的借口，趁女儿洗澡的时候，老太太立刻拨通了丈夫的手机，响了几声，变成了语音信箱，她倒也习惯了，留了言，挂上电话就发了一会儿愣。

松因出国之前那段日子，老太太还时不时需要替丈夫编个理由，值班啦，出差啦，生怕女儿往别处想。隔了这些年，心也凉透了，人也疲了，女儿呢，也都成人了，老太太不想再编故事。可真要说出口，也不是件容易的事。她早已没有年轻时候那种火暴脾气了，如果搁在那时候，打啊闹啊能折腾得天翻地覆，总能降住他，因为他怕她。现在想想，那种怕可能还是源于爱吧。如今她老了，脾气改了，他也不再怕她。再说闹又有什么用呢？除了让自己更丢丑。倒是她有些怕他了。怕撕破脸。怕彼此间伤筋动骨。女儿们早晚都是要飞出这个家的，如果再没了老伴儿，自己一个孤老婆子，有什么意思呢？思来想去，有个原配的老伴儿，即便不是长驻的，也比没有强。所以她想的还是维持，是回避。于是故事还得接着编。爸爸出差了。爸爸太忙了。可是一看到女儿的眼神，她也就点到为止了。那是一种成年人理解的眼神，把洞悉柔和地藏在了后面。它让人释然，释然之后又生出一丝不安。她不知道这种成年人的眼神是什么时候历练出来的。

不过人是不能有心事的，一有心事，什么东西都能触到那根弦上。

松因这次回来，给母亲的礼物是个大大的盒子，打开华丽的包装一看，原来是全套的高级护肤用品，这水儿那泥儿的六七种，老太太看得连连摇头叹气：一来是心疼闺女那点辛苦钱；二来是，这些东西再高级也没有用了，无论她怎么用力地抹啊涂啊，也不会有人看的。就是涂上金粉，这张脸也不可能年轻二十岁。

给父亲的是个扁扁长长包装精美的盒子，松因妈知道那一定是条领带。以前也曾在丈夫的包里见过这样的礼物盒子。她猜得出是谁送的。这回她有个冲动，想在丈夫见到这份礼物的时候说："这可是你自己女儿送的。"对。你自己女儿。他当然听得出这里的弦外之音。她的目光抚着那包装纸上扭结在一起的花纹，心里反复响着这句话，想象着丈夫的表情。当那表情变得灰暗的时候，她又放弃了这个想法：干吗要在一句半句的言语上设些个机关呢？有什么用呢？她茫然地看着松因忙前忙后、洗洗涮涮的身影，忽然有些心疼：这孩子以前也是饭来张口衣来伸手的娇闺女呀，怎么现在变得，比自己偶尔一请的小时工还要麻利！这么一想，当妈的也就打起精神，要做些拿手的菜给孩子吃。

等饭菜都上了桌，老太太解下围裙，听着卫生间传来的哗哗水声，忽然意识到松因已经进去一个多小时了，这孩子，从日本回来好像变得特别爱干净，从里到外的衣服，不管脏不脏都是一天一换，人不管出不出门都是一天两个大澡，一洗至少一个钟头，各种瓶啦罐啦海绵丝瓜瓤子一大堆，把自己搓得像个红虾米，也不知道是个什么洗法。老太太都怕她老那么搓来搓去的，再把皮搓破了。还有一怕就是怕看水表电表。松因这次回来，家里的洗衣机、煤气热水器整天忙个不停，这表那表跑得飞快，让人看得眼晕，松因爸又很久不往家拿钱了，老太太不由暗暗叫苦。

松因回到家第一个感觉就是母亲老了。母亲原是爱干净的，如今家里随处都可以摸到一层尘土，这在过去是不可想象的。松因有一丝难过。可是很快就淡然了。她不想介入父母的事，再说，也没有时间难过。这些年来，她觉得人生最难抓住的有两件东西，一个是光阴，一个是人心。光阴有脚。人心有翅。相比之下，有脚的还要好抓一些。她抓住这个有脚的，把它的小脚印儿印在自己的存折上。虽说在日本的时候，已经发现那里并非想象中的遍地是金，真正回来之后，更觉出存折上那串数字的可怜，远远不够使人感到舒心和自由的。有时候她甚至怀疑自己把几年的光阴浓缩为这一串数字到底值不值。不过后悔药没有地方吃。好在这点钱能够让她在相当一段时间里衣食无忧，可以静下心来做自己的事。等稍稍喘口气，她就准备租房子搬出去，住在父母家，老觉得伸展不开腿脚。至于要做的事情，她已经心中有数，只等跟卫东见面之后，再谈具体的细节。母亲的晚景，像一面镜子映出人生的荒凉。松因模糊地记得，为了守住这个家，母亲至少有两次放弃了进修深造的机会，可守来守去还是守了个空巢。

就像有根鞭子赶着，松因不让自己停，一门心思就想做点事情出来。尤其是想到了松蓉。

她知道，松蓉将来的路子，就是美国的中产阶级——自足殷实，在物质上，自己一辈子都赶不上的。可是松因也明白，如果能够追寻到那物质之外的东西，哪怕只有一点点，她也是能够笑对松蓉的了。

八

卫东发福了。几年下来，混得好不好简直是一望便知。丰富的油水皮肤挡不住，透过毛孔溢出来，映亮了整张的脸。相形之下，眼睛里的光就弱了一档，幸好有无框眼镜的晶莹来挽回，又是无遮无拦的，倒显出眼光的活泛，是中年人的活泛。

自从参透了艺术品在商场中的运作规律，他就辞去了编辑一职，利用旧有的关系网开了自己的画廊。几年过去，车子开上了，大房子住上了，孩子满地跑了，可卫东还是有他的烦恼。画廊的名头依然不够响，缺少轰动效应。他正想推出一组新锐展览的时候，松因回来了。至于松因对整个行为的设计，他是相当兴奋的，几乎可以肯定准能引起轰动，而只要轰动，商业方面就有潜力可挖。

这方面成功的例子很多。就比如松因知道的猪倌先生吧，此人后来去了美国，先是卖行为的照片、录像带什么的，打开了知名度后，就开始根据自己的形象做雕塑，如今一个雕塑可以卖到八万美元，真可谓日进斗金。

当然在国内做行为风险也是有的。不过这些年政策宽松些，顶多来个警告，权衡利弊，得还是大于失的……

这些都是卫东肚子里的小九九，对松因，他表现出来的是一种持重的沉吟。这种沉吟怎么理解都可以，也许是一个老板对将要承担风险的顾虑，也许是一个艺评人对于所要评介的对象还持不好评判尺度，也许仅仅是男性对于一位将要做行为艺术的女性的一点点怜香惜玉。

松因的理解是后者。

出国之前，卫东曾给她打过两次电话，一次是约她去某国使馆文化处看电影，还一次是看什么展览。不过松因都没有去。两人一别数年，包括再见面的时候，都仿佛不曾发生过什么，仅仅是老同学而已。松因在日本期间，年年圣诞给他发个贺卡。卫东呢，有数的几回通信，无非是通报一下他的画廊正在做什么展览。也多亏有了卫东，松因对国内的前卫美术界，才保持了一贯的了解和兴趣，对自己回来要做的事情，又能大略地有个定位和把握。由此，对卫东自然存了些感激。

时间久了，这点感激更酝酿出一点点幻想，以至于回到北京的时候，飞机在空中盘旋，她远远地看着这个城市，心里有片刻的温暖。那点温暖，有一半是因为这里毕竟有个家，另一半，可能就是因为隐隐约约想到了有卫东这么一个人吧。不过那种心理定式依然存在。她还觉得他是唾手可得的。仿佛从那个半途而废的疯狂夜晚开始，卫东就一直在屋子里等她。而人心就是这样奇怪的。想到他一直在等着自己，感到温暖的同时，又无端地觉得那温暖是廉价的了。

终于走进卫东的办公室，看到那张三口之家的合影，松因的心思，才像天上飘的风筝落了地，总算回到了现实。

他的太太也并不陌生，就是当年的幼教老师小关。小关结婚后，就像松因一度羡慕的日本女性一样，在家相夫教子。他们的儿子很可爱，一望便知是在娇宠中长大的。一头柔顺的卷发纷披着，笑得开心而满足。可松因不知为什么，在那笑容的笼罩下突然恍惚起来，对卫东一些最简单的问题，都是答非所问的。等到仓皇地结束这次拜访的时候，才想起没给人家孩子准备礼物，情急之下，把书包里那一直带在身边的绒毛兔拿出来，放在相框旁边，匆匆告辞了。

回去的路上，一边怀念那绒毛兔，一边开始嘲笑自己。本来抱有的那些幻想自是沉下去了，浮起来的则是一丝感慨。她知道自己到了一个尴尬的年龄段，与异性间的某种相对关系已经发生了质的变化。不过这也就迫使她横下一条心，要做自己的事。而这件事，赌注是很大的，如果多了感情的羁绊，那么她的顾虑就会又多一重。

感情方面绝了些念想，她的心反倒沉静下来。

以后再见到卫东的时候，两个人就一步一个脚印地筹划展览了。

她慢慢发现，在商业运作方面，自己完全不用操心。要是在过去，关乎这个行为，她能想到的商业手段，无非就是卖几张照片而已。如今卫东就会替她筹划，要找人拍录像，组织人写文章，包括推动网上的讨论，还有，要到景德镇熟门熟路地去定做陶瓷制品，当作雕塑来卖……

卫东手头正在为一个艺术家推销一组雕塑，陶瓷的，全是穿各色旗袍的女人体，美腿摆出了种种挑逗的造型，却都是没有头的。他说很好卖，言毕似乎相当得意。

而就这个为何“没有头”，两人曾做过一番讨论。

在松因的追问下，卫东摆出一副学术的样子加以抵挡：“这个这个，抽空了人的个性，展示了人的某种普遍性吧。”

松因就咬住不放：“敢问是什么‘普遍性’呢？”

卫东支吾道："哎呀，也许是普遍的——性吧。"

两人就同时笑了。笑过之后，松因就叹气："还是我来道破吧，其实这位艺术家的言下之意是——'她们没有脑子'。"

这么一说，卫东深深地看了她一眼，就垂下了眼皮。

松因笑道："你不说话，那就证明我说到你们心里去了。"

卫东连忙自谦道："不敢不敢，起码不敢说您老没脑子。"

松因"哧"了一声："我嘛，所谓的脑子，也只是那么一点点。"

卫东就戏道："哦？敢问您那点脑子想的是什么呢？"

松因望了望天，又直瞪着卫东："想的是，自己活了这么大，还真是没脑子的时候居多哪！"

两人就相视而笑。

笑过之后，又是沉默。

其实松因对这样的气氛，多少是有些恋恋的。

不过她也知道，两个人都是刺猬，远远地说话可以，却是不能靠得太近的。

九

脑子里一边胡乱想着这些事，她一边戴上手套、口罩，细细打磨那条旧木船。

这是卫东帮着淘换来的。不知是哪个公园废弃的。松因把许多地方的漆皮磨掉，省得赤身躺下的时候划痛皮肤。而那些身体不会碰到的地方，斑驳的漆皮则保留着，想跟皮肤的细腻做个对比。当然，底下还是要垫个木板的，不然躺那么久，谁也受不了。木板的颜色自是要重一些，这样才会和身体间有一种映衬的关系。

船打磨好了，就放在小学校礼堂的舞台上，卫东叫人抬来实验室里一个半人高的铁架子，把木船架上。幕布拉开，木船居中，追光灯打上去，四周暗暗的，暗处背景里，有隐约的一排红旗。

准备工作做得差不多就绪了，杂物也让人抬走了，被无数双脚磨得坑坑洼洼的木地板也做了清洁，不再爆土扬烟了。请柬发出去了，写得非常简洁：

美器。留日青年艺术家贺松因归国展

下面印的是一张小小的尾图——松因提供的局部照片：一只素手，倚着斑驳的船舷，手心里松松的，握着一枚熟透的红果。

松因抱着双臂，细细打量那舞台，神情里有一点森然。卫东不知什么时候出现的，也在暗处打量着舞台和松因。

松因这时候衣装仍是严整的，但卫东知道那行为的内容，脑子里已经开始出现一些幻象。

他摇摇头，又仿佛要甩掉什么。

松因的头发是盘在脑后的，逆光看去，脖颈那瘦削的剪影还依然留有几许少女的风韵，然而卫东是知道的，这个年龄的女人，假如还有一点点青春呢，那也是极其短促的，短得就像北京的“春脖子”，刚刚还是杨柳依依，春风拂面的，转眼间已是夏日炎炎，蚊虫肆虐了。

卫东是过来人。虽说他一再提醒自己，这个女人的心，究竟能够承受多重的东西，是她自己的事。可不知为什么，事到临头，他还是有点隐隐的不安。

小学校的礼堂虽说是高大轩敞的，却由于久不通风，有一种积年的霉味儿，白天还不觉得，一旦夜幕四合，虽说是四月天吧，在里面待久了，还是能感到老房子那种年深月久的寒意，仿佛从地缝里钻出来的，丝丝缕缕，盘着梁柱，绕着发丝，网住血肉，一点一点，沁进骨缝里去。

松因背对观众席站在舞台的一角，脚下是一团团扫不净的轻絮。轻絮的柔和、缠绵，甚至小小的无赖，让卫东有些走神。

他无端地，想起昨夜的妻子，就一如这轻絮，缠绵柔和，然而又是无赖的。

孩子睡熟了，妻子穿了件不似衣裳的衣裳，款款地，又是不无焦虑地靠近。卫东装作在上网，心里却是犹豫的。孩子四岁了，这几年来，他习惯于把那种问题在家之外解决。可是每次一身轻松地回到家，看到在厨房油烟中忙碌的妻子，他又不免心生恻隐。他是吃惯了家里的饭了。不过这恻隐又是短暂的，当妻子真的一头油烟地靠近，他的心立刻又硬了起来。

偶尔想想，连他自己都觉得奇怪。当年把小关从她男朋友身边约出来，他是多么兴奋呀。两个人偷偷摸摸在一起，又是多么新鲜刺激！可一旦结了婚，名正言顺可以天天在一起，月月在一起，年年在一起了，那种无聊又是多么难以抗拒。是由于厌倦么，抑或是她的不修边幅和身上那油烟味的综合作用？卫东有时候忙得顾不上多想这些，反正自己供着一家人衣食无忧，孩子长得又挺好，就行了。

不过今天，他有些心软。孩子出生以后，妻子还从来没有这样光鲜过。头发是新做的，衣服是新买的，脸上也久违地施了些淡妆，甚至香水，都是卫东买了她又收起来，一直舍不得用的。

见她是这样“努力”，卫东有一点儿心疼。那么要做就做吧。

可是真正做起来之后，他又开始心疼自己了。

她的眼神还像少女般羞涩紧张，可是下面的眼袋又是多么明显呀；双颊上细碎的皱纹是多么密，毛孔又是多么粗大啊！脸尚且如此，遑论其他！

卫东默默地关了灯。可没了视觉的干扰，嗅觉的干扰又来了。忽然发现妻子不再像婚前那样吹气如兰了，她呼出来的气息带着一种发酵过久的酸味儿，唾液又是那样的腥黏，简直像是溽暑天一只巨大的蜗牛拖泥带水地从脸上滑过……

或许在婚姻中，人们对另一半的嫌弃，常常就像是在照镜子吧。卫东站在这面镜子前的时候，他也就开始厌弃自己。所以才那样执拗地关了灯。

他不用看都知道，镜子里那个家伙身上，该长的不长，不该长的乱长：头发是日渐稀疏，脖颈周围，却如雨后春笋般新生了许多细小的肉赘，隆起的腹部，如果完全放松下来的话，绝对紧追身怀六甲的妇人，脚上还有几处迁延不愈的脚气……奇怪的是，跟“小姐们”在一起的时候，他是从来不会想到这些的，反正完事儿付钱，那种感觉是放松而自得的；与妻子在一起，却会让他无端地照照那面镜子，照一次扫兴一次。也许是跟小关还有所谓的感情吧。这么一想，他就觉得那感情真的是一种绳索了。

而这绳索的另一重作用则是，当他目睹小关的日渐衰老，他也就泄气于自己的衰老；跟小姐们在一起，她们都是那样年轻，那样自信，让他也就自信为年轻了……

被那想象中的绳索箍得透不过气来，于是那一次就变成了半次。

虽然妻子在结束的时候表示满意，可是卫东知道，她肯定是会腹诽的。一想到她居然会腹诽，他心里那点歉疚忽地烟消云散了，继之而起的是对中年女人那份不自知的嫌恶。然而这嫌恶一经产生，他又不免对于包括自己在内的中年男人嫌恶起来了，结论就是，男人都是狼。

带着这样的结论，他再看松因的背影，那层担心就不免沾了些夜色的浓重。要知道，明天来看展览的，多数都是男人啊。那些如狼的家伙，如果有谁发出些没轻没重的评论，她该怎么受呢？这时候心里却有个细小的声音在嘲笑自己：是啊是啊，你所盼望的，不就是一个独享的堂会么？可人家这行为，压根儿就是要给很多人看的，给很多的男人看。你还担心她的心理承受力，没准儿人家在日本的时候就已经百炼成钢了呢！

卫东想到这儿，心里忽然泛上一股恶毒的酸意。酸意过后，是一种幸灾乐祸的祈盼。祈盼过后，又是一点点自惭形秽。觉得自己如此恶俗，简直觍为一个艺评人。

可是片刻之后，惊讶于他卫东居然能够这样地批判自己，又自认并非是一个庸常的男人了。

于是深吸一口气，信心十足地走上前去。脚步是持重的，“咚咚”地踩响了木地板，惊得松因惶然地回过头。

她回头的一刹那，舞台上惟一的那簇光照亮了她的脸，眼神惊怖得像个孩子，面色苍白得又如病人。嘴半张着，牙齿整齐而细小，如整个的人一样，都像是尚未发育完全的。

卫东看着她，心里有一部分是软的。本来要轻松地调侃几句的，忽然间嗓子好像被什么卡住了，嗫嚅着说不出话来。很快他又暗笑自己这片刻的少年般的心情。毕竟，卫东是久经沙场的。

松因忽然想起什么，就问他："说明印好了么？"卫东点点头，从怀中抽出一份递过去。

松因接过来，匆匆浏览着：

"'女体盛'，日语意为用少女的身躯作盛器，装盛大寿司的宴席。'女体盛'艺伎在上岗前必须经过严格的训练，传统训练方法是在裸身上六个点各放一枚鸡蛋，要求在静躺四个小时后，鸡蛋仍在原位不动。艺伎经训练后才允许'上菜'。每次'上菜'前要进行九十分钟极为细致的洁身程序。上菜时，'女体盛'赤身裸体地躺在房间中央，摆好固定姿势，整个人宛如一只洁白的瓷盘，寿司摆放得不能太多，否则'女体盛'的身体将全被盖住，影响食客欣赏'美器'。

"更有一些富商巨贾举办豪华晚宴，场面很大，十个'女体盛'排成一排，甚是壮观，显示出主人的高贵、阔绰。

"艺术家贺松因小姐留日归来，有感于这一大和民族极端大男子主义的产物，特此奉上'女体盛'之中国版的行为艺术'美器'，以飨观众。"

等她看完，卫东说："你原来那个想法不行。怎么能把这个说明随着请柬附上去呢？这么四散一寄，不论哪个环节，只要有一个人出来说上半句话，您这行为就别做了。要等明天人都到了再给，反正行为也做起来了，先斩后奏，既成事实，能做多久就做多久，你不是说可以坚持三个小时吗？足够了。各方面的人，该来的差不多都来齐了，影响也出去了，再有点什么也就不怕了。不过——”他又沉吟了一下，树脂镜片闪烁着荧荧绿光。

“不过什么？”松因问。

“我还是担心展览中会有什么不可控制的东西。究竟是什么，一下子又说不清。”

松因一笑：“该来的总要来。”

卫东有些语塞。过一会儿背着手，帮她再检视一遍舞台。

这舞台虽说简陋了些，却是五脏俱全的。幸亏以前的小学校财大气粗，匆忙搬走的时候，这里的许多东西不知是忘记了还是没来得及运走，反正悉数留下来，倒给了松因某种成全。

幕布的开合都还自如，包括那背景红旗与大幕之间，还有一道二幕，也是可以自由升降的。这也很重要。因为松因设计的第一个场景，就需要这道幕布降下来，缀上她自己绘制的布景。而第二个场景，又需要幕布升起来。

卫东又试了试那操控幕布的绳索，手感很有劲道，又不生涩。他点点头。再试试音响，虽说喇叭老旧了些，放出的音乐却自有些古怪气氛，倒也马马虎虎吧。

又问松因寿桃水果什么的，都准备好了没有？松因说找了个小时工做帮手，明天中午取，保证是最新鲜的。

听到“新鲜”两个字，卫东忽然笑了。他关了最后一盏灯，一边陪松因步出礼堂，一边借了夜色打着哈哈：

“哎呀松因，我在想啊，明天对于到场的所有男人来说，绝对是个‘鸿门宴’哪！”

松因的表情很是模糊，不过声音却很清晰：

“对女人也是的。”

听她这么一说，卫东就有些敛容。

他忽然觉得，身边的女人站在了比自己更高的地方。虽说她渴望成名的心是那样惶急。

两人一前一后地往外走。

月光不明，正被一大片灰云挡着。如雾的夜色中，二进的院落里，有似霜似雪的东西洒了一地。

松因知道，那是遍地落英。杏花的落英。

手心里有一种温香的幻觉，散漫开来，罩住了内里那颗冰坨子。

她不知道这一切是否都属宿命。

她只有往前。

十

这个早上比想象的还要寒冷。头一天还曾是阳光普照的，到了后半夜，忽然下起了很密的雨，天明时候一看，遍地的柳絮都被泥泞困住了，动弹不得。

小学校周围，有一种空城的感觉，灰暗低矮的民房，山墙上处处有白色的圆圈围出个斗大的“拆”字。从街上走过，有的房子还透出一点人的气息，有的则明显是人去屋空：

失掉了窗帘，屋里的情况隔着玻璃一览无余。地上是些散落的绿豆，一两颗扣子，一枚过时的发卡，三五个褪色的蚊香片……墙上，有铅笔的涂鸦，有变形金刚贴画，有发黄的过气明星照片，还有镜框取走留下的长方形白印子，从那白印上，能看到流逝的时光的影子。

午后的院子，是清冷的，静谧的。

这个简陋的洗澡间原有个连着太阳灶的淋浴喷头，如今太阳灶让人家拆走，喷头里就只能放出凉水了。应松因的要求，卫东借来了一个崭新的浴缸，挤在一堆没人要的陈旧桌椅中间，越发显得簇新和爽洁。而那些椅子上的划痕，桌面上被磨得光亮的部分，都留着抹不掉的人的痕迹，于是松因坐在浴缸里，就提前有了一种被观看的感觉。也好。热热身嘛。

说到热身，身边的水已经明显地凉了。这水，刚才是卫东帮她从前院儿一桶一桶提来的，腾腾地冒着热气。卫东还特意洗了手，试了试温度。他的手很白，胖胖的，似乎很绵软，指甲短短的，指头也是短短的，在水中来回搅动着。以至于松因坐进去的时候，觉得里面不仅仅是水了。

无嗅的香皂、丝瓜瓤、海绵、棉签……松因用这些东西，把身上各个角落，凡是能清洁的，都来来回回清洁了好几遍，本来就有点过敏体质，这么搓来搓去的，整个人身上红一道白一道，颇似性虐待照片上的人物。她深知这一点，等到清洁步骤全部完成，就从水中起身，又在喷头下冲了一过，换上洁白的浴袍和崭新的拖鞋，静静地坐在那儿，等身上的红印褪去。

四周那么静，只听得出浴缸里的水忽悠忽悠晃动的声音，一声慢似一声。

不过，等等。

松因定睛一看，荡漾的水中，有一点鲜艳的东西浮动着，初始像一个红色水母，很快又四下里洇开，如飘散的烟霞了。

看到那烟霞，松因笑了。因为忽然计上心来。

周围的桌椅静默着，发出一种金属特有的腥气。

十一

操控幕布的绳索，正攥在卫东那汗湿的手里。混合着油泥的沉重麻绳，其粗砺是可想而知的。在卫东都是浑然无觉。

他的人生，好像还不曾经验过类似的时刻：对幕布外已经开始喧哗吃喝的观众，是这样的又盼又怕；对幕布内平躺在舞台正中的这个女人，是如此的既倾慕又唾弃；而对于这个由自己一手来操办的展览呢，他真是从心眼儿里渴望它大获成功，同时又甘愿它一败涂地。

揣着这样大的一个五味瓶，他跑到幕布一侧，接通音响，按下开关，于是喇叭里就传出了舒缓的古琴曲。似乎是《平沙落雁》吧。徐徐地，梳理着人的神经，卫东也平稳着自己的心绪，他跟松因对视了一眼，想着那句“该来的总要来”，利落地拉开了大幕。

台下聚集的，有一百来人吧，男男女女，衣饰考究而光鲜，都是北京前卫艺术的圈内人，还有些海内外媒体的记者。记者总是好事的，平时闻见点荤腥就激动不已，何况眼前呈现的是这样彻底的一块肉呢。

开始人们都聚拢在礼堂的另一端，那里排开一溜长桌，桌上摆满了可乐、果汁、小点心和三明治，只是没有酒，大家拿着托盘，三五成群地围在桌边吃着聊着，很多人看过请柬和刚刚拿到手的展览说明，对大幕后面有隐隐的期待，不过更吸引人的还是眼前的食物，放些食物在托盘里，心中笃定了，这才四下里逡巡着，寻找熟人，找到了就是客套与寒暄。

当音乐响起，大幕拉开，那些面对舞台的人就慢慢停止了咀嚼，有的还忘了关上嘴巴，以致嘴里嚼了一半的食物，就那样不雅地暴露在空气中。背对舞台的人们一见这种光景，也都纷纷回头，有的回过头来就傻了，身子就那样拧着，忘了把下半截也转过去。

其实用人体做行为，这些年在国内并不鲜见，什么赤身钻进死牛肚子里呀，利用女模特的彩绘人体作画呀，甚至有人拿婴孩的身体做文章，把那带有自身基因的死婴煮了吃或者喂狗吃……

不过还从来没有一位女性艺术家，这样彻底地用自己的身体做一个行为，这样不计后果地暴露于大庭广众之前。

是的，她把自己晾在那儿了，不留任何回旋的余地。

也把大家晾在那儿了。

她是以静制动的。

十二

最初几秒钟，所有的人都僵住了，只听见老旧的喇叭里，两只遥远的手，款款地将那琴弦揉来拨去。

首先反应过来的是记者。按动快门的声音打破了僵局，人们跟着记者，如一群鬣狗见到了食物，激动地，又是存了戒心地，蜂拥着向舞台靠近。

无疑，小舞台上天然与故意的成分合谋着，营造出的气氛是相当古怪的。

二道幕垂下来，上面缀着大幅的手绘丝绢，淡墨渲染的苍松野鹤，相当简素，只在鹤头上有一点红，红得有些突兀，仿佛是一处簇新的伤口。

舞台南北两端各有窗户，但都被黑里红面的窗帘严严地遮住了，只在繁密的经纬间隙，透出微弱的天光，如垂死者头脑中渐渐淡出的记忆。

一束顶光打下来，照着舞台正中今天这一道主菜：

那条搁浅的旧船如一个两头尖尖的巨大托盘，盘中应该不是浮尸，而是一个白肉的盛器，盛器上有序地罗列着一些点心。

舞台前面，有两个预设的矮梯子，似一种无言的邀请。有人踌躇着，不过更有人捷足先登，咯吱咯吱踏上去，三步两步来到了台上。

闪光灯“噼噼啪啪”亮起来，不一会儿，船的四周就围了一圈儿人。有些上来晚的，只好隔着人缝往里瞧，尤其是一些矮个子，相当着急，踮着脚，从高个子的肩膀上往里看，也常常是只见局部。

有的看见一头纷披的栗色秀发从船头垂下来；有的看见瘦削的锁骨间撒着淡粉的花瓣；有的看见酥胸的两个顶点上各镇着一枚鲜艳的寿桃，寿桃周围，是一圈精致的月饼，月饼上印着各式各样的寿字。而那三角形地带，随形罗列着几枚更为小巧的扁圆寿桃，红绿相间的，如一个俗艳的充气内衣。小腿是瘦而白的，不过已经可以看出肌肉有了几分松弛，苍蓝精细的血管在皮肤下隐约扭曲着，延伸到踝部。通身上下，只有这里是见到了布丝的：簇新的白色纯棉短袜把双脚包得严严实实，两个素白的袜底迎着人，勾勒出一个“V”形，正对着“V”形望过去，可以看到肌肉的丘陵起伏处，堆积着鲜艳的食物，食物尽头，是那苍白的下颚和注定是冰凉的细瘦鼻尖。

有到过某处陵寝的人，这时候就回想起来，自己亦曾从这样的角度，望过那样一个纪念雕塑，伟岸的男人衣装整齐地躺在那儿，脚下是一丛盛开的花朵——石头的。这人想起那一幕，背脊上就沁出丝丝寒意。不过眼前这是一个柔弱的女人，把自己当了个盛器，那点心又仿佛是出炉不久的，存着些许美意。船下的台子上，整齐地摆放着一次性的餐盘和筷子。那么你是吃还是不吃呢？

吃还是不吃。

这真的是个问题了。

栗先生站在人群中，矮矮的个子，花白胡须，谦谦君子的表情。仿佛总是微微地笑着。那双眼睛看过无数的展览，是处变不惊的。他暗想，这个女孩子不知为什么，深具一种恶讨的勇气，让人拿不准是该敬还是该怜。作为一个资深艺评人，他从不让自己匆忙地下结论。有时候，一件作品，一个行为的意义，常常是隔了一段时间，或是放到一个大的架构里面，才会慢慢显现的。具体到眼前，至少直觉告诉他，推动这个女子的，除了强大的功利心，一定还有一点别的。而那一点点东西，恰恰是有意味的。

见大家都渗着，出于捧场的心，他觉得应该有些互动，于是拿起筷子，小心翼翼地夹了块月饼，又用盘子托着，在众人瞩目之下，有些羞涩地把月饼送入口中。闪光灯再次集中地亮起来，有人高声问："老栗，'味道怎么样啊'？"他赧然着，又有些狡黠地笑了："你自己尝尝，不就知道了么？"

什么事情就怕有人开了头。

一时间，好几双手相继拿起餐盘和筷子，可是临到要夹取的时候，多数的人还是踌躇了。吃也需要勇气，这真是有些稀罕的。可人们很快发现，谁越踌躇，谁就越尴尬。因为月饼被夹光了以后，就剩下寿桃了。而寿桃的位置又都那么的微妙。不过既然拿起了餐具，又不好再放回去，于是，一个，两个，三个，四个……寿桃也被纷纷夹走了。

一群男人围着一个赤身的女人做咀嚼状，这是极易引起那种人们总爱回避的联想的。

果然，当点心都被吃光以后，那种众目睽睽的场面，是有一点儿肃杀的。

卫东想象中，本以为是一种尴尬的色情呢。不想却是一种肃杀。背景中的音乐似乎也变了曲目，听上去倒像是《十面埋伏》了。

这时候有这样一个人，做了这样一个象征性的姿势：他转到船尾，慢慢弯下腰，亮出他那长大的舌苔，一下一下，涩重地舔着那对雪白的袜底。

按动快门的声音再次如雨般地响起来。人群嗡嗡着，有些骚动。

松因的额上沁出了汗珠。她仍在坚持。

是的，这是你的展览，但你也无权阻止别人自由地作秀。何况作秀也是一种互动呢。

这条有名的舌头她是耳闻过的。今天亲身领教，不承想这样有力道。如果不是隔了层织物，那就完全是一种刑罚了。这也许即是卫东所说的某种“不可控的”因素吧。至于刚才那些筷子尖上的轻重缓急，还都是意料之中的事。而眼下就有相当的不同了。更像是两个人在过招。松因也只能以不变应万变。盯着天花板的眼睛连眨都不带眨一下——还做她的一息尚存的物件。

等到舌头的主人透出些许倦意，周围的人也从兴奋慢慢转往无聊，卫东低声通知大家，希望观众能够退回台下，因为艺术家需要重新沐浴，还有一些水果要呈上。

于是人群又从台上呼啦呼啦移至台下。大幕迅速地拉严了。

等待是漫长的。也可以说是展览的一个组成部分。有的人又开始聚在长桌旁吃喝。可是不知为什么，再吃进嘴里的东西，味道都有些改变了。真的是匪夷所思。

廖雯是栗先生的女友。这时候正双臂环抱，望着那紧闭的幕布出神。外面天色暗下来了，她的心里却渐趋明亮。职业兴奋有如一盏灯，能够照亮人们被日常琐事层层包裹的心。

她曾去纽约，对美国的女性主义艺术家做过一番考察。印象最深的就是卡洛琳·史基曼的一个行为，应该是做于七十年代吧，展览过程中，她把藏在私处的一张长长的纸条当众取出来，将写在上面的文字一句一句朗声宣读。是的。这是一个生命的必经之途。也曾是一个云雨交融的空间。更可以是一半的人类独立宣言的出发点。

廖雯想到这里，忽然觉得有很多话要说。她的目光，在人丛中寻找着。可栗先生还是被追随者层层包围着，虽然有一肚子的话，她也只好依旧抱着双臂，等待大幕的开启。

她不知道老栗会怎么说。也许他会质疑这个行为缺乏本土的文化积淀吧。不过推而广之，你也可以把整个人类的所在作为自己的本土来考量的。

有趣的是，她注意到，刚才在台上，托盘举箸的皆是男性，女性观众虽占了少一半，却都在外围观望，没有一个肯移步向前的。从这个角度来看，她觉得松因的行为是哀而怨的，本身就是一个寓言：这依旧是一个专为男人预备的世界。

十三

这段时间对卫东来说是异常忙碌的。其实作为一个画廊老板，这个时候应该在台下周旋，跟到场的嘉宾联谊，而像什么提热水呀，操控幕布呀，这些纯粹的体力活儿，是完全可以倩人代做的。但不知为什么，他全要亲力亲为，这会儿更是忙得满头大汗，不亦乐乎。

他忙得那样投入，也是为了驱散头脑中的某些阴影，那些他自己都羞于面对的东西。

这一天对卫东来说真是高密度的一天，而且对比强烈。上午是那样安谧。下午是这样火爆。而更为火爆的则是他的内心。

他自己都没有想到，当他在人群中审视松因身体的时候，第一感觉竟然与艺术无关，而是纯粹的男人的反应。

这个他少年时候就曾渴望过的身体，又是曾经一度软玉温香浅尝的身体，在此情此景中一旦骤然直面，带给他的竟是这样一种难以克制的失望！这失望简直让他有种大庭广众之前蒙羞的感觉。本以为那身体无论如何该是有几分美的，不想竟是那样苍白松弛，跟发廊小姐、三陪女郎们坚实润泽的肉体，简直不可同日而语！难怪身边有男人讥诮道："这哪儿是什么'美器'，倒像是马王堆的出土文物！知道她为什么穿袜子吗？脚是最能暴露年龄的啦！……"唉，女人的青春，消逝的是何等的迅捷呀！年龄的增长，在男人大多意味着资本的积累，而在女人呢？也许更像是老虎凳上的砖块吧。

嗟叹之余，他对那讥诮的男人又盯看了一眼，那一眼的余音是带了恨意的。

这一点连卫东自己也很奇怪：当他觉得单独面对松因的时候，好像两个人是有些对立的；可当别人评论松因的时候呢，他又觉得自己和她是站在一起的了。

突然间他又笑自己竟然有这样奇怪的感觉：难道他和她之间有什么了不得的关系吗？

可是……

可是不知为什么，这个苍白松弛的身体，让他在失望之余，却又生出一种无名的感动。

她是多么孤独，多么柔弱，可同时，又是多么沉静，沉静如海绵，能够无声地吸纳掉任何挑剔与讥诮。那沉静是拥有力量的。虽说是借助了色情吧，却又把那种他想象中的色情，蒸发为一种悬浮在肉体之上的东西！也许仅仅是一寸的悬浮吧。可又是多么艰难的一寸！

忽然觉得被那肉体包裹着的，也许该称作生命的内核吧，那生命的内核中凝聚的勇气，是让他且敬且畏的。

这一点点对女人的敬畏，是他未曾经验过的。一经产生，就使他感到了一丝钻心的痛楚。这痛楚也是未曾经验过的，以至于大幕又一次拉开的时候，他竟觉得双目有些辣辣的，连近在台下的小关和孩子，都视若无睹了。

十四

大幕第二回开启，人们只觉得眼前一片红光。

二道幕升上去了，露出后面满墙的红旗。背景音乐也为之一变，老旧的喇叭中，伴着“噼噼啪啪”的杂音，传来似曾相识的《运动员进行曲》，所有三十岁以上的人一度非常熟悉的曲子，小学或中学时候，运动会或发奖会上不可缺少的背景音乐。节奏鲜明，又常常是伴着整齐划一的掌声的。

“盛器”在三个部分堆积着红色的水果，观众踏着音乐的鼓点走上台，才发现那是些小块的无籽西瓜，皆呈半球形，凸面冲上，组合在一起相当悦目，像是给盛器穿上了一套红色的充气比基尼。

也许是一回生二回熟吧，这一次人们不再踌躇，连几位女性也都加入了取食的行列，也就是一转眼的工夫，所有的水果都被扫荡无遗，这时候竟有人高声感叹：“真不禁吃呀！”众人就笑。

于是，在那快节奏的怀旧乐曲中，人群再一次聚拢在这个赤身的人周围，不过这一次气氛却有几分轻松，更有人调侃道：“要是再多一面旗，可就真成遗体告别啦！”众人又笑。

栗先生也随着笑。不过他这个人常常具有某种敏感的奇思异想。在这样的氛围中，他就在琢磨，空气中不知为什么生出几许滑稽味道，就像人生一样，正剧悲剧之间，又多半会有喜剧闹剧粉墨登场的。

这时候有明眼人发出了一种低低的惊叹，人群中飞速传递着某种耳语。一时间人头攒动，栗先生顺着人们的视线望过去，发现“盛器”与木船之间，原来是有一块依船形而裁得的木板的，材质很像防火板，光面，是一种极淡的灰。而此时，那木板居中地带，正有一摊红色的东西向四周缓缓推移着，看那质感和黏稠度，又显然不是西瓜汁了。

因为没有什么东西可吃，有些本要走到台下的观众，这时候又纷纷转来，人群里三层外三层聚拢着，像是海洋中的鲨鱼，闻到某种腥气时自然的聚拢。

而那最激动的鲨鱼终于出现了。

他拨开众人，又像助产士一样分开雪白的双腿，拿起一副筷子在里面搅动了一下，于众人的惊愕中，居然夹出了一个东西。

闪光灯激动无比地亮在一处。那筷子尖上的，竟是一个尚未溶化的沾满了鲜血的人形巧克力！

这个戏剧性的场面让几乎所有的人都吃了一惊。

只有“盛器”不惊。

她还保持着最初的姿势，如果不是眼睛偶尔地，有那么一瞬。

那人的面孔对许多人都不算陌生，一传十，十传百，片刻间人们都知道了，他就是那个曾经轰动一时的吃婴者。

吃婴者此时志得意满地在一片快门声里张开大嘴，把那棕色小人儿吞入口中。嘴角上还挂着丝丝血迹。

于是，人丛中又有谁高声问：

“老栓，吃什么哪？炒米粥么？”

可还没等吃婴者作答，紧接着又有一个突发事件，使这个卫东曾经百思不得其解的展览的结局，闪电般地来到了眼前。

十五

却说松因妈自然不知道女儿这两天都在忙些什么。松因也不会告诉她。

老太太自己首先就很忙。松蓉生了个混血的大胖小子，她得火速赶到美国去伺候月子。

明天就要上飞机了，行李还没收拾完呢。老太太急呀。她进进出出。她翻箱倒柜。匆忙间误把松因的箱子当作自己的打开了（两个箱子大小颜色几乎一样），还往里扔了几件衣裳。

可等她蹲下去仔细收拾的时候，才发现开错了箱子。于是又往外倒腾。不过慢着。

忽然看到一个奇怪的东西。被黑色的塑料袋层层包裹着。形貌可疑。

打开袋子。

老太太的脸就白了。

那东西做得很好。仿制得相当逼真。还带了一个电源插头。

老太太呆了半晌。突然间眼泪扑簌簌掉下来了。

不知道二女儿都经历过什么。因为她什么都不说。可她毕竟还算是青春年少啊，怎么早早地就指靠了塑料呢?!

老太太哭得涕泗横流。

直到薄暮时分。春天的微风裹挟了雨腥和花香从窗口吹进来。

她止了泪。

一个人端坐在渐渐浓重的暮色中。

十六

再说展览上那个突发事件吧。

事发的时候，刚有人问了个有关“炒米粥”的问题。那一刻，大家的相对位置是这样的：观众基本上在松因的周围站成了一个圆形，不过是靠近背景红旗的一带人少，靠近台口的一带人多，尤其是吃婴者对着观众席大嚼的时候，为了看清他的脸，就有更多的人聚到了舞台外侧，而靠近红旗的内侧，一时间就留出了一个缺口。

吃婴者的嘴嚅动着，正待他张开棕色腥黏的双唇，准备说些什么的时候，那缺口处突然出现了一个人。

其实现在这样有条不紊地叙述，都是根据许多人事后东拼西凑的回忆组合而成的，当时因为事发突然，很多人几乎没有看清他的脸。

这人手里拿着一个瓶子，呼的一下，把里面的东西兜头泼向松因。

正如一石激起千层浪，人群本能的反应就是朝台下退去，但还是有些人的衣服溅上了黑色的墨汁，一时间，大人呼，孩子叫，人们脚步杂沓地迅速离开了舞台，个别记者一边退，一边按动快门，拍下了一帧留待日后回味的照片。

照片上，那人以红旗为背景，高举着一个墨水瓶，松因则像海湾战争过后那只著名的水鸟，身上披满了墨黑的颜色。不过那双袜子，依旧是洁白如雪的，白得刺目。

拍下这张照片的记者甚为得意，也由衷佩服卫东的反应速度，因为他刚刚按动快门，那老旧的大幕就异常迅速地关上了，他们两个简直是互相成全，一个留下了独家镜头，一个以迅雷不及掩耳之势结束了这个骑虎难下的展览。

大幕刚刚关严，卫东就当胸抓住那人的衣服——他手中的墨水瓶还倒攥着，瓶口仍有余沥，像滴着黑的血。

那人嘴一咧：

“她做她的行为，我做我的行为。”

是啊是啊，如果都是以艺术的名义。

卫东松了手。

那人整了整衣领，凯旋般地走了。

十七

此时松因在卫东的眼中，就如黑白片中倒在血泊中的困兽一般。

他急忙跑过去。却发现她的眼睛异常明亮，居然笑道：“他比我还急。”见卫东愣在那儿，就朝他低语几句，卫东这才猛醒过来，从舞台的边门跑出去了。

礼堂中，受了惊吓的人们纷纷检视着自己的衣衫，更有人对那早已扬长而去的艺术家表示愤慨，不过他的名字却在此刻成了交口传诵的东西，甚至超过了松因和吃婴者。

卫东就于此刻出现在人群中，把松因的也是他自己的意思传达给大家：所有被弄脏衣服的人，希望能登记下衣服的品牌、价格，由画廊和松因本人尽量按原价赔偿——不能让大家因为观看这个展览蒙受任何损失。

此语一出，人群的骚动渐渐缓和下来，尽管还有人抱怨：“赔？我这领带上千，西装上万，你们赔得起吗?!”不过立刻就有人出来援手：“哥们儿，人家话都说到这份儿上了，咱心领了就得了。你老兄我们还不知道，画画儿就跟画钱差不多，一万两万的，人家就是赔了你也不会要哇！”说得人不禁莞尔。

像老栗、廖雯等人，都没有登记，穿着各自满是墨迹的衣裳，匆匆走了。多数记者忙着回去发稿，也都纷纷告辞。留下登记的人只是少数，数额也不算太大，助手一会儿就统计出来了，也就五六千块钱吧，卫东那颗悬着的心总算放下了。

还有两三个记者想要采访松因的，也都被卫东婉转地改约了明天。

人们渐渐星散，连画廊雇来的摄影师也走了，卫东揉揉太阳穴，这才发现在那些收拾餐具的服务生后面，礼堂尽头的一排木椅上，小关默默地坐在那儿，怀中的孩子已经睡熟了。

真是头痛。

他叹口气走过去。自从有了孩子，妻子几乎不看他策划的展览的，这一次不知怎么了，也许女人的直觉在起作用吧，不光自己来了，还带着孩子。

孩子睡出了一头的汗。卫东掏出手绢来替他擦了半天，一边擦一边低声嗔怪着：“怎么不早点回去？你就不怕他着凉？”

小关柔声道：“孩子也挺可怜。一下午都嚷嚷着要找爸爸，来了还没找着你呢，他的绒毛兔又给弄脏了，哭了一场，这会儿累了，才睡着。”

卫东定睛一看，孩子怀中抱着的绒毛兔，脸和大半个耳朵，全成黑的了，连孩子的小手上都是墨。不禁心生恻隐。

妻子趁势说："一块儿回家吧，饺子都包得了，进门就煮。"

卫东皱着眉，说声就来，又快步走回了后台。

十八

松因的动作是如此神速。

卫东再见到她的时候，她已经上下一新，结束整齐地跟小时工一道，擦拭舞台了。只是两个眼窝儿还隐约有些黛青色，配着正在滴水的头发，不知为什么有点鬼气森森的。

卫东嘟哝着不用擦，反正这舞台早晚是要拆掉的。

由于有幕布隔着，虽说旁边有小时工吧，他还是可以自然地望向松因。见她是那样沉静，他的内心也就有些笃定了。

本想对她说，你就等着吧，明天就会有消息见报的，网上也会展开讨论，不出几天，肯定还会有评论文章出来，就连那个突发事件，也许都变得对咱们有利了呢……

可他终于没有说那么多，只是告诉她明天会有记者来采访，她需要回去好好休息，这会儿本想一起吃饭的——

松因摇摇头，朝幕布那边努努嘴："快回家吧，人家娘儿俩都等急了。"

卫东磨蹭了一会儿，也就走了。

他走之前，服务生就走了；他走之后，小时工也走了。

一盏一盏，松因熄了礼堂的灯，又把那临时卫生间检视了一番，小时工已清洁一过，东西都已经收进包里了，没什么遗漏的。她背上包，把那个房间的灯也关了，一个人，沿着卫东一家刚刚走过的路，轻轻向外走着。

整个校园都是漆黑的，天上也没有月亮，连星光都是暗淡的。

她叹口气。男人都是这样的。最终都是要跟妻儿一起走的。

湿润的空气里，有杨花和柳絮的清香。

经过那棵杏树的时候，她忽然站住了。脚下踩着个什么东西。软软的，像是有着呼吸的。

十九

她不知道，卫东抱着孩子随妻子往外走的时候，心里都在想些什么。

其实最初他是相当得意的。展览比他预想的成功，尤其是那些不可控的因素，比刻意安排的还要戏剧性，他的画廊一定会声名远播，还有协助艺术家卖照片、录像带，甚至雕塑品的分润……没准儿松因会成为画廊旗下最成功的艺术家，这简直就是双赢呀！

他越想越兴奋，连呼吸都变快了，但眼镜和孩子却一起往下坠，他往上抱抱孩子，又费力地扶扶眼镜。

可是慢着。

经过那棵杏树的时候，他不知为什么，突然忧愁起来了。

松因。

松因以后怎么办哪？

谁会要她？

想到此处，他的心就变得有些沉。孩子也仿佛更重了。他焦躁地再次把小东西往上抱抱，却没有注意到，那小手里的玩具掉下去了。孩子依然睡着。连做母亲的也没注意到。三个人默默地走了。

二十

松因这时候定睛一看，原来是那只绒毛兔。

她忽然觉得全身无力。抱着那软乎乎毛茸茸的小东西，靠着树干一点一点坐下去了。

想起了卫东的儿子。苹果一样的脸。四岁。

无端地觉得小腹很疼。

想起了多年前那块被刮掉的血肉。

涩涩的眼睛里有一种热热的东西涌出来。一颗一颗，落到手中那小兔的脸上。

星光暗淡。

等她想检视那些泪水的时候，才发现兔子的脸是墨黑的。

纵有再多的泪水，也像是滴入了黯夜。

无声无息。

无影无踪。

二〇〇二年，无事的秋天—二〇〇三年，“非典”的春天

妙色

一

人一老，几乎事事都与年轻时候相反。

平先生年轻的时候多梦。走南闯北，谋生辛苦，夜来倒头便睡，沉睡中也自知是梦如大海。可即便是海中有仙山历历吧，琼岛又是近在眉睫的，怎奈涛声不绝，阵阵催眠，直到红日当窗，年轻的人儿蓦然醒来，却只有刹那间不知身在何处。继而揉揉惺忪睡眼，定睛见那昨日西去的太阳如今又来到目前，便轻易地找回了入睡前的那个自己，于是洗漱进食，夹了书包匆忙出门——脚步越走越快，掀起如烟尘埃，烟尘中，那些梦也就随走随落，随雨随风了。

如今平先生已过耄耋之年。衣食无忧。淡泊名利。笑谈死生。

可是细究起来呢，却有一件极细小的繁难之事。这件繁难事，若较年轻时候而言呢，又几乎是容易到可笑的地步的。

那便是入睡。

平先生多年来以教书糊口。专攻历史。到了晚年已进入这样的境界：把史书当小说来看，因为看出里面的假；把小说当作史书来读，因为读出了里面的真。

平先生生于清末民初，最早的记忆中，家里的成年男子都还拖着辫子。几十年弹指过去，乍见电视剧中那些晚清臣僚，不觉膝盖发软，依稀被唤起了见到父辈时那种条件反射；而当荧屏上有溥仪出现的时候，他却是安之若素的，因为多年前某个茶话会上，亦曾微笑着向这位先生颔首致意。对于其中的荒诞感，平先生也是一笑置之的。他知道，能让人生发这笑的那位魔术师不是别个，正是时间——这位贼人，这位爱人，这位忙人，这位闲人。

在空间上，平先生究其一生，有大半个世纪定居北京，不过年轻时候亦曾东西闯荡，其足迹，为稻粱谋曾穿梭于大江南北；为避战乱曾横跨东西两个半球。却不似现在的人们，动辄有照片为证，无论是分子的还是比特的，平先生几乎都没有，即便存了三两张吧，也大多散失于舟车辗转之际，或是浩劫当头之日了。到头来，一切的印迹，夺不走抹不去的，都留在记忆之中：

江南老宅院内的苔痕草色，都还是碧绿碧绿的，屋里那沁凉的霉味儿依然湿漉漉，混着母亲缝补衣裳的浅吟低唱，那样细弱，又是字字过心的；北平冬日里灰扑扑的阳光，阳光里寂静的红楼，红楼四层教室，女孩子诵读法文的琅琅书声，书声顿挫，交织着爱与死的纠缠；云南翠湖那隐约的树影，树影中掩映着伊人飘摇的发丝，发丝如根根柔软坚决的触角，要伸张开包裹他狐疑动荡的心；在香港天星渡口夜观天象，背后是隐隐的炮声，感知宇宙那有限的无穷，伤怀人生这现实的虚空；途经印度时候，在荒芜的佛塔上默坐着等待日出，试图于那如露如电的短暂中，参透垢与净，有和空……远处炮声隆隆，近处秃鹫盘旋；而到了纽约，则听不见炮声了，这里仿佛是另一个世界，空气澄明，远远眺望自由女神像，心中响起那句：“自由即目的”，忽然就愣在那儿了，雕像背后，蓝天上正赫然高悬着灿然的一段虹霓，就在那一刻，什么永恒、刹那、过程、目的、名实、空有，仿佛都随风化去，又仿佛于风中融为了一体，融进了那灿然的虹霓……

如今平先生老了，耳聋眼花，一两个月不出门是常有的事。不过那仅仅指的是身体的位移。至于心思呢？有时候是上下五千年，纵横数万里；又从人性至佛性；再从粒子那小小的宇宙，到宇宙这大大的粒子——躁动而又跳跃；有时候又仿佛落入了枯井，胶着于一片污泥之中，即便是心如彩凤吧，可那双翼沾染了厚厚的淤泥，纵有凌空之志，也还是辗转往复地腾挪于井底。

平先生有一大嗜好，就是爱猜谜，许多其他的嗜好，似乎都是以这一嗜好为前提的：比如爱看推理小说，是因为要猜出谁是凶手；爱打棋谱，是因为要猜透人的心思。

可是到了晚年，有一个谜语让平先生一直萦绕于心，无论他是怎样一个猜谜的好手，这个谜，却是百般地难于破解。

至于其难于破解之因呢，平先生也是知道的。很简单——那是他自己给自己出的谜语。所以，一辈子醉心于猜谜的平先生，晚年得出了这样的结论：猜别人出的谜，易；猜自己出的谜，难。

自己出的谜难解，因为存了破解的心。为了要破解，往事蜂拥纠结着扑面而来，使平先生那昏聩的听觉都不免感到扰攘了。越到夜深人静之时，就越发感到扰攘。于是入睡就成了难事。

睡不着，只好打棋谱。一粒一粒，棋子落在棋盘上，余音落寞空灵，颜色又是黑白分明的，稍解胸中的混沌。待到混沌初定，觉出那凌厉攻势中毕露的杀机，又勾起他深怀的对人心的惧意。

世事如棋。于是切望从这棋局中遁去。只好弃了棋盘，披衣到阳台上观星。

可即便是观星吧，又无法使他超拔于尘世，因为又被触动了今昔之慨。

三十年代在北平，那时候的夜真是夜啊，坐在院子里就能仰观星移斗转，指点辨识星座。可是如今呢，高楼大厦林立，只要还在市区，在哪里都无非是坐井观天，何况满街充斥的，尽是彻夜通明的绚烂灯火呢。

灯火如此绚烂，使平先生这样的老人，无端地感到了光明中的黯淡，热闹中的凄清。即便是戴着眼镜吧，又怎奈老眼昏花，无论如何纵目眺望，于井口的天空中也不见一颗星星，只依稀地，瞥见些许流云，李贺那句“银浦流云学水声”，到此时也只好算是将错就错的联想吧。

流云的间隙，倏忽之间有一道弧光划过，一闪即灭，也许是夜航的飞机，也许竟是流星吧。

一想到是流星，平先生陡然感到夜凉如水了，于是匆忙开门，又从阳台上退回到屋里。

小小的台灯依旧亮着。玻璃窗擦得倒也还干净。夜色做了后面黯淡的底子。那平滑冰冷的表面上，映出了一个鸡皮鹤发的影子。

影子在窗前坐下。闭上眼睛。眼前出现的S是那样年轻。虽然近日传来她的死讯，可谓是寿终正寝了。不过山长水远。又是半个多世纪未曾谋面，只有书信的往还。于是在平先生，无论心中还是眼前，S永远都是那样年轻。

年轻的S香气逼人。鬓发如云。衣袂飘飘。曼妙地，如一道弧光划过天际。

那是眼前的S。

而在心中，S则断断续续，一直在低语：

你不信我。

你从来都不信人。

二

平先生入睡难，醒来也难。

所谓醒来难，难在他总想抓住梦境，梦境如风，从指间穿过，他两手空空，故而不愿醒来。

比如这个早晨，梦境和勃起几乎同时降临，以至于他也闹不清，是梦境引发了勃起呢，还是勃起引出了梦境。

迷蒙中，他听见外孙吃过早饭"咚咚咚"跑去上课的脚步声；女儿在孩子身后的柔声叮咛；一会儿又是女儿招呼母亲洗漱的语声，老伴儿从她的卧室出来，铝制的助步器与客厅的桌椅发出轻微碰撞的声音；母女两个一边进食一边谈论着天气……

可平先生闭着眼，就是不肯醒来。

梦中的自己只有四五岁，梦中的母亲头发墨黑，口里念叨着：又有尿了，就把他抱起来，胸怀温暖又柔软。可是尽管母亲口中哨音不断，他的尿却是没有。不久即被放下。片刻又被抱起。抱起放下。放下抱起。到头来，年少的母亲困惑了：没有尿，又怎么会……

小男孩儿无声地笑了，他闻到了黎明时候竹林的气息，听见了春天苏醒的声音，觉出了下面正有春笋破土而出，鲜嫩坚韧，蓬勃挺拔，节节向上，整个林间都回荡着昂扬的拔节之声，那是春日黎明最美妙的音乐。

乐音绕梁。乐音盘窗。渐行渐远。

平先生不愿醒来，却又分明听到了冻雨敲窗的声音。

北方三月的早上。暖气时有时无。窗户上结着薄薄的哈气。平先生一层一层穿好衣服，最后再套上那铠甲一样的棉坎肩，配着一头兀立的乱糟糟白发，使他看上去既像是一只史前的胖鸟，又像是千年一上岸的迟缓的海龟。看着海龟那迟钝的样子，岸上的人很容易笑起来吧，笑它对于岸上世界知之甚少；却不知海龟的迟缓，也许正是因为背负着深广的有关整个海洋的记忆呢。

饭厅里弥漫着豆浆和油条的热气。女儿按照他的习惯，又端来个小碟子，里面是半块酱豆腐。老伴儿面朝他靠窗坐着，嘴里不知是残存着食物没有嚼完呢，还是仍在进行照例的抱怨：豆浆太稀啦——是兑了水吧；油条太皮啦——是隔夜剩下的吧；睡眠太浅啦——老听见刮风哎；屋子里太冷啦——这暖气呀，什么时候摸，什么时候都是凉的。

平先生耳朵里只听见一片咀嚼吞咽之声。眼睛望着那张逆光翕动的嘴。又像是没有望见。从他的角度看去，嘴的周围黑乎乎的，又分明伸展开了灰白的胡须，有的弯曲，有的强直，虽说只有稀疏的几根吧，却又是执拗地嘲笑着平先生那光洁的下巴。

好在老伴儿是诗书传家，与平先生多年来都是相敬如宾的，故而虽说晚年添了几根胡须，却是从来不曾吹胡子瞪眼的。

平先生近四十岁才结婚，妻子与之同庚，本来在丈夫的记忆中就不曾年轻过，如今又是他所见过的，最为高寿的老太太了。子侄和学生辈的人，都尊他们为“白头偕老”的典范，前年还有人倡议，要操办个金婚庆典云云，被平先生婉拒了。

老则老矣，白头也都是真的，只是那个“偕”字嘛，让他感到有点儿诙谐的意味，于是也就不无诙谐地对那倡议者说：我呢越长越像个老太太，你师母倒成了个须眉，我们往那里一站，人家会牝牡不分的……说得那倡议者，也不禁莞尔了。

三

用过早饭，跟老伴儿你东我西地说了几句家常话——两人都有点儿耳背，心里又似乎都预先知道对方要说些什么，至于真正说的是什么呢，倒不那么重要了，好像饭后的说话是个必经的仪式——仪式过后，平先生就踱回了自己的房间。

女儿正给他擦拭书桌。平先生瞥了一眼：原先摊开的书倒还都摊开着，只是次序有些乱了，面上就有些不悦。女儿毕竟才五十出头，看脸色还是看得真切的，就半是安慰半是嗔怪道：要搁着平时呀，您这儿再乱我也不管——这不，待会儿您的“眼花儿”不是要来么？我不拾掇拾掇，人家走了您又该抱怨啦。

转眼擦完了，女儿端着隔夜的茶壶，轻手轻脚退了出去。

平先生嘘了口气，又淡然笑了。这个大小姐呀。

从这三层楼的窗户望出去，秃秃的柳枝在风中瑟瑟飘荡，仿佛细诉着那朔风的寒凉，遍地的枯草被冻雨均匀地涂上了一层湿黑的墨色，即便是人在屋中，也能感到那冬末春初料峭的阴冷。

不过平先生倒有这样的经验：萧索的景色，如果是空着肚子去瞧呢，那是愈见其萧索的；若饱了暖了，踱回来再看，萧索还是萧索的，但因为心里笃定，看那风景的眼神，也就有了几许欣赏的惬意了。

透过秃枝的间隙，能远远望见高楼夹缝中一段闪亮的灰白，是那冬日里尚不显肮脏的护城河。以平先生时下的目力，辨不出是否仍在结冰，不过有了那灰白做背景，进出小区的人影，就约略地可以辨认了。

记不清是从什么时候开始的，女儿把安姑娘呼做了他的“眼花儿”。细想也还真是个“眼花儿”，在这个家里，安姑娘是有她的特权的：旁的人，无论学生、记者，还是出版社的编辑，来访前都是要预约的，还得看平先生届时的身体跟心情——平先生阅人多矣，知道那些来来往往的角色，多是些惯于锦上添花的，就常会在那人为的热闹中，忽发老年人的孤寂之慨——觉得那热闹中没有暖意，仿佛那热是一种燥，那闹则是躁而又噪的了。于是对各色人等和种种热闹向怀退避之心，老病则又成了最好的借口；而对安姑娘，则不同了，她是随时可以来的，来了如果高兴，连书房的门都不用敲，推开门就可径直而入的。其实要论起辈分来呢，安姑娘是他学生的孩子，该算是平先生的“徒孙”了。

安姑娘头一次来的时候，还让父亲领着，头发黄黄的，雪白裙子短短的，安安稳稳坐在小板凳上，一声不响地听着大人说话。其时，大人们聊的都是些古书里的事情，实在是相当枯燥的，小姑娘却瞪大眼睛听着，不光听，也把人的表情看来看去。只是在吃西瓜的时候，才显出了她依然是个小姑娘：轻轻地捧起一牙西瓜，微微向前探着身子，两个胳膊肘支得很开，每咬一口，都很小心，好像是又要保持吃相的文雅，又生怕弄脏了清白的衣裳。以至于平先生对她的斯文颇有印象，临走的时候还轻抚着小姑娘头上的蝴蝶结，连呼：“孺子可教。”

怎奈其父早夭，母亲他适。再来，就是安姑娘一个人来了。

父亲的辞世，带给安姑娘的东西，好像有点儿出人意料：她仿佛明白了一点什么，又仿佛困惑于什么，于是开始写起了小说，无非是些童年的回忆之类，有时候送来请平先生指教，平先生也是随看随忘的。直到上了大学，这孩子才算是微微开了点窍，有那么一篇，写一个小姑娘对一个大姑娘的伤逝悼亡之情，平先生至今还有点印象：似乎所谓伤逝，伤的是青春已逝；所谓悼亡，则悼的是童真的消亡。不过平先生拂开这些小女子的意绪，却从里面看出了一种如丝如缕贯穿始终的东西，以至于他再见到安姑娘的时候，告诉她：“你这个东西写的是小姑娘的性觉醒”，她竟呆了一呆。

她这一呆，令平先生有点得意，又奇怪于这个写小说的人，竟是这样不自觉的。而安姑娘则坦承，写的时候只觉得是个怀人之作，头脑里始终有一团纷纭模糊的迷雾，写完了，也不过是把那迷雾留在了纸上；心里很有些释然，不过头脑中，却是没有任何清晰可言的。她这一番“迷雾说”让平先生觉到了一点兴味，于是感叹自己之不大能写小说，或许跟头脑总是要求清晰有关。

可那让安姑娘自诩的，也恰恰是让平先生叹息的东西。她说她最满意于自己从那小姑娘的角度写性——总是雾里看花，隔着一层。平先生听了则是暗暗叹息：如今的年代，恐怕要看的是肉贴着肉吧，你隔着一层，搔不到人家的痒处，什么时候才能成名呢？而张爱玲怎么说的？“出名要趁早啊”……

不过这也是八九年前的旧话了，这中间，安姑娘有好几年都不大来了，有两次，平先生为她留的荔枝和榴梿都烂掉了，也还是没能来成，女儿一边摇头，一边对平先生说：您的“眼花儿”呀，怕是有了男朋友啦。

平先生听了也只是一笑，背着手踱到阳台上，去看楼前的柳枝，不知什么时候，让春雨滋润得根根柔软，抽出了嫩嫩的黄芽。多少个春天都从他的眼前匆匆滑过，平先生知道，春天的美，也许就美在它的短促吧。

大学一毕业，安姑娘就匆匆结了婚，这让平先生无端地有些不是滋味。她不知在忙些什么，连喜糖和印章都要托人送来。而看到那方印章呢，平先生又笑了——那本来就是个玩笑呀。

安姑娘曾带着男朋友来过一回。

落座之后，平先生客客气气让过烟、茶，就不再说话了。空气忽然有些凝滞。安姑娘问候了平先生的饮食起居，就介绍说，他在大学里学的是国画，痴迷于篆刻，见平先生还是微笑不语，就主人般领着小伙子去欣赏书桌上的几方印章了。

也许是为了舒缓空气，也许带有一点儿讨好的性质，小伙子就说如蒙不弃，希望能为平先生刻一方印章，问他想要哪几个字。

平先生顿了顿，笑道：那就——是为贼吧。

小伙子愣了一愣，好像不敢相信自己的耳朵。

安姑娘一面望着平先生笑，一面向男朋友低语：孔子的话——老而不死，是为贼。

……

一向嗜甜的平先生让女儿把喜糖全部拿走，对那印章，只草草一瞥，便轻轻哼了一声：人倒比字漂亮。

女儿捧着喜糖本要出去，听见这话又回转来，迎着父亲道：怎么鲜花没插在牛粪上，您老还是一个不高兴呢？

平先生倒也并不掩饰：鲜花尚且不知如何安顿，况“眼花儿”乎？

当然他也知道，较之别人，安姑娘也许更急于有个家吧？然而……

然而“家”又是什么呢？就图有那么个遮风挡雨的宝盖头吗？那么，“牢”字也有啊。

断断续续地，传来安姑娘为人妇又为人母的一些消息。此间，平先生忙着著书立说，也忙于日渐衰朽。

忽有一日，安姑娘突然一袭黑裙地出现在眼前。

平先生感于世易时移，小姑娘的白裙化作了少妇的缁衣，便问：

可有什么人死了么？

安姑娘眼圈儿泛青，朗声应道：

心上的人。

平先生点点头，沉吟片刻又问：

既知道是个幻象，为什么还要难过？

良久，安姑娘才低语：

朝夕相见，想不出那人中的人，究竟是什么时候死的呢。

平先生轻叹一声：

这有何难？要知道，刚才给你开门的那个平先生，也已经死掉了呀！

一听此言，安姑娘忽然把头埋到了膝盖上。

平先生也不去过问，自己倒了杯茶，缓缓地呷着。

她的头发明显是染过又褪了色的，像一团乱麻或者败草，近发根处却又有很长一截黑色表露出来，如果说是发如心事的话，似乎可以看出一段挣扎、掩饰而又衰颓昏乱的心迹。如今呢，倒也还好，还有泪可流。

平先生是早已没有泪了。前半生历尽战乱，后半生出离厌倦，早已没有泪了。

他看到眼前有人在流泪，不但没有安慰他人的心，反而悠然到有如自己得了安慰一般。

一边喝茶一边再看那发根，他想，白发的人是伤怀于黑发不再；黑发的人却要劳神费力，把满头的青黛悉数遮住——这个世界究竟是怎么了呢？还是怀念安姑娘原先那一头乌密的秀发，让人想起S。

S垂下头，刘海和耳迹的发丝纷披而下，遮住了大半个脸。如果真是发如心事，那么S的心事，一定是细密而又凝重的吧？

安姑娘从卫生间回来，脸上阴雨初霁。又悄然地坐在那里，看平先生给她热热地续了茶。

她定定神，像是鼓起了一点余勇，又欠身问道：

那么，真的没有永恒不变的爱情么？

平先生抬手指了指窗外，手上的老年斑赫然触目：

你睁开眼看看这宇宙万物，可有一样是永恒不变的么？！

安姑娘走了。她的茶杯还留在那里，袅袅地升腾着热气。

平先生看着那热气在空中消散，又有些后悔。

是的，没有什么是永恒不变的。可是他与S，通信数十年，两人之间的情，历经半个多世纪，却是日久弥深的。战乱中分别的时候，S握着他的手说，你不信我，没关系，我用这一生，给你一个明证。如今他真的得到了这个明证。而两人的一生，一个已经过去，一个行将过去。S临死前，要跟他通个越洋电话，平先生想了两天，还是回绝了。

一切的一切，都太晚了。

他太老了。怕的是经受不起了。

四

安姑娘不再穿黑衣，头发倒还原成了黑色，一径盘在了脑后；于是脸上的沧桑，也就亮在了明处。平先生见到她，第一句话就是：

你老了。

她只一笑，回道：

您还是这样年轻！

平先生咧嘴笑了——假牙让女儿拿去泡在消毒水里了，嘴里面空空如也，只剩下那温软的舌头。

安姑娘如今在读研究生，主攻方向是小说史研究，毕业论文的题目暂定为《中国文人的“女性情结”》，想从性别和文化的角度分析中国的古典小说。在她眼里，《三国演义》是从根本上拒斥女人，《水浒传》则患了“厌女症”，《金瓶梅》充满了对女人的虐待与玩弄，《西游记》又贯穿着对女人的恐惧，只有《红楼梦》，浸润着对女性的推崇和欣赏，可惜也只是短暂的一梦。

平先生也觉得这是个有意思的题目，指点安姑娘舍近求远，先去看些人类学方面的书籍。照他的说法是，眼中不要只是看见了“男”“女”，而是要看到“雌”“雄”；让安姑娘从“人是动物”的命题入手，最后再回到“人之所以为人”。

安姑娘还算用功，平先生每回布置的书目，回去必是一一找来研读，读过了又带着一堆问题回来。不过今天平先生似乎无心回答她的问题。也许是有过早上那个梦的缘故，一直手不释卷地，在看那本《唐国诠书善见律》。安姑娘以为又可以奇文共欣赏了，就像往常一样，凑到平先生身边去看。

午后短暂的阳光均匀地挥洒进来，照着那薄薄的千年传抄的册页，照着一老一少两段具体而微的历史，也照着一男一女两个相映成趣的性别。

她闻见了那兀立的白发中散发出来的专属于异性的头油的味道。

他则闻见了那盘绕于黑发之中又糅合了青春体臭的醒脾的香水味儿。

安姑娘不大懂书法，不过依稀能看出那字体的风格，是妩媚而又不失刚劲的，至于内容嘛，乍看之下，似懂非懂，直至读到：“……捉者不磨触者不捉不磨是名触也……”就觉得有些不便，于是又退回到沙发上，打开书包，整理她的书本之类。

平先生看罢似乎很开心，站起来甩甩手，径直去了卫生间。

屋子里只剩安姑娘一个人了，她这才静下心来，一句一句看进去。从何为“四大不和梦”、何为“十一乐”一路读下去，直到平先生回来，问她都看出了什么，她虽没有读完，却有了大致的印象，想了想，说是看出了人欲和压抑青春的痛苦。

平先生则说，他忽然想到，制订那戒律的，一定是个老人。

安姑娘听了，也只是一笑。她这一笑，头微微动了一下，那醒脾的香气又荡了一荡。

平先生就说，你今天这香水不错，让人眼前一亮。说罢想起了什么，就走到书架前找到了那本《燕闲清赏笺》，说这里面对香有不少高论，先是列出了近八十种香，又按不同的美感，把这八十种归成了幽闲、恬雅、温润、佳丽、蕴藉、高尚六格，而对这六格之美，又有进一步的阐发：

“幽闲者，物外高隐，坐语《道德》，焚之可以清心悦神；恬雅者，四更残月，兴味萧骚，焚之可以畅怀舒啸；温润者，晴窗拓帖，挥麈闲吟，篝灯夜读，焚以辟睡魔；佳丽者，红袖在侧，密语谈私，执手拥炉，焚以熏心热意；蕴藉者，坐雨闭关，午睡初足，就案学书，啜茗味淡，一炉初爇，香霭馥馥撩人，更宜醉筵醒客；高尚者，皓月清宵，冰弦戛指，长啸空楼，苍山极目，未残炉爇，香雾隐隐绕帘，又可祛却辟秽。”

看罢，安姑娘又笑。她说您以为人家说的只是香味儿吗？人家说的还是欲望啊。

平先生瞠目道：哦？这我倒没有瞧出来，你且说说看。

安姑娘叹道：我也是忽然发现，写这段文字的，必是个男人，因为里面包藏的，实在是一颗男人的心。

平先生扬眉道：那么依你看，男人的心是怎样的呢？

安姑娘忽然来了兴致，提议做个游戏，两人分头把异性的心思，用一个字写在手上，然后交换来看。

平先生也觉得好玩儿，又问，这一个字有限制没有？

安姑娘道，没限制，中文英文，数字符号都行。

平先生抓起桌上的毛笔，可是举到半空，又踌躇了。

安姑娘想都没想，握着圆珠笔，重重地在左手上写下个什么，似乎要力透手背。

见她已经写好，平先生才在手上颤颤地画了一下，放下笔，还鼓起嘴巴朝那摊开的手掌上吹气。

两人以一种等待揭开谜底的心情，交换着看过了对方的手掌，相视良久，又无声地笑了起来。

平先生的手心，由上到下，顶天立地，一贯而成的，是个漆黑的“1”；安姑娘的手掌正中，如一个蜘蛛盘踞在网心，是个小小的，蓝幽幽的“N”。

不知什么时候，平地里忽然起了风，脆而硬的柳枝在呼啸的风里抖着，像是无数被齐根斩断的琴弦。

安姑娘看看表，不知不觉快到学校的开饭时间了，忽然想起什么，匆忙打开书包，捧出一个小盒子放在书桌上，说这是您上回让买的绿色墨水。

平先生背了手，正看那漫天散落的琴弦，徐徐地，才道是：用不着了。

回转身，见安姑娘愣在那里，就拿出一页棕色墨迹的信纸给她看，头一句即是：以后我若不写信过去，你就不要写信来了。

安姑娘猜到这极有可能是那位女士的绝笔。关于这段旧情，她从平先生怀念友人的各种短文里，从自己一次次往返邮局帮助寄信取信的过程中，能够粗略地知道个大概，平先生偶尔提及，却也只是冰山的一角，余下的部分，只能靠想象去填补了。

不过越是到近些年，越是屡屡见到平先生拿着那些棕色墨迹的旧信发呆。往常，安姑娘骤然闯进来，平先生总是高兴的，若是隔了数月才来，还会喜得他一边拿出进口的糖果，一边摇头晃脑地诵道：有朋自远方来，不亦乐乎？她就笑了：其实并不远啊。平先生则使劲点头：远的远的！一二十里之遥，对我这足不出户的老朽来说，已然是远的啦……不过也有这样的时候，安姑娘乘兴而来，却见平先生正颓然默坐，半闭着眼睛，神情凄恻。于是她对那位女士，就有了一点点妒忌：到了八九十岁还能被人想念，这在一个女人，该是怎样一种福分呢？

此时，似乎又是不便多问的，她只冒出半句：

真的是——

见平先生点头，也就不忍再问了。

黄昏的薄暮里，鹤发的老人缩在他的座椅中，手上摊开着相恋一生的女友的绝笔，他那肥大的棉坎肩硬如铠甲，屋里的空气湿冷似霜，此情此景，使安姑娘那日益粗砺的心，又有一部分开始松动、柔软。

很想说些安慰的话，良久，才苦笑道：

至少，您回忆往事的时候，还保有一个柏拉图式的完美梦想啊；不像我们，青春已逝，除了美丽的误会，什么都没有留下。心死了，剩下的就是过日子，耗时间而已。

这时候，厨房里传来青菜跃入油锅的爆裂声，安姑娘也就背起书包告辞。

平先生送她到了大门口。

转身欲走的时候，忽然又被叫住了。两人一个门里一个门外。她的眼神是询问的，他的眼睛则被门框的阴影笼罩着。

有些突兀地，她的手被攫住了。

周围没有旁的人。

他的表情模糊不清。

她想了想。决定忍耐。

五

厨房的门开了，空气里弥漫着炒菜的香味。

防盗门颤巍巍关上了。

安姑娘松了口气，三步两步跑下楼去。

通常她从这里出去，都会在楼下回头张望，直到看见阳台上那白发的人朝她挥手，她也挥挥手，才会安然地离开。

然而今天，她支开满是墨迹的手，一路匆忙地走去，再也没有回头。

六

安姑娘的家，院子里有两棵柳树。到了这个季节，柳树已是丝绦垂地，枝叶扶疏了。两棵树之间，有一方小小草坪，每到月白风清时候，那里就成了各种小虫的天堂：蟋蟀悠悠私语，螳螂挥着大刀，勇武地一掠而过，蜗牛则背着它那甜蜜的负担，在草叶间留下道道晶亮的行迹。

安顿了孩子睡下，挑灯夜读之前，安姑娘总要围着那草坪走走。

白天的喧嚣渐渐远去，头脑缓缓地恢复了澄明，这一刻的安宁是弥足珍贵的。眼前树绿草青，耳边有蛙声虫鸣，天上有圆月，月边又有明亮的伴星。

月光泛着银白色，伴星的光芒则透出几许橘红。安姑娘的天文知识极为有限，不过她依稀记得这伴星应该是火星。因为年初时候，老人就告诉她，今年夏天将会有“火星大冲”的天象。

现在天象如约而至，人却是不在了。

火星的橘红光芒，似有一种殷殷的温存。地上没有什么与之应和，除了在草间时明时灭的萤火虫。

望着那萤火虫幽幽地明灭，她想，人的心思，真的是难以捉摸的。

那个被墨迹濡染的黄昏，她匆匆回到家，一边在水龙头下来来回回洗手，一边想，可能有相当一段时间，不会再登那个门了。这些随水而去的墨痕，也仿佛在佐证着什么：即便到了九十岁吧，男人也还是男人。

可是到了晚上，捧着一杯热茶在灯下看书，她又被那盘绕于心的幽愤情绪弄得有些不安，好像隐隐地，有另一层心绪悄然铺开。

热茶在握。热气云集。她忽然想到：可是，那双手起初是多么冰凉的呀。如捉如磨。亦捉亦磨。等到缓缓地松脱开去，它们才勉强可以说是温乎的。

想到这里，那种隐隐的别扭劲儿也就如一滴墨汁落入水中，洇开，渐渐消散了。

尽管如此，尽管她还有成堆的问题想请教，可还是打定主意，暂时不去了。

谁知三天后的下午，平先生女儿打来电话，她放下听筒，脑子里一片空白地就冲出门去。

一切来得这样突然。可又是多么投合他的心愿呀。

记得曾读过先生一篇叫作《我的湿牛皮》的文章，里面谈到西藏过去曾有一种刑罚，把人裹在湿牛皮里暴晒，牛皮越干越紧，终至把人一点一点箍死，平先生说，老而病魔缠身，不啻裹上了湿牛皮，如果能够选择的话，他可不要什么湿牛皮，他要“好快刀”。

平先生的小屋里挤满了人。可是安姑娘进去的时候，觉得里面空荡荡的。人们都压低了声音说话。可她还是觉得人语嘈杂。

只是那张放大的照片，让她的目光有了停留之处。细审那苍老的眼睛，觉得里面的神气几乎可以说是顽皮的。

一切都严守平先生的愿望，是“从速从简”的。其时，斯人早已“火遁”，这小小的告别仪式，还是子女们为了安慰几位至亲长者而设的，已然是于嘱有违的了。

安姑娘告辞的时候，平先生女儿送她来到门口，说是先生留给她一幅字，因为是绝笔，需等到托裱、影印之后，才好取走的。她呆呆地，也只是惟惟。

出了楼门，习惯性地回头张望，三楼的阳台空空的，只有玻璃窗映出夕阳的反光，是几抹炫目的金红。

怀了那几抹金红，安姑娘大步而去，耳边是习习风声，风声掀起思绪，不禁暗暗叹道，真是率尔而遁哪！其中的爽利风致，似乎只能套用一个流行的字来概括，道是：酷。

此后忙于毕业论文和种种俗务，她很少想起平先生。偶尔想起，却脱不开老人那一生之谜。

其实安姑娘也是爱猜谜的。先生留下的这个谜语，总是影影绰绰地潜伏于她的心底，怎么也挥之不去的：平先生与女友，既然那么相爱，为什么又天各一方？对此，安姑娘有两个解释。一个是，问题出在女友家里，她是大户小姐，平先生出身寒门，迫于门户之见，难结秦晋；另一个则是，问题出在平先生，他过于自尊，回避了，此后两人越走越远，成了永远不会相交的双曲线……

七

这个月白风清的夜晚是有一点奇妙的，不知为什么，她屡屡地想起平先生。

信手翻阅佛经故事，看到《妙色王》一段中，有这样的四句偈：

由爱故生忧，由爱故生怖，
若离于爱者，无忧亦无怖。

她就想，对于今人来说，那个“爱”字似乎应当改成“欲”字才会妥帖。因为亲见了许多的人，心里早已没有爱了，却依然是既忧且怖的。或许，今人的心是特殊材料制成的，无爱尚可，无欲则是万万不可的吧。

多么希望平先生就在眼前，两个人还像过去一样，一来一往，海阔天空，无遮无拦地交谈哪。

平先生的心思，常常跃动如少年，好奇如孩童。有一次甚至向她讨教生产时候的感受。安姑娘也就坦言相告：所有的力气都用尽的时候，脑子里忽地就是一白。后来她想，那一白，肯定就是个短暂的死。奇妙的是，死之后马上就是生，孩子那响亮的哭声，把她从那白茫茫中又拉回到今世。平先生听罢，若有所思：死生相连——这我将来倒要验证一番……

这样的时候，安姑娘觉得与平先生之间，又何止是忘年之交，实在更是忘性之交呢。

可惜，如今四顾无人，只有小小的萤火虫，一明一灭，像是拥有着呼吸的。当她蹲下身去，想要找寻那小虫的时候，它却又屏住了呼吸。

至于说到人欲，几乎可以说就是平先生的毕生所学吧——哪朝哪代的历史，不是人欲的历史呢？

对人欲，平先生应该是有着透彻了解的，所以他不信人。甚至……

想到此处，安姑娘忽然脊背发凉：那么，他或许早就知道女人一个个都是要心碎的，所以他不做那个使“她”心碎的人。

世间会有这样的深情么？

她的余光又感到了那小虫。它的明灭随着她的呼吸起伏。久而久之，起伏成了应和，应和成了默契。

这样的时候，她是惟愿有灵魂的，如果有，那么此刻，平先生和女友的灵，应该早已合而为一了吧？

可是刚想到这样的合一，她又忽而为另一个人感到了难过。

那么，太太怎么办呢？

从小，她就依着父亲，管平先生的老伴儿叫“太太”，长大了想想，也许是取“太师母”的第一个字，又让孩童很容易上口的缘故吧。

是啊，太太怎么办呢？

她为他生了两个孩子；他去干校的时候，给他寄去寒衣和装满了吃食的包裹；回来著书立说的时候，又戴着花镜，为他誊写了多年的书稿……

记忆中，好像太太一直都是这样老的。可是常识又告诉她，太太一定年轻过，也一定有过年轻的梦想来着。太太曾经痛苦过吗？或者说，太太如今还痛苦吗？

于是她决定去看看太太，顺便也把平先生那幅字取回来。不知为什么，她隐隐感到，关于那个春日黄昏，似乎也有个谜底，就藏在那幅字里呢。

八

太太还是老样子。

不像平先生的女儿，父亲死后，她仿佛一下子老了一大截，鬓边的银丝连成了一片，甚至走路的速度，都变得迟缓了。

而太太还是老样子。好像是老到不能再老了，索性就稳定在那里了。

安姑娘进门的时候，太太已经吃过了早饭，端端正正坐在客厅里她那个固定的座位上，嘴巴缓缓嚅动着，不知在念叨什么。

太太是喜欢安姑娘的，多年前就夸奖过，说这小姑娘仁义，跟自己说话的时候声音大，吐字清楚。其实安姑娘很久没有和太太好好聊天了，每次来都是直奔平先生房间，走的时候如果遇见太太在客厅里，也不过是寒暄几句，又匆匆告辞的。

忽然这么面对面坐着，安姑娘竟一下子找不到合适的话题了。

于是就说天气。说秋风起了，天气日日转凉。太太点点头，接过去说是啊，真凉，这暖气，什么时候摸，什么时候都是凉的。

安姑娘一愣。又问她老人家早上喜欢吃什么，牙口怎么样，嚼东西费劲不费。太太说怎么不费劲，不戴假牙就吃不了东西。说罢，高声呼唤女儿，让她把那消过毒的假牙用清水过净，等平先生起来好戴。

安姑娘又是一愣。

女儿从厨房出来，将新泡的茶刚刚放到桌子上，太太又支使她：还不把酱豆腐端上来？都几点了？爸爸也该起来了。

女儿望着安姑娘，苦笑一下，回身还真端上来一个小碟子，里面是半块酱豆腐，早已经干了——安姑娘知道，在这个家里，除了平先生，这东西是没人吃的。

太太见到酱豆腐，好像微微松了口气。安姑娘也松了口气。

这样也好。太太还生活在平先生弥留的那个春日。太太不痛苦。生活在梦境中的人，应该不会痛苦吧。

平先生的小屋也还保持着他在时候的老样子。只是书桌上整齐了，不再像从前，到处都摊开着薄厚不均、新旧不一的书。如今那桌上只放着一个小小的卷轴。平先生女儿刚要打开，外屋里，太太又在唤了，她只好歉然道：你自己慢慢看吧，就两手扶着腰出去了，还轻轻带上了房门。

安姑娘倒也并不急于打开那卷轴，而是四下打量着这个小小的房间，一桌一几，两对矮矮的书架，三两把椅子，一张小床。她一面打量，一面思量。没有了平先生，这屋子处处都透着一个空；可是细看每一处，都会勾起回忆，于是平先生化作了一种无形的存在，她于这小屋中，又时时都会遇到一个有。

那张放大的照片被嵌进了镜框里，一双眼睛笑眯眯看着她，神态是老到而又天真的。

这让她想起了国诠的字。妩媚和刚劲也是可以并存的。

于是她轻轻打开那卷轴，去看平先生的遗墨。

先生的字一向笔走龙蛇，有几分随意，又有几分俏皮，独有这一幅，也许是临终时候，腕力不济，心绪不宁，笔意是涩钝而滞拙的。安姑娘一见之下，不免心折。

先看那题跋，道是：安安小友存晤。

再看那两行十四个字，却是两句唐诗。

安姑娘反反复复看着那十四个字，直看到有水汽雾气盈野，渐渐模糊了视线。

九

厨房的门开了，空气里弥漫着炒菜的香味。

防盗门颤巍巍关上了。

里面那层木门也关上了。

平先生不管女儿的招呼，一径走回了小屋。进了小屋却踌躇了，不知要不要到阳台上去。

在屋里走了几个来回，终于还是到了阳台上。可是四顾茫茫。

空地上竟是阒无一人的。只有朔风肆虐地吹着，使他痛切地感到了发疏齿寒。

回到屋子里，却还是坐不住，仍是来来回回地踱步。头皮发紧。脚底发冷。双手却是少有的温暖。

年轻。他边走边想，拥有年轻的生命，该是多么好的事情。偏偏，她说心死了。心死了也好啊。“赐也，始可与言诗已矣。”心死了，才能写小说啊，可以写成年女人了。

女人。他想。从来不敢说懂女人。于是惧怕她们。尤其是，此生仿佛是犯了“妹妹煞”，大凡朋友的妹妹，几乎都要跟他有些瓜葛。瓜葛纠缠，有情无情，都使他萌生惧意。平生所惧者多矣，其中又以S和翠湖的妖冶者为甚。可是两种惧，又是多么的不同啊。前者是因情生惧，后者则是由欲生惧。而正是有了翠湖的一幕，自己也才打定了主意。

S以背影对他。满头秀发顿失光泽。周围光线不明。以至于回想起来，那时候究竟是春是秋，是晨是昏，是在心里还是在梦中，都有些难于确定了。

你不信我。

你不信人。

似乎是。又似乎不是。

如今才明白，我所不信的，实在只是我自己呀。

因为不信自己，故而我不做你的冤家。

陡然地，他长长呼出一口气。

自己出的谜解开了，有一点释然，又有点怅惘，甚至，还有一点幽幽不乐。

困兽似的踱来踱去。那步履，是蹒跚中又掺着几许慌乱的。

只能安慰自己道是，这一边的尽头，焉知不是另一边的开始呢？

不知什么时候，两手又是冰凉冰凉的了。熵啊。熵啊。他苦笑着，下意识地把手搭在窗前的暖气管上。

窗外正值夜幕四合。高楼夹缝中，西方天际，正粲然亮着一颗大星。

一边的尽头。另一边的开始。

S。你在那另一边，正想念着我么？

这个念头闪过脑际的时候，仿佛是戚戚而然地，手上缓缓地，竟是由凉而温，由温而暖的了。

这丝丝暖意，分明是寸寸推进的，由手而臂，由臂而胸，又由胸而心了。心一暖，多年的积雪就化了，涓涓地，雪水无处去，只好从眼角淌出来。他闭上眼，眼前立刻现出S那浅淡的春衣，散漫开旖旎的春晖，辉映着她那似有若无的笑意，晃得他只觉阵阵眩晕。脑际似乎有春水泛起层层涟漪，涟漪荡漾着春心，春心款款，仿佛要挽住那韶光的飞逝……

于是，苍老的手，紧紧地抓住那金属的管子，仿佛要牢牢地，抓住与另一世相通的依凭了。

十

晚饭时候，平先生几乎没有说什么话。他吃得很快，脸上现出了罕有的潮红。不过家人没有在意，都以为是暖气骤然而至的缘故。饭后他就回到自己屋里，再也没有出来。

那天的暖气似乎颇像是老年人的回光返照，只在晚饭前后热了那么一小会儿，到了午夜时分，则又是冰凉冰凉的了。

十一

冷，是一种怎样的感觉呢？

平先生回溯一生，没有这样冷过。

北平夜坐观星时候冷么？饭是有上顿没下顿的。衣呢？即便寒冬腊月，也只是一件夹衣。却有三两知己高谈阔论：星辰的流转，数学的魅力，梵境的灵妙……愈辩愈疑，愈疑愈辩，言来语往，全是青春机锋的冲撞，严冬里也尽是火花飞溅，怎么会冷呢？

西南联大执教时候，与五六人同游玉龙雪山那天冷么？一路啸叫着，从山脚小跑着冲上云杉坪。春末正午，居然飞起了雪花，极目远望，玉龙腰际围着莽莽积雪，山间又是雾气缭绕，身边的朋友，无论高矮，无论男女，都是一头的汗气，在薄雾的背景中蒸腾着，他自己也是一样，雪花落在头上肩上，都是随落随化的，好像方才的奔跑，使得脚下有无穷的热力冲将上来，鱼贯到血管的每一个末端，又化作汗气从头顶上腾起，仿佛那热力要飞升了，去融化那莽莽积雪。

干校时候，在江南的冻雨中插秧冷么？脚底那凉是彻骨的，却也只是到了膝盖骨，就不再上行了。过一会儿，手上机械的动作轮番往复，腰弯得发酸，脚底发麻，那凉意也就渐渐散去了。

拿着那封信的时候冷么？信上简简单单，写着年月日，写着S的名字，告知了那个消息。似乎并不震惊。因为数月没有信来，他已经是有所感觉的了。更何况这许多年来，只要独处的时候，只要闭上眼睛，S就在身边，虽说是隔了千里万里，她又何尝离开过他呢？他不死，她也就不死。

可是现在，为什么这样冷呢？无论指尖脚尖，连心缝儿都是冷的。难道是，时辰到了么？想不到，那湿牛皮到了黯夜，竟是这样地冷彻肺腑的。

他知道，机器快停了，钟摆也快要驻了。人间妙色，怕是就要与之作别了。

屋子里的潮气如一块无形的海绵，仿佛连他呼出的气息里残存的一点点热力，都要尽数吸走一样。

看看砚台里的墨汁，好像也快凝结了。手上那点若隐若现的墨迹，让他想起什么，于是铺开纸，冻僵的指头捉住笔，抖抖地写下两行字：

> 欲就麻姑买沧海
> 一杯春露冷如冰

这姑娘不笨，看了自会明白。

他扔掉笔，呆呆地立在屋子中央。

那么，她们将怀着死了的心活着。自己呢，则要带着活的心死去。

方才，从心中眼前滑过的一幕幕，是自己临走之前，在收足迹么？

一想到要收足迹，他的心里忽然笃定了。于是吃力地躬身，打开一排小抽屉最下面的一个，从紧里面取出一个纸包，层层揭开，是一副黑色的无指毛线手套。

纯粹手工的。疏密不齐。松紧不一。

他抖抖地戴上。

那还是十几年前，S托人送来的。只因他信里提到过，夜读的时候，手冷。他不知道年逾古稀的S是怎样完成这项工程的。日里夜里。阴里晴里。每一股毛线里，都存着那人的体温么？心思又是这样细密。无指的黑色手套。戴上了，还是可以翻书、写字的。

唉唉。书与字。名与实。

他抬眼看看架上自己那些排成一排的著述。要论重量，怎么也得有二三十斤吧？可要论分量呢？

别人提及的时候，都说是皇皇巨制。不过，这皇皇似应是那惶惶。只有他自己最清楚，里面有多少是命题应景之作，又有多少是真正的心血结晶；而在那心血结晶之中，又有多少地方，是知有不言，言有不尽的了。

忽然觉得名实俱空。最后一刻自己所拥有的，似乎只是掌中这一副手套。

他戴着手套，盖上厚厚的棉被和衣躺下。还不忘关了灯。

远处有密密的雨声逼近，只是听不出，那雨滴轻轻敲打的，是今世的窗棂呢，还是奈何桥上的阑干。

十二

目光升起在空中。

只有这样的时候，他才陡然发觉，在这样的城市，一个老人想要收足迹，是多么的难啊。

触目所及，几乎所有的建筑都是新的，这些不中不西、不今不古、不荤不素、钢筋水泥的坚笋。这些木然又躁动、庞然又脆弱、恬然又贪婪的欲望。欲望林立，挤掉了回忆的立足之地。

他与那死在抗战烽火中的少年，漫谈宇宙归宿的浮动着安谧花香的四合院，在哪儿呢？

他与S于艳阳下，肩并肩走过的长长而又短短的柳荫路，在哪儿呢？

东安市场的叫卖，吉祥戏院的海报，王府井街道上的树影，又在哪儿呢？……

举目四望，摩天楼如鬼影幢幢，网格样的灯火则是那鬼影上的闪闪鳞片，鳞片之间，是春初冻雨、城市废气，又杂糅着记忆碎末的重重阴霾。

他盯看那些无主的记忆碎末，散散漫漫，如冰如霰，徐徐飘落着，却不知道，自己的也正融入其中，于这黯夜幽蓝的天空，缓缓下降，荧荧地闪着微光，最终降到那湿黑的路面上，与尘埃一道，被一辆辆疾驰而过的坚硬晶亮的汽车，一次又一次地，碾成了齑粉。

这一刻，他忽然感到了轻松。

再看那小屋，再看那躯壳。躯壳正渐趋冰冷。

在那彻底的冰冷到来之前，知觉依然挟带着一生的惯性滑翔。

这滑翔使他变轻，变轻使他飞升，而一旦飞升，他却惊奇于并不感到寒凉，反是隐隐地，被一丝暖意款款托住。

细审那暖意来处，却是来自于方才的心上手中。

他讶异于这最后的感受。

当记忆的彗星滑过，那彗尾所带来的，居然不是寒凉，而是一点点温乎气儿。

是的，这一点点温乎气儿，如一个小小的推力火苗，托着他，走向寂灭。

随了那小小火苗上升，他也便顿悟，所谓寂灭，或许就是最后坍缩而成的对于曾经挥洒过的所有热力的回忆吧。

正如整个宇宙，那最后的归宿——热寂。

二〇〇三年“火星大冲”前后

换头

一

常生久坐书斋，不免百无聊赖。

阳春三月，草长莺飞。

柔风若自锦囊来，温香融融，轻轻惹惹，令人直想推门而出，踏青冶游。

是晨，又值风和日丽。葆贞缝得春服既成，常生遂换下臃肿衣裤，顿觉一身舒爽，通体轻灵。

正思如何得与二三子“风乎舞雩”，忽闻窗外一声呼哨，葆贞不免眉头微蹙；须臾，木香应门，喧响渐近；葆贞欲言又止，连忙低眉敛衽，碎步避往厨下；常生展眉，料定必为霞客、虬髯无疑，遂大步出门迎迓。

庭中，豆棚返青，瓜架含绿；织机整饬，经纬分明。

常生家中虽不显贵，却也算世代书香。惟至常父一辈，家道日微，其父又屡试屡挫，瘗志而殁。其母守节，母舅不可夺其志。

生幼读诗书，寄兴风雅，弱冠即为廪生。怎奈不足一年，母病危笃。为冲喜之故，遂与葆贞提早合卺。

葆贞之父，久在异地授馆，漂泊泥涂，半生愁苦，中年客死他乡，母闻亦亡，委贞于舅母膝下，是故女于髫龄之年，即可照拂阖家老少，颇能为舅母分忧。

入得门来，葆贞操井臼，主中馈，温粥暖汤，呵护备至。母丧，又打理家中经纪，觉有坐吃山空之虞，遂遣一仆，只留木香劈柴烧火。又每于天明，置织机于庭中，日日纺绩不辍。但谓生曰：家财万贯，不如日进分文，妾不忍常郎重蹈吾父吾翁之覆辙，亦不忍郎为藩中雉，辕下驹。有织机在，则吾伉俪无忧矣。

其布柔若蝉翼，轻妙无匹，又每于十匹之中，出九匹以货之，而以一匹存焉。生不解其故，女则笑曰：聊备不时之需也。

每思其父晚景凄凉，常生本已看破官场，如今又有葆贞经营生计，自此愈加佯狂违世，守拙不移。

命其书斋曰："有涯"，尝编《庄列选略》，亦于闾里间过往行侠商贾处道听途说，搜罗天下奇闻，悉集于《有涯斋志异》；又喜杂采俗歌时调，辄闻辄记，以为最俚最真最难得。

四邻皆笑其所为无益，惟葆贞浑然不觉，举案齐眉如故；常生则以微哂报人之嗤笑耳。

结缡廿载，夫妇也算情笃，却是并无子嗣。

二

出得门来，果见霞客、虬髯二位，并立庭中。

霞客亦鄙弃科举、不求名位之士，惟好问奇于名山大川，足迹遍及大江南北。去冬寻访雁湖未遇，直至一见常生，方知有北、中、南雁荡三山之别，所寻雁湖，当在北雁荡矣。正欲乘兴而往，不料大雪骤至，霞客旧疾复作，进退不得，困于旅邸，惟延医调养，以待来春。

虬髯乃异域异人，亦且身怀异术。渠有三奇：重瞳、飞马、快剑。其重瞳也，人皆不敢久视，视则如入镜殿，且晕且眩；其马呼之即来，挥之即去，其来如光，其去如电；其剑或云快若风，冷逾冰，有顷刻间为二人易头之事，且又二者皆活，不知确的，其人亦讳莫如深。平日剑处囊中，惟夜静更深，囊中隐有微光如萤火，翕然闪烁……虬髯闯荡东西，谈吐间，时有惊人语，加之英雄雅量，故而三人常于酤肆小聚，若逢打烊而余兴未尽，则往往径入常生家中，对饮达旦。

其时，窗外大雪弥天，寒气彻骨；窗内则推杯换盏，灯红酒暖。霞客叙山川之雄奇，虬髯炫校书之妩媚，常生陈《志异》之陆离……纵横天地，俯仰古今，怎不让人于酒酣耳热之际，百感丛生？

一冬雅集，三人屡生相见恨晚之叹，情义相投，遂为昆季之盟。常生最长，霞客、虬髯同年，故二人皆以兄事之。

是日，杨花初堕，阶下白絮团团，霞客、虬髯如立雪中，风度洒然。

时方回暖，二子挎袱持笠、背囊拥琴，眉宇间，似有惜别之意。

常生正叹韶光若箭，人生如电，甫听二子共邀踏青之言，顿觉心有戚戚，急命葆贞速治酒食，顷刻间榼壶毕备，三人率尔出门。忽闻向来处屐声橐橐，回望乃木香追至，双手捧一夹袍，言曰夫人托与奉上，嘱去时以拢酒壶，归来聊备夜风侵骨云云。

其时正值日暖风轻，常生心下不耐，又恐言语既多，误人雅兴，遂依嘱而行。

三

三人一路言笑晏晏，不觉出城已近十里，路上行人渐稀，旷野处，更是一望空阔。

且不说那近处高柳夹岸，远处山川澄明，柳枝欲舒未舒，桃花将开未开，草色似有若无……单说那冰皮乍破隆隆之声，配以那因波而兴凛冽寒光，足令人耳目为之一新，胸怀为之一阔。

徒步而行，挈壶提榼，常生早已汗流浃背，纵有美景，难解腹中饥渴。

时已向午，正逢古旧长亭，伴以梨花满树，霞客、虬髯遂径入亭中，常生则捧出壶榼 、汤饼罗列于前。

壶有夹袍遮拢，其酒尚温；汤饼有鸡油覆裹，入口仍烫；更伴之以香花暖树，鸟鸣蝶喧，三人于是大快朵颐，倾壶而饮。

常生不胜酒力，三巡一过，便觉微醺，又何况暖树之下，绿堤之上，正值春光融融！

酒足饭饱，霞客倚树望远，继而铺开笔墨纸砚，时观时画，未几，则远山近树，皆具轮廓；虬髯则轻揽髭须，抚琴而歌：

白水东悠悠，中有西行舟。
舟行有返棹，水去无还流。
奈何生别者，戚戚怀远游。
远游谁当惜，所悲会难收。
…………

常生听闻，思及冬夜把酒皆成过往，如今二子将行，霞客北去雁荡，虬髯欲往西南，三人重聚，则不知何月何年，不免双泪欲堕。旋即掉头面山，以醉眼微睨往来行人。

其时天已过午，山色渐转青黛，路人多已背山面城，款款而行。有徒步，有骑驴，有男有女，有单有双。那边厢，或有踏青而歌者，惟人远风逆，音声断续缥缈。

常生折梨花一枝，于手中把玩。殊不料满树花光秀色，一旦拘执于掌中，倒令人颇感讶异：其色也薄，其香也淡，始知古人云——聊赠一枝春，实乃诳语：春色惟在梢头树巅，陌上山间，可远观而不可亵玩，岂容折之于掌，怀之于袖邪？

不知何时，风向已转，以致虬髯语声都教北风吹得四散，常生惟见其髭须颤动，却不知所言何事。况朔风甚劲，裹挟黄沙突至，虬髯遂于囊中抽出锦衣一袭，为常生遮风挡沙。

直至风静沙停，复道：古人云，一饭之惠必偿，一樽之恩必谢！蒙兄高情，叨扰无尽，不知何以为报？

常生言道：一箪食一壶浆，何足挂齿？且雅量厚谊，晤谈尽欢，如此知音难觅，愚兄又何以报贤弟耶？但请尽释此念，轻装南行可也。

虬髯又复敦请，常生惟把玩梨花，微笑不语。

一而再，再而三。

虬髯不免双目圆睁，抱拳道：弟本待罪之身，日日命在须臾，蒙兄与霞客不弃，义结金兰，又有如斯美意良言，愚弟感激涕零，此心拳拳，惟天可表。乞仁兄惠赐片语只言，则结草衔环，愚弟甘效犬马！

常生惟有摇头轻叹，看那山间云雾，轻舒漫卷。

虬髯又低问道：仁兄可有仇家？

说话之间，囊中似有阴风一阵，扑面而来。

常生一凛，唬得连连摆手：无有无有！一生与世无争，无怨亦无仇矣。

虬髯又问：仁兄愁贫乎？

生则端然而笑：贫富自有定分，不义而富且贵，于我如浮云！

虬髯随即拈须沉吟：功名富贵或可无之，然兄无子嗣，缘何不另谋侧室，以利宗祧乎？

生亦释然而对云：不闻禅师有言在先——你不欠他的，要他则甚？他不欠你的，他来怎的？

又默然良久，继以长叹：葆贞尝言，妾惟君子一人，君若杂情，则何以对贞耶？……况吾与葆贞，青梅竹马，虽则今日始信古语云，女子四十乃容貌改前，然吾不忍其年逾不惑，更做《白头吟》也。

虬髯初则意甚怅然，继则骤然失笑曰：色衰爱驰，人之常情，然勘兄之言，则嫂夫人善妒乎？

天色向晚，山风阵阵。

常生披衣而起，轻抚其肩，继而款步踱至霞客身畔。但见画稿已成，山色树影，岚气柳烟，尽染纸上矣。不觉拊掌赞叹。霞客似正修书一通，常生欲观又止。正于进退之间，忽闻堤上马蹄杂沓，由远及近。三人不免翘首观望。

但见銮铃响处，一妙龄女郎，正拥花执辔以行。鞍前鞍后，更有三五纨绔，或骑驴，或跨马，或近或远，相与调笑，意近轻薄。

女郎身姿殊为不恶，又兼明眸皓齿，粉颈红颜，甚是撩人。何况更有红线一缕，揽得桃花满怀，一时之间，人面花影，香透春风。

行经长亭近旁，顾盼之间，眼风即与常生相接。生本气宇轩昂，又有锦衣相衬，更显丰采都丽。女郎按辔凝睇，意似色授魂与。

生惟觉片刻恍惚，不免心荡神驰。

怎奈銮铃不停，一行人马相拥相促，即刻消隐于柳堤深处。惟銮铃余响，不时随熏风传入耳鼓，一声两声，更显旷野清幽。

良久，常生惟觉颊上微痒，细审，则一纤纤红线也。思及红线来处，不觉怅然若失。遂无声而叹，且将丝线团入袖中。

柳堤尽处，日已偏西。常生坚付锦衣与虬髯，又催促二人上路，好于投暮之前，打尖住店。说话间，个个收拾停当，遂于亭前作别。虬髯爽快，一揖而行；霞客则奉图卷于生，低言后会有期，三揖才去。

一时之间，雁飞云逸，友朋星散。

生则于长亭独坐，遥对春山。其时，亭中暮色与云气相接，溟溟漠漠；亭外幽花一树，微明如雪。

及至夜幕四合，北风挟来阵阵寒凉，丝丝入骨，生遂披覆夹袍，挈壶提榼以归。

四

既归，木香高卧，葆贞即来应门。

入得院中，但见月色溶溶，有似豆棚覆雪，严霜满庭。

葆贞践霜踏雪，急步赶往厨下，转眼即捧来暖粥一瓯，小菜数碟。生正饥肠辘辘，顷刻间风卷残云。餐毕漱口，葆贞复捧热汤一盆，为生揩面濯足。

常生虽云困倦，惟多年夫妻，相知甚深，觉葆贞神色有异，遂强打精神，执手相问。

其时一灯如豆，葆贞并坐床前，细语方才梦魇。

但见奇花树下，雪白落英漫舞弥天。正与生交颈而眠，却不料刹那间身躯直堕五里雾中，其头，则仍在生怀矣。

语罢嘤嘤而泣。

生但以宽言抚慰：一梦一梦，实惟一梦而已；梦醒执手相看，方悟梦之谬矣。

葆贞乃缓抬泪眼，呆看常生：古语云，恩爱夫妻不到头，其有是邪？

生曰：若为到头，则自今日始，即与卿少一两一钱恩爱，可乎？

葆贞方乃破涕。又云，适才梦醒难眠，君又迟归，妾不免中心忐忑，想起一句：此生此夜多珍重——惟苦无下句矣。

生举头望月，漫应之以：明月明年共君看。

葆贞不觉莞尔。

生见其泣收泪止，顿觉困意来袭，遂命展衾铺床，不等妥当，纳头便睡。朦胧中，葆贞依偎于怀，似有缱绻之意。生则多所倦怠，乃翻身拥被而眠。

五

正于沉酣之际，忽觉耳边低语相唤，其声甚为熟稔。冥冥之中微启一目，但见一黑影俯伏床前，加之呼吸迫促，如有阵阵腥风扑面。定睛观瞧，乃虬髯也。

生以为梦，但闻虬髯言道：今之妙龄女郎，突发心痛之症以死，弟秘窃其头，飞马来献，兄若首肯，特为嫂夫人易之，如此，则吾嫂身心不易，而坐拥红颜；吾兄则可安享秀色，岂不两便？

生犹疑为梦，正待思量，虬髯顿足道：事不宜迟，头不我待，仁兄休要坐失良机！

话音未落，寒光一闪——

生再启目，见虬髯正收剑于鞘。但看枕边，则葆贞之躯微动，喉间似格格有声。

虬髯谛听片时，乃一揖到地：

官府缉拿甚紧，愚弟就此别过！惟愿仁兄琴瑟和谐，宗庙不绝！

不等常生开言，随即穿梁度脊而去。

背囊之中，似有一物如球，随之上下而舞。

常生若有所悟，发足追至门边，惟觉一阵风过，人马倏忽已邈。

生回帐中，但见衾褥洁如往昔，闻葆贞呼吸停匀，以为一时皆梦。惟满帐馨香，馥馥撩人。

其时风雨骤至，电闪雷鸣。思及夜来偎依，生遂揽妻入怀。葆贞犹似半梦半醒，秀发纷披，半遮半掩。馨香又似有凌空之效，常生如入巫山，渡雨穿云。

惟雨隙云间，燕语莺啼，惹生瞩目停睇。

却原来，葆贞偶有销魂，亦不忘轻衔被角，以免春透窗棂。

是晨则不知何故，娇喘浪吟不迭。

当此之时，霹雳一声，电光如昼，撼动屋宇。

待到乌云轻绾，初见项上红线一丝，已觉有异，再睹半掩之秀目，连娟之长眉，微启之樱唇，生乃大惊——则正绿堤拥花人也。

六

窗外风雨如晦，帐中拥被私语。

女郎自言小字红线，乃隔山碧玉，父母既殁，兄嫂急欲货之。踏青始回，闻得邻妇与言，兄嫂已聘之于盐商巨贾，其人老丑贪暴，三娶三亡，而兄嫂暗通媒妁，明日即娶。孤苦羸弱，举目无援，红线急火攻心，一恸气绝。醒来则不知身在何处，今夕何夕。

常生听闻，悉信其言，心下甚怜。乃不敢相瞒，俱以实告。

红线默然良久，继以珠泪涟涟。乃长跪而谢，谓生有再造之恩，愿奉箕帚。

生本局促不安，恐其嗔怪唐突，忽见长跪不起，不免心下铭感。又睹泪堕如珠，气吐如兰，更生怜惜，遂复与相拥，出袖中红线以示之。

女始悟曰：如此，则君果长亭锦衣者乎！爱慕君之轩昂，私谓曰，若嫁得良人如彼，则肝脑涂地，亦在所不惜耳！今日天遂人愿，真乃肝脑涂地而后可得也！

生感其情，亦喜之粉颈红颜，遂轻扪其项上红线，俯耳戏之曰：

今夕何夕，见此红人？

女若无闻，但只微睇绵藐以迎……

是时，雨住风停，茅檐滴沥。

东方既明，朝霞如血。

七

转眼冬去春来，又值清明将至。

常生呆坐书斋，恰正百无聊赖。

忽闻柴门小叩，屡屡不绝。唤红线而不应，遂投笔而启扉：则霞客也。

生于错愕之间，不觉面红耳赤，慌忙延至堂上，以袖拂榻，霎时之间，烟尘满室。

生知呼唤无益，遂自行奔至厨下，则冷锅冷灶，残渣满地——生恐人知，早辞木香，惟延邻家老妪，既聋且哑，隔日一来，劈柴担水而已。奔至内室，又见红线正细匀铅黄，揽镜自照。不敢固请，遂转回厨下，自行烹茶煮饭，惟恳请红线，移时添柴而已。

红线但微颔之。然忽作嗝逆，生乃抱头旋踵。

却说霞客静候良久，才见生捧茶至。

霞客举盏，但见茶色浑褐，中杂沉渣漂絮，全不似向时汤清叶碧。

遂停盏而问曰：吾嫂欠安乎？

生但惟惟，低眉片时，始问之曰：贤弟自何方来？寻至雁湖否？

霞客乃备述其峰高谷深之异，雁飞水荡之丽……常生听闻，时而瞿目骇汗，时而击节浩叹，继则端然默然，有似艳慕无已。

当此之时，又闻叩门之声。

生待片时，愦而应之。

霞客久候不耐，踱至案头，但见时艺之文，交错相叠，飞目浏览，顷刻汗颜。

侧耳谛听，但闻院中呕呀之声不绝，杂生惊呼：竹马竹马……心甚异之，不觉推门而出。

循声渐至厨下，但见瓯倒锅倾，遍地狼藉。狼藉之中，一粉面少妇，红口白牙，訇然而骂，间以嗝逆；一皤然老妪，但只手之舞之，而苦不能言；惟生敛袖垂手，嗒焉若丧，足边有黄竹两竿，殆为灰烬矣。

女睹客至，悍然不避，以指点生曰：汝觍为丈夫，不意颟顸——呃，若此！上不能光宗耀祖，下不能——呃，诰妻封子！惟终日宴客会友，虚言空谈，则何日始得为床头人出——呃，气邪?!

常生窘愧无地，遽然而奔，顷刻间抱布出，曳霞客以走，径至酤肆，以布换酒，一饮辄醉，醉则叹曰：贤弟不知，虬髯误我！

遂备述前事。

真乃良辰易过，一遇柴米油盐，则百事皆哀矣。

平日一应井臼之事，女悉言：不惯做。终日养娇躯，蓄美甲，俨若世家女。但有恳请，则曰喉间不适，一言既出，喉间辄格格有声，半日不停。生遂自操井臼，一忍再忍。

惟今日女见无柴，焚以竹马，生始觉不可忍。

竹马乃葆贞之旧物。而今清明将至，葆贞之头更不知何往，欲葬无由；目下又见竹马成灰，生遂感椎心之痛——青梅不复，如之奈何？

霞客闻听，骇怪瞠目曰：无怪古语云，婚姻，福祸之阶也——虬髯不惟莽撞，实乃毁人婚姻！女子贵德贵情专，焉能惟色是重？且换头事大，几类致死，吾兄又何以一惑至此！若邻里有闻以告官，则兄百口莫辩矣！况仁兄有所不知，此女本为倡家，心痛之症频发，且欲从良，虬髯曾于酒后许之以换头易身云云，适时某亦在座，以为寻常醉语，不意其醉语成真，自诩一举多得，岂料一剑数咎！而今，吾嫂之魂安在？吾兄则受制于愚妇，安得复为闲云野鹤乎！

常生听罢，惟摇头切齿，咨嗟浩叹而已。

霞客但只扼腕太息，苦无良谋。

暮色渐浓，二子覆壶倾盏，酩酊以归。

八

既归，则见门户洞开，院落岑寂。

生寻妪至，妪则手舞足蹈，呕呀不已。

生初展颜，继则仰天号啕，急呼葆贞之名。

扶之坐于书斋，良久，始语霞客曰：红线不耐贫贱，与一纨绔奔。愚兄正念苍天怜恤，使吾脱此负累；又顿悟运命之弄人——红线之奔不足惜，所惜者，惟吾葆贞之躯也。适才所哭，不为校书之红颜，乃为荆妻之清白也。孰料葆贞清白一世，而今身属倡家，奔波颠踬于风尘之间，仆也思之，心恸欲绝矣！

霞客闻之，惟愀然怆然而已。

环顾生斋内外，满目萧然，先人书画，并一应轻便易携之物，悉为掠去，愈显凄恻。

良久，生乃顿足而起，起视仓房，则有布数十匹尚在，遂于次晨典布匹，置行装，锁窗扃户，欲与霞客相伴，云游天下，遍览异景，广搜奇闻，了此残生。

九

自此，二子一路相伴，披星戴月，沐雨栉风，万里遐征。

从黄山至庐山，自庐山而衡山，又由衡山赴桂之七星岩，再由七星岩而奔滇之太华山……

一路之上，登危岩、攀峭壁、涉洪流、探邃洞，忍饥耐寒，艰辛历尽。

而常生始悟霞客之言：若曰色，则何色可胜于山川之色乎！朝霞之绚烂，胜于多少红颜；远山之含黛，胜于多少蛾眉；至于山花之娇妍绮丽，钟乳之莹洁滑腻，更胜于多少铅黄凝脂矣……

跋涉之余，二人亦就破壁枯树，燃脂拾穗，走笔为记。霞客录其《游记》，常生则续其《志异》。

如此晓行夜宿，饥餐渴饮……转眼又历两轮寒暑。

一日，行至滇西南一危峰极洞，二人于陡壁之上，绷足挂指。欲上无援，欲下无地，又有猛禽来袭，皆以必死无疑。

当此之时，忽有青藤自天而降，遂一前一后，相继攀援而上，及至峰顶，藤尽人现，乃一清俊少年：披发佩箭，玉树临风，朗然一笑，山回谷应。

霞客粗通夷语，言少年乃莫歇族人，名唤杨波，猎获欲归，愿延二子至其家，设酒炙鹿作食。

君家何处？山巅遥指：但见一池澄碧，湛蓝似玉，间以小岛数粒，散落如珠，又饰以烂漫山花，真乃镶金嵌玉，碧合珠联矣。

迤逦下山，正值红日西堕，迎面峰峦，尽披返照，如浴淋漓鲜血。

霞客亦面泛红光，捉生臂曰：弟寻莫歇多时矣，不意今日得会于此！适才杨波与言，此系潞湖，则傍湖而居者，应为莫歇一支，向所闻言，此地中人，男不娶，女不嫁，但有相悦者，则男于投暮至女家，缠绵经宿，天明即走，名之曰：走婚。男女之间，惟情是系，情尽缘止，两不相烦矣；所诞子女，则惟知有母，不知有父，纵令有父，呼之为舅，阖家上下，悉以祖母为尊，共育所出，其乐融融矣。

生亦以之为奇，惟叹山路崎岖，眺望小岛，恨不插翅飞至。

十

眼看将至其家，忽有乌云覆顶，继以暴雨倾盆。

柴门犬吠，风雨夜归，一时之间，松明火把以迎，祖母姊妹齐聚，既睹猎获，又逢远客，更乃热汤火盆悉至，欢声笑语不绝。款言相接，乃不知有汉，无论魏晋矣。

生与霞客，漂泊跋涉既久，风餐露宿，以躯命游。忽而一堕温柔之乡，重享家之温馨，不觉百感交并。

待到腹饱微醺，发干衣暖，杨波又携至木楼之上，其姊娟好，与之展被铺床，更觉迷离惝恍，仿佛置身梦中。

波言姊名杨花，心灵手巧，非聋非哑。三年前头痛几死，醒转则面带沧桑，不喜多言。每日惟耕织不辍，且诞一子一女。闲暇则上山下湖，遍寻奇花异种，悉植于庭中，若无饮食之需，则最喜衔花于口，一日数异。人若与言，辄衔花微笑以答，别无他异。

言语之间，杨花铺床扫褥已毕，及至出门，生乃端然一揖，女则眼波流转，一笑嫣然。所含白花，于笑中巍巍颤颤，芬然芳然，冷香扑面。

待到杨波亦去，霞客轻叩其肩，生乃如梦方醒。

霞客曰：恕弟片刻恍惚，仿佛杨波之姊，于何处似曾相识耳，不知仁兄以为如何？

生怃然良久，始曰：若非相去万里，又属异族夷地，则直以为葆贞宛在矣。

忽闻廊下叩扉闭户，人语交叠。继之则步履杂沓，靴声橐橐。俄顷，足音渐远，语寂声渺。

正思入梦，忽闻芦笛声起，时断时续，杂以低吟絮语，歌音悲凉。

霞客知常生最喜中土“挂枝儿”，遂译以填之，愈觉俏皮上口。

一则歌云：

俏冤家，性情儿，好似三春柳絮。轻狂性，随着风，往各处飞去。乱纷纷，飘荡荡，没有个主意。风向东，你便东，风向西，你便西。只怕流落在泥途也，那时风儿也不睬你。

生默闻自忖，歌名若冠之以“杨花”，倒还妥帖。

再听，复歌云：

镜子儿，一块儿，团圆得妙。没来由，跌破了，两下开交。似一钩残月在天边孤照。待要凑合你，又凑不上。待要抛下你，又不忍抛。还是寻一个铸镜人儿也，重新铸一铸好。

笛声清越，歌音低回，似有寸寸愁肠。

霞客言道，都云潞湖人一切随缘，不意此公实乃情种，痴心若是！

正絮语间，忽闻那边厢花楼启扉，洒然一落，继则笛住声寂。

霞客遂称快曰，山歌虽好，多则搅人清梦矣。今日遇险，倦极思睡，倒要谢杨花姑娘冷水一盆也。

生则意犹未尽，惟默诵歌词，冀平旦以录之。

再忆芳容，但觉亦真亦幻，不免忧思莫名。

是时夜静更深，云开月朗，万籁都寂。

凭窗望远，湖上波光潋滟，远山烟雾迷蒙。

庭中细虫微吟，奇香阵阵，花草之间，雨露辉映，恍如泪光点点。

十一

向时露宿于旷野荒郊，常生往往一梦而至天明。于今置身木楼，衣干被暖，反倒辗转难眠。即便有梦，或因情歌濡染，颇现缠绵，亦且环环相扣，波波相连。

一忽儿，正骑竹马，与葆贞绕床而弄青梅；

一忽儿，又乘骊驹，寻杨花于雪山之巅。伊人回眸一笑，口衔山茶，猩红欲滴，于银装素裹之中，分外抢眼……

一忽儿，猩红又扑散开来，惟闻鹤唳枭啼，惟见血光弥天……

常生陡然惊觉。

窗外红日东升，院中机声轧轧。倚窗而望，则见杨花织布庭中，一对小儿女，咿呀蹒跚，抱饼绕膝。

再看霞客床上，已然空无一人。常生遂披衣下楼。

霞客正端坐廊下，与杨波饮茶啖饼，生盥洗既毕，遂共晨餐。

但见朝霞满天，如锦如练。对面含山，则云雾缭绕，有似轻纱遮面。

杨波为之斟茶取饼，又指杨花背影与周边茶树曰：吾姊最善弄茶，真可谓物尽其用——其叶，用以制茶；其籽，以榨油；其花，不惟制酱，亦可赏于心悦于目，簪之于发，衔之于口也。

生顾周边，但见繁花满庭，姹紫嫣红。白若霜雪，红逾丹霞，又杂以鹅黄青绿，粉黛石蓝，足令人眼花缭乱，目眩神迷。

常生轻啜其茶，甘芳凛冽，汤澄叶碧，根根直立，若作水中舞。再品其饼，杨波呼之曰：粑粑，盖以茶油煎烤，有咸有淡。咸者杂以细碎葱米，香酥罕有其匹；淡者佐以茶花蜜酱，足令齿颊留芳。

于晨光中再睹其人，则又颇感生疏：仿佛惟五官类相似，神情则殊有异。

是晨，其人所衔之花，似为清白之中杂以几许淡绿，随机声颤动，中节中律。

观其颜色，既冷且肃，有若冰霜敷面，拒人千里。

生遂低问霞客，昨夜叩扉者谁，悲歌为何？

霞客曰，歌者名唤扎西，乃声播百里之铜匠，杨花阿肖[①]，幼女之“舅”也，此前两情欢好如漆，然不知何故，昨夜叩扉，不意花楼遭拒，即令杨波，亦不知其姊之心，何时生变也。

常生听闻，亦叹杨花之名，真乃堪配其人，盖其情亦如湖上之水，波谲云诡，动荡不定也。

餐罢起身，二子拜谢杨波救命之恩，又乞恕叨扰，意欲回房整治行装，以为怒江之旅。

杨波逊谢，又挽臂坚留一日，言含山之上，有蝴蝶之泉甚奇，午后日暖，即有万种蜂蝶，嘈嘈切切，漫舞弥天，待到日暮水冷，则蜂隐蝶匿，惟余静树滴泉而已——即令村人，亦多所不知，惟其姊遍寻奇花异种而偶遇之，且此泉亦有奇效，杨花每浴一过，则沧桑愁云为之一减，失之交臂，殊为可惜，欲待午后祖母与子女小睡，即可导三子以访焉。

生与霞客，闻之俱喜，更不敢瞩目流连，遂旋踵回房，结束行囊。

行囊既束，忽闻院外芦笛又起，声声都是相思悲咽：

前日个这时节，与卿相谈相聚；
昨日个这时节，与卿别离；
今日个这时节，只落得长吁气。
别卿只一日，思卿倒有十二时。
惟有你这冤家也，时刻在我心儿里。

---

① 阿肖，莫歇人（即今之摩梭族）“情侣”之义。

常生凭窗而望，但见湖边树下，一伟岸壮汉，铜肤铜须，眉攒乌云，踯躅门外，如丧家之犬。

生度其为扎西，一头走笔为记，一头半怜半喜。

其时机声已停，院中炊烟渐起。

杨波姊妹兄弟数人，有耕有织，有渔有猎，此时一一回转，归来用饭。扎西亦杂其间，端坐一隅，默然黯然。杨花抱盆提壶，亦为之添汤盈盏。

会霞客与常生至，扎西则愁眉深锁，黑目如电，不饮不食，手抚长剑。

餐罢，兄弟姊妹，或下湖，或上山，或入田，作鸟兽散。

杨花安置老少，亦自行结束停当——仅罩牦牛蓑衣一领，藉以遮雨挡寒。遂促三子以行，竟置扎西于不顾。

及至四人上船，扎西独自仗剑于岸，忽闻仓啷一声，拔剑一挥，剑起发落，如青烟一阵，随风扬于碧波。

女亦不为所动，乃撑篙荡船，举头迎风。

两岸盖十里良田，平畴夹水，萑苇满泽；舟行于深绿湛蓝间，若行之于草海。

草间舟道甚狭，遥望含山，绕臂东出，削崖排空，石峰嶙峋，危峦竦峙。

南行十数里，则良田草海，俱随水逝，湖面乃为之一阔：上下天光，澄澈如镜，远渚沙鸥翔集，近处锦鳞游泳。

常生于杨花身畔，尤感风益馨香，水益润泽。而女亦不时微目于生，眼波青青。令人不免心随波动，水涨潮生。

十二

又西行数里，抵浅滩，乃舍舟登岸。

此地为山中逊处，循樵路西上二三里，东南升岭，逾岭，西折入山腰间，上有危峰，下盘深谷，其中悬流一脉，辉映日光如金似线，急循仄径而下，始得金线泉。泉中细鱼溯流入洞，杨波呼之曰：金线鱼。

泉北半里，有大石洞，洞门东瞰碧水，西则迤逦而上，行入石丛中。

又数里，复上蹑崖端，盘崖而南，继则又东向临湖，攀岩蹑峻，愈上愈险。

将至绝顶，辄从危崖历隙而上，壁虽峭，然石缝多棱，悬跃无不如意。杨花率先，捷若猱猿。一路琼葩瑶茎，千容万变，亦不忘衔之于口，或折与杨波，置于橐裹之中。

以为登顶，不料又现石级，历级而上，有洞极暗，波燃松明，则见列笋悬柱，通透玲珑，忽转而西北，乃又遽然中开，上穹下平，宏朗雄拓，洞顶横裂一隙，隙透炫光，晕然灿然。

杨花援隙而上，三子随之，出则豁然开朗，化险为夷。

极目远望，碧湖烟波浩渺，近处则见崖裂泉出，聚为一潭沉碧。

潭水细草微荡，白石历历，圆若燕卵。生乃掬泉入口，但觉甘冽非常。

举目四望，不见一蝶一须。

惟见芳草萋萋，古木参天，群蜂乱舞，杂花生树而已。

与霞客正怅然间，忽觉杨波凌空一指，惊呼雀跃，转头而视，但见当空正有五彩祥云，自天而降。

一霎时，花光艳影，翅翼斑斓，蔽日遮天；薰风香舞，欢娱翩跹，动人耳目。

霞客狂喜，缘潭而走；蝶自为阵，绕树周匝。

常生则瞠目水边，摄魂失魄而已。

不知又历几世几年，忽闻鸟语花香，则顷刻蝶走蜂藏，哄然都不复见。

但观水上，惟余天鹅数羽，优哉游哉，辗转于碧波潭影之间矣。

霞客转来，言对面即玛瑙峰，上有稀奇“石树”，欲携杨波以采之；亦乞生于潭边，收集花枝树叶，冀图之于册，以穷蝶来蜂聚之谜也。

波行数武，即旋踵而语生曰，其姊于潭侧沐浴，浴后乃携生至金线泉，则四人当聚于斯，复同舟而归也。又遗橐裹炊具于生，一笑而行。

十三

待二子音声渐远，常生始觉心下怦然。

环顾周遭，蝶去人静。

惟泉水潺潺，有如细语涓涓；残阳欲堕，遗满池红绡绛锦；危崖至暮，则树树苍茫沉寂。

目眦之傍，犹余双蝶相逐。

深深浅浅，蛱蝶浃洽，于草间载翔载驻。

生感诧异，且随且观。

蛱蝶上下翩跹，时聚时分；聚则相依相偎，分则似戏似谑矣。

生随蝶移，渐转潭侧。

忽见蓑衣一领，横陈芳草，杂以黑裙罗衫，斜挂于花丛绿叶之间。

正思非礼勿视，但见玉人出水，莹洁炫目，如浴霞光，以迓以迎。

生本惶恐欲遁，女已轻揽其手，双眸似嗔非嗔，眼波似喜非喜，口中鲜花，似颤非颤，其香似远非远；又于掌心轻抠三下，生乃如蒙号令，以随以行。

女携蓑衣松明，导生于潭上秘洞，洞口石楹垂立，仅度单人。既入，则见穹然高远，四壁攒裂绣错，备诸灵幻：一壁纹缕若织，红毡白毡，委裘垂毯；一壁五色灿烂，蟠盖盘结，有若凤凰相戏；一壁似有石球悬跃于空，下有石狮蹲踞，以顶以承；一壁则有小乳下垂，珠泉时时一滴，滴则正对玉柱，晶然泠然，朗润光涵。

女则揽柱俯仰，漫衔红花，轻启朱唇，接泉至吻。

生则惟知黑渊轰鸣，松焰踊跃跌宕。

女指蓑衣，生则跪地以展。女导生手，以摩以扪。

其体似冰，其眸如火。待到体酥回暖，双眸又转渊深碧寒矣。

及至颠倒绸缪，生忽沛然泪堕。

一时之间，五味杂陈，百感都聚，悲欣交集。

雾里看花，则蕊中沁露；云间望水，则烟波浩渺，日暮愁新。

十四

待到玉兔东升，其女炙鲜鱼、炊黄粱，羹饭一时都熟。

常生犹呆坐泉边，泪始未干。

蝶影依稀，浮生若梦；方才际遇，更似黄粱一枕。

女在近前，炊烟阻隔，又如远在天边。

俄顷，霞客、杨波骤至，生乃拭面以迎，捧以花枝香叶。霞客则呈石树于生，备言倾慕探访之乐。

未几，杨波奉金线鱼于前——鱼大不逾四寸，中腴脂，首尾金一缕如线，为世间珍味。

生啖鱼脂，枯然若木。犹忆松明之下，杨花项上，似有一线如金。惟松焰跳宕，凡有瞩目，溢采流金，或为一幻，亦不可知矣。

直至登舟离岸，生犹恍惚迷惘。

犹记新婚之夜，戏葆贞通体如冰，曾云：

今夕何夕，见此凉人？

而葆贞之答，今则似近实远，没于混沌烟波矣。

泛舟湖上，溹溹浩荡。

绿漪清辉，在在芬芳。

而女忽俯至生侧，低谓一语，又猛甩蓑衣，掷花舟上，自沉于水矣。

生乃大惊，惟恨不习水性，遂急呼杨波。

波则笑曰，其姊最喜于月明之夜潜于湖中——盖村语代代相传，言月明则蚌开。舍花而外，姊亦喜明珠，遂觅之为乐也。

所掷白花，细审则中含绿球，问波何名，答曰青梅。

眼看将至其家，而女亦浮于舟侧，怀抱一物，盈圆若盆。未及启视，已然银辉满舟，致令明月，倏忽急遁于彩云之后矣。

杨波、霞客，无不击节赞叹，以为至奇。

惟生则置若罔闻。

直至眠于木楼，霞客鼾声渐匀，生犹呆若木鸡，独对明月。

耳畔轰鸣辗转，时高时低，远远近近，细细密密，都乃适才耳语，挥之不去：

子兮子兮，如此凉人何！

十五

翌日晨起，即有浓雾弥漫，不惟湖山依稀难辨，即令满庭山茶，亦不识其高几重，花枝疏密焉。

二子结束停当，遂与祖母、杨波拜别。

常生心下忐忑，欲寻斯人共语。

然庭中惟余白雾，机杼寂然，子女悉偎于祖母膝下矣。

杨波送至湖边，奉一囊于霞客，言内有腊味、酥油、糌粑，皆系其姊手制，与二子路上充饥。

又呈一细密布袋于生，乞霞客转致曰，其姊小恙，不克送别，但约一年以为期，生若再至，则有物以赠。

生但惟惟，与霞客三揖才去。

一时之间，云阻雾横，烟波空蒙。

行至汗透重衣，山间回眸：则潞湖含山都不复见，向所从来，惟余白云一片而已。

十六

一路之上，饥则发囊而食，困则露宿荒野。

惟女所赠布袋，既轻且软，不知所容何物。然生至惶恐，屡屡欲启，又屡屡作罢。

如此又过半载，二人遍历澜沧、元江，霞客乃于途中撰长文，指点江流水脉，言两江皆系单独入海——以正向时舆地诸书之谬。

霞客久慕怒江之名，疑其亦为单独入海，恨不亲见。真乃求之不得，寤寐思服。

至此，二人壮游，已从“问奇访胜”而至“冥搜秘奥”。每到一处，则审山脉之去来，水脉之分合，又志大势于图，而藏丘壑于胸也。

是日恰逢中秋，二子霜露下宿，已忍数日饥。

久寻怒江未果，然霞客期以必至，必造其域、穷其奥，而后止焉。

常生则自忖疲困冻馁，欲一启其袋，朝视而夕死可也。

向晚至于危崖，亦且走且念。

行至皓月东升，但闻遥处似有隐约雷鸣。

生惟觉气促足软，遂于崖侧倚树而喘，霞客则嘱其稍待，欲寻野果山泉，与之解饥止渴。

生以余力探怀中，则其袋尤温。

启而视之，惟二小袋、一汗巾而已。

发二小袋以细审，又各拈数粒于舌端，则一为绵糖，一为细盐矣。

甘芳初尝，生心稍安，思及与女缠绵，倍感渴念怀想。

及至细盐，又不禁心升悬疑，惟惧女心动荡，以一年之约为戏言耳。

继展汗巾，则柔弱如蝉翼，轻妙无匹，至于其流苏结穗之法，则又非斯人而不能成也。

忽见霞客欢然而至，言怒江已临，登崖即可见矣。

生出绵糖以饷之，霞客又饮生以甘泉。

二子遂抖擞精神，共跃于巅。

及至崖巅，生始悟向时之雷鸣，实系怒江之惊涛也。

真乃砯崖转石，万壑雷轰。

惊涛之上，万壑当前，但见孤月一轮，伸手可探，玉宇琼楼，纤毫毕现。

生展汗巾，则见横也长丝，竖也长丝。

又借月明光满，觅得细字双行，但云：

此生此夜多珍重，
明月明年共君看。

生不见则罢，一见之下，急奔崖边，数呼葆贞之名。

然涛声如雷，轰鸣不止，即令霞客，亦不知其奔为何，其呼为谁矣。

十七

眼看又近中秋，霞客偶遇同乡，得悉母病，遂与生作别，急奔故里而去。

临行，知生欲重返潞湖，始告之曰：

弟有一细事，反复思量，惟觉亦需秉兄知晓，以免日后生患也。

杨花虽貌似吾嫂，然以弟之愚见，则头飞万里，易身而活者，亘古之未尝闻也。兄之情深堪怜，兄之情痴堪忧矣。

以常理度之，则杨花者，自为杨花也，即令彼女于今有情于兄，然则异风异俗，但有暮四朝三，吾兄岂肯步扎西之后尘耶？

若越于常理之囿，设若杨花之头果源之于吾嫂，则橘生淮南为橘，橘生淮北而为枳。吾兄且意欲何为？心归何处？家安何地耶？

又乞恕弟斗胆：若果为吾嫂，则内中必有隐情矣。兄岂不见，其幼子之重瞳乎？

况吾辈壮游也有涯，及至齿衰髦颓，步履维艰，则宜乎转归故里，皓首而誊录往昔之述作矣。彼时，若无贤妻守闺阃，主中馈，上侍夫君，下安儿孙，则吾辈晚景，岂不凄凉也夫！

惟乞仁兄明察，则愚弟幸甚矣！……

常生拜辞霞客，一路忆其别语，且行且思，愈思愈疑，愈疑愈思。眼看将至潞湖，倒生出“近乡情更怯，不敢问来人”之意。

十八

及至柴门小叩。一而再。再而三。

欲叩之时，乃惟望其为葆贞；叩门伊始，又惟盼其为杨花矣。

怎奈久无人应，生始以之为异。

时已黄昏，四顾渺然。

湖平如镜，月上东山。

别家炊烟袅袅，惟此园双扉紧闭，有似阒无一人。

欲待觅人而问，然此行孤单，不通夷语，情知问也无益。

欲待循原路以返，三思而不忍。

惟庭中红花，殷殷探至墙外，有似深情款款；又且香透柴扉，有似脉脉相挽。

十九

忽见杨波骤至，睹生则全无讶异，意似知其必回。随手启户，方知其门未扃也。

入庭而视，果无一人。

折花而问，波则遥指空中，生遂度其姊游山未归也。

有顷，波呈茶、饭以饷。则茶腥饭冷。惟生饥肠辘辘，遂亦甘之如饴。

餐毕，环顾周遭，则正花枝香满，天心月圆矣。

波复引生至木楼，循级而上，则层板吱呀，有似阴魂微语。

生以其姊明朝必至，又且备极困倦，遂倒头而眠。

一夜频梦，纷纷纭纭，杂以婴啼，生则幽明辗转，不知身在何乡，魂系何地矣。

翌晨餐罢，亦且不见杨花。

惟阴风乍起，愁云惨惨。

波备骏马于门外，又出数物罗列于廊下：

则一褓、一包、一巾、一函也。

启褓而视，乃一熟睡男婴，眉宇清秀，酷类常生；启包，则内置蜜糖、酥油、糌粑等物，并一锦盒，启盒，则辉光满庭。

展巾而阅，生始呜咽。

但见满目娟秀，实为斯人墨迹。

二十

夫君良人凉人如晤：

廿载结缡，常郎诚系妾之夫君；青梅竹马，实乃妾之良人；然以一念踌躇，铸亘古奇冤，令妾头飞万里，心神皆冷，魂无所系者，又真真堪称妾之凉人也！

忆昔妾之于君，己寒则畏君以寒，己馁则恐君以馁。无时无地，不曾体恤君情：君痛妾痛，君悲则妾心亦悲矣。缘何是夜千钧一发之际，君不以葆贞之痛痒去留为念，致令妾有枭首之灾乎！

至于虬髯武夫，妾向以其重瞳为不祥，不意竟至蛊惑于君，误吾伉俪终生也！

君恐不知，是夜虬髯来时，妾正难眠，渠与君之密语，字字为妾所闻。曩时妾心甚恐，然深信夫君之情笃，意必力拒之也；又以妾身已属郎君，去留亦皆悉听尊便；况闺闱帐中，多所窘迫不便，故妾惟假寐，以待君之裁夺。

常郎或恐不知，向时君之踌躇，在君似只倏忽刹那一瞬之间；在妾，则滴滴漏漏，有似几世几年矣。

至虬髯之手起剑落，郎君之泰然而瞬，妾于须臾之间双目凌空，血凝如冰，睹身躯异主于红颜，则万念俱灰，期以速死。

不意喉间为奇物所覆，其寒逾冰，霎时巨痛，骤转昏昏澐澐，耳闻虬髯“琴瑟和谐，宗庙不绝”之祝，则不免于深囊黑暗之中，胡卢而笑耳。

不知君忆否？

曩昔春日，于豆棚瓜架之下，纺绩之间，与君联句为戏，中有“气无烟火神皆冷，骨有云霞髓亦香”之句。

则星夜飞驰，于无涯黑暗中，贱妾不知君之乐，而君亦不知妾之求生不得，求死不成也。意自行咬舌以尽，苦牙关至紧，而又气悬一线矣。

始悟世间最苦者，恐非枭首，乃系枭首之后，心死而神存也。

且夫元神、魂魄皆寓于头中，是为妾于斯时所始解者也。

惟神冷则魂昏，遂于暗之又黯中，堕入无知无觉，且复无魂无耻之境矣。

既醒，则已在潞湖之畔，花楼扉启，月色阑珊。

喉间息息相续，吻间茸茸痒痒。

凝睇而审，则重瞳子也。

妾心欲怒。

转而思之，妾已无心，则怒从何来？

胸中踊跃者，实乃杨花之心也。

彼女头痛暴毙，而其体尚温。虬髯以其貌似葆贞而为妾易之。

至若杨花之体，遐迩闻名。君已领略，恕不赘述。

虬髯亦不能禁，但云其体犹冷，亟须为与暖之，致令经络通畅，则头连易活也。

本欲痛斥匹夫，然喉间气如游丝，颈间奇痒不止。有身而不能动，有口而不能言，惟闭目凝息，任其轻薄而去。

忆及庄、列“子非鱼”之辩，则当此之时，妾实乃不知己为葆贞乎？杨花乎？

若夫杨花，则杨花全不知葆贞神魂之苦；若夫葆贞，则葆贞悉知杨花其体之乐也。

乞君海涵，恕妾直言。

贱妾言至虬髯，真乃五味之瓶倾覆，酸辣甜咸齐聚。

其酸也，嫌其多事，坏人姻缘；

其辣也，恨其血冷，亦惊其剑疾马捷并其技之神异；

其甜也，感其未弃此头于蒿莱荒冢之间，而令妾于潞湖之滨，得享湖光山色、母仪温存，亦得与扎西，再续三年之缘；

其咸也，较君之是夜冷淡，妾亦自念其威猛粗砺——虽只一遇，然则至今犹忆其上下虬髯也。

至于扎西，贱妾不提则已，提则悲喜都至。

向时虬髯既去，东方欲晓。家人正备丧葬，忽睹花楼复苏，则满庭奔走相告，以扎西之欢为甚。

妾以心下混沌，五味杂陈，且又不习夷语之故，惟默默以观，脉脉以聆。

旬月之后，始悟其地偏僻，风俗全然不类中土；始悟其家大多亲，以女为尊；始悟其男女风情，洒落真醇。

向聆霞客与君偶谈，以为潞湖风俗，人多杂情。则妾于此数年，未见几多杂情者也。盖以无拘无束之故，人反心松意笃耳。

诚然，厌旧喜新，人之常情，不惟男子，在女亦然。

尤其妙龄少年，如潞湖之鹿，春来呦呦，转山野合，尽享芳草甘霖之乐。其时气血丰沛，乃各自寻欢，彼此两便。惟不嫁不娶，无誓无盟，则无食言毁誓之忧，亦无分家析产之虞耳。

至若沉着壮年，则行事趋简，阿肖渐定，多以一二知己存焉。

夫扎西者，乃杨花之第三阿肖也。

妾喜其人伟岸，其情缠绵。至于浃洽之间，则持久无匹，亦如其情，历久而弥坚，更不以妾颜之沧桑为意耳。

至若其胸怀雅量，实乃盖世无双。

重聚数月，则知妾已有身。既睹虬髯之子，曲发而重瞳，亦无片言诘问。遇有瓜果，辄携来以饷，与之庭前花下为戏，以欢以安。

设若不逢郎君，则妾实欲与扎西终老于潞湖，共眠于含山矣。

然则郎君阅至此处，勿揣妾之不欲重会君子也。

妾何有幸，两地而遇郎君；

妾何不幸，两度而失郎君矣。

既遇郎君，则雨霁月朗，廿载欢情都至：竹马之乐，联句之妙，濯发之恩……怎不令人喜上眉梢，载言载笑；

然则喜上眉梢之刻，恰亦肝肠寸断之时。

头喜其魂有归，而身悲其命不久矣。

向时，贱妾既睹君与霞客临门，则已知有今日之遇：妾亦无忧，惟命是从。

遂置扎西之衾褥橐裹于门外——妾心何忍！实欲为君留一后嗣耳。

既承不弃，此志弥坚。

遂为采明珠、制汗巾，以期君之再至矣。

然则，恋生畏死，实亦人之常情。

一年之内，寒暑更替，而妾之志数移矣。

每于花下织布，往往复复，则子女、祖母、姊妹兄弟乃至扎西之影，悉映于布上，虽屡拂而不肯去矣。遂自问曰：杨花何故，弃此而殉故夫？且故夫为谁欤？况彼威猛不及虬髯，持久不敌扎西，如此银样镴枪，殉之为何矣？

然每至中夜，万籁俱寂，则有细语如虫鸣，嘤嘤而入耳曰：葆贞缘何中心摇动乎？汝贞已失，若惜此生，则何颜以对常郎？青梅之情安在？濯发之约安践乎！

每闻此语，赧然无对，辗转难眠。

及至临盆，睹小儿一颦一笑，酷肖郎君，则妾心稍安。继而日盼君来，期以三人同归故里。

然中夜细语又云：若携杨花之躯同归故里，虽奉常家以子，然葆贞又当如何款步而拜扫翁姑之坟茔乎？

妾以其所言凿凿而畏之；又以其所言絮絮而厌之。

如此载畏载厌，夜夜惊觉，对窗达旦，患得患失……则葆贞之神愈疲，而杨花之体愈殆矣。

遂悟头乃身之累，夜夜相烦；而身为头之患，在在相缠矣。

及至百匹之布以成，中秋之月又临，则葆贞之意始决矣。

妾呈布于祖母，谢其养育之恩；

又遗子于君，冀名之以“抱一”，嘱其“抱一而为天下式”矣；

且赠珠于君，藉此抚幼儿、聘处子，则妾心甚慰矣；

至于函中之物，以其本属郎君，如何处置，则悉听尊便矣。

君若犹记昔时豆棚瓜架之下，濯发戏语，则贱妾幸甚、幸甚矣。

呜呼常郎！巾短情长，妾于今与君永诀矣！

若忆妾时，乞以葆贞、杨花与共。

葆贞未葆其贞，致令杨花，香消玉殒矣；而杨花至真，虽拥水性，至清至纯，捐其躯以明妾志，妾心实悲也。遂嘱以躯付扎西，聊慰杨花之情。

书至此处，月上梢头，恐君突至，而妾心生变矣。

遂欲投笔捧剑——惟盼扎西之剑甚利，则贱妾幸甚、幸甚矣！

一恸！不赘。

葆贞展拜。

二十一

常生阅至此处，辄凝神屏息，深深一揖，以珠、裰奉于杨波，仅携巾、函以出。

出得门来，舍马徒步，逆风疾走。

但只里许，忽见雪花骤至，飘飘洒洒，湖上烟雾蒸腾，纷纭袅袅；循陆路而登含山，则沿途苍苍莽莽，空寂无人。

行至金线泉边，惟见冰皮乍结，悬流始凝。松柏深碧，悉隐于皑皑白雪。

惟一树奇花，兀自怒放，花光雪色，相拥相融：花感雪之莹洁，雪染花之馨香，有似误堕香雪之海矣。

生背倚古树，启函而视，则亦悲亦喜：

但见茶花猩红，黑发如云。而衔花微笑，则亦庄亦谐矣。

曩时，故里之豆棚瓜架，亦有花发如雪之日，生为之濯发殷殷，且戏之曰：

古有张敞画眉，今有常郎濯发，而卿卿以何为报耶？

女一笑而对云：

请以此头。

二十二

忆及此处，笑凝吻间，泪亦成冰。

而百丈寒冰之侧，忽有铜人，铜肤铜须，铜目铜剑，负白雪攀奇花，以剑指生，不即不离。

生乃捧函怀中，长跪以迎。

待到二子皆成雪人，则铜剑始落，遂见奇花朵朵，漫舞弥天，香消玉殒，且馨且寒矣。

二十三

却说霞客，归侍母病。

年余，慈母驾鹤西去，霞客则打理家中经纪，兼及誊录《游记》，以度丁忧之岁。

又历数年，始有二度西南之游。

再至七星岩，忆及初度至此，有洞甚宏广，非冬日而不能至也，遂觅导人以往。

至于洞中，披莽隙，梯悬崖，连过两窍，既达第三窍，穿隙而入，遥见对面一龛，前辟一窗，窗中上有圆顶，下有平座，一僧嶙峋如鹤，结跏趺坐，倚深洞，临危崖，有似禅定，亦似圆寂。

霞客遥看，疑以似曾相识，惟平生所历伽蓝甚多，难于立报其名，亦恨洞中有壑，无由近凑，又恐言语叨扰，误人清修，乃以三望而止，随导人以出。

出未数里，又遇一洞。洞口高悬，其内北转，高穹愈甚，寺人叠磴驾阁于洞口，飞临绝壁，下瞰江城。

向时返照入壁，竭蹶而登，喘汗交迫。甫投体叩佛，忽一沙弥来迎，款待斋饭甚殷。自言其师具道霞客形貌举止，于此恭候有年矣。

霞客叩问法号。

沙弥曰，吾师法号圆融，自云先生故人。

又问汝师今在何处？

沙弥遂指来路曰：其洞名曰栖霞，吾师每于此入禅定，少则数日，多则旬月，今次，几至弥月矣。

霞客于阁间遥望，惟见云雾苍茫，真乃只在此山中，云深不知处。

翌日暂留寺中，追录数日游记。

次晨绝早，不顾大雾弥漫，欲辞沙弥下山。

沙弥亦不坚留，惟言雾浓壑深，欲导二子以寺后捷径。

遂以同行。

行至山坳间，忽睹虹霓如环，中含光满，如日如电。

霞客知其为文殊摄影，又名佛光，惟于云海中偶见，实乃可遇而不可求矣。

沙弥笑曰，吾师亦曾指之而语诸弟子云：

汝尝言，吾于何处参佛见性耶？岂不知一叶障目，此叶既除，则一山一水，一花一蕊，触目皆是，立处即真矣。有如此光，细审，则立得。

霞客闻言，瞩目于光满之中，有一物圆融，似影若球，翕然浑然，亦真亦幻。

遂于云间三叩其首，继以拜辞沙弥。

二十四

既辞，惟觉神接清气，骨含云烟。

是时，但见佛光中悬，细路绵延。

二〇〇八年六月至八月草成，二〇一五年三月十二日改定

---

* 作者注：

本文系蒲松龄《陆判》故事之新编。参考并引用了唐人绝句、明人小品、《徐霞客游记》《明清民歌时调集》《聊斋志异》《清代闺阁诗选》《永宁纳西族的阿注婚姻和母系家庭》等古今著述。写作过程中，又相继承蒙刘宁、李四龙、郭庆山、徐家成诸先生不吝赐教，在此一并深表谢忱！

橘子

第一章

一

那个周末我不知怎么忽发奇想，要把自己的小屋彻底收拾一遍。结果是很糟的。东西越收拾越多，越收拾越乱：小学时候描的“红模子”，油印的小奖状，“样板戏”的小人儿书，装满各种零碎儿的“宝贝盒子”，全都翻腾出来了，摆得到处都是，尘土飞扬。最糟的是我无法决定哪些东西该扔，哪些不该扔。比如那条红领巾，我已经上了大学，当然再也用不着，上面又破了许多洞洞，也不能送给小孩儿。扔了吧，心疼；给妈妈当搌布，又觉得可惜。只好先归在一边。还有那本硬壳儿的旧书，我本想用它垫桌子腿儿的。这本俄文书很厚很沉，打开一翻，先是一些地层剖面图和陌生的洋文，后来就掉出几枚干花枯叶，它们是我小学二年级参加生物小组的纪念。垫桌子是甭想了。我把那些干花枯叶放回书里——还是得先归在一边。

后来我不知从哪些犄角旮旯又找出一堆老相片，就在铺天盖地的旧物堆里小心地坐下去，一张一张地看起来。

有一张，是个婴儿躺在摇篮里，胎毛未退，神情木讷，胸口上镇着一方毛主席像章，几乎盖住了整个上身。凭直觉我肯定那就是自己，我似乎还对当时那种呼吸困难留有印象。那也许是我最初的记忆。

另一张，是爸爸妈妈在我们那间小平房跟前的合影。那时候两个人都很年轻。妈妈留着齐耳短发，穿着厚棉袄；爸爸也穿着厚棉袄，胡子一定很久没刮了。他们脸上，都预备着那种在相机前应有的笑容，双眼平视，并排垂手而立，两人相距有一拳的距离，就像当年随处可见的一对合法夫妻。照相的人显然考虑得很周到，把屋门下方印着的毛主席语录，一字不落地全都拍了进去。

还有一张，也是在那院子里照的。

那大概是我刚会走路的时候，扶着大杨树，冲着镜头迈步。树后还有人伸出一只手来扶着我，只是身子隐藏得太好了，看不出是谁。

谁呢？我对着那张发黄的小照片，仔细琢磨着。

手腕儿很细，肯定不是妈妈爸爸的；手掌胖乎乎的，多半是个孩子的手。

那会是谁呢？我把家里的亲戚都想了个遍，也还是对不上号。

我摇摇头，放下照片，接着收拾。越收拾我的头越大。满地狼藉的房间开始让我烦躁。周一早上还有课，我必须今晚赶回学校。可是这一屋子东西，怎么能再堆上一个星期呢？

我正烦着，妈妈推门进来，手里提着一大一小两兜水果，苹果橘子什么的。妈说小的一兜给我在学校吃，大的一兜趁还新鲜，让我上学前绕个道儿，给橘子奶奶送去，快到中秋了。妈看出了我的茫然，就接着说，橘子奶奶想来想去，就我还会划拉几句洋文，托人打电话来，让我替她回个平安信给橘子，还说以前托别人写了信封的，连发两三封，都给退回来了，送信的说，八成是地址没写清。这时候壶开了，妈妈就出去灌水，一边走一边说，你还不知道吧，橘子嫁了个日本人。

我慢慢蹲下来，正对着椅子上那堆水果，我闻见了苹果和橘子的清香。

二

妈妈最初说出“橘子”两个字，我还以为就是兜儿里这些鲜艳的水果。后来才反应过来，那也代表着一个人。

橘子奶奶是我们住平房时候的老邻居。我们家搬进楼房，已经有十几年了。这中间，妈妈逢年过节总要去看看老人。可她从不带我去。我也隐约地懂得妈妈那点苦心，从不吵着要去。

十几年来，橘子从我的生活里消失了。这会儿忽然又听见这个名字，和这个人的下落，我的心里涌出一丝热乎乎的东西。

我忽然想起什么，就开始到处翻找那张小照片，奇怪的是，刚才它明明就在眼前，这会儿却像雨点落进了海里一样。我抖搂抖搂领巾，没有；又翻开俄文书的扉页，没有……

这时候，我发现许多的旧物都开始有了呼吸——那条褪色的、淡粉的、柔软得像是存着体温的领巾，破洞里漏出入队时的鼓声，漏出当年那夏日微风，还有一些“啪啪”的轻响，那时候它作为“鞭子”，拂过一个女孩儿正在发育的身体……打开的书页上，那些焦黄的花瓣儿，它们的姿态经年未改，是些当年随处可见的野茉莉，花瓣一经压干，薄如蝉翼，手指轻轻掠过，指尖感受着异样的嫩滑。眼睛透过那蝉翼，看见的已不是密密的洋文，而是那个庭院里错落的阳光和阴影，鼻子闻见了一大丛野茉莉的后面，那个女孩儿皮肤的气息。看见了雨，闻见了被雨打湿的尘埃味儿，手指于书页间穿行游移——在一瞬间触摸到了过去。

午后的阳光，暖暖地照着那堆水果。

苹果的果皮绷得很紧，闪着明亮的光泽；橘子的果皮有点发蔫，阳光照在上面，好像都被吸了进去，无声无息。

我看看表，要去橘子奶奶那儿，时间还是挺紧的，我三下两下把那些旧东西归拢，当然什么也舍不得扔，然后背上书包，提起水果，就下了楼。

三

我提着那兜水果——它们很沉，沉得像一个人早逝的青春。

把水果放进车筐，我骑上车——它们一下子又变得很轻，轻得使人不易觉察，就像这十几年的光阴。

第二章

一

这里的一切，让我止不住一阵阵发蒙。

从安定门一路骑过来，两旁不断地闪过新起的高层建筑：华侨大厦，国际艺苑，王府饭店……

我从小学二年级起，就开始乘公共汽车上下学。我对路边小店的门脸儿、每个邻街的住家儿……都还留着一份清晰的印象。

后来，我上中学在西城，大学在海淀，也就有好几年再没来过这边。偶尔路过，无非是浮光掠影，只觉得路边昔日的痕迹越来越少，变得越来越鲜亮，繁华，可是少了一点儿我童年记忆中，那种灰蒙蒙甜丝丝的温乎气。

也就是煤渣胡同把口儿那座小教堂，还依稀是当年的模样，其他的，要想瞧着不眼生，就难了，连那个小时候看病打针之后，大人就把我抱进去的乳品店，也改头换面成了个饭庄。

拆红星电影院的时候，我正好从这儿路过。看见那个电影院只剩下一堵墙，天光降临在电影院的旧址上，显得异常刺目。那堵墙上，曾有无数光影游移飘舞，空荡荡的水泥地上，曾有无数双眼睛，盯着那些转瞬即逝的光影，欢笑或是流泪。

一边骑车，我一边想：当年，橘子噙着眼泪，拉着我，死磨硬泡缠着秦姨儿放我们进去蹭电影看的那个空间，是现在这大饭店的哪个部分呢？当年，那里该是电影院门口最高一层台阶了吧？

这么想着，我对站在那时那地的橘子和自己，还有那个好心的把门人秦姨儿，生出一股莫名的担忧：我们站在空虚上，我们随时都会掉下去。可是橘子仿佛不管这些，她还在那儿磨啊泡啊，终于磨得秦姨儿没有办法，在《地道战》放到了一半的时候，对着那幅黑面儿红里儿的门帘，朝我们努了努嘴儿，我们就一头钻了进去，钻进比夜更深的黑暗里。

还有基督教青年会的地下室——区业余体校的训练馆，那里面总有一股甜丝丝的霉味儿，霉味儿里飘散着黄色的灯光，灯光里是些翻着跟斗的人影和女孩子们摇来晃去的马尾……

不知怎的，眼下那些东西没有了，关于它们的记忆就仿佛被架空了一般，像游魂，没有个安居之所了。

我回头又看了一眼王府饭店，那红红白白的一堆。在那里，假如像揭开电影院的屋顶一样地揭开那飞檐，同样可以看到各式的电影——有人吸烟，有人洗澡，有人吃喝，有人付账，有人笑，或哭。

在那片地下空间，在那原先翻飞着充满活力的人体所在，也许是无数下水道勾连交错的地方，翻腾着显赫人等的排泄物。

我一边减速，一边注意着胡同那些标牌。看到“红星”两个字的时候，就拐了进去。

二

这里几乎一点儿没变。

仅有的那点变化——把口儿新添了个发廊，拐弯儿那处人家，把后山墙扒了，开了家小卖部。除了这些，别的，连路上走几步就有个坑洼，都一丝儿未改。幸亏有了那点儿变化，有了脚蹬的这辆自行车，提醒我这是今天，否则我很可能以为是骑入过去，骑入梦里了。胡同口儿那家裁缝的二丫头出来倒土，她还是架着副眼镜儿，不过不是以前黄黄的塑料镜架，而是黄黄的金丝边的，可她那因为龅牙而紧紧抿住的嘴，还是紧紧地抿着，不泄露一丝一毫。“当当”，她把那簸箕在垃圾桶沿儿上磕了磕（现在改用桶装垃圾了，以前是定时定点把垃圾倒在路边），挥起跷着小拇指的纤纤素手赶着灰尘，迅捷地闪进邻街的门里去了。在它旁边，那家门面依旧的“向荣”小饭馆儿，还是喧声不绝，那个小小的排风扇，驮着厚厚的烟油，依旧不倦地飞转着，旋出鱼香肉丝、宫保鸡丁、溢出杯来的啤酒沫、红脸男人们嘴上的卷烟，系着灰白厚重围裙的女服务员鼻尖上的油汗……的混合气味儿，都没变。再往前骑，那门前伸出一段台阶的人家，台阶东头背阴的地方，还是用那个搪瓷斑驳的破盆种着蒜苗苗……

都没有变。连厕所的味儿。

可是为什么我有这种晕乎乎的感觉？像小时候六一游园会做那个游戏：把儿童望远镜倒过来挡在眼前，低头往前走，每一步都要走进事先画好的白脚印里去。我老实地把望远镜捂在眼眶上，结果晕得想吐——我看见穿着自己那双鞋的脚，忽然变得非常遥远，这个身体仿佛瞬间化成了千山万水，隔着万水千山的距离，我看见了自己那遥不可及的双脚，我想吐。这种感觉使我步履维艰地要把自己的脚放进那更加遥远的白色目标成为不可能。我晕乎乎地忍着喉咙的哽咽败兴地放下望远镜，想要抬腿离开游艺场。这时候，我看见同样穿着自己鞋的这双脚，又变得如此近切逼人，如此硕大无朋。很久，我呆呆地立在原地，一动不动。那时候蝉声轰鸣，冷汗顺流而下。

闻见了厕所味儿。忽然就想上厕所了。

我支上车，锁好。看看右面那间灰房子，认清了上面有个红色的“女”字，这才进去。要是在十几年前，我即使摸着黑儿，也不会走错。

用足尖顶开那扇绿漆门，我一下子闪了进去。三个蹲坑儿，一个老年人用的水泥座坑儿，都还是老样子；一股辣烘烘咸丝丝甜不拉叽酸不溜丢的味儿，也还是老样子。我的嘴里开始不断分泌出唾液，连忙闭紧了双唇。

等我迅速地方便完，匆匆出门的时候，差点儿跟一个少妇撞了个满怀。

“小红？”少妇叫道。

我吓了一跳，定睛一看——不是小雨是谁！

小雨从厕所里出来的时候，我站在对面的太阳地儿里，看着她蓬起一头菊花似的黑发，踩着自己长长的影子，款款向我走来。

一时间暖暖的阳光让我有些六神无主。我觉得心神正一分为二：一个我看见少妇小雨走过来：一个我飞奔回我们的过去——我的，小雨的，还有橘子的。

我又眯眼看太阳——刺目的光芒使我双眼潮润。

小雨刚刚度了蜜月回来。走进她的新房，我一眼就看见了那张结婚照；小雨身着淡粉色的曳地长裙，红嘴唇涂得鲜艳欲滴；新郎穿着笔挺的西装，头发吹得又高又蓬。镜框是小雨自己用花布做的，因为房子装修后，墙上只能挂点轻巧的东西。“一尺布能做三个呢！”小雨摸着镜框告诉我。新郎自打入赘那天起，小雨家做饭他一个人全包了，小雨爸妈都还满意，小雨弟弟更是一口一个姐夫，叫得可亲了。小雨又摸摸镜框，“说真的，你赶明儿毕了业，有合适的就早点儿结婚，可得晚点儿要孩子……”说得我赶紧站起来，说是还要看看橘子奶奶，就告辞了。

出了门我才想起来，自行车还搁在厕所那边呢，就又走回去，开了锁骑上，邻街的房屋都还是老样子。我都骑过去了，才发现路边那个戴着老花镜捧着笸箩挑米虫的老头儿，就是刘大爷。刘大妈呢？在做饭，还是抱孙子？

想起刘大妈，我就隐约闻见了一股酸酸的糨糊味儿：她还糊纸盒儿么？

她肯定不再糊纸盒儿了。

又拐了一个弯儿，迎面就看见了我家过去的院门儿。

三

高考复习进入白热化那阵儿，我的头脑中经常会有些错觉交替出现——一会儿一天等于十年；一会儿百年等于一秒。

有时候，一个上午就背了大半本历史书，从半坡文化，大汶口遗址呼啦啦就到了清兵入关。不知为什么，脑子里老是有点犯晕，这是凭什么呢？嘴里叽咕了一阵，这就过去了千百年？书里的人仿佛生活在时间的压力舱里，一会儿被抻长，一会儿被挤扁。

而我从家骑到这儿，从王府饭店拐进红星胡同，从胡同口儿骑进来，进了79号的院门儿，走啊走，走到橘子家门口儿，前前后后顶多也就是一个钟头工夫吧？这一个钟头，记忆里放电影似的过完了我的童年，也过完了橘子的青春。

四

青春的橘子——我打开那扇朱漆木门。

橘子的青春——我关上那漆皮剥落的门。

五

告别了橘子奶奶。我推车出来。

路上我看见了白大爷，托着一小碟红红的腐乳。白大爷是北京人，但他从不把那叫作“酱豆腐”，他只是慢悠悠地盯着眼前的女售货员说：“腐乳——”最后一个字，拖得很长很长。

此刻白大爷颤巍巍地在路上走。他两眼盯着那腐乳，仿佛心无旁骛。

我从他身边骑过去。

从他影子上轧过去。

从橘子奶奶那儿，我知道这胡同里已经有许多老人故去了。

然而白大爷活着。

白大爷颤颤巍巍有滋有味儿地活着。

我的头皮一阵发紧。拐弯的时候又回头看了一眼，白大爷一步一挪，好像连自己的影子都拖不动似的。白大爷，也不过就是个孤老人。

在胡同口儿碰见了小四儿。小四儿抱着他的胖儿子，儿子举着个变形金刚。

他认出了我，于是下车，寒暄了几句。他问我在哪儿念书，我夸他儿子长得结实。直到互道再见，谁也没提橘子。

我横穿过马路，进了对面的甜井胡同。

骑过把口儿那间公厕，耳中传来遥远的轰鸣。事隔多年，我依然对这间厕所心存余悸，甚至对所有的水泥蹲坑心存余悸。我当然再也没有上过这个厕所。可即使在别处，我依然会对脚下那些深坑心存顾虑。曾不止一次地做过这样的梦：脚下的水泥地向两旁飞速退去，我在不可遏制的战栗中无声陷落……

蹬车的腿甚至有些发软。

我似乎闻见了那个湿冷腥臭的冬天，闻见了那透湿的棉裤，闻见了橘子有力的双手，闻见了自己的哆嗦，闻见了炉子里融融的火。

路上。一个穿着大花灯笼裤的女人，蓬着一头枯发，挂着一张黄白的脸。大大的眼珠在空洞的眼眶里桄荡着。

我从她身边骑过的时候，似乎闻见了她的口臭。现在已邻近黄昏了，她出来倒尿盆儿。

我猛地蹬了一下车，拉远了距离。

就是这个女人，当年可是这胡同里的一“霸”呢。她的势力范围西起胡同西口我们幼儿园的北门，东至胡同东口以外的马路牙子，只要不过马路，她的威力均可到达。

她现在，在倒尿盆儿。晃悠着没骨头的灯笼裤，趿拉着拖鞋。

六

宿舍里终于熄了灯。

熙攘的楼道渐渐安静。

楼上的人一定又在洗脚，我听见了水在搪瓷盆里桄荡的声音。楼板隔音不好，楼上的人又懒。不知哪位还总在屋里备上个尿盆儿。深夜里我常能听见有人在自己头顶上哗哗方便。有时候梦中听见，甚至能感到有尿液冰凉地滴上脑门儿。

同宿舍的人还在说笑。有人意味深长地朗诵着：天生一个仙人洞，无限风光在险峰。隔了一会儿，就有人笑。

楼外树林里那个小酒吧，还是人语喧哗。有男人拖着明显僵硬的舌头，长一声短一声地喊一个女子的名字。喊了一声又一声，一声响似一声。

这边楼里就有一扇窗户开开又关上，关上又开开。

最后终于没人喊也再没人应。

楼上的人一个个洗了脚，一个个地倒了盆，一个个地脱了鞋，一个个地上了床——耳朵对这些似乎已非常熟悉。此刻我仿佛听见了，又仿佛充耳不闻。

我的眼前有节奏地，循环往复地闪过好几个信封：那些发出去的信，其实地址都没有错，都是根据上一封来信照抄下来的。奶奶可能不知道，问题多半出在每封来信上留的地址都不一样：一封是东京，一封是大阪，一封是北海道。每封退回来的信上，都盖着同样的日文印章，赫然印着："……居先不明……"云云，请教了一位日语专业同学，她说可以译为："查无此人。"

楼外的路灯，把树影投在蚊帐上，不紧不慢，来来回回地摇曳着。

黑暗中我大睁着双眼。

看见一股湿气。

看见一股香气。

看见那鼓鼓的胸脯两旁发出的湿湿的香气。

在树影摇曳之间看见了她明灭的眼波。

你的青春如那明艳多汁的果肉，如那精细扭曲的纤维，如那鲜红开张的果皮，以特写般的近切，挟带着昔日微风，迅速又无声地扑向我，弥散开来，覆盖了今夜无眠的梦境。

橘子。

第三章

一

“蚂蚁搬家，要下雨。”

小红蹲在院门口儿，自个儿跟自个儿说话儿。沿着台阶儿慌忙赶路的小蚂蚁，来来往往，川流不息。

小红把手里焐热的最后一颗饭粒儿，投在蚂蚁洞口儿。见那饭粒儿不像刚才那么白了，这才顾上抬头望天，天上已经絮满了铅灰的云。

起风了。

小红打了个冷战，撒腿就跑。

眨眼工夫，看惯的一切都变了。

一进门儿右手那几棵向日葵，不知什么时候垂下了脑袋，黄脸儿成了绿脸儿；白大爷的窗户好像两个大睁的眼眶，可是空空的，没有眼珠。

一头跑进月亮门儿。大杨树的浓荫，不知什么时候把院子遮了个严严实实，树叶哗啦啦响，不，是雨滴响——雨，这就下来啦！

小红像是被雨的鞭子赶着跑，前脚跨进北屋门，回头一看，院子里就白了，窗户上“啪啪”地划下雨道子，屋里黑咕隆咚的。

小红就趴在窗台儿上，看雨。

不一会儿，哈气就白白地挡在了眼前。她刚要伸手去擦，忽然觉得后脖梗子上凉丝丝的，猛地一回头，只是一团黑黑的空气。

小红这才松了半口气，可还是瞪着眼睛，在黑洞洞的屋里巡视着。

小红生来就怕黑。为这个，大白天的，也常常开开北屋的灯。小红爸妈都是双职工，幼儿园还没有空位子，就只好把她托给西屋橘子奶奶照料。怕她浪费电，爸妈走的时候，都要把灯绳儿系得高高的。

黑洞洞的屋里也不是一点亮东西都没有，北窗上的圆镜子里，映着院儿里的雨，圆圆的一片白雨。大衣柜的金属把手，一闪一闪的，好像在黑暗里跟着雨的节奏，喘气儿。

小红顺着那两点亮光，摸到大衣柜跟前，蹲下来，手伸进柜子腿后面，拖出一个小木匣子。那是她的“宝盒子”。

里面装着她所有的宝贝：一张一张攒起来的糖纸，拾来的玻璃弹球儿，橘子给的彩色玻璃扣子，夜里闪光的毛主席像章，还有好几本小人书。

有了这个宝盒子，小红常常是挺着腰板儿，扬起下颏儿，在院子里来回地走。

隔不几天，她就得拾掇一遍宝盒子，对哪张糖纸最平，哪个弹球儿上有个小疤……全都了如指掌。那些小人儿书，随便抓过一本儿，她就能给人家讲起来：这是《收租院》，这是《三条石》，这是《沙家浜》……使人疑心她识字。其实，都是爸爸妈妈还有橘子，给她讲过了的。

雨越下越大。

小红抱着她的盒子靠近窗户。又开始检视她的宝贝，重温小人儿书里的故事。

《收租院》里，那些泥塑的小人儿重演着旧社会的苦难：饿得皮包骨的孩子，缠着一样皮包骨的妈妈要吃的；刚生过孩子的妇女，被抓去给地主挤奶喝，扔下了嗷嗷待哺的宝宝；沉重的租子，压得骨瘦如柴的农民抬不起头直不起腰；铅灰的铁栏后面，全是些大睁着的眼睛，饥饿和重压下的受苦人，仿佛只剩了一双大大的眼睛……

天是灰的。雨是白的。屋里是黑的。

小红翻着小人儿书。那些图画里的颜色，也全都是灰暗阴沉的。

《一块银圆》。小红觉得脊背上冷飕飕的。

……妈妈穷得实在没办法，只好把女儿卖给了地主。几天后，在地主家出殡的队伍里，小弟弟忽然发现了姐姐。姐姐端坐在莲花台上，穿着新衣裳。小弟弟就冲过去，喊姐姐，摇晃姐姐，可是姐姐不理他。小弟弟回头刚要问妈妈，可是妈妈一下子就昏死过去了。小弟弟再回头看姐姐，姐姐的嘴微张着，可是发不出一点声音，眼睛大睁着，可是一眨不眨。万恶的地主为了给自己的老爹发丧，就把穷人的孩子灌了水银当作陪葬的童男童女，端坐在莲花台上的美丽的姐姐，早已是死人了。

电闪。霎时照亮了整个屋子。照亮了书上的人形。照进那小姐姐一眨不眨的瞳仁里。雷鸣，震得玻璃嗡嗡响。小红的手一抖，书掉在地上，“当”的一声——《一块银圆》。

黑暗里好像有人大睁着眼睛——一会儿是三条石的童工，一会儿是收租院里的贫农，一会儿又是莲花台上的姐姐……

小红冷。

小红往门口躲。

又是一个闪电。

小红一个趔趄撞开门，直奔西屋。

二

西屋也没有开灯。橘子奶奶正就着窗前的微光，给橘子接裤腿儿，鼻梁上架着副老花镜。

“怎么啦？”奶奶从花镜上边儿抬起眼睛，“又害怕啦——来，奶奶抱！”小红就爬到奶奶身上。

“胡噜胡噜毛，吓不着……”奶奶抚摸着小红被雨打湿的黄黄的头发。

小红的爷爷奶奶，很多年前就过世了，什么也没给他们的儿子留下，除了一个倒霉的出身；小红的姥爷，在老伴儿去世后，就跟西城的大儿子过，留下这北屋，给小女儿成亲用。小红妈是橘子奶奶看着长大的，刚生小红的时候，样样事都是橘子奶奶手把手教的，连尿布都是用橘子的。小红生下来就没有亲奶奶，平日里老是跟着橘子那样一口一个“奶奶”，叫得可欢了。

奶奶拿来干毛巾，给小红抹了两把头脸，就接着做针线去了。有时候直直腰，看看雨，叹口气。

小红爬上那张大床，枕着橘子的枕头，呆呆地瞧着微白的窗户。窗户上挂着橘子钩的窗帘儿，用那种普通的白棉线，钩出花样儿来。挂上这样的窗帘儿，从外面看屋里，什么也瞧不见；从屋里看外面，却能一清二楚。

枕头上有一股淡淡的油味儿，还有橘子的头发味儿。

雨声，夹杂着橘子奶奶的叹息，都在她的梦里变得稀疏淡远。

小红闻见了焖饭香，就醒了。

坐起来，就看见了淡红的窗帘，院子里涂满了太阳光。齐着南墙根儿种的一片野茉莉，不知什么时候开满了黄的粉的花，一蓬一蓬的。

小红一个打挺儿就下了床。

雷雨和黑暗的旧社会，仿佛随着梦醒，一下子消散得无影无踪。

窗外是阳光灿烂开满了鲜花的新社会了。

这时候小红看见了橘子。

从玻璃窗望出去，能穿过月亮门儿，一直望到大门口儿。

她头一眼看见了橘子的红领巾。红色飘进大门，到了白大爷门前的枸杞子架，停住了。于是小红又看见了小雨，邻院她的玩伴儿，还有好几个叫不准名字的女孩儿。小红就飞奔出去。

三

白大爷其实并不白。面色青黄，微微有些浮肿。头顶和下巴上，稀疏地长了些发黄的银丝。

好像从小红记事起，白大爷就孤身一人，住在前院儿那间小北房里。

白大爷种了许多植物：房前满满一架枸杞子，东山墙一墙的金银藤，房上爬满了喇叭花儿，爬山虎，窗台儿上还摆了一溜盆栽的仙人掌、君子兰、令箭荷花、虎刺梅和“死不了”。所以小红轻易不敢进白大爷的屋，那屋里，除了白大爷黄黄的脸色和一排古旧瓷瓶的闪光，即使在大白天，也休想看见别的什么。

枸杞子碧绿的叶子还在缓缓滴水。浅紫的小花，星星点点地开着。

“白大爷，还有我——”小雨伸出十个手指头，嫩粉的，透明的。

“哦，还有我们小雨。”白大爷温声答应着，一手握了小雨的指尖，一手攥着指甲刀，镶着景泰蓝的指甲刀，“咔咔”地剪着，小雨月牙儿似的指甲，一片片落在白大爷腿上，腿上铺着块蓝幽幽的软缎。

邻院的几个小女孩，一人手上缠着几根猴皮筋儿，正跟橘子说笑。橘子有点发硬地笑着，手里也有皮筋儿，她们的指甲，都是秃秃的。

小红知道，白大爷又在收集指甲了。

每次，白大爷都准备一些小玩意儿：糖块儿啦，猴皮筋呀什么的，哪个小女孩儿来剪指甲，就能得到一份。要是邻院小四儿他们那些“秃瓢儿”来了也想剪，白大爷就说，不要，你们太脏。小四儿他们就灰溜溜地玩泥去了。

白大爷把那些雪白的指甲，一片一片地拈着，都收进一个细颈描花瓷瓶里。

橘子问过：“白大爷，您攒指甲干吗呀？”

白大爷就说：“种花，施肥。”

小红有一次掂过那些小瓷瓶，不止一个，而是整整八只一套。每一个都沉甸甸的。

“怎没拿去种花？”

小红就糊涂了。

四

吃过晚饭，小红妈正刷碗，小红爸正擦桌子，就听见西屋又吵了起来，接着就是摔盘子摔碗的声音。

小红爸摇摇头，推门出去倒水；小红妈叹口气，接着刷碗。

小红埋头整理她的宝盒子。

连小红都已习惯了每天这个时间的这些响动。她从大人们的言谈，橘子奶奶的叹息，还有橘子挂着泪珠扭过去的脸，早已知道了，橘子爸妈正“打离婚”。

这会儿小红拿出一枚玻璃扣子，对着灯亮儿，闭起一只眼睛，呆看着，就听见橘子奶奶气哼哼地嚷：“橘子！还傻站着干吗？帮你刘大妈糊纸盒儿去！”

接着就是西屋的门响。后来北屋门开了，橘子垂着眼睛，抱着门框，扁了扁嘴，半天才说，“小红，跟我去刘大妈那儿吧。”

小红妈拍拍女儿后脑勺儿：“去吧，一块儿出去玩会儿！”

小红把宝盒子捧回原处，就拽着橘子的手，摸黑儿出了院门儿。

虽是走的黑路，只要跟着橘子，小红心里就踏实。

除了爸妈，小红最听橘子的了，也最信她。

橘子要说：“小红！你第一泡屎还是我给洗的呢！”小红就低眉顺眼地站好，一副难为情的样子。“其实，”橘子又说，“不一定是第一泡……不过，洗是洗过的！”小红就点头。“一点儿都不臭，还有股奶味儿呢！”橘子摸摸小红的头发，小红就笑了。

橘子放了学，也很少有作业，就拉着小红出去玩儿。学校组织看电影，也领着小红一块儿去。那时候集体入场，一点都不严格。同学要是指着小红问，“这是谁呀？”橘子就说：“我妹！”同学要是指着橘子问：“她是谁呀？”小红就说：“我姐呗！”

学校如果不组织电影，橘子有时候也领着小红去电影院，蹭电影看。

小红怕黑，可是电影院里那种黑，她喜欢，黑得有声有色。尤其是电影已经开始，音乐、枪声、对白，在门外都听得一清二楚，可是她们俩没有票，也没有钱，里面那种黑暗，就更像磁石般地吸引人，橘子跟把门的秦姨儿磨了半天，嘴唇干得起了皮儿，秦姨儿又给感动了，她们一下子溜进去，银幕顿时充满了整个视野，她们淹没在黑暗里。虽说演的都是受苦人的事，可她们还是非常快乐。散了场，一边往回走，橘子还一边给小红背那些对白，柯湘怎么说，温其久怎么说，雷刚又怎么说……叽里呱啦，没完没了……

可是眼下，橘子一声不吭，只是拉着小红的手。路灯昏黄，橘子低着头，踩着自己的影子，往前走。

刚一推门儿，就见刘大妈一家围坐在大炕上，正糊纸盒儿呢：刘大爷折页子，刘大妈抹糨子，大姐二姐负责粘牢、压紧，“二分钱”就把糊好的纸盒往一起摞。摞到房顶的纸盒儿，已经占了小半拉炕。

刘大妈只说了句：“又吵了？”就往炕里挪挪，橘子就顺着坐下了，跟着一块儿抹糨子，也不说话。刘大妈就对着老伴儿唠叨：“见天儿的，你说这叫什么事儿！”刘大爷只是折页子。

小红就蹲下去看猫。刘大妈抱了只小猫儿，刚生下不久，趴在废纸盒做的窝里，睡着了。呼吸着酸酸的糨子味儿，那小猫睡得很甜。

等到小红上下眼皮也像抹了糨子的纸页，快要粘在一块儿的时候，橘子冰凉的手拉起她，慢慢往回走。

小红就那么半睁半闭着眼睛往前蹭。路上昏黄冷清；进了院门，路过枸杞子架的时候，小红仿佛看见了瓷瓶在黑暗中的闪光，打了个激灵，醒了。院里原来都已熄了灯。

“砰！”西屋门给踹开了，一个人影箭一般射出来。她们慌忙一避，那人狂奔过去，冲出院门——是橘子爸爸。

黑暗中都能看见西屋门洞开着。

橘子呆立在当院里。

院门“吱扭——梆当——”被风吹开又关上，关上又吹开。

第四章

一

小红睁开眼，看见太阳光投在屋里东墙上，再看看院里大杨树的影子，早往东边斜过去了；支棱起耳朵听听，“梆梆梆，梆梆梆”，西屋厨房传来剁馅的声音，再没别的了，连唧鸟儿都哑了嗓儿。小红一下子回过神儿来，“哇”的一声，就哭了。

哭声很响，震得南墙根儿那片野茉莉，一朵一朵往下掉。

“梆梆梆”的声音停住了。

橘子奶奶推门儿进来，系着围裙，支着俩手，坐到床沿儿上：“小红啊，别哭啦。橘子瞧电影儿之前是惦着叫你来的，你睡得抽乎抽乎儿，小猪儿似的，可巧儿她们同学找她，就没喊你，咳，不就是《地道战》么？要么就是《地雷战》？看过八百回了！……”

小红还是哭，一边儿哭还一边儿蹬着俩小腿儿，“都……不是，是，是，”哭得上气儿不接下气儿，“是，是红……红色……娘子军！呜呜呜……”

橘子奶奶俩手在围裙上抹了抹，抱起小红就穿鞋，“什么军？什么军都一样。走，红啊，乖，跟奶奶上趟‘义增和’，奶奶给咱买西瓜吃。”

奶奶拌好了馅儿，拉着小红就出了院门儿。

小红止住了眼泪，让奶奶领着，绷着个小脸儿，埋头走路。眼泪干了，绷得脸皮儿紧紧的。要不是说去“义增和”，小红还不知得哭到什么时候。“义增和”是老名儿，就是现在胡同口儿的“红星副食店”。奶奶叫惯了老名儿，总也改不过来。可是橘子叫它“红星”，小红也就叫它“红星”。

说起“红星副食店”，那可是除了电影院，小红最盼着去的了。油盐酱醋当然都是大人关心的事，小红只知道里面有一分钱两块儿的水果糖，包着蓝的粉的黄的糖纸。当然还有“自来红”“自来白”、桃酥、槽子糕……不过，这些东西多半只有过年才能吃到。赶到夏天，“红星”门口儿，就有西瓜卖。

三拐两拐的，“红星”也就是“义增和”，到了。奶奶从怀里掏出购货本，打了小半瓶油，一瓶子醋，又要了点碱面儿、咸菜疙瘩，揣好了购货本，就掏出个五分钢镚儿，给小红买了个西瓜。

小红非要自己抱着西瓜，奶奶腾不出手来，也就由她。小红双手抱着直坠到膝盖的大西瓜，磕磕绊绊地走在奶奶头里。

终于进了院门儿——这会儿，唧鸟儿又叫了起来，连树叶儿都鲜亮了。小红跟着奶奶进了屋，奶奶切了半个西瓜，让小红捧着，又拿了个勺儿，小红就坐在那儿，对着又红又圆的沙瓤儿，大吃起来。

红红的瓜肉吃下去，整个人都浸润在香甜的果汁里，这使她暂时忘记了错过《红色娘子军》的悲伤。

等到半个西瓜变成了半个青里泛白的瓜皮儿，能扣在头上当帽子戴，小红就有些艰难地站起来，直着腰板儿，在脸盆里胡乱涮涮小手。

奶奶正在厨房和面呢。小红看奶奶和面，不知看了多少遍，可总也看不厌。

西屋的厨房，是倚着院南墙搭的小半间棚子。本来就暗，加上烟熏火燎，白天进去，都会觉得黑咕隆咚的。不过橘子奶奶在这儿，即使闭着眼，也能鼓捣出一顿饭来。

这会儿小红蹬在厨房门槛儿上，闻见了面团儿的香味儿。

漆黑的碗柜上，架着个葱绿的陶瓷盆儿，奶奶正一手扶着盆沿儿，一手使劲搋着面团儿，一下一下，真有力气。本来还是松松的干面，兑上水，在奶奶手里，不一会儿就成了白胖白胖的面团儿。就像什么呢？小红抬眼想想：就像小雨弟弟的圆屁股——小雨弟弟才两岁，又白又胖的。奶奶伸出食指，在“小雨弟弟的胖屁股”上按了按，又用手掌拍了拍，“啪啪”，声音清脆悦耳，然后奶奶盖上块湿布，搓搓手，扶着碗柜直起了腰。

小红一跳，跳下了门槛儿，一边跳还一边想，湿布盖着面团儿，面团儿睡在一朵大大的红花上(面盆闲着的时候，那朵花就露出来了)，等面团儿醒好了，它们就该在奶奶手里变成饺子啦。一想到饺子，小红连着咽了好几下口水。

她三跳两跳又进了西屋。

西屋其实是一溜三间房子。门开在中间。左边一间最大，是橘子跟奶奶住，右边一间中不溜儿大，也有一张双人床，以前是橘子爸妈住。中间这间最小，像个小穿堂，以前堆着杂物，现在顶着西山墙迎门搭了个单人床，枕头上扔着橘子爸的旧衬衣。

床头立着个小书架，总共有三层，稀稀落落地立着几本书。小红只认得那些红红的塑料皮儿烫金字的是毛主席语录。最上一层没有放书，放的是几块石头。小红踮起脚来将将够着一块，托在手里一瞧，不过是块黑不溜秋的石头。翻过来掉过去仔细看看，有一面儿上，好像有片树叶的影子——说它是树叶儿，肯定不行，摸上去又硬又凉的；说它是石头，又有叶子的形状、脉络，好像经了霜失了色的枯叶，风一吹就能飘起来：石头上有树叶的影子，好像石头里藏着树叶的魂儿。想到这儿，小红就一哆嗦，她一下子记起了《一块银圆》里的小姐姐，那块石头顿时像银圆一样冰手，小红飞速地把它扔了回去，“吧嗒”，石头落在书架上；银圆落回小人书里。小红拍拍手，吐了口气。

在橘子爸这儿看到石头，小红其实一点都不奇怪。她模模糊糊地知道，橘子爸爸的工作，就是专门跟石头打交道的。橘子爸爸经常不在北京，而是到祖国各地，踏遍了崇山峻岭，去找石头。

小红差不多忘了橘子爸爸长得什么样儿，只是记得他的歌声。

那时候橘子妈妈还没被调进北京。橘子爸爸回来探亲，总要跟女儿和小红一块儿玩儿。橘子爸爸爱唱歌，他能一边看着铛里的馅儿饼，一边儿又唱刁德一又唱阿庆嫂。吃完了饭，他一腿上坐着橘子，一腿上坐着小红，和着大杨树“唰啦啦”的叶子响，他给她们唱起《地质队员之歌》，“是那山谷的风吹动了我们的红旗，是那狂暴的雨洗刷了我们的帐篷，我们有火焰般的热情，赶走了一切疲劳和寒冷，背起了我们的行装，攀上了层层的高峰，我们怀着无限的希望，为祖国寻找着丰富的矿藏……”

在小红心里，橘子爸爸的歌声，就有点像石头上那片树叶的影子，记还记得起来，可是再也听不真了。

有时候，她听父母谈起这屋里吵闹的两个人，会说橘子爸是橘子妈的“跳板”。“跳板？”小红只知道有种玩具叫“跷跷板”，中山公园里有，可好玩儿啦。可是跳板她没有玩儿过，那又是什么样呢？她可就想不出来了。她问妈妈：“‘跳板’好玩儿么？”妈妈立刻沉下脸，一伸手捂住她的嘴：“可不许到处乱说啊！”吓得她再也不敢问了。

此刻小红不再摆弄石头。看见右面那间屋开着门，就轻轻走了进去。

这间屋跟小红家的北屋只有一墙之隔。屋里只有一个朝北的窗户，正对着小雨家的院子。窗下是张大床。只摆着一个枕头。

小红爬上大床，透过纱窗看北院儿：小雨家静悄悄的，大概小雨哄着她弟弟睡着了。小红就又爬下来。经过那只枕头的时候，她在那块洗得发白的枕巾上，看见了一根曲里拐弯的头发。

小红捏起那根头发，对着北窗的亮光，看着玩儿。

小红很少见到橘子妈。也许是她经常住在文工团吧。关于橘子妈，小红只是对她那一头黄黄的卷花儿，记得真真的。

那时候，小红的记忆里，凡是女的，头发出不了这么几种：小红是娃娃头，小雨编小辫儿，橘子梳刷子，小红妈剪着齐耳短发，橘子奶奶留着纂儿。偶尔见着“卷花儿头”，那多半儿是天生的。

橘子妈头发是卷花儿，可不是天生的。

有个大清早儿，小红正在院儿里捡树叶玩儿，隐隐闻见一股子焦煳味儿，小红就让鼻子领着，一直走到了西屋厨房门口。小红吓了一跳——橘子妈正一脚门里一脚门外，举着一支长长的火钳，伸进炉膛里。小红禁不住往后退了退；只见橘子妈举起烧热的火钳，夹住自己的头发就卷。卷啊卷。满院子都是焦头发味儿。小红看呆了。

小红又摸摸手里这根头发。不像橘子的，一点也不滑溜，又干又涩。

小红从东墙上的镜子里，看见了自己，半张着嘴对着一根头发的呆样儿，就爬上那杌凳儿，学着橘子，把两手支在下巴上，照镜子。

橘子管这带个桃形镜子的红木柜子叫“梳妆台”。橘子悄悄告诉小红，还叮嘱她不能外传——这是她姨姥姥的，姨姥姥，也就是妈妈的姨，怕这梳妆台被抄家的抄走，大黑天儿打发了自己闺女从南城送来的。姨姥姥在北京已经住了好多年了。也不知为什么，小红一看见那镜子周围雕花的镶边，就想起了旧社会。

小红在这黑不溜秋的屋里待烦了，就把手里那根头发一抻两段，胡乱地扔了，这时候她听见北院里小雨的脆声儿，还有小雨弟弟咿咿呀呀的哑嗓儿，她就大喊：“小雨，我来啦！”冲出西屋的门，就跑了过去。

二

北院儿里只住着小雨他们一家。

推开木门，迎面就看见西墙根儿的花椒树。右手是一溜儿三间大北房，院里青砖墁地。小红一蹦一跳的，有的砖没铺平，脚下就会发出“叮咚叮咚”的声音，伴着哗哗的水声，真好听——小红一抬头，就看见小雨正在水沟那儿给她弟弟把尿。

晶莹的水柱儿顺着小雨弟弟两腿间那个胖手指头儿流出来，阳光照着，划出一道晶亮的弧线。

小红正呆看那弧线，奇怪小雨弟弟好像跟自己有点儿不一样，就听见断断续续的口哨声，小雨正噘着嘴唇，发出微弱又好听的声音，那晶亮的弧线随着小雨的口哨，一颤一颤地，上下晃悠着。

“你知道那叫什么吗？”小雨一边儿问小红，一边儿低头看着弟弟。水声停了。小雨托起弟弟长着青记的胖屁股，凑到小红耳边……

小红还是头一回听说。这个名字，让她想起那些绒绒毛尖尖嘴的小动物。小红佩服地看着长自己两岁的小雨。她仰视着小雨的两根小辫儿，仿佛看见了那个“两岁”。

小雨抱着弟弟回了屋。等弟弟搂着个空奶瓶睡着了，小雨又一通翻箱倒柜，然后乒乒乓乓来到院儿里。

小红正蹲在花椒树底下，仰头望着一只大蝴蝶。蝴蝶全身印着黑的黄的花纹，还拖着两条又长又细的黑尾巴。它停在有尖刺儿的枝上，慢慢悠悠上下轻扇着两翅，两条黑黑的触须忽左忽右地颤动着，小黑眼睛闪着光，比花椒籽儿还要亮。小红看呆了。

听见水声，小红一回头，见小雨拿了两个空的眼药水瓶儿，在水管那儿接水。

一会儿小雨走过来，递给小红一个，微白透明的塑料瓶里，一汪清水，正一漾一漾的。

小红愣愣地接过来，正不明白，小雨已经两手攥着自己那个小瓶儿，伸到两腿之间，翘起来，一滋，小红就看见了一条晶亮的弧线，那口哨声，也跟着响起来。弧线断了的时候，小雨再也绷不住，噘了半天的小嘴儿咧开了，小红就看见了小雨那颗平时隐藏得很好的虫牙。

几片花椒叶被水柱打湿了，挂着小水滴，一颤一颤的，蝴蝶扑棱一下翅膀，又换了个树枝，停住。

“噔噔噔——”小雨飞跑去灌水。

小红也就学着她的样儿，挤着小水瓶儿，划出一道亮线，打湿了树下的嫩草。

“咴儿——”

小红一抬头，就眯细了眼睛，阳光下，当院儿里正飞起一道细细的彩虹。小红也就飞奔去灌水，也飞起一道彩虹迎向小雨。

晶亮的水珠儿飞溅着，在阳光下幻化成花雨。

彩虹一会儿飞起在东边儿，一会儿降落在西边儿，一会儿在南边腾起，一会儿又在北边儿消失。

砖地叮咚，和着小雨的口哨还有她们奔来跑去的喘息。阳光下，院儿里像刚下完雨，青砖苍蓝，嫩草碧绿。

“哇——”北屋里忽然传来哭声。

小雨猛地立在当院儿：“糟啦，没准儿尿炕啦！”她手里攥着小瓶直奔北屋，黄黄的小辫儿已经散开了。

小红抬头望望花椒树，找来找去找不见。没了蝴蝶，那棵树好像没了精神，靠了墙才能站住。

她又低头看看，小水瓶儿已经空了。里面只有一两滴水珠，闪着亮边儿。

小红听见屋里的哭声一直没停，就把小瓶扔了，这时候她听见自己那院儿吵吵嚷嚷的挺热闹，里面好像还裹着橘子的声音，就挓挲着两只湿手，又一溜烟儿奔回南院儿。

三

小红一眼就看见了橘子。

橘子正双手反抱着大杨树，高高扬着头，嘴里还大声念着：

“贫农的女儿吴——清——华！”

树下，围着小四儿他们几个男孩儿，每人都挽着袖子，手里举着根筷子，筷子上系着红领巾。

小红早就看过《红色娘子军》的小人书，一下就猜出他们是刚看完电影，回来一块儿演着玩儿。小四儿他们演得还挺像那么回事，一张张的脏脸儿，这会儿都显得挺凶。

随着一声：“给我打！”几条鞭子同时往“吴清华”身上挥过去。顺着话音儿，小红看见杨树后面闪出一个大人，是白大爷。

白大爷指挥着小四儿他们，谁该从这边打，谁该从那边上，谁该跳起来挥鞭子，谁该蹲下去捋袖子；这样，才更像电影儿。

小四儿他们挥鞭捋袖，横眉立目，倒是白大爷，一直笑嘻嘻地指点着，像老师一样耐心。有时候橘子绷不住笑出声儿来，白大爷还会严肃地走过去：“不许笑啊，一笑可就不像了。”然后还跷起小拇指，把橘子快要垂下去的胳膊往树后拉拉直。

随着白大爷又一声：“老四，给我打！”小四儿他们“嘿——”地一拥而上，红领巾噼噼啪啪落下去，还能听见筷子相碰的声音，橘子的声音夹在里面显得很小：“打着我啦！都疼啦！”

这时候院门一响，小红回头一看，是橘子奶奶买东西回来了，一定是又碰上了处理的菜，大筐小篮提了一堆。奶奶倚着门框；一手扶腰喘了口气，就对着院儿里喊：“橘子，过来搭把手儿。”

“哎——”橘子一把推开小四儿他们，连蹦带跳跑了过去，小红也就跟过去，帮着抱起两个蔫茄子。

等小红跟在奶奶身后，走过枸杞子架的时候，看见白大爷早已经在那儿鼓捣开窗前的几盆花儿了。

橘子放下东西，回身冲着小四儿他们说："不玩儿了不玩儿了，回你们院儿去吧！……差点儿抽着我眼睛，你这大笨蛋！"她还在小四儿跟前跺了下儿脚。

小四儿他们扯下红领巾，一窝蜂地散了。临走经过白大爷那儿，都过去说了声，"白大爷，您的筷子"。

白大爷理都不理，照旧侍弄他的花儿。

四

小红的爸妈都已经上班去了。桌上留好了小红的早点：一碗豆浆、半个馒头。小红还赖在被窝儿里，望着房顶发愣。

门"砰"地一响，橘子已经蹦到小红枕边。她蹲下来趴在小红耳朵上："你猜我梦见谁啦？"

"谁呀？"小红迷迷糊糊地问。

"洪常青——"她把那个"青"字拉得很长，一股热乎气儿，吹得小红耳朵痒痒的。还没等她明白过来，又是"砰"的一声，橘子已经跑出去了。

小红的眼前，模模糊糊出现了小人儿书上那个人形——绑在高高的树上，脚下是一团烈火。

橘子带进来的气味儿还留在屋里。小红说不出那是什么味儿，只觉着好闻。大概，那就是早晨的味儿吧？

闻见早晨的味儿，小红一下子就坐起来了，坐起来她就往院儿里瞧。

院子里是一地的阳光。

第五章

一

礼拜一的早晨，小红爸推着自行车，小红妈后面跟着，一直送出院门儿。小红坐在自行车大梁上，车后面还夹着一床新被子，小红冲妈妈摆摆手，她这就要上幼儿园啦。

爸爸蹬上车，小红就觉得耳边嗖嗖地刮起风来。自行车出了红星胡同，过马路，进甜井胡同，最后停在两扇敞开的绿铁门跟前。铁门两边，各画着半颗红红的五角星。

小红让爸爸抱下车，自己就在头里走。一进门，迎面就见影壁上画着黄脸蛋、黑脸蛋、白脸蛋，“亚非拉小朋友，革命路上手拉手”，他们全都咧开嘴巴，露出整洁的牙齿，一人手里还举着个气球。

绕过影壁，一眼看见转椅，还有滑楼梯，小红就很高兴，很容易地跟爸爸道了再见，一个“金豆儿”都没掉。

教室正面挂着黑板，黑板上面挂着毛主席像。小朋友们进来先要向阿姨问好，问过好就得灌下一杯保健盐水。小红这是头一次喝盐水。端起描着红漆字的铝杯子，含了一口，一下吐在地上。阿姨的脸，就是一沉：“好孩子都得喝盐水！”阿姨头顶上就是毛主席像。小红看着毛主席，想着自己是个好孩子，憋了口气，就喝了。

可是头一节课没上完，小红就坐不住了。平时在家的时候，她在屋里翻小人儿书，一看就是半天儿，乖极了。可在这儿，阿姨刚说完不许乱动，小红马上就觉得胳膊也酸眉毛也痒痒。

好容易熬到吃完午饭，小红就盼着出去玩儿。阿姨又铺好了床，所有的小朋友都该午睡了。小红整整闭了一中午的眼睛，心里一直盘算着回家怎么玩儿。

下午的手工课上，小红一边叠两下纸燕子，一边看日影儿。燕子一个翅膀叠完了，日影儿一点没动；另一个叠完了，日影儿还是没动。

小红盼啊盼啊，终于到了幼儿园放学的时间，家长们一个个来接了。可是小红的爸没有来，小红的妈也没来。最后只剩下小红一个了。阿姨不停地看表。小红的眼泪就围着眼圈儿转。

这时候窗口飘过来一角红领巾，小红的眼睛亮了——是橘子！阿姨问清了橘子是谁，又从她那儿知道小红爸妈单位都离家很远，赶不过来，这才放小红走，临出门儿阿姨乐了："这倒好，小孩儿来接小小孩儿！"

小红拽着橘子的手，连蹦带跳往家走，一边走，橘子一边问她幼儿园头一天都学了些什么，小红就噘着嘴，把喝盐水和盼着回家的事儿都讲给橘子听，一边讲还一边晃着橘子的手，一边晃还一边往前跳；橘子的手又软又暖，小红跳蹦得远了，就给橘子的手拉回来半步。拉回来小红就故意弯着腰走。

小红低头看着橘子那蹬着白网鞋的双脚一前一后地走得又轻又快，接过两次的裤脚，不知从什么时候起，又吊得高高的，露出淡粉色细瘦的脚踝。小红又仰头看着橘子，橘子的红领巾随着她的走动一下一下地摆着。以前橘子走路的时候，红领巾都是直直地垂下来，可现在，红领巾的下摆好像被什么推着，斜斜地往前冲过去。

红领巾往前冲过去。

橘子的脚步却停了。

小红也跟着刹住步子。

红领巾斜斜地，指着一双懒汉鞋。顺着那鞋，小红仰头看上去，一个穿着旧军装的男人，胖脸上带着笑。

橘子领着小红要从他左边绕过去，他就往左边一站；橘子领着小红要从他右边绕过去，他就往右边一站。

小红这会儿觉得橘子的手又湿又凉。

夕阳照在胡同里，把那胖脸的影子拖得很长很长。

小红突然放声大哭。

这时候路上下班的人开始多了，人来人往的，谁都要朝这边看看。

橘子一把抱起小红，噔噔噔小跑起来，过了马路，进了红星胡同，这才松了口气。回头一看，胖脸没追过来，就在甜井胡同把口儿那儿，戳着。

隔了一条马路，小红还能看见他在笑。

二

小红趴在窗台上，瞪眼听着。

每天这个时候，小红都这么等着。

刚才，西屋的老挂钟连敲了六下儿，小红接着看了会儿小人儿书，后来天色暗了，她估摸着差不多了，就趴在窗台上，等着老钟报半点。只要听见“当”的一声，小红就哧溜一下跑了出去，过不了多会儿，“嘀铃铃”，爸爸推着自行车回来了，车后面准夹着一捆青菜；“嘀铃铃”，妈妈回来了，书包里多半藏着一本儿小人儿书。小红一蹦一跳，跟着爸妈往家走。她肚子里，早已经“咕咕”

叫了。爸爸妈妈都知道，这阵子小红为看街道上排练节目，每天都催着早吃晚饭。为了配合上面又一个宣传高潮，街道工宣队组织中小学生排练节目，还要参加区里的调演呢。

等小红吃得肚子里鼓鼓的，她就到西屋去找橘子。

西屋的布置，跟以前大不一样了。

迎门那个小间里，空空的，橘子爸爸已经走了。西墙上，只有铁梅捧着红灯，横眉立目站在那儿。小屋背阴，整张画儿一点也没褪色，只是细细蒙了层土。

左手的屋还是奶奶住。右手的让橘子一个人住了，那座“梳妆台”已经搬走了。大床上孤零零地放着橘子的铺盖。

墙上橘子爸妈的合影没有了，只留下一个方方的白印儿。

小红有一天看见橘子蹲在那儿，对着一地的相片儿发愣。所有的相片上，要么只有橘子爸爸，要么只有橘子，要么是橘子爸爸、橘子和奶奶；有的缺了半边儿，有的被挖了个洞。

从那儿以后，小红几乎没有再见过橘子妈妈。可她知道，从看见橘子蹲在那儿发愣就知道，橘子妈妈还是在那间屋子里，在墙上那块方方的白印儿里，在一些相片空了的那半边儿，在另一些相片的黑洞里。

每天，橘子坐在那儿写作业，一抬头，就能看见那个方印子。奶奶从刘大妈那儿要了几张样板儿戏的画片儿，用摁钉摁在那面墙上：小常宝、阿庆嫂还有柯湘……热热闹闹一大帮。可是后来橘子又把它们挪了个地儿，还是露出那个白印儿。

不过这两天，那些画片儿可就不再闷得慌了。橘子一有空儿，就对着它们学姿势：铁梅怎么挽着辫子；柯湘怎么举着镣铐；阿庆嫂怎么提壶续水；吴清华怎么被吊起来……一边学，一边还问小红像不像。

橘子参加了街道的排练，被选在了舞蹈组。

舞蹈组排的节目叫《收租院》。《收租院》，小红早就看过这本小人儿书，说的是大地主刘文彩压迫劳动人民的事。书里的画片都是照着泥塑拍下来的。人都是灰灰的。小红平时连看小人儿书都害怕。可这回，她倒挺爱看排练的。每天晚上都像跟屁虫似的跟着橘子，想甩都甩不掉。

三

出了院门就往右，走不了十步，橘子就领着小红跨过一道高高的门槛，进了一座有铁门的大院子。

这个院子很特别，像个集体宿舍，四周各有一排房屋，围出中间一个方方的场子。这里是街道积极分子们开会、读报、讨论的地方。场子中央鼓出一个三角形的顶棚，带一扇绿铁门。那就是街道居委会的校外活动站——过去的防空洞。

小红听妈妈说过，当年生小红的时候，爸爸跟橘子爸爸还有胡同里好多人，都让居委会组织了挖这个防空洞。小红出生那天，爸爸参加会战一直干到半夜，等赶到医院的时候，连隔着两重玻璃看看宝宝，护士都老大的不乐意——爸爸一头一脸一身的土。

小红能记事儿的时候就知道，除了可怕的“马虎子”，还有“美帝”，有“苏修”。也知道美帝苏修来的时候，大人小孩儿都要躲进防空洞里去。有时候阴天下雨让人害怕，小红就有点着急，因为平时防空洞那扇铁门是锁着的。她不止一次悄悄去推过。

可是眼下跟着橘子，小红就没有这份担心，橘子一伸手，虚掩的门就开了。“吱扭”一响，昏黄的灯光混着湿湿的霉气还有乱哄哄的人声，一齐扑面而来。橘子侧身走在前面，台阶又窄又陡，她每下两层，都回过身来扶小红。小红听着底下闹嚷嚷的声音，就有点着急，越急脚下就越慢，差点栽下去。橘子只好一把抱住她，咚咚咚地往下走。

从第一次来，小红就觉得这里一定打过“地道战”。她还有这么一本小人儿书。这个防空洞，修得跟那书里很像：下了台阶，左一转右一转，转上几转，人就准得迷路。每拐一个弯儿，就看见一个洞，里面到底有多少个洞，小红从来不知道。

反正每回她跟着橘子拐到第四个弯儿，就停下来，那个洞，就是舞蹈组排练的地方。然后小红就一直待在那儿看排练。有时候她也跑出去，不过只敢往回走，不敢往前走。

过道儿里要隔很远才有一盏灯。如果看见一个人走过来，只要他一走过那盏灯，脸立刻就暗了，一直会暗好久，直到拐了弯，碰见下一盏灯。

往回走只经过三个洞。最靠外那个，是练唱歌的地方；第二个是练“三句半”的；第三个锁着门，黑着灯。每回小红经过那儿，都不觉加快了步子，生怕阶级敌人或是“马虎子”会突然从那里冲出来。只有奔回橘子排练的地方，小红才又踏实下来，重又这儿看看，那儿瞧瞧，每回都觉得新鲜。

说是个洞，其实那正经是间屋子。屋里比上面冷，可是那墙好像很热——小红老是看见墙在出汗，灯光一照，亮亮的，摸上去，湿漉漉的。不光墙出汗，橘子她们排练，没一天不出汗的，连老师在内。老师是一个胖墩墩的阿姨，说是从前在舞蹈团工作，还跳过什么“天鹅”。小红没见过天鹅什么样儿，可知道那是一种会在天上飞的鸟。看着胖阿姨颤颤的肉身子，小红想不出她怎么“飞”。

胖阿姨也只有教起舞来，才显得不那么胖。尤其是教到那一段：贫苦农民挨了地主的皮鞭，疼得死去活来，胖阿姨突然挺直了身子，踮起脚尖使劲往后退着，两只胳膊互相抱着，十个手指头颤巍巍地抖着，胡噜着“伤口”，胖脸蛋一会儿转向这边，一会儿转向那边，连小红看了，都替她疼得揪心。橘子她们呢，总要学上好一阵子，才能学得像。

舞蹈组的成员，都是附近几个胡同的大孩子。除了橘子，小红还认识小四儿跟二分钱。

小四儿这回不演坏蛋了，跟橘子、二分钱她们一块儿，演交租的农民：每人背上背个打了补丁的面口袋，显得沉甸甸的——里面装的是自家的枕头。

二分钱是刘大妈的老闺女。平时给家里买菜，变着法儿总能省下一两分钱自己零花儿。这外号儿最早还是刘大妈叫起来的，后来她两个姐姐、刘大爷，再后来街坊邻居都这么叫。她自己开始还气呼呼的，叫的人多了也就惯了。以后连同学都这么叫，大家倒忘了她的学名了。

二分钱虽说跟橘子一个班上课，可是个头儿比橘子矮，人又瘦，脸又黄。橘子奶奶就说她有蛔虫。小红有时候去刘大妈家，总能看见二分钱一边糊纸盒儿，一边嚼“塔儿糖”——说是专治蛔虫的。小红看着二分钱的嘴一动一动的，嚼得“咯咯”响，就忍不住舔舔嘴唇。那时候小红就想，有蛔虫也不全是坏事。果然，二分钱这会儿又被选来跳《收租院》了。刘大妈开始有点儿不高兴，可二分钱每天下了学就去买菜，买了菜就糊纸盒儿，样样儿都不耽误，后来刘大妈也就不说什么了。

小红看着橘子她们在“狗腿子”的皮鞭下，背着一袋袋的粮食，躬腰驼背、一步一挪的样子，心里对照着小人儿书，觉得还是二分钱最像贫苦的农民。

扮演狗腿子的男孩儿，他的任务是在交租队伍两旁跳来跳去，对农民们不停地挥舞着两臂，用胖阿姨的话说，就是“象征性地”挥着鞭子。

“狗腿子”总是男孩们争着演的角色。那个男孩演起来特别带劲儿。小四儿没被挑上，只演了个农民，就挺难受。他排练起来也显得有气无力的。可是胖阿姨夸奖了小四儿，说他的农民演得好：“饿得都走不动了。”相反，橘子演得最认真，每个动作都尽量做到家，胖阿姨还老是批评她，说她演得太用劲、太过分了，不像挨饿受冻的穷苦人。橘子就抿了嘴低下头。

她低着头，好像整个后背都绷紧了，一齐往前收着。

小红看得出，橘子这阵子有个毛病，人一多，她就容易驼背，好像做错了什么。一挨批评，她的背就驼得更厉害了。尤其是再来了王大叔。

王大叔是工宣队的负责人，时不时也来活动站看看，来了就总要在舞蹈组多待会儿。王大叔来看排练，胖阿姨就很受鼓舞，每一次都要请王大叔提意见。

王大叔就常常批评橘子，说她跳得不好，又让她一个人再跳一遍。王大叔抱着肩，胖阿姨瞪着眼，看橘子跳完了，王大叔就指出哪儿跳得不好，有时候还让大家“闪开了”，自己拉开架势，摆几个亮相示范一下。

碰到这样的时候，小红就待不下去，干脆跑出去，看别处的排练。

那个黑洞洞的屋子锁着门。小红一闭眼闷头跑过去，多半那门缝里已经伸出了《三条石》里屈死冤魂的手，或是《一块银圆》里姐姐的小辫子，一个凉凉的，一个毛扎扎的。

"咚咚锵咚咚锵咚咚咚咚锵"——小红让那锣鼓响震得愣了神。原来是练"三句半"的屋子到了。

"锵！"一个男孩打了下镲，跨前半步，"教育革命起东风！"

"锵！"另一个男孩跨上半步，"祖国江山一片红"——"锵！"第三个紧跟上，"红小兵来齐学习"——"铛！"第四个敲了下锣："雷锋！"

小红嫌那些锣镲震耳朵，赶紧跑到另一间去了。

"……鱼儿离不开水呀，瓜儿离不开秧，革命群众离不开共产党，毛泽东思想是不落的太阳。"

这儿练的是大合唱。人可真不少呀！小红探头往里瞧，有两排人站在地上，一排站椅子上，还有一排站桌子上。小红在第一排最边儿上看见了小雨。小雨又得意了，因为大了小红两岁，她将将被选上在大合唱里充数儿。小雨也看见了小红，可是装作没看见，瞪大了眼睛看着老师。

老师是个又高又胖的老头儿，灰白的头发往后拢过去，一丝不乱，黑边眼镜，腰板笔直。他唱歌的时候，好像整个身体都在往外散发着声音，歌声停了，整个屋子还响着回音。

听着那回音，小红恍惚间觉得这屋子成了个大大的"话匣子"，她跟小雨他们全藏在里面，呆呆地听着广播。

没上幼儿园的时候，小红每天中午都爱在胡同里玩儿。那时候最安静，阳光也最足。胡同里没有行人，也没有阴影。可以玩儿蚂蚁，玩儿沙土，玩儿石头。也可以蹲在那个窗户下面，等着，或者不等。每天中午，路边那个长方形的窗户里，都会传来“叮咚叮咚”的琴声，然后就有一个女声唱起来：“咪——吗——咪——”，“咪——吗——咪——”，反反复复。琴声停顿时候，就响起那个男中音，好像在指点。听爸爸说，这对夫妇是歌唱家，妻子演唱过《蝴蝶夫人》。他们总在练声。每天都不间断。

那时候，正午的阳光照在路面上。邻街的窗户隐在树后面。蝴蝶隐在树叶里。路上没有行人。“咪——吗——咪——”……声音像是广播里放的。那屋子也就成个“话匣子”了……

而眼前这个人正打着拍子，指挥着一屋子的人齐声高唱：“毛泽东思想是不落的太阳”……

有时候小红看着看着排练，就坐在靠墙的马扎儿上，睡着了。

直到橘子来找她，工宣队的师傅们一个屋一个屋地关了灯。小红让橘子拽着，一个台阶一个台阶爬上去。

回头一看，后面黑洞洞的。上到地面。最后一盏灯也关了。“吧嗒”，门锁了。小红揉揉眼睛，抬头看见了满天的星星，睡意醒了一半儿。

跟着橘子往回走。小红有点不相信刚才那么些屋子都给关在地底下了，就忍不住回头看，谁知脚底下没踩稳，差点儿摔个跟斗。橘子本来就气呼呼的，这下照着屁股就是一巴掌。小红忍着疼，老老实实看着路走。怕橘子生气，走两步，还借着星光，抬头看看她。

橘子的脸模糊着，发梢儿一晃一晃的。星光里，橘子胸前的衣服，也是一晃一晃的。

四

虽然在舞蹈组里，橘子老是挨批评，可一回到院儿里，橘子就神气了。有不少没被选上的女孩，三天两头缠着橘子教她们跳新排的舞。橘子立刻就成了批评别人的人了。做了示范之后，那些小伙伴儿排成一排跳起来，橘子就背着手儿，走来走去，指指点点的。

隔着月亮门儿，白大爷坐在枸杞子架的阴影儿里，抽着纸烟，有一搭无一搭摆弄个花草。

小雨呢，学完了《收租院》还不够，老缠着橘子，要排“新”节目。

有一阵子，橘子每天接了小红回来，把她往院儿里一搁，就直奔西屋，小雨小四儿他们，早已经等在那儿了。橘子关上门，开始在自己的小屋里给他们排练。那门上还贴了个纸条儿，二分钱来了，念给小红听，叫作“闲人免进”，小红巴望着二分钱能带她进去，二分钱敲了一会儿玻璃，橘子只开了里面那道门说，“等排好了保准让你们看！”门就又关上了。玻璃窗挡着钩花窗帘儿，二分钱探头探脑什么也看不见，只好走了。小红也只好接着玩儿土，要么跑到厨房，看橘子奶奶择菜，剁馅儿，用胰子洗了手，和面，擀皮儿，包饺子。

饺子还没出锅，北院儿小雨妈就把闺女喊过去吃饭了，小雨一走，小四儿也走了，橘子就急急火火地帮着奶奶摆筷子摆碗，吃完了饭，还有街道上的排练呢。

这么着，又过了几天。

终于有个下午，橘子接小红回来，就吩咐她把自家的小板凳儿、小马扎儿搬到西屋去，还让带上那瓶儿红药水儿。小红一边搬，一边看见二分钱还有橘子的几个女同学，都拎个马扎儿来了。

在橘子奶奶住的大屋里，几个马扎儿沿着窗根一溜儿排过去，橘子让观众们坐好，不许随便走动，因为橘子的小屋儿连同那个窄窄的过道儿，现在都成了后台了。

大屋门口的布帘儿放下了。观众们也都安静了。橘子指了指那张大床，床上堆着一摞棉被："假装被垛就是山坡儿啊！"大家就同意。

小红伸着脖子四下里瞧。布帘低垂着，好像微微有一丝儿颤悠。

橘子清了清嗓子："舞剧《沂蒙颂》现在开——始。"声音故意在"开"和"始"之间拖得很长。小红就想起了那根曲里拐弯儿的头发。

帘儿一掀，小四儿踉踉跄跄冲进来，头上缠着白布条儿，一只胳膊也让布条吊着，布条儿上一片一片地红着。只见他脚步沉重地转了一圈儿，不停地喘着粗气，最后重重地倒在了山坡儿上。

小红看不懂，就让二分钱给讲，二分钱告诉她，《沂蒙颂》说的是红嫂救伤员的故事。虽然二分钱压低了嗓子，可橘子还是走过来弯下腰："不许交头接耳！"

这时候帘儿又一掀，二分钱飞快地告诉小红："红嫂来了。"

小红扭过头：小雨头上包了块花枕巾，腰里斜系着橘子奶奶的旧头巾，胳膊上挎了奶奶买鸡蛋的小竹篮儿，脚底下捯着小碎步儿，一扭一扭进了屋。

红嫂扭几步，蹲下去挖野菜，扭几步，蹲下去挖野菜。好像根本没看见躺在山坡上的八路军。

小红有点着急，真想跑过去指给她看，因为伤员一直躺在那儿喘气儿。

终于，红嫂转了几圈儿，忽然发现了伤病员，她扔下竹篮，察看伤员的伤势。

这时候，伤员皱着眉，低声说道：“水……水……”

红嫂听了，焦急地站起来，踮着脚尖儿，四处寻找，找遍了山前山后，也找不到一滴水。有心要回村去取水又怕伤员被敌人发现，怎么办？怎么办！

红嫂搓着双手，飞快地捯着碎步，来来回回地转悠着。

那边，不时传来伤病员的呻吟：“水……水……”红嫂左转右转，眉头皱得越来越紧……

突然，红嫂猛一抬头，眼睛一亮，单腿点地，双手抱胸，大声喊道：

“奶——！”

可还没等小雨那条腿着地，二分钱和橘子的几个同学，就已经叽叽嘎嘎笑起来了。橘子刚要止住她们，瞅了一眼小雨，也忍不住乐了，小红看见人家笑，也就跟着笑。小雨先是抓下头上的枕巾，扭在手里揉成一团儿，揉着揉着，也跟着乐了。小四儿开始还僵在被垛上，起来不是躺着也不是，后来再也绷不住，一溜烟儿跑了。二分钱她们笑得刹不住，互相靠着，挤作了一团，有个胖女孩笑昏了头，“扑通”一声从马扎上掉下来，一屁股蹾到了地上。

五

甜井胡同的下午，本来是很静的。

有时候橘子放学早了，从幼儿园接小红回来，一路上也见不着几个人——离下班的时候还早。

可这几天橘子有意晚点儿来，想赶着胡同里人多的时候去接小红。

那个胖脸倒是有日子没见了。不过最近又出了个女的。小红打小儿听过一首歌谣：“锛儿头窝窝眼儿，吃饭挑大碗儿……”她一看见那个女的，就想起这一句来。

她看上去比橘子大几岁，浓密的自来卷儿头发，梳成两条大辫子，一对大眼睛骨碌骨碌的。她几乎每天下午都在甜井胡同把口那个高台阶儿跟前，叉着腰一戳，看见哪个比自己小的女孩过去，找个理由就揍人家一顿。

这“窝窝眼儿”身边还有个帮手儿，那女孩儿比她矮不少，一头的黄毛儿，窝窝眼儿“治”谁的时候，她就在旁边帮个腔，要么搭把手儿。

好几回，橘子领着小红走过去，都瞧见她们揪住个女孩又打又骂。

这一天窝窝眼儿一个人靠在门洞儿里。橘子领着小红远远地走过来。看见窝窝眼儿正闲着，橘子就拽紧了小红，脚底下紧赶。可是没用，窝窝眼儿已经慢悠悠地踱过来了：

“你照我干吗？”她扬起下颏儿，懒懒地问。

橘子也不示弱：“我照你干吗?！”

“照了！”她伸手就推橘子。

橘子一闪，躲开了，拉着小红夺路就走。

“不信治不了你！”窝窝眼儿追上来一把揪住橘子的头发就是一拽，橘子只得跟着退了两步，同时一手松开小红，一手按住发根。

"服不服？"窝窝眼儿并不松手。

"……服了。"橘子声儿挺脆。

窝窝眼儿得意了。可谁知她松开的手没等放下，橘子低头就势一撞，窝窝眼儿一屁股坐进了路边的污水里，"噗——"的一声，污水溅得老远。

橘子拉着小红就跑，跑到胡同口儿的时候，听见窝窝眼儿扯着嗓门儿喊："你等着——"可是马路上正跑过手扶拖拉机，那"突突突"的声音，很快就把那叫喊淹没了。

橘子一路喘着气，拽着小红一直奔进红星胡同。

到了院门口儿，两人才停下喘口气。

橘子一边伸手拢好散开的头发，一边问小红："吓着了吧？"

小红只是呆呆地喘气。

橘子摸摸她头发，抬眼看看天。然后像是对小红，又像对自己说："赶明儿可得绕道走啦。"

六

这个晚上，防空洞里特别热闹，所有的节目，明天就该到区里做汇报演出了！

每个演员都铆足了劲儿，排练起来比往常还要认真十倍。一时间，"咚咚锵"的锣鼓响、《大海航行靠舵手》的大合唱，舞蹈组的二胡伴奏……全都响作了一团。

胖阿姨不知从哪儿搬来一个方匣子，一打开盖儿，就见里面两个大圆盘，通上电，圆盘转起来，屋里就响起了揪心的二胡声，胖阿姨于是指导着演员们踩着步点儿跳起来……

胖阿姨嗓子喊哑了，一脑门子的汗珠儿；橘子他们也是挥汗如雨地背着一袋袋的租子，弓腰驼背地走着弓箭步，溜溜走了半个晚上了；那个“狗腿子”更是卖力，不停地挥着两臂，舞着本没有的鞭子，凶狠地向农民们“抽”过去，那股子猛劲儿，恨不得立刻就听见抽在皮肉上那“啪啪”的声音。

小红正看得起劲儿，忽然被人抱了就走，定睛一瞧，原来是爸爸。

爸爸抱着小红往家走，小红就在爸爸怀里挣蹦，爸爸就说，姥爷来了。姥爷想外孙女了，从西城骑着自行车来的。

一进屋，小红就从爸爸怀里扑到姥爷怀里，一边儿摸摸姥爷的白胡子，一边儿往桌上瞧：姥爷给外孙女带来的“槽子糕”就放在上面呢——烤得棕黄的鸡蛋糕，像一朵朵雨后盛开的大蘑菇，油亮又清香。

姥爷喝着新沏的“高末儿”，跟爸妈聊天儿。小红就一手举着半个蛋糕，吃起来，噎着了，就着姥爷的杯子喝口水。

小红吃饱了蛋糕喝足了水，姥爷看看表，站起身来，爸爸妈妈就领着小红送姥爷出门。

路灯昏昏的。姥爷又轻轻拍拍小红的头，然后骑上他那锃亮的旧车，走了。车上的磨电灯亮起来。照着他前面的路，一直亮到胡同拐角儿，不见了。

小红想起橘子，就揣了两块蛋糕，往防空洞那儿走。

周围很静。忽有谁家的收音机放出样板戏，紧密的锣鼓声透过人家的纱窗撵出来，没什么遮拦地，一直钻进了小红的耳朵里。

防空洞的铁门半开着，透出一条亮光。

小红扶着墙，顺着高台阶爬下去，耳朵里只有自己“咚咚”的脚步声。

练大合唱的屋里，只有一排排的桌椅立在那儿，上面踏满了脚印；第二间屋子也空着，说“三句半”的男孩一个也不见了，连个马扎儿也没留下；那间黑屋子还是锁得紧紧的，好容易跑到第四间屋了，可里面只剩下四堵白墙、一盏灯，灯下还有几个黑点儿，小红跑过去一瞧：地上撒了几粒枕头秕子，也不知谁家的枕头禁不住折腾，破了。

“怦、怦、怦”，小红听见自己胸膛里的响声，她想喊橘子，可张张嘴，又没能发出一点儿声音，她环顾四周，四壁反射着冷冷的灯光，一道儿一道儿的，一边儿闪，一边儿往下流。

墙在出汗。

小红想。

她一口气跑上了地面。手里湿漉漉的。

七

回到家，小红妈问她跑哪儿去了，橘子都找过她两回了。原来排练散得早，演员们都已经回家了。

小红推开西屋门，看见橘子奶奶手里拿了把大剪子，正要把那块打好了的袼褙剪开，奶奶一见小红，就冲小屋儿努了努嘴儿。

“吱扭”一声，小红推开小屋门儿，屋里很暗，桌上那盏小台灯，泛着白光。

橘子看见小红进来，就很高兴，两人一块儿坐到床沿儿上。小红掏出那两块蛋糕递给橘子。橘子收起一块，把另一块一掰两半儿，跟小红分着吃了。

等小红吃完了手心里最后一粒蛋糕渣儿，橘子也舔净了指尖儿上的油味儿，橘子说今天排练散得太早，跳得还没过瘾，就拉着小红继续练习《收租院》。

屋子虽说不大，可是个细长条儿，一桌一椅一张床，都集中在一头儿，跳舞也就能伸得开胳膊腿儿。

橘子找来一根旧筷子，解开脖子上的红领巾系在上头，递给小红，让她演“狗腿子”，然后拎起床上的枕头背在背上，橘子自己还是演农民。

小红举起“鞭子”甩了甩，觉得非常好玩儿，以前总是看别人演，这下轮到自己上场了！更何况，每次排练她都是从头看到尾，“狗腿子”的每个动作，她全记在脑子里，一丝儿不差。

橘子一声令下，演出开始了。

农民驮着沉重的租子，一步一挪地走近了。

这时候，跑来了狗腿子，看见交租的队伍，就抬起胳膊，往空中挥着鞭子。

“停！”

橘子直起腰来告诉小红，不能跟“那个”狗腿子似的只向空中挥胳膊，那是因为他手里没有鞭子。现在有了，就得抡起来，还要抡得响才对。说着，橘子一把夺过“鞭子”，只向空中抖了两抖，“啪啪！”就是两声脆响。

小红又接过“鞭子”。

“再来！”

农民驮着沉重的租子，一步一挪地走近了。

这时候，跑来了狗腿子，看见交租的队伍，就抡起鞭子：“啪啪！啪啪！”

“停！”

橘子直起腰来说，鞭子光抡得响还不够，还得真打在“农民”身上。

“啊？！”小红有点发怵。

“没事儿，这才能演得像！”

演出又开始了。

农民驮着沉重的租子，一步一挪地走近了。

这时候，跑来了狗腿子，看见交租的队伍，就抡起鞭子：“啪啪！啪啪！”往农民身上抽去……

西墙上，两个人的身影长长的，一来一往，忽左忽右，不时投在那些贴画儿上面：

黑暗的椰林。从土牢逃出来的吴清华，又被赶来的狗腿子们团团围住，南霸天挥起手杖，狠戳吴清华的额角。

清华宁死不屈。在狗腿子们雨点般的皮鞭下，她挺胸举拳，直到被打得昏死过去。

“嗒、嗒、嗒”，东墙上响起了三下敲击，小红就知道妈妈在叫她睡觉去呢。这时候她们正跳得高兴。

于是就又跳了一会儿，直到东墙上又响了几声。橘子这才把枕头往床上一扔，说“不玩儿了”，小红也就把那系着领巾的筷子撂到桌上，推开门出去。

大屋里，橘子奶奶已经剪好了袼褙，正纳鞋底儿呢。

小红看见原来那一大块袼褙现在露出好几个长圆的白窟窿，就跑过去，提起来，往亮地里照着玩儿。

打袼褙用的布，都是深色的，这时候迎着亮光儿，衬出来好几个空空的脚印。

第六章

一

等到这一整天过去了，小红可算钻进了暖烘烘的被窝儿。她怎么想怎么觉得就是不该穿那条新棉裤。

要不，今天就不会碰上所有这些个倒霉事儿啦。

早上临出门的时候，外面飘雪了，小红就穿上妈妈做的新棉裤，罩裤还没做得，因为下雪，就先让她穿上了。

妈妈一边帮小红蹬上裤子，一边嘱咐她，千万别弄脏了。

棉裤又松又软，黑地儿上还印着小绿花儿。

小红穿上了新裤子，走道儿就慢吞吞的，生怕万一摔个跤，弄脏了。临坐上爸爸自行车的时候，小红还欠起脚，鼓起嘴巴，吹了吹大梁上的浮土。

到了幼儿园，下了自行车，跟爸爸道了再见，进了教室，喝了盐水……直到下了头一节课：左看看右看看，那棉裤都还是干干净净的。

下课啦，小朋友们都跑出去玩儿雪，隔着窗户望出去，那平展展的雪地上，不一会儿就印满了一溜儿一溜儿的脚印儿。小红再也待不住了，也跟着跑了出去。

滑楼梯上已经挤得满满的了。那边转椅上也快满座儿了，哎，还有一个座位，小红就摇着手跑过去，转椅已经开始转了，她抓住那椅背儿，跟着跑了几步，就一蹿，坐上去了。

谁知刚一坐上，她就站起来了，摸到新棉裤沾上雪了！想要下去，可下不去了，周围有小朋友起劲推着，她越说："让我下去！"他们越是推得欢。

小红在转椅上，也不敢坐下去，也不敢跳出来，就那么半蹲半站着：看着整个院子，都向后面转过去，转过去……雪花原是自上往下飘的，现在也好像横着飘了，蜂拥着向身后飞去，形成了一个大大的旋涡，把她紧紧围在了中央。

等她糊里糊涂地感到自己从那旋涡里浮出来的时候，才发现转椅不知什么时候慢下来了，院子里也不知什么时候安静了。她从转椅上爬下来，整个院子好像还在慢悠悠地转着，脚下的雪地，也滑不溜丢地往后滚过去……

她正晃晃悠悠往教室走呢，"呱"的一声，一只老鸹飞过去了，然后就有个绿乎乎的果子掉下来，落到小红的膝盖上，颤了一颤，就不动了。

小红低头一瞧，哪儿是什么果子呀，竟是一团还在冒烟儿的鸟粪！

直到下午，橘子来接她的时候，小红一步也没离开过教室。

等橘子领着她出了幼儿园，小红这才想起来要上厕所，还挺急，又不敢再回幼儿园，怕阿姨说她。要按往常那么走，她们绕道儿穿行的那个胡同根本没有公厕。要上，最近的也只有甜井胡同把口儿了。

橘子看了看地上厚厚的积雪，又看看路上除了漫天大雪，几乎没有行人。橘子吸溜了两下儿说，那咱们快点儿走。

两人一路上呼哧带喘地赶着，眼看快要到那高台阶了，小红好像都能听见橘子心跳的声音。走过那台阶的时候，她们谁都不敢往那边儿正眼看一下。只是借着余光，觉得那里白乎乎的一片。

过了高台阶儿就看见厕所了，两人都舒了口气。

推开绿漆门儿进去，还没到亮灯时候，里面很暗。茅坑又比一般的宽不少，要是没有橘子扶着，小红腿儿短，根本跨不过去。这时候墙角有个人提着裤子出去了，橘子只顾了小红，也没看见那人一头的黄毛儿。

小红小心地蹲下去。橘子一会儿透过纱窗看看外面，一会儿又在那块小小的空地上来回地走。

“完了吗？”她走上一个来回就问上一声。

小红摇摇头。在幼儿园憋了一天，这会儿尿完尿，又想拉屎了。

外面忽然响起脚步声，还有人声，都朝这边移过来。门一响，小红就觉得光屁股上吹过一阵冷飕飕的风，打了个寒战，这时候只听“哎哟”一声，橘子让人揪着头发拽出去了。

然后就听见外面“噼噼啪啪”地响起来。有时候声音又很闷。可小红听不见橘子的声音，只听见有人粗粗地喘气，一个有些耳熟的声音尖尖地响着：“叫你猖！叫你猖！”接着就是一两声闷响，像是双膝着地的声音，伴着那尖尖的嗓音，“按住了！让她吃，吃——”

小红急急地提起裤子，一边支着耳朵听着，一边慌乱地迈开脚，右脚一滑，身子一歪，然后就是“噗”的一声。

开始小红还没明白是怎么回事，等明白过来，她的一条腿已经陷在茅坑里了，右脚底下软软的。

“哇！”的一声，小红惊天动地哭起来。哭声是那么响，震得厕所外面的人耳朵直嗡嗡。

橘子不顾一切地冲进来，窝窝眼儿和黄毛儿还在后面揪着她的头发跟衣服。

橘子一把拽出小红，左手就势一抄，把她拦腰抱在怀里，小红那条浸湿的棉裤，还往下滴着黄黄绿绿的东西，窝窝眼儿和黄毛儿忙不迭退了出去。

橘子一脚踹开木门，磕磕绊绊冲了出去。

冷风扑面吹来，小红这才闻见了刺鼻的腥臭。橘子紧紧抱着她。窝窝眼儿她们还没走远，好像还要再过来，两人后面，站着袖起双手的胖脸。

橘子抱起小红抢上几步迎过去，冷风乱吹，吹得窝窝眼儿他们捂着鼻子退上了高台阶。橘子又盯了他们一会儿，这才“咚咚咚”地抱着小红走了。

小红一路哭着，泪眼只看见橘子的双脚一前一后跺着地。地上，公厕的井盖儿周围，还残留着结了冰的黄色硬块儿。

直到橘子把她抱进院子了，小红还在“哇哇”地哭。震得大杨树上，那最后两片叶子，都飘飘悠悠落下来了。

“哗——”橘子把水龙头开得大大的，抱起小红就冲，冲来冲去冲净了，又把她抱进北屋，把烤衣服用的铁笼支在炉子上，然后脱下小红的棉裤，拿出去连冲带攥，回来搭在铁笼上。

小红哭得没劲儿了，嗓子也早哑了，就张着嘴在那儿干捯气儿。橘子又端来温水给她洗身上，洗完了，找出干衣服帮她换了，再把她抱上床，围好被子靠墙坐着。

这会儿橘子总算透了口气，透了口气她第一件事就是蹲在水龙头那儿洗脸，漱口，接着狠命地搓着两片嘴唇。

小红这下子安静了，呆呆地望着炉膛里的火苗。只是隔一会儿，还要吸溜一下鼻子。

炉火很旺，烤得棉裤一股一股地腾着白汽。

往常妈妈烤衣服，小红最爱闻那股湿乎乎暖烘烘的味儿了。

可这会儿，橘子打开窗户，让那股白汽赶快散出去。

等到把小红那双棉窝也刷净了，晾在屋外窗台儿上，橘子这才算是忙完了。

忙完了她就拿个小凳儿，坐在火炉旁边。也还是不言语。

不知什么时候，她已经换了身衣服，头脸也重新梳洗过了。她就那么坐在炉边，伸开十个指头烤火；也是不错眼珠儿地盯着火苗。

这时候小红才注意到橘子的脸，她两边的脸颊已经肿得很胖，嘴唇也肿了，有些地方都破了。还有她那十个手指头，红得透明，像十个经了霜的胡萝卜。

小红忽然咧开嘴，又想哭。可一见橘子闷声不响盯着火苗，她又没敢出声。只是让那眼泪，围着眼圈儿打转儿。

眼睛里汪着泪，看什么就都是双影儿的。

炉里的火好像更旺了。

橘子的脸模糊着。眼睛倒更亮了。映着火光，一跳一跳的。

第二天棉裤干了。小红又穿上它。

东走走，西走走。这儿坐坐，那儿坐坐。

走到哪儿都不怕。坐在哪儿都不在乎了。

二

都开春儿了，院子里背阴的墙角，还是堆着没化净的脏雪。

冬天好歹还有雪玩儿，这会儿树还没绿，花儿更没开，干脆什么好玩儿的都没有。再赶上橘子有时候去她妈妈那个新家，小红就更闷得慌了。这时候的玩儿伴儿，也就只有小雨了。

小雨就是小雨——总能找到新鲜玩意儿，发现新鲜事儿。

这两天，小雨玩儿的是“找蛔虫”。

小雨告诉小红，那天正好在厕所里碰见二分钱：二分钱低头蹲那儿好半天，才走。

二分钱走了，小雨就听见水响，走到她刚蹲过的坑儿往下一瞧……

小红赶快捂上了耳朵，同时觉得右脚心麻酥酥的。

小雨就笑了。一边笑一边拉着小红就要去“找”。小红就扶着墙往后躲。

可是躲归躲，厕所总是要去的。再加上，从那儿……以后，小红上厕所总不敢一个人去了，这两天橘子又不在，所以还是得拉上小雨。

等小红急急地找到了小雨，小雨就乐了。这回一边乐一边摆手说：“不去。没有。”小红更急了，就赔着笑脸儿抓住小雨的手摇晃。

小雨把嘴一绷，说了声“好吧”，就走在了小红头里。

厕所里已经“满座儿”了，全是胡同里几位老大妈，还净是街道积极分子，有一位蹲在那儿抽着烟，小雨小红一看，是街道主任。

“太味儿！”小雨抿住嘴，拉着小红出来等。一出来，小雨就咬着小红耳朵：“你看，她们像不像在这儿开会呢！”

小红急着要撒尿，哪儿还顾得上这些。好容易有位老大妈出来了，小红赶紧奔进去补那个缺。

小红尿完了，顿时就松快了，这才想起小雨刚才的话来，再看看几个大人的样子还真像。只有一条儿跟她们往常开会不一样，街道主任虽说一样是绷着个脸，可后面露着大屁股。

小红提好了裤子，小心翼翼地抬腿跨下台阶。下了台阶她就松了口气。临出门的时候，见一位老大妈把一沓沉甸甸的红纸扔进了茅坑。

“看见蛔虫了吗？”小雨劈头就问。小红这才想起小雨陪自己来的“动力”。刚要转身回去看看，被小雨一把拽住了：“这会儿人多，先回去多喝点儿水再说吧！”说完小雨就往回跑，小红就在后面追。等到追上了，小红一边喘气，一边把看见“红纸”的事告诉小雨。小雨说，她也看见过。

这时候到了小雨家门口。小雨忽然说：“哎——咱们玩儿这个吧！”就拉着小红进了屋。

天黑了。

路灯亮了。

临街的人家也飘出了炒菜香。

这时候有两个小小的人影，鬼鬼祟祟溜进了厕所。

她们很神秘地蹲下去，各自从裤子里取出那卷焐热了的卫生纸，昏黄的灯光下，那两卷纸还是白白的。

“放好了，再出去跑一圈儿吧！”小雨说。

于是她们又出去跑了一圈儿，然后一人一头汗又进了厕所。

这时候她们再拿出那卷纸来看，也还是白白的，除了一点儿汗气，别的什么也没有。

厕所里光线很暗，这会儿她们的眼睛适应了，又听见一种唰啦唰啦的纸响，才发现原来还有一个人蹲在墙角。哪怕在这么暗的光线下，还是能看出那人扔进茅坑里的纸，是一种深深的红颜色。

小红小雨都看见了那片深红色。

后来那个人站起来，她们俩都愣住了。

是橘子。

三

橘子一回来，就挨奶奶说了。橘子是星期六放了学走的，说好了星期天就回来，结果星期一放了学，天都黑了，奶奶才见着她人影儿。奶奶本来就不愿意孙女去她妈妈那儿，这么一来，更是老大的不乐意。又何况，橘子走的时候身上穿的衣服，全不见了。现在上上下下换了全新的，头发呢，走的时候奶奶给梳的刷子，现在成了高高吊在脑后的一根“马尾巴”，还扎了个白色的蝴蝶结……

“这，这不是咒我死是怎么的！”

梆梆梆！！梆梆梆！

奶奶一边剁馅儿，一边叨唠着。

梆梆梆！——你就跟她学吧！能学出个好儿来？！——梆梆梆！梆梆梆！往后你给我少去！她要是真有心接你呀——梆梆梆！——等分了她两间房再说！

梆梆梆！梆梆梆！……

愤怒的剁馅声里，橘子缩了缩脖子，轻轻带上了小屋的门。然后拉着小红坐下来，分吃她带回来的动物巧克力。“何叔叔给买的。”小红这阵子老是听橘子何叔叔长何叔叔短的，慢慢也就知道了。原来何叔叔就是橘子妈再嫁的人。

这会儿小红眼睛里只有巧克力。她去过动物园，能一下子说出每块巧克力都是哪种动物：两耳长长的是小兔、抱着竹子的是熊猫、张大嘴巴奓起胡须的是老虎……

小红吃完了“小兔儿”，正眼巴巴地盯着“熊猫”，橘子就麻利儿地把它们全关进了铁盒儿里，一边儿关还一边儿说：“好吃吧？等晚上玩儿的时候再吃——啊！”

小红就知道橘子又要玩儿那个游戏了。

这时候妈妈叫她吃晚饭了，小红就舔舔嘴唇，推门儿出去了。一边走，心里一边犯愁。

这阵子，橘子最爱玩儿这个游戏了，每回还都扮演不同的角色，一会儿是吴清华，一会儿是柯湘……小红呢，倒也简单，橘子是吴清华，她就是老四；橘子是柯湘，她就是白匪……橘子的要求也越来越多，“鞭子”不但要抽在身上，还要抽得重，不疼还不行。每说到这儿，都要搬出何叔叔来，说何叔叔就抽得重，抽在身上疼。小红就有点害怕。怕橘子真的疼了，怕橘子奶奶说，也怕妈妈说，就不敢玩儿了。可是小红刚一说不玩儿，橘子就不理她了。整整一天不理她，后来小红一说玩儿，橘子又跟她好了，还给她糖吃。

这会儿小红又舔了舔嘴唇，还有巧克力味儿呢！

她就想：晚上干吗不来玩儿呢！

四

吃完饭，小红让妈妈揪住抹了把头上的汗，就赶紧奔了西屋。

推门儿一瞧，橘子还跟奶奶一块儿包饺子呢！小红就又跑出去，先找小雨玩儿。

小雨正给弟弟擦嘴呢，小雨爸妈正收拾碗筷。小红就跟小雨一块儿逗弟弟玩儿。玩儿了一会儿，二分钱也来了，来拿她借给小雨玩儿的羊拐。小雨哄着弟弟在炕上坐好了，周围拿枕头圈上，就跟二分钱一块儿抓拐玩儿，还算分儿的。

小红手太小了，连那拐都攥不住，只好看着她们玩儿。她们算分儿算得噼里啪啦可溜儿了，小红也不懂，看不出有什么好玩儿，估摸着橘子吃完了，就又跑回南院儿去。

跑回去一看，橘子倒是吃完了，又刷碗呢。橘子就让她进小屋里等着。

屋里还黑着灯，只从北窗户透进小雨家的灯光。窗帘儿还没放下来。隔着玻璃，小红都能听见二分钱跟小雨抓拐的声音："哗啦，哗啦啦……"

小红开开台灯，看见橘子的红领巾扔在桌上。又四处瞧瞧，看不见装巧克力的盒子。使劲儿闻闻，也闻不出在哪儿。倒是闻见了另一种味儿——温温吞吞的，像夏天里，大太阳底下的热花儿味儿。

这什么味儿呢？

小红又四处瞧瞧。

橘子的领巾躺在桌上。

她一抬头，看见那些画片儿：

柯湘身上的鞭痕，吴清华撕得破烂的衣服，解放区飘扬的旗子……

她又闻了闻，好像闻见了那气味儿里温热的颜色。

这时候橘子进来了，找出蛤蜊油盒儿往手上抹油，一边儿抹一边儿说："我就不爱吃饺子，包着费劲，刷碗更费劲……"

蛤蜊油揉在橘子手上，散开一股温香。

现在橘子的手很光滑，胖乎乎的。往年，这双手一到冬天就皴了，小红还记得过去让橘子拉着走，自己的小手老觉得磨得慌。

橘子抹完了油，随手拉严了窗帘儿，然后打开抽屉，那根旧筷子就横在里面。橘子取出筷子，拿起领巾往上系。

要在过去，家里少了支筷子，奶奶不出两天就能发现。可如今不一样了，吃饭的人少了一半儿，短个一双半双的，也没见奶奶言语。

小红看着橘子系扣儿，觉得鼻子里那股气味儿更浓了。

花让太阳晒透了。太阳落了，花就往外吐着热气。

橘子系好了，就把"鞭子"交到小红手里。

这时候就听"乒乒乒——"有人敲着北窗户玻璃。橘子过去掀开帘儿一看，是二分钱。"干吗呢？"二分钱隔着玻璃问。"玩儿呢。有事儿吗？""……我这就过去啊。"二分钱说着，话音儿已经往东移了。

橘子放下窗帘儿，从小红手里拿过"鞭子"，搁进抽屉里。然后拿出一块儿糖放进小红嘴里："二分钱要问咱们玩儿什么呢，就说是猜谜语，啊！"小红使劲儿点了点头。

说话工夫，门响了，二分钱一进来就说："我已经听说啦——"等她看见小红，就很神秘地住了嘴，拍拍小红的头说："小孩子先出去玩儿吧！"

橘子半推着小红走到了门外，悄悄对她说："待会儿我找你去，啊！"

说完，橘子回了屋，关严了门。

小红就含着糖，糊里糊涂地走出去了。

出了门儿就闻见一股臭味儿。越往院门走，越臭。等到了白大爷门口儿，小红都得捂着鼻子了。

屋门开着，借着里面透出来的微光，白大爷正鼓捣着一些瓶瓶罐罐。

“怎么这么臭啊白大爷？”小红憋了口气问。

“泡马掌哪。开春啦，好浇花儿呀。”白大爷一边儿忙一边儿说。

小红觉得直呛鼻子，就一溜烟儿跑出去找小雨去了。

推开院门儿，小红就喊：“小雨——”，南墙根儿暗处，有人冲她摆手，过去一看，是小雨。小雨竖起一根指头封在嘴上。小红就不出声儿了。她见小雨正蹲在橘子北窗户下面，好像急着想听见屋里说些什么。

窗帘儿挡得严严的。看不见，也听不清。

小雨就皱着眉，咬着嘴唇。

“喵——”一声猫叫，嘹亮地在房顶上响起来。

小红跟小雨都吓了一跳。

“喵——喵——呜——呜——喵喵喵——呜呜呜——”好像有两只猫在打架，打得还挺凶。

“嘭”的一声，小雨爸爸从屋里出来，拎起地上的碎砖头，估摸了一下方向，就“啪”的一下，往房上扔过去。

“喵喵——呜——”

然后就是砖瓦响。

那声音没了。

这时候小雨拉着小红进了屋。小床里，小雨弟弟已经含着奶嘴儿睡着了。

“喵！喵！——呜——”

那声音又从别的房顶上响起来，好像更响了；越听，越不像猫叫了，倒有点像小雨弟弟半夜里哭醒的声音。

小红见窗外黑乎乎的，想起了“马虎子”，就有点害怕，急着慌着往家跑。

经过白大爷门前，那屋里已经黑了灯。小红跑过去的时候，忽然打了激灵——

暗影儿里有人悄没声儿坐在门口儿，一声不吭。只是微微晃着头，有板有眼的。

黑暗里那人的头囫囵着，仿佛没有脸。

同时，“喵呜——喵呜——”的声音好像撵着小红的脚后跟一路响过来，她赶紧猛跑几步冲进了家门。

这天夜里，那刺耳的声音时断时续，一直响到小红的梦里。

醒来的时候小红看见妈妈从她腋窝里抽出体温表，眉头皱得紧紧的。小红这才感到身上发烫。可是她心里很高兴：能不去幼儿园了。

爸妈抱着小红打了退烧针回来，就都上班去了，小红又被交给了橘子奶奶。

奶奶就给她切点儿咸菜丝儿，熬了绿豆粥喝。一边儿忙奶奶还一边儿叨唠着：“那种人给的糖也是好吃的？瞧瞧！上火了不是！”

小红呆呆地喝着粥。

一边喝一边看着围在身上的花被。

她努力地想着什么。后来终于想起了夜里的梦——

一间黑屋子里，大朵大朵地，开着红花。

不是那种发奖会上的红花。那样的花都是纸做的，摸上去又响又干。

不。这些花瓣儿都是软软的，湿湿的，还慢慢地，往外吐着热气。

五

星期六了。小红的烧已经退了，可还是赖在家里。爸爸妈妈也就由她。

临到中午了，小红盼着橘子快点儿回来跟她玩儿，就忍不住一会儿跑二门口瞅瞅，一会儿又跑到大门口瞧瞧……

看来看去，小红看见橘子的同学走过来了，就问她们：“橘子呢？”都说没看见。

后来二分钱来了，告诉奶奶说橘子一放学就让“她爸”接走了。奶奶登时就沉下脸来：“她爸！她爸在外地呢！”唬得二分钱脚不沾地，溜了。

小红看见奶奶阴着脸，也就不敢再问什么。

后来奶奶盛了饭，看着小红吃饱了，自己一口都没动。

小红吃完饭就困了，迷迷糊糊回了北屋。

这一觉睡得很长，午后的太阳一直暖暖地照着她。

醒了小红也不睁开眼睛，就那么眯眯着。

这时候院子里响起了脚步声。小红以为橘子回来了，腾的一下坐起来，透过窗户玻璃，看见小四儿举了个“屁帘儿”风筝，站在西屋门口。

“去西城了。”奶奶没好气地说。

“哦，去她妈妈那儿了。”小四儿自言自语着往外走。

谁知话音儿还没落，就听西屋里“啪！”的一声，有什么东西被打碎了。

小红给吓得愣在床上不敢动。

直到听见小雨在窗下叫她：“小红，小红，出来玩儿！”

小红这才轻手轻脚推门儿出去。

小雨拉着小红，看小四儿放风筝去。

南边那个大院子给拆了，说是要在那儿盖楼房。这样，就有一大片地方空出来。

等到了空地，就见小四儿一头一脸的土，手里还举了个竹竿儿。“风筝呢？”小雨问。

她们一抬头，风筝别在空中两条电线上了。小四儿越扒拉，那风筝好像缠得越紧。阳光下，小四儿的鼻尖儿上全是汗。

小雨就在一旁指点着：“往左点儿……再往上点儿……”

小红见风筝老也不下来，就烦了，甩开小雨，一个人在空地上乱跑起来。

暖风吹在身上，可真舒服，有时候还像是小雨弟弟的小嫩手儿，挠得人心里痒痒的。

第七章

一

有时候爸爸倒休在家，小红就不去幼儿园了。

一早上，爸爸总是找出一堆衣服泡在大盆里，然后就拎个小凳儿，坐在那儿吭哧吭哧搓洗起来。

昨天夜里下了场雨，南墙根儿那一溜儿野茉莉花儿掉了不少。小红拾起一朵瞧瞧，扔了；又捡起一朵闻闻，扔了。那些花儿一定落下很久了，都蔫了，还沾着泥水。

爸爸洗好了衣服，晾在太阳地儿里，就回了屋，翻开他的大厚书。

那书上有很多图，小红问爸爸，那是些什么图，怎么连个小人儿都没有。爸爸说，图上画的都是机器。小红不喜欢看机器，就缠着爸爸“讲古儿”。

爸爸看了看小红捧来的那堆湿漉漉的蔫花儿，就教她背古诗：“春眠不觉晓，处处闻啼鸟……”

背了几遍，爸爸见她背熟了，就又看起书上那些图来。

小红背呀背呀，背到院子里，又背到当街上。

街边的土地，还是黑乎乎的，潮气还没散尽。墙根儿的砖缝里，拱出了绿绿的嫩芽，蚂蚁爬在上面，像猴子爬在树上。

小红正问那些“猴子”，“夜来风雨声，花落知多少？”忽然听见远处有吵闹的声音，抬头一看，是小雨他们放学了。

小雨上小学了。要不是为了多看一年弟弟，小雨今年都该上二年级了。

低年级的小学生，放学都要排着路队回家。小雨正训斥那些淘气的男生，她是这支路队的队长。

离得远，小红听不清小雨叽叽喳喳喊了些什么，只见那些男生一哄散开了，小雨就跑过去抓，抓了这个跑了那个，抓了那个跑了这个……男生们一边儿跑，嘴里还一边儿怪叫着。正午的太阳照着他们的影子，又短又胖的，在他们飞奔的脚下团着绞着，一会儿就不见了。

小雨红着颧骨走过来，叉着腰，喘着气。

小红看见小雨这副样子，忍不住乐了。小雨伸手要拧她的耳朵，小红捂了耳朵就跑。

“丁零”一声，一辆自行车猛地刹住了，小红唬得不敢动。定睛一瞧，是那个有“拉毛”的小春儿，住在胡同东口儿的。小春儿嘴里咕噜了一句什么，又骑上车走了。

小雨盯着小春儿的背影：“你知道小春儿为什么嘴唇儿那么红吗？”小红摇摇头。

“告诉你吧，她抹了口红！”

小红知道小春儿叫小春儿，还是天冷的时候，橘子看见一个女孩儿骑车过去，立刻指着那茸茸的毛围巾告诉小红：“那叫‘拉毛’，可着这条胡同儿，只有小春儿一个人有。是别人送的。”那天真冷，浅驼色的“拉毛”拥着小春儿红扑扑的脸蛋儿，小红缩着脖子看在眼里，就再也忘不了啦。

“你知道小春儿还叫什么吗？”小雨问。

小红眨眨眼睛：“‘拉毛？’”

“不对！叫‘野鸡’！”

“什么叫‘野鸡’？”

“不知道。反正二分钱这么叫她。”小雨看了看自己的指甲，挑中了一个，啃起来。

“放学看见橘子了吗小雨？”

“没有。甭看我们进的是一个校门儿，可她已经上‘戴帽儿中学’了呀，哎，对了！”小雨不啃指甲了，凑到小红耳边问，“你看见橘子的眉毛了吗？”

“眉毛？”小红咧咧嘴。

“对呀，昨天课间休息，我去自来水管子那儿喝水，橘子也在，我们正好脸儿对脸儿，她的眉毛，好像都要瘦成一条线儿了。”

小雨说着，又有滋有味儿地啃起来。

小雨的眉毛是两撇浅浅的黄色，在太阳地儿里，闪着淡淡的金光。

二

夜里，雨又哗哗地下起来。

后来就听见“噼啪噼啪”的声音，好像小四儿他们玩儿的弹球儿，从天上掉下来，敲在房檐儿跟玻璃上。

天忽然亮了。

小红把眼睛睁开一条缝儿：原来是屋里开了灯，爸爸妈妈都披了衣服，把院儿里的盆花端进来。

有盆石榴正好搁在小红床边，她见盆儿里有个亮晶晶的小球，就伸手拣出来，握在手里冰凉冰凉的，“什么呀？”

“雹子！”妈妈说。

“我要！”小红握紧了那个凉凉的球儿。

妈妈就拿个小铜盆儿，放在了门外。

屋里又黑了。

小红听着那小盆儿里“乒乒乓乓”的声音，像是听一个小朋友胡乱敲着小鼓。密密的鼓声里，小红睡得很甜。

天还没大亮，雨已经停了。

小红梦里听不见鼓声，就醒了。爸爸妈妈都还睡着。小红想起夜里的雨，对啦，现在那些亮晶晶的宝贝肯定积满一盆了。想到自己一夜之间变得这么阔，小红来精神了，麻利儿地摸黑儿下了床，轻手轻脚出了门。

院子里灰蒙蒙的，满地都是水。小红蹚了水跑过去敲西屋门。好一会儿才听见“吧嗒”一声，门开了，奶奶一见是小红，就说，“这孩子！”小红从奶奶胳膊底下一溜，就进了橘子屋。

橘子还没醒。小红一边摇她，一边说着那盆宝贝。橘子应了一声，翻个身，接着睡。这回任凭小红怎么摇她也不理，后来真烦了，就回手拍了小红一巴掌。

小红这下才蔫了。听见外面淅淅沥沥又下了起来，她忽然觉得眼皮发沉，就趴在橘子身边，又睡了。许是因为刚才着了雨水吧，小红的脚又湿又凉，半天都暖不过来，睡也睡不踏实。睡不踏实她就坐起来，看见桌边有支铅笔，她就拿起来玩儿。

在幼儿园，小红早就学会了画鸭子、小兔儿，还有四瓣花。这会儿拿了笔，手就又痒痒了。

看见床头的漆皮掉了，露出里面的木头茬儿，她就想往上面画。画个什么呢？她看看橘子，就画橘子吧。

借着窗户透出的微光，先画上一只大眼睛，再勾个脸，哎呀？脸盘儿画得太小了，不像橘子了，像……什么呢？她瞧了瞧，就在那头顶上添了两只长耳朵——成小兔儿啦！小红想起刘大妈这阵子糊的纸盒儿，上面都印着一只小兔儿，就揣摩着盒儿上的模样，画了身子和腿儿。

画好了，她很满意。那只眼睛尤其好看，还真有点儿像橘子的眼睛。不过，小兔儿没有眉毛，橘子——这时候她看看橘子和橘子的眉毛：真的，橘子的眉毛不知什么时候变得又细又尖，过去那粗眉毛下面的皮肤，现在露出好些——白白的，像捂了一冬，没见过太阳似的。

奶奶敲门了，催橘子起床上学。

小红也跑出去，准备上幼儿园了。

跑到北屋跟前，她突然“哇——”的一声哭了。

妈妈正做早饭，爸爸赶紧抱起小红问她怎么了。小红一边儿哭一边儿指着那个小铝盆儿——里面一汪清水，随着微风一漾一漾的。这会儿，橘子也起来了，也来哄她。小红一听是橘子，就紧闭着眼，两只小手儿胡乱打过去，一边打还一边哭：“都怪你都怪你！”

橘子也不生气，抱过小红在她耳边说：“别哭了，告诉你个好消息，还记得冬天劫咱们那个‘窝窝眼儿’吗？”小红慢慢止住了哭，定了定神儿。橘子就又悄声说：

“昨天……有人把她给收拾了。”

三

幼儿园放学了。橘子领着小红走出那个绿铁门。

小红正要顺着那“老路”走，可这回橘子紧紧攥着她的手说：“不用。以后咱们再也不用绕道儿走了。”

小红愣瞌瞌地跟着橘子。

走到甜井胡同口儿了。窝窝眼儿常待的高台阶儿，一个人也没有。小红这才松了口气。

走到那公厕门口儿，橘子问她：“上吗？”小红赶紧摇摇头。

“有没有吧！”橘子又问。小红看看四周：“还是回红星上吧。”橘子一把抱起她，“就在这儿上！”

橘子刚踹开厕所门，小红立刻扒着门框，就是不进去。橘子定睛一看，原来窝窝眼儿正蹲那儿哪！橘子一努劲儿，愣是把小红抱了进去，又把她抱上茅坑站好，然后命令道：“上！”

小红心里起急，越急越尿不出来。又怕橘子说她，就抬头眼巴巴地看着她。

橘子正抱着俩胳膊肘儿，笑眯眯地盯着窝窝眼儿瞧。

窝窝眼儿一声不吭。她那迎着亮儿的半边脸上，鼓着些紫红色的道道儿。

这时候门“哐”的一声开了，黄毛儿刚要进来，一见橘子，就“噔噔噔”抹头跑了。

“哎——”窝窝眼儿这才出了声儿，“给我手纸呀——”

可是听那脚步声，黄毛儿早已经跑远了。

四

她们一路唱着歌儿，进了红星胡同，橘子的脸放着红光，眼睛好像格外地亮。小红一路走一路蹦，后来橘子都拽不住她了，索性放她在胡同里跑起来。

看见家门口儿了，小红跑得就更欢。直到看见一朵红嘴唇儿，这才刹住脚。

小春儿正站在门楼子底下，这会儿绕过小红，走了。

小红推开院门儿，接着跑。跑进家门儿，就咕咚咕咚喝水，喝饱了，看看院儿里，还不见橘子的影儿，她就又跑出去，出了院门儿，看见橘子正傍着小春儿，一边说着话儿，一边走远了。小红就追上去。

小春儿耸起右肩膀儿拱了橘子一下："……那你怎么谢人家呀？……"

橘子只是低头儿慢慢往前走。听见身后的脚步声，她一回头，就板起脸："小红，听话！我们做功课去，你回家。不许跟着！要不，没你糖吃啦！"她一边说，一边推小红，手上很使劲。

也许是最后一句话起了作用，小红终于站定了，看着她们并着肩，拐过那道弯弯的院墙，不见了。

小红只好看看那灰院墙，上面刷着一些大大的红字，都已经褪了色，顺着大字，还有些红色流下来，一道一道，长长短短的。顺着那些道道往下瞧，只见墙根儿有一条细细的黑线，皱皱巴巴的，正咕攘咕攘地动呢。她就蹲下去瞧，原来是好多好多的蚂蚁，正排着大队往前奔。小红问它们：你们要去哪儿啊？它们也不理，只是一个劲儿地往前，往前。小红就跟着它们。开始她还以为蚂蚁们是从那块大白石头下面来的，那儿有个蚂蚁洞，就逆着那条黑线跑了几步，到了墙角那块白石头跟前低头一看，黑线真的经过这儿，可这儿不是头儿，黑线绕过白石头，还有长长的尾巴，往后甩过去……

小红抬头往远处瞧瞧，胡同里一个人没有，两边又是灰灰的墙，还有灰灰的树影，全都一动不动。小红就又逆着黑线走。走啊走啊，"梆当"一声，脑门儿磕到电线杆上了。她刚要咧开嘴哭，抬头看看周围，没一个大人，也没有小孩儿，连一只猫都没有，就自己揉揉，算了。

她一边揉一边接着走。蚂蚁们一个个长得都很像，可就是过不完，它们又嘁嘁嚓嚓地，好像说什么，说什么又听不清。

这会儿小红又看看四周，心里就有点发毛，所有的门楼子都不认识，连公厕的门脸儿都是朝南的。

可是墙根儿那条细线，还是黑黑地往前伸过去，曲曲弯弯地，伸过去。

小红打了个冷战，扭过头撒腿就跑。

跑着跑着转了向，不知该往哪儿跑了，就又找着那条细线，顺着它往前奔。

跑得一身透汗了，那黑线还是没断。小红停下来喘气，四下里看看，原来已经到了刘大妈家门口儿。这才算松了口气。看见门开着，就一撩纱帘儿，进去了。

刘大妈正盘腿儿在炕上糊纸盒儿，只穿了件背心，汗水顺着脖子上的褶子流下来。见小红进来了，就一边儿糊一边儿说："热吧，小红！"

小红这才觉出热了。不光热，还挺闷。刘大妈看小红还捂着褂子，赶快帮她扒下来。

小红穿着背心，觉得凉快了不少，就找那小猫玩儿。

原来那一窝小崽儿已经长大了，刘大妈把好几只都送了人，只留下两只最小的。一只"黑花儿"，一只"黄花儿"。

黑花儿正追着黄花儿满屋子跑。黄花儿顺着窗台儿一下就蹿到炕上，黑花儿也追过去。刘大妈就挥起糨刷子轰它们。黑花儿不听，还是追。黄花儿"呲棱"一下儿，就蹿到那堆纸盒儿上。黑花儿紧跟着蹿上去。

小山一样的纸盒儿一直堆到了房顶，整整占了两面墙。黄花儿在上面踩不稳，就摇摇晃晃地蹦来跳去。黑花儿也就晃晃悠悠地追来追去。刘大妈急了，扔下手里的活儿，扑过去抓猫。

黄花儿见势不妙，连滚带爬蹿下来，那小尖爪子，挠着一个个光滑的纸盒儿，“吱啦吱啦”乱响。最后还“扑棱棱”带下两个，刘大妈手一抄，接住俩纸盒儿，回过手就去抓黑花儿，黑花儿就往靠床沿那摞纸盒儿上躲，正踩在最外面那一溜儿上，纸盒儿们互相拥着挤着，眼看那一大摞就要散开塌下来了，这时候，二分钱一步跨进屋来，登上板凳，伸开胳膊死死地挡着。偏偏这时候黑花儿一跳，脚下那个盒子“吧嗒嗒”滚下来，二分钱一边保持身子不动，一边看准了，等那个纸盒儿一到，“啪”的一下，将将接住了。

小红始终不错眼珠儿盯着，看得呆了。后来止不住眼晕起来——满墙的纸盒儿好像都前前后后左左右右地晃悠起来，只等人稍一差神儿，登时就“轰隆隆”齐刷刷塌下来。

刘大妈一把提溜起黑花儿的后脖梗子，狠狠地朝门口儿甩过去：“这死猫！”“喵”的一声，黑花儿落地就逃。

小红也就追着黑花儿往外跑。

黑花儿一路飞奔着——四脚不沾地；小红紧跟在后——两脚不沾地。

跑着跑着，黑花儿忽然停住了，抹头就往回奔，差点儿跟小红撞上，小红定睛一看，“呀”的一声，也是掉头就逃：

有一队耗子，正横穿过马路朝这边冲过来。领头的那个快赶上小红高了，还“啾啾啾”地叫着，小红磕磕绊绊地跑着，怎么也不敢相信自己的眼睛——她这是头一回看见耗子的胡子。

五

小红是给爸爸妈妈说话的声音吵醒的。

夜里太热，所有的窗户全开开了，也没有一丝儿风进来。妈妈大概一直扇着蒲扇。屋里很黑，小红抬眼看看窗外，夜空好像不灰不红地温吞着。

黑暗里她听见妈妈那压得低低的声音：“……不行，我说什么也得过去一趟！”又听爸爸说：“别价，再等会儿。”

朦朦胧胧听见西屋里“啪啪”地响着，好像什么东西打在肉上。打几下，就有人哑着嗓子说话……然后又是“啪啪”地响。

妈妈噌的一下下了地，一边摸索着找鞋披衣服，一边甩开爸爸的手说：“孩子回来晚了是不对，可这么打也不是个事儿啊！”

妈妈奔西屋去了，压低了声音跟奶奶说了些什么，小红就听不清了。院子里只有隐隐约约的“沙沙”声，除了这些，再没别的声音了。

爸爸开了灯，拿起手表看看，叹了口气。

后来西屋的门响了一下。不一会儿，妈妈推开门，可是站在门口儿不进来，小红听见妈妈说：“这是踩着什么了？”小红就从床上爬起来，伸过头去看，那个鞋底上密密麻麻的，全是些小黑点儿。妈妈借着亮光，又往院子里看看，半天才说：“真怪！一地的蚂蚁。”爸爸说：“快关上门吧，别再爬进屋来。”妈妈就带上门，偏偏门上那插销坏了，爸爸还没来得及修，妈妈就找出个布条儿，把门拴牢了，这才又去关灯。关了灯，妈妈小声儿说：“行了。总算劝住了，这会儿都歇下了……唉，这孩子……始终就是一声儿不吭。”

大蒲扇又扇了几下，一下比一下扇得慢了。小红听着院儿里那片“沙沙”声，向院门口儿移过去，移过去……就也迷迷糊糊睡着了。

过了一会儿，“沙沙，沙沙”，蚂蚁们从门缝儿里、窗框上爬进来，门啊窗啊就“咯吱咯吱”地响着；蚂蚁爬进小红的鞋里，很快，那鞋就自个儿浮起来了。蚂蚁又爬上她的床腿儿。挤得满满的，它们就合力摇啊摇，那床就开始晃来晃去……

六

小红再睁开眼睛的时候，她正让妈妈夹在胳肢窝里，妈妈好像摇摇晃晃站不稳，爸爸正摸黑儿开着门。门和窗都正打着哆嗦，爸爸怎么也开不开门：“踹呀——”妈妈叫着。爸爸这才想起来，黑地里只听“砰”的一声，门开了。

妈妈把小红扔到大杨树下面，就奔了西屋；爸爸奔了白大爷屋。

小红摸黑儿靠着大树，一动也不敢动。又怕树上有蚂蚁，伸手摸摸，没有；再摸摸地上，也没有。

远远的有“嗡嗡”的声音浮在空气里。夜空红得发紫。

后来妈妈搀着橘子奶奶磕磕绊绊奔出来，橘子跑过来领着小红，小红爸扶着白大爷，几个人一块儿来到当街。

那时候路灯还亮着，当街上已经挤满了人，一家一家地聚在路中央，谁都不敢多靠近路边的山墙半步。

小红给夹在人堆里不敢动弹，只能看见周围都是些黄黄白白、瘦胖不一的光腿，有的穿着拖鞋，多数都光着脚。小红动动脚丫儿，这才觉出路上的尖石子儿硌得脚心生疼。

大人们嗡嗡嗡地说着话，小红也听不大明白，反正有个新词儿被说得最多——“地震”。

小红借着路灯光，透过一条条光腿看着路两边的房子，每一间都黑着灯敞着门。她越看，那些黑影越不像她记忆中的房子了。现在它们成了一个个怪物，全都张着黑洞洞的大口——那里面不再是家了。

除了黑洞洞的大口，人们晃来晃去的光腿，嗡嗡的说话声，那个晚上还有些什么，小红就多半记不清了。模模糊糊，只记得后来下了雨，大家就躲到菜站的大棚子底下，她依偎着橘子，雨哗哗地溅进来，身下的褥子湿乎乎的。橘子始终不言语。雨的湿气没有遮拦地漫进来，小红呼吸着，觉得连空气都变得沉了。在小红的记忆中，那是一个寒冷的盛夏之夜。更何况天上不时打着闪，奇亮，只是一瞬间，就把那些相依相偎的身影，那些横七竖八拥被而卧的人形，还有那些蓬乱的黑头发，白头发，花白头发……全都照得清清楚楚，清楚得透出森森寒光。她忍不住又往橘子那边靠了靠。

这时候又一个闪，猛地亮起来，橘子也跟着亮起来，她好像同时发出一股香味儿。很快，四周仍是一片黑暗，可那香味儿，还在空气里缓缓地飘着，伴着远处隐隐的雷声。

小红偎着那股香味儿，睡着了。

天一亮，大人们就忙着在当街上、空地上、公园里……盖起抗震棚。不过怎么盖的，小红可记不得了，只记得跟小雨一块儿追着玩儿。到了中午，胡乱吃了几口东西，又跑，跑累了回来，一头钻进塑料布和竹竿搭的棚子里，她们就开始在铺上滚。那是一溜儿大通铺，好多家挤在一块儿，有时候中间只隔一道雨布。

小红和小雨都挺兴奋。虽然棚子里充满了汗味儿、呼噜声和尿臊味，她们还是滚得非常开心。可不是，往常哪儿能说到小雨家就到小雨家？现在呢，一骨碌就到了！

可大人毕竟是大人。

说起地震时候的事，小红妈什么都记得。过了好多年，还把一些古里古怪的事讲出来听。

那晚上余震还随时可能发生。每一家都得有个人冲进屋去，抢出些生活必需品。

小红爸也帮着白大爷拿出水壶、椅子、汗衫什么的。

后来妈妈发现爸爸的脚划破了，就问是怎么回事。爸爸说，是在白大爷屋划的，屋里有几个瓷罐子碎了，里面的东西撒了一地。妈妈就找来红药水给他上药。爸爸接着说，黑咕隆咚的只顾往外跑，好像还沾在脚上点儿。说着跷起脚心：你看看沾的什么呀？

“指甲。”妈妈说。

第八章

一

等了十天半个月。又等了十天半个月。

再也没震。

天又热，抗震棚越发显得又闷又臭。有些人胆子大，就卷了铺盖，回屋睡去了。

后来小四儿爸妈也回去睡了。第二天小四儿就跟回去了，抱着他养了蚕的纸盒子。

再后来街上的抗震棚一个一个地拆了；屋里的抗震棚又一个一个搭起来。

小红家是在大床的四角加固了木桩，顶上再支好木板；小雨家干脆用四根钢管支着四个床角，一家人挤着睡；橘子奶奶那张大床本身很结实，参照刘大妈家的经验，小红爸就把四个床腿儿稳稳地垫得很高，床下撒了石灰，铺了塑料布，再铺褥子，褥子上又铺凉席。一老一小就可以进来休息了。

奶奶叹了口气：“这可倒好！日本的时候还没这么躲过呢！”

说归说，奶奶临睡前总忘不了往床底下搁上两个馒头、一罐儿清水。

二

正是放暑假的时候。甭管震还是不震，都挡不住小伙伴儿们一天玩儿到晚。

那片拆迁了的空地，已经长满了荒草，正是他们玩耍的好去处。

…………

一网不捞鱼！

二网不捞鱼！

三网捞个小尾巴尾巴尾巴尾巴——

鱼！

小红两手拽着小雨的后衣襟，小雨拽着小东，小东拽着小华，小华拽着小宁，小宁又拽着小红……大家排着队踏着点儿，从二分钱和橘子手拉手结起的“网”下面钻过去，橘子、二分钱大声唱着，“一网不捞鱼，二网不捞鱼，三网捞个小尾巴尾巴尾巴……”

大家的脚步加快了，都想赶紧从“网”下面钻过去——

“尾巴尾巴尾巴……”

小红手心儿里出了汗，脚底下直打磕绊，心里又着急又盼望——“尾巴尾巴尾巴……”小雨都过去了——

“鱼！”小红被捉住了。她心里“噔”的一下，又害怕，又高兴：她站在二分钱跟橘子的臂弯里，仰起脸冲着她们傻笑。小雨她们本来已经逃开了，这会儿凑过来看着小红，又都有点儿羡慕。

小雨一直没被捉住过，这会儿有点儿腻了，就嚷起来：“咱们甭玩儿‘一网不捞鱼’啦！玩儿‘泥锅泥碗儿你滚蛋’吧！”

“好！”

大家又聚在一块儿，都伸出右手，一个人握住另一个的大拇指，这样拳头摞拳头。右手在最下面的人就开始从下往上数，每数一只手，嘴里就蹦出一个字：“泥、锅、泥、碗、你、滚、蛋。”数到最后一个字点到谁的手，谁就可以“滚蛋”，等在一边儿了，然后那人再接着数，大家一个一个“滚”下来，就四处散开。最后剩下谁，他就可以撒开腿满处捉人了。

这回总算轮到小雨捉人。她很快把小红、小宁她们捉住了，又跑开去捉小东。

小红正背着手靠着墙不敢动，那边儿过来了小四儿。

“我养的蚕吐丝了，想不想让橘子带你去看看？”小四儿弯下腰问小红，眼睛在空地上找来找去。

这会儿小雨捉住了小东，“押”了过来：“去哪儿玩儿？我也去！”“橘子呢？”小红问她。

“刚还在那边啊。二分钱！看见橘子了吗？”

“刚才小春儿来，把她给叫走了。”二分钱翻了翻白眼儿。

小四儿支吾句什么，扭头走了。

“哎——”小雨拽了小红，紧追上去。

捉人的走了，小宁、小东她们也就都散了，只留下空地上高高低低的青草和飞来飞去的小虫子。

一只小虫，绕着那空中的电线飞。小四儿的“屁帘儿”风筝还挂在上面，一飘一飘的。

三

一进小四儿家门，就看见中屋地上搁了个脸盆，正中间倒立个空瓶子。这是当时最流行的土报警器，说是一地震，那瓶子准倒。

“蚕呢？”小雨进了屋就问。

小四儿慢吞吞地指了指八仙桌上——扁扁的纸盒儿里，每个角上都缀着几个长圆球，小雨、小红凑近了细看：薄薄的纱帐里，晃着些白得发青的小身子，它们个个都很忙，不停地摇头晃脑……小红又看呆了。

头一回，还是橘子领着她来的。

那时候天气刚开始暖和。小四儿拈出一张小纸片儿，对准太阳亮儿让橘子瞧，小红也凑过去看，纸片上粘着好多小黑点儿。橘子告诉她，每个小黑点儿，孵出来都是一条蚕。小四儿往纸上掸了点儿水，就把它放在太阳地儿里晒着。过了几天，小四儿捧着个纸盒儿给她们看，几片透明的桑叶上，爬着好多“黑蚂蚁”。橘子告诉小红，那可不是蚂蚁，是蚕。

后来地震了。小四儿住在抗震棚里还是一步不离那个宝贝纸盒子。

原来那个盒子小了，又换了个大的。小四儿满世界给它们踅摸桑叶吃。有时候小红和橘子也帮他找了桑叶来。她们一块儿喂蚕的时候，橘子发现了一只脑门儿上长红点儿的，就跟小四儿说："这只算我的蚕啊！"说着，把那只"红点儿"轻轻搁在手心儿里。小红爹起胆子，也伸出食指摸了一下，又摸一下——软软的，凉凉的，滑滑的。有一天小红看见那些蚕好像突然老了，身上皱皱巴巴的。后来才明白，那是在蜕皮。小红捡了一块干皮儿捏在手里，也不软了，也不凉了，也不滑了。可是蚕又大了一圈儿。

这会儿小红忽然想起了什么，就问小四儿："橘子那个'红点儿'呢？"

小四儿指了指右角上那第二个。

小红跟小雨凑过去仔细一瞧，果然里面有个红点儿晃来晃去。"红点儿"好像很着急，不停气儿地扭着脖子——上下，左右，前后……再看看别的蚕，它们好像都很着急，像是被谁催着赶着逼着似的。

屋里很静。每个蚕茧隔一会儿都会发出一点儿轻微的响声。

屋里也很暗。每个蚕茧都闪着淡淡的冷光。

小红忽然有点儿害怕，就拉着小雨往外走。

小红刚跨进院门儿，就听见"铃铃铃！"——小雨家的报警铃又响了。

可是小红一点儿不慌，还是稳稳地往里走。

那是小雨爸爸自制的地震报警铃，隔上三两天就得响一回：小雨弟弟哭，它也响；小雨妈揍小雨，它也响……一开始还挺吓人，日子一长，再没人信它了，可一时半会儿又舍不得拆，只好先由它去。

小红看看天还早，就推门进了西屋。

屋里很静。奶奶好像出去了。小红不由得很高兴。

她最近发现了一个好玩儿的地方——奶奶家的地铺：里面又黑又宽敞，能坐能躺，还能匍匐前进，像在地道里一样。小红经常趁着奶奶跟橘子不在的时候，钻进去折腾。

这会儿她蹬了鞋，一头钻了进去。

等她的眼睛适应了床下的黑暗，一下子看见里面闪着两点亮光。小红吓了一跳，定睛一看，原来是橘子。

四

床下这片黑暗里好像有一种树叶香。小红想起了小四儿的蚕，就告诉橘子蚕吐丝了，还有“红点儿”，也吐丝了。

橘子定定地看着外面。好像在听，又好像没听见。

说完了蚕，小红就拉着橘子一块儿“监视敌情”。橘子陪她匍匐着趴下，瞪大眼睛往外瞧，还假装屏住呼吸。

从床底下望出去，能看见旧藤椅的四条腿儿，上面的竹劈儿松了，奶奶又密密地缠上了布条儿。如今布条儿跟竹劈儿已经一个色儿了，都是灰黄的，分不清谁是谁了。

藤椅下面也有个盆儿，盆里也倒立个瓶子，这让小红想起《鸡毛信》里的“消息树”，不知为什么，有时候她就一心盼着那瓶子倒。可是除非她自己用手去碰，那瓶子，连同小红自己家里那个，从来都没自己倒过。

后来她们终于发现了“敌情”——一只潮虫匆匆爬过去，爬进墙角的砖缝里，不见了。

再没有敌情了。她们就分吃奶奶放在床下的半个干馒头。等到馒头一渣儿不剩了，她们就躲到紧里面，这时候小红才明白，原来最暗的地方也是有光的：外面的天光映到屋里地上，地上的光又映到橘子脸上。橘子的眼睛很亮很亮，橘子的汗毛孔里呼出淡淡的清香。

有点像小四儿刚采来的最透明的桑叶那股清气，也有点儿像“红点儿”嘴里吐出的亮丝上那种温乎气。

奇怪的是那股香气一会儿有，一会儿又没有。就像橘子呼吸的声音，一会儿听得见，一会儿听不真。

橘子忽然小声说，小红，教你唱个歌儿吧。

小红点点头。

这可是个黄歌儿呢。橘子的声音更低了。

小红使劲儿点点头。

橘子清了清嗓子。小红看着藤椅下面倒立的瓶子，透明的玻璃闪着晶亮的绿光。她心里好像涌上来晶亮的水波，心跳都随着那水波荡漾起来。

在那遥远的地方，有位好姑娘，人们走过了她的毡房，都要回头留恋地张望。

她那粉红的笑脸，好像红太阳。她那美丽动人的眼睛，好像晚上明媚的月光。

我愿抛弃了财产，跟她去放羊。每天看着那粉红的笑脸，和那美丽金边的衣裳。

我愿做一只小羊，跟在她身旁。我愿她拿着细细的皮鞭，不断轻轻打在我身上。

我愿她拿着细细的皮鞭，不断轻轻打在我身上……

歌声很低，很远。

小红仿佛看见了那个美丽的姑娘，她有着跟橘子一样的粉红的脸，赶着羊群，从胡同那边慢慢走来，走到那片长满荒草的空地上，羊群散开了吃草。有的羊走得太远了，橘子就扬起皮鞭，把它们赶过来点儿。一会儿橘子不见了，羊群里又多了一只小羊，雪白雪白的，牧羊女那软软的皮鞭，在它身上舞过来，又舞过去……

这“黄歌儿”可真好听啊。虽说橘子没嘱咐什么，可小红模模糊糊觉得，这事不能告诉爸爸妈妈。突然有了个小秘密，小红感到很开心。于是她轻轻地，跟着橘子一句一句哼起来。

黑暗里回转着低低的歌声。也有淡淡的草香飘来飘去。还有远方的太阳发出来的香气。

那片碧绿透明着。像阳光照亮的绿叶。

空脸盆里，绿瓶子静静倒立着。

五

吃了晚饭，橘子奶奶在厨房拾掇碗筷，小红爸在灯下掀开大厚书，小红妈开始给女儿织毛衣。白大爷屋里黑着灯，人就在门口拿个小板凳一坐，点上驱蚊的蒿艾草，沏上一搪瓷缸的高末儿，又打开了话匣子。话匣子很旧了，放出的声儿像是病人的，嘶嘶啦啦喘着。

蒿艾草冒出的蓝烟，渐渐弥漫在整个院子里。

西屋门开了。

橘子领着小红走出来。

小红把橘子教的话又默想了一遍，就跑到妈妈那儿说：“我跟橘子出去玩儿啊！”然后又跑到奶奶那儿说：“橘子带我出去玩儿啊！”

等两边儿都答应了，橘子就攥紧了小红的手往外走。经过白大爷跟前的时候，步子迈得还特别大，小红只好紧跑几步追上。

橘子今天紧紧地梳了两个“刷子”，吊得高高的，两个发梢一晃一晃的，扇下来一股有点儿刺鼻的酸味儿。

一路上，橘子也不说话。只是那股酸味儿，不停地灌进小红鼻子里去。

每走过几盏路灯，就能碰见一些打牌的人。他们围着电线杆聚了一圈儿，不时“啪啪”地甩着纸牌，响声在窄窄的胡同里撞来撞去。

小红一边让橘子拽着走，一边抬头看，路灯灯泡周围，也聚着一圈一圈的蛾子，它们总是那么急慌慌、没头没脑地撞过去，撞在灯罩上，发出“啪啪”的脆响。

那灯光本已很暗了，两盏路灯之间，又老是隔得远远的，中间那段路，很黑，很静，走起来也就很长。

等到又拐了几个弯儿，小红这才发现，眼前的胡同，从没有来过。

她忽然忍不住看了看路边，路边黑乎乎的，什么也看不清。可是小红觉得，那里多半正有一条细线，咕容咕容地动着。

小红心里就是一激灵。这时候忽然尘土飞扬，她还没反应过来，就迷了眼睛，橘子正要借着路灯给她吹吹，当空突然打了个响雷，吓得两人都是一哆嗦，雷声还没住，雨点儿啪啪就砸到脑门儿上来了。

路边正好有个挺大的门洞儿，她们一头钻进去，一边儿一个石头礅儿，俩人正好一人坐一个。

好像就这么会儿工夫，雨点儿已经连成了线，雨线又织成了网。

一时间，打牌的人一个也不见了。飞舞的蛾子们也不见了，路灯孤单地站在雨地里，挨淋。小红一个劲儿地揉着眼睛，眼里也好像下起了雨，湿湿的，热热的。

坐在门洞里层层高台阶儿之上，一点儿也淋不着。

这会儿小红觉得眼睛舒服多了，也顾得上伸着脖子往外瞧了：雨水正沿着高台阶寸寸漫上来。浮着灰白的泡沫儿。

一片叶子漂过来，漂过去，漂远了。

远处有个人影，闪了一下，就消失在雨幕的另一边了。

哗哗的雨声里，听见橘子说：我不回来，你不许走，啊！

橘子穿着塑料凉鞋的脚，踩进水里蹚过去了。

那边也有个门洞。藏在相距很远的两个路灯之间。只看得见那门前黑黑的树影，在雨里摇着，摇着。

门洞里很黑，可是小红不怎么怕。她安静地坐在那儿看雨。石头礅儿凉凉的，雨洗过的空气湿湿的，很舒服。

她看着雨线射在汪满雨水的路上，溅起朵朵水花，水花落在皮肤上，燥热了一天的汗毛孔张开着，一有水花飞上来，就仿佛大口地吸进去了。

水花越来越密地溅到身上，小红不由往里挪了挪。

路面的水汪得越来越高，成了一条小河，片片叶子浮起来，还有朵朵不知谁家的野茉莉花，漂近了，小红拾起一朵，剩下的又慢慢漂走了。

路灯虽说昏暗，可小红还是看见一只小黑虫子，一股脑儿钻进花心儿里去了。小红就撕开那花瓣儿找，小虫子就钻得更深。小红又撕开花茎，撕啊撕啊，撕到了最深处，小虫子终于躲不住，摇摇晃晃飞起来，飞进门洞儿的暗处，不见了。

小红就又看手里撕散了的花儿。

那花瓣儿本是粉红的，现在已经蔫了，皱了。花蕊上的细粉已经掉了，秃秃的。敞开的花茎，连着一颗青青的子房。小红轻轻剥开包着子房的嫩绿萼片，看见里面是一粒白生生的小球球。

小红知道，只有过了夏天，风开始凉爽的时候，这种白球球，才会变成一粒粒黑亮坚实的花籽，她跟小雨都管那叫“小地雷”。那上面，细细密密地凸起着半圆的小鼓包儿。到了那时节，小红的兜儿里，是满满地揣着这些“小地雷”的。现在呢，它们还是这样又白又软，一掐，嫩嫩地流水儿的小球球。

小红团皱了那朵花，随手扔进水里。

那零落四散的花朵，在水里沉下去又浮起来，稍稍地舒展开，漂走了。一道闪电划破夜空，眼前的一切突然变得雪亮。

小红赶快朝那个门洞望过去，强光下，那里定定地立着两个白白的石礅儿。

眨眼间一切又都暗下来。过了一会儿，天边响起隆隆的雷。

小红打了个哈欠。天上又亮起一个闪。

可是等了很久，也没有雷响。

小红再看看外面，忽然发现雨小了。

台阶下的小河，越来越浅，有的地方还露出了一块一块的路面。

不再有叶子和花漂起来，它们都贴在路上了。

而那踩着叶子和花的，是橘子的双脚。

小红朦朦胧胧地趴到橘子肩上，一摇一晃地半闭着眼睛。

橘子的头发扫着小红的脸，她睁眼看了看，原来束得紧紧吊得高高的“刷子”，已经松松地垂下去；那股酸味儿淡了，可还能闻见。闻着闻着，小红想起了妈妈那瓶隔年的雪花膏，只剩一点儿瓶底了，拿给她过家家玩儿的，那里面，也是这么股酸味儿。

闻着那酸味儿，小红就趴在橘子肩上，睡着了。

那一夜，小红睡得很沉。可是翻来覆去，总是做同一个梦。

总梦见几个人一块儿在那空地上做游戏，可他们的脸团团的，看不出谁是谁，手拉手地走啊走啊……太阳光也是灰灰的一团，浮在大片的荒草上，模糊着。巨大的蝴蝶缓缓地在草地上飞着，拖下长长的细尾，翅膀滑过草尖，那大大的影子也像是一团薄薄的云，在草上飘着，微风吹过，荒草就像浪一样荡开，那影子的云也就一漾一漾地，拖着窄窄的尾翼……

远处，又总是浮起一些轻飘飘的声音，不歇地，来来回回地唱啊唱：

…………

一网不捞鱼……

二网不捞鱼……

三网捞个小尾巴

尾巴

尾巴

尾巴

尾巴

尾巴

尾巴

尾巴

……

第九章

一

“铃——铃——铃——”

小红“腾”的一下子从座位上跳起来，就往门外猛跑。

别的同学看见她跑，愣了一下，就也都糊里糊涂往外跑。教室里顿时乱作了一团。

“啪！啪！”老师用教鞭狠狠抽了两下黑板，“站住！不是警报！”

大家这才反应过来，再看看院里，静悄悄的，别的班都还没下课呢。

“哗啦哗啦”，同学们这才一个个回到原位坐下。

“是谁这么不专心呀？愣把下课铃听成警报了！”

小红低下头。

“你，先出去——罚站！”

小红才坐稳，又垂着头走出去了。

在外面站了会儿，这才有别的班同学陆续跑出来玩儿。小红看着自己的两个脚尖儿，又想了想，确实是自己听错了。

听见警铃练习逃跑，这是小红上小学以后印象最深的一课。老师说，一声长铃“铃——”是下课。如果是：“铃！铃！铃！”三声短铃，就是地震警报。为这个，刚入学的时候练了好几天。当时大家上着上着课，一听警铃响了，呼啦一下就往外跑，小红因为跑得慢，净挨老师批评了。没想到这回跑快了，可又跑错了。反正总是挨说。小红这样想着，就觉得上学不好，还是在家里一个人玩儿好。

小红头一节课罚了站，上午整整两节课都没精打采的，幸亏第四节是“故事课”，这才提起点儿精神。再一想到了放学的时候就能看见橘子了，心里头才算又松快一些。

讲故事的徐老师是位老太太，头发已经花白，戴了个金丝边的眼镜儿。她捧了本绿皮儿的厚书讲着，声音又细又小，可是教室里安安静静的。每个人都能听得清。

徐老师今天讲的故事叫《矮子鼻儿》。

很久以前，有个小男孩儿，叫彼得。他长得很漂亮，也很孝顺。有一天，彼得帮妈妈在市场上卖菜。来了一个老太婆，蒙着头巾，只露出窄窄一条脸和一个长长的鼻子——她的鼻子那么长，挑卷心菜的时候，长鼻子闻啊闻啊，一直伸到菜心里去了。

彼得看着那些菜七零八落地散了架，真是心疼，就跟老太婆吵起来了。彼得妈妈止住了他。等老太婆终于挑中了一棵菜，妈妈还让彼得送老奶奶回去。

彼得抱着菜，跟着老太婆走啊走啊，来到了郊外一个荒凉的地方。老太婆打开一扇小门，彼得跟着她走了进去。

屋里很暗。可是不久彼得就看清了满地晶莹透亮的水晶地板，上面有一对对小松鼠，踩着胡桃壳跑来跑去，伺候着老太婆。

老太婆让彼得坐下，然后打开了一个漆黑的碗橱，里面有各种各样的植物，老太婆拿起一朵花——暗红的花瓣，镶着金边，花蕊也是金色的，老太婆把鼻子伸进去闻了闻，就把花扔进锅里，不久就做好了一碗羹，端给彼得。

彼得闻见一股奇妙的香气，就一饮而尽。然后昏昏沉沉睡着了。他梦见自己踩着胡桃壳跑来跑去。

一觉醒来，彼得发现自己躺在郊外，就站起来走回城里。

来到市场上，他一见妈妈就说："妈妈，我回来了。"可妈妈不但不认他，还向旁人哭诉说："这个丑八怪，还想冒充彼得！我那可怜的儿子！好多年以前就失踪了。"

彼得这才发现，妈妈已经老了。

后来他在理发馆的镜子前面呆住了：里面是一个又矮又胖的家伙，还长着一个长长的鼻子。来来往往的人们，都叫他"矮子鼻儿"。

"铃——"

徐老师合上书说："今天就讲到这儿。"

"老师，那后来呢，彼得怎么样了？"

徐老师扶了扶眼镜："咱们下次课再讲。"

二

小红一边走在路队里，一边左顾右盼——橘子呢？

橘子上初二了，早就不用排路队了。往常都是橘子来接小红，今天怎么了？

小红还盼着给橘子讲故事呢。童话课，在全校也只是一年级才有，还是今年新开的。以前的学生，别说是橘子了，连小雨都没上过。

小红美滋滋地想着，不觉就到了家门口，看见小四儿拎着书包晃过去，忙问："橘子呢？"

小四儿见是小红，嘴里动了动，可什么声儿也没出，就走过去了。

小红就扭头往院儿里走，迎面碰上了二分钱。"橘子呢？"小红拽住她问。

二分钱严肃地俯下身，对着小红耳朵说，"让老师留下了，她抹红嘴唇儿，请家长去领呢。"二分钱说完就走了，瘪瘪的书包斜挎着，里面的铁铅笔盒儿隔着书包，"呱嗒呱嗒"拍打着瘦胯骨。

小红愣愣瞌瞌进了家门。妈妈今天倒休，早已煮好了饺子等她。可还没等小红开口，妈妈就指指桌上的饺子说："吃吧。我替奶奶去趟学校。"小红听明白的时候，她已经出了门儿。

小红就慢吞吞往嘴里塞了个饺子，也不知道是什么馅儿的。

院子里好像很静。可是隔着两道墙，她似乎听到了奶奶粗重的呼吸，心里不禁一激灵。

三

那天早上，小红挎着小书包，高高兴兴拉着橘子上学去。她们要么一路哼着歌儿，要么就比赛着走得飞快。到学校的时候，时间太早了，校门还没有开。橘子就领着小红找了个僻静的门洞坐下来。

路上也没什么行人。小鸟在远处叫着。太阳光刚刚染上树梢。

橘子从书包里掏出一面小镜子，左照照，右照照，然后又不知从哪儿抽出一小片红纸，用舌头润了润，就往嘴唇上蹭，不一会儿，上下嘴唇就都更红了。橘子一边对着镜子照，一边问小红，“好不好？”小红凑过去，摸了摸橘子手里那张纸，原来是那种一蹭就掉色的大字报纸。橘子把那小纸片又细心地夹进一块白手绢儿里去了，“别看这么小一块儿，能用好几回呢。”

收好了手绢儿，橘子又哗里哗啦打开铁铅笔盒儿，从里面挑出一支笔头秃秃的铅笔，对着镜子，眯起眼睛就往眉毛上描。

橘子的眉毛现在很细很齐，眉梢尖尖的，只是上上下下留着一块一块的青茬儿。

这时候远远传来早自习预备铃的声音，橘子匆匆收拾好东西，两个人一块儿进了校门，就各奔各的教室了。

小红跷起一个手指头打开书包，拿出铅笔盒儿，又拿出书本。后来，她发现那根右手的食指还是那么支棱着跷起来，这才想到举起来看看，指尖上，留着薄薄一层淡红。

把那指尖含在嘴里：那种淡淡的红色原来又涩又苦。她鼓起嘴巴想跑出去，可这时候老师已经进来了。小红想了想，只好把嘴里的苦味儿咽了下去。

四

“啊——啊——啊，啊——啊——啊……”

小红刚放下筷子，听见小雨的声音从院门那儿传过来，就推门儿跑出去瞧。

声音就来自白大爷门前那棚枸杞子架。“啊——啊——啊，啊——啊——啊……”

还挺有节奏。

枸杞子架上，已经缀满了青青小小的果子。密密的枝叶遮住天光，给坐在下面的人围出一片圆圆的阴影。

“啊——啊——啊，”小雨倒骑在白大爷腿上，手里举着个棒棒糖——那糖让小雨的舌头舔得晶亮晶亮的，小红看了，直流口水。

白大爷一面搂着小雨，一面颠着两腿，一面微眯着眼睛，嘴里还哼着顺口溜儿：

“颠颠颠，颠颠颠，颠得小雨上西天！”

小雨舔一会儿糖，就把那个“啊”字含在嘴里玩儿一会儿——随着那一颤一颤，也就一颠一颠地分成几截儿吐出来：“啊，啊，啊，啊，啊，啊。”

小红看着，又咽咽口水。

这时候院门响了，小红妈跟橘子一前一后走进来。

“啊，啊，啊——”小雨还在玩儿着，只是白大爷颠得有些慢了。

“啊——”小雨又舔一下糖。

小红妈铁着脸，橘子垂着眼，两人快走过枸杞子架了。

“下来！”小红妈突然大喝一声。

白大爷一抖，小雨就势溜下来了，手里还攥着那棒棒糖。

“啪！”小红妈劈手夺过那糖，高高扔到房檐儿上去了。

“回去！”小红妈指着院门。小雨撇撇嘴，要哭，给吓回去了，磨磨蹭蹭挪出了院门。白大爷不知什么时候，已经拿了个小铲儿给花施肥了。

“还有你！”小红妈瞪着女儿，“也给我回去！”小红吓得叽里咕噜奔回了屋，又隔着门缝往外瞧。

“当！”小红妈抄了个脸盆放在当院。“哗——”又倒上一壶水。“洗脸。”小红妈敲了敲盆沿儿。这回声儿不高，可是更吓人。橘子猫下腰，掬起一捧清水。

“噔噔噔——”小红见妈妈带着一阵风走进来，赶紧退后几步。

“砰！”小红妈带上门。

小红瞪大了眼睛，妈妈那手指已经到了鼻子尖儿，声音却是低低的：

“小红，我也告诉你！从今往后，第一，不准再进那个老头子的门！第二，你也少跟橘子玩儿；第三，你要是敢学她的样儿，敢剃个眉毛什么的，看我不——”

大手高高扬了起来。

第十章

一

小红捏啊捏，半块胶泥已经变成了一只小“狗”，轻轻放下，那小家伙儿能自己站在大杨树下面了，小红很满意，就又开始捏房子。她先揉了一个球，然后两个掌心一合，压成一个圆片片，那就是房顶了。

大杨树在正午的烈日里撑开大伞，也撑开了一树的蝉鸣。小红坐在树下听着蝉鸣，有时候会停下手来看看西屋。

西屋在蝉鸣里显得静静的，垂着钩花的窗帘。

这是小红第一个暑假。

她每天就是玩儿。作业早已经扔到了脑后。可是不管怎么玩儿，小红老是觉得不如上幼儿园的时候好玩儿了。那时候要么跟橘子玩儿，要么找小雨去。现在可好，妈妈在家的时候，橘子那儿是不大敢去了；妈妈不在呢，又总赶上橘子要出去做功课，也不带她去。小雨呢，一放假，干脆整天给她弟弟开全托的幼儿园了。找别的孩子吧，又都玩儿不到一块儿去。小红只好自己跟自己玩儿。

往常闷得慌了，还能看看奶奶打袼褙、纳鞋底，可这两天，奶奶在乡下的老姐姐去世了，奶奶急着赶回去，临走本来要带上橘子，可又舍不得再打半张票，也就算了。

小红有时候玩儿腻了，就捧出那本绿皮书来看，那是爸爸跑了好几家书店才找到的《世界著名童话选》。

里面有《白雪公主》《拇指姑娘》……还有《矮子鼻儿》！可她有好多字都不认识，爸爸妈妈回来了就给她讲。她一个人在家的时候，就稀里糊涂猜下去，实在猜不出了，就去问橘子，要是橘子也不在，她才去翻字典。

这两天小红很高兴：她终于知道了“矮子鼻儿”后来怎么样了。

上学期，徐老师讲了《矮子鼻儿》的上半段，还没来得及讲下半段，就轮到提前复习考试了，因为要修震坏了的房子，再也不能等了，再等就有危险了。小红喜欢的那些好玩儿的课，像手工课，图画课，故事课，就全都给挤了。

这么一来，同学们脑子里的“矮子鼻儿”，还是呆站在理发馆门口照镜子的那个“矮子鼻儿”。除了小红一个人。

现在小红心目中的“矮子鼻儿”，到过公爵家当厨师，救过被施了魔法的公主，找到了那种制作“苏泽雷那饼”的奇香花，可是拿到花以后，他却再也不用做什么饼了：闻了那香气，听到自己的骨节咔咔地响……他又变成了彼得——可不再是原来的小彼得了，而是长高了的、年轻又英俊的大彼得了。最后他跟公主结了婚，又接来他的母亲，一起过着幸福的生活。

这会儿小红捏好了“房子”，可怎么看怎么不像房子，倒像个草棚，扣在狗身上正好是一个狗窝了。

小红满手的泥嘎巴，就跑到前院儿水管子那儿去洗手。

枸杞子的阴凉儿里，白大爷正躺在一张破躺椅上，半闭着眼，养神。一架的杞枸子都已经红了，红得发亮，缀得满架都是。

小红洗好了手，又甩了甩，一抬头，忍不住眯细了眼睛，不知道什么时候，橘子随便种在院门旁边的向日葵，谁也没再管过它们，现在都已经扬起金灿灿的圆脸盘儿：那么鲜，那么亮，晃得小红睁不开眼睛。蜜蜂们嗡嗡地振着翅膀，一会儿在这儿停停，一会儿在那儿落落，好像也是因为太晃眼了，不知道最终该落在哪儿才好。

小红眼前闪着向日葵灿烂的影子，晃晃悠悠往回走。

她眨巴眨巴眼睛——那些金灿灿的影子，这会儿已经变成了几团黑乎乎的阴影了，它们飘荡着，像几只黑气球。可是很快，这些黑气球都无声地灭了，是被一些红红的火亮烫灭了的，小红定了定神，白大爷正仰面睡在躺椅上。地下撒了好几粒枸杞子。可是不像架上那些枸杞子了，不再那么鲜红，那么硬亮，它们还是很红，可是红得发黑，黑得透明，透明得发软了。有一些都破了，流了一地细小的白籽。白大爷搁在肚子上的两只手里，也各有一粒枸杞子，它们不像架上的，也不像地下的，它们停在白大爷的手里，随着那肚子的一起一伏，一起一伏着。

不知怎么小红忽然闻见一股腥气，闻见那腥气她就从恍惚中醒了，醒过来她拔腿就跑。

空空的院子里响着小红闷闷的足音，很快，那足音就让骤响的蝉鸣盖了个严严实实。

大杨树的浓荫很密，可是总有地方漏下阳光，如同漏下蝉鸣。小红就把那泥狗和泥窝棚往有阳光的地方挪了挪。看着那胶泥上的水痕一点一点褪尽，她忽然想起了“矮子鼻儿”，就回屋去找书。

找到那绿皮儿书，坐在床上就想看，可这会儿院子里响起了脚步声，快到北屋跟前了。

小红忽然记起橘子的嘱咐，赶紧跑出来，原来又是小四儿。

“橘子出去做功课了。”小红一字不落地背着。

“……是吗？”小四儿盯着西屋的窗帘。是那种白棉线钩成的暗花窗帘，挂在窗户上，从外面，甭想看见里面；从里面，倒可以清清楚楚地看见外面。

西屋里什么声音也没有，连房檐儿上的野草都呆立不动。

小四儿站了一会儿，走了。

等他那间隔很长的脚步声消失了，小红才捧着书，在大杨树下面坐下来。

“很久很久以前，有个小男孩儿，叫彼得。”

头一句的每个字她都学过，只除了“彼”，不过她稍稍一想，就知道那肯定是念“比”了。因为她想起了徐老师念这个名字的时候，那种好听的声音，低低的，细细的……所以小红遇到不认识的字，好几次要站起来敲橘子的门，但都忍住了。她总是努力回想着那低低细细的声音，有了那声音，所有陌生的字，好像不一会儿就变得亲切熟识了。

那好听的声音响在比蝉鸣还要高的远处，飘飘悠悠地从大杨树那密密的枝叶里渗下来，渗下来：

"……她拍拍这个，又摸摸那个，长长的指甲尖尖的，一下一下掐进嫩叶里去，嫩叶里就渗出了一滴滴的菜汁……那长鼻子闻了这个嗅那个，总要伸啊伸啊，一直伸进菜心里去……"

那好听的声音糅合着蝉鸣，是最好的催眠曲，小红两个膝头上架着书，背靠着大杨树，身边是渐渐风干的泥狗，不知不觉，就趴在书上睡着了，还做了个梦，好像一直梦进那书里去了。

二

刚才还看见彼得抱着菜，跟着老太婆，在大太阳底下走得汗流浃背的……一转眼他就不见了，那棵菜不知怎么到了自己手里，只好跟着老太婆走啊走，走到西屋跟前。老太婆颤颤巍巍开了门，屋里很静，又很热闹：在那乌黑晶亮的水晶地板上，有一对对的小松鼠，踩着胡桃壳滑来滑去……

白窗帘低垂着，一有小松鼠"唰"地滑过去了，它就轻轻地飘动一下，像是觉出了一丝微风。

透过窗帘，能看见外面的树荫，树荫下的泥狗……

可这时候彼得闻见了一丝香气，他闭着眼也能看到，一朵暗红的花，镶着金边，在那窗帘掩住的阴影里，无声地开放。

那是一股温润的香气，让那香气包围着，彼得沉沉睡去。

睡梦中，彼得闻见了一股腥气，腥气中浮出许多红色果子，红得发黑，黑得透明，透明得破了，流出鲜红的汁液和白白的小籽……

慢慢地腥气淡了，红色也渐渐退去。

红色退去了，远处就传来鼓声……越来越近，越敲越响。

震天的鼓声里彼得醒了，醒来才发现自己变成了小红。

靠在大杨树下面，小红呆呆地看着眼前的一切——

奶奶背对着她，正拼命砸着西屋的门。

她的白头发散了，包裹滑落到地上，几个老玉米滚得东一个西一个。

后来小红就听见了北院里小雨的叫声，声音又尖又短。可她知道那一准儿是小雨。

叫声还没停，北院的门就响了。

然后就是一片寂静。

小红这下子完全醒了。

日影已经西移，这会儿小红整个人都晒在日头里了。

她身旁的泥狗泥窝棚，早已经干透了。

第十一章

一

那两只蛾子背对着背，两个尾巴紧紧连在一起，四只触须都直直地翘着，好像全身都在用力，一直用到了触须尖儿。它们小小的爪子紧紧抓住下面的白纸，“唰啦唰啦”地，挠得小红耳朵里痒痒的。

“……先是那边敲玻璃，后来那窗户就开了。”小雨说。

小四儿看着窗户外面，一动不动。

开始他们还围在八仙桌旁看蛾子甩籽，后来就站到门口说话去了。

小红还是守在桌旁，呆看着，小小的嘴巴半张着。

“吧嗒吧嗒吧嗒……”蛾子扑棱着翅膀，尾巴尖儿哆哆嗦嗦地在纸上滑动，很快，后面就留下一溜儿一溜儿的子。

蚕子在纸上曲曲弯弯地画着线，也绕过了几只死蛾子。它们僵在一边，紧紧缩着爪子，蜷着。

“吧嗒吧嗒吧嗒……”

母蛾子的翅膀越抖越急，尾巴也越颤越快，白纸上，蚕子已经密密麻麻连成了一片，又一片。

小红呆看着，忽然觉得嘴巴里发干，舔了舔，涩的，像是沾上了蛾子们翅膀上的黄粉。

“……没看清……有点儿，有点儿像蚕……”

小雨的声音很小，到后来，几乎听不清了。

“吧嗒吧嗒、吧嗒、吧——嗒——嗒……”

最后一只蛾子动作越来越慢，越来越慢，终于抽搐了一下，就不动了。

小红正用下巴颏儿顶着桌沿儿发呆，小四儿不知什么时候已经走过来，一巴掌把所有的蛾子都扫到地上，又伸出脚尖，慢慢地碾着。小红只听见“噗噗”几声闷响。那只脚停住了，然后就迈出了门槛。

屋子里一时悄无声息。只看见八仙桌上满纸的蚕子。小红伸出手指头摸摸：麻酥酥的。

在屋里也能感到天阴了。

小雨大气儿也不敢出，拽着小红往外走。

小红一直屏住气，她只觉得满屋子都飘着那种细细的黄粉，生怕稍一松劲儿，就会灌进喉咙里去。

二

什么时候迈进刘大妈家的门槛儿，什么时候就能看见刘大妈在糊纸盒儿。

小红跟小雨喉咙里干得一步也走不动了，就跑进刘大妈屋里要水喝。

刘大妈身子都没动，只冲小炕桌上努了努嘴儿，顷刻间，小红就只听见耳朵里“咕咚咕咚”的水响，她盼着那一股一股的水流能把嗓子里的黄粉冲个一干二净。

今天刘大妈屋里显得特别亮，亮得都有点儿发热了。

这阵子，她们一家又在糊那种漂亮的纸盒儿，小红叫它“兔盒儿”，据说是装出口兔肉用的。比起那些又黄又糙的草纸盒儿来，“兔盒儿”的纸又光又亮，糊出来方头方脑的，正面印着一只红眼睛小兔儿，身子那儿挖空了，糊上一张玻璃纸，二分钱说，那是让人一眼就能看见里面的兔肉。可是这会儿什么肉也看不见，只看见里面灰灰的阴影。但就是这块长圆的阴影，越发衬得那只兔眼睛火一般地发亮。放眼一瞧，糊好的兔盒摞了满墙，一墙的红眼睛齐齐整整地排列着，像一大片红灯。小红就想起了《红灯记》，想起了铁梅的红衣，还有李玉和两个腮帮子上的红光。

可刘大妈脸色还是黄黄的，更没有光。这会儿她一个人又折又糊又上糨子，忙得汗都顾不上擦一把。刘大妈脸上总有一处是有光的，那就是她的鼻尖——那上面总是缀满细密的汗珠儿。

刘大妈亮亮的鼻尖闪了一闪："唉——"她长出一口气，算是让自己歇了歇，然后又接着干起来。

"唉——"学着刘大妈，小红也出了口气，好像要把嗓子里的东西清出来。

刘大妈一边两手不停，一边笑小红。正笑着，看见小雨跟着二分钱要出去买菜，忽然想起什么，忙说："小雨别走，大妈问你个事儿——"小雨好像没听见，嘴里支支吾吾地拽着二分钱的衣襟连跑带颠儿出了门。

"唉。"刘大妈摇摇头，手里还是不停。

"唉。"好像在应和她，小红又清了清嗓子。她觉得那黄粉还有一些粘在嗓子里，痒痒的。

"小红！你小小的人儿，叹的什么气？"

对刘大妈这问话，小红半懂不懂，也就不回答，只是大口大口地喘气。

"可也是，"刘大妈抬眼看看窗外，"难怪孩子出不来气儿，这天儿，又憋雨呢！"

小红喘着气，觉得屋里的味儿又酸又呛。那种酸是小红熟悉的，糊纸盒儿的糨子一到热天，就是这股味儿。再让满墙的红灯一烤，就更酸了。可今天，酸味儿里还混着一股臊味儿，小红嗅着那股臊味儿进了里屋。

进了里屋她一眼就看见了黄花儿。黄花儿这会儿正卧在一个破铝盆里，盆底儿絮着旧棉花、破布。小红吃了一惊，黄花儿身边围卧着五六只小猫，都是肉乎乎粉嘟嘟的，紧闭着眼，一个紧挨一个地睡着。小猫儿们占了大半个铝盆儿，黄花儿看上去倒显得小了。

“这么些小猫，哪儿来的？”小红扬起脸问。

“哪儿来的？！黄花儿下的呗！”

“这么多，它肚肚里哪儿装得下！”小红半信半疑。

刘大妈就笑：“行行行！装不下！你说能装几个，那剩下的就是捡来的。”

“捡来的？！”小红就瞪大了眼睛，“从哪儿捡来的？”

“从哪儿——”刘大妈又折了个页子，“从垃圾站呗——”

“垃圾站？那儿怎么会有小猫儿呢？”

“怎么不会有？”刘大妈一边打糨子，一边忍住笑，“不光小猫是从那儿捡来的，连小红都是从那儿捡来的呢。”刘大妈在外屋一手捂着嘴，一手按着兔盒儿。

“啊？！”小红慌忙从里屋奔出来。

刘大妈使劲绷着脸：“那还有错儿！我亲眼看见你妈从垃圾堆里扒拉扒拉提溜出一个包袱，包袱皮儿里就裹着你呀！那不——就是南边那个垃圾站。”刘大妈一抬手指了指窗外。

窗外，天低低的，灰云跟胡同里的屋檐混成了一片。

小红愣愣瞌瞌走着，眼前只是晃着同一个景象——

那个叫“妈妈”的人，在黑漆漆的夜晚里猫着腰，蹲在垃圾堆里捡啊捡……

她觉得那股又热又酸又臊的气味儿把自己裹住了，嗓子里那种黄粉也堵得越来越紧，走到南边那个垃圾站的时候，小红看见了一只小孩儿鞋，扔在一堆烂纸烂菜叶子上，孤零零地脏着。她觉得嗓子里又热又干又麻，仰脸看看天，天上灰黄的云块，好像都在无声地下着黄粉。

远处“轰隆隆”，传来闷闷的雷。

三

把自己那块小纱巾铺在床上，她把宝盒子搁到正中央，四个角儿一系，成了个小包袱，就挎在臂弯里；又掀起自己的小枕头，拈住那枚五分钢镚儿：她惟一的财产，攥在手心儿里，小红这就出了门。

天已经阴透了。空气里缀着看不见的细密水珠儿。

下班的人流涌进胡同，自行车铃声隔着雾气的大幕，远远地响在身边。小红逆着人流往出走，紧抿着嘴，一手提着包袱，一手攥着钢镚儿。

碰见头一个车站，刚好车就来了。车来了小红就上，挤也上。

车里很闷。小红夹在大人们的腿中间，透不过气。她听见售票员阿姨的声音，就要买票。阿姨找了半天，才从人缝儿里找到她，小红递过去一枚湿热的钢镚儿，阿姨撕给她一张红色的车票。

小红刚刚抓紧那红色的票，就觉得头顶上一片嗡嗡声，抓住椅背的手溅上了水滴——这才知道外面下起雨来了。小红掀起衣襟，把包袱藏进去，然后隔着衣服，托住它。

路边人家的窗户里，星星点点透出橘黄的光芒，多半还有炒菜香和收音机的声音飘出来……可是雨越下越大，隔着雨幕，这些都已经非常遥远了；小红只看见路面腾起一层又一层的白雾，把天和地连在了一起。

她半张着嘴，看得呆了——小红还是平生头一回看见这么大的雨。

铺天盖地的白雨。

第十二章

一

一片白光，不时变幻着形状，像条精灵的玻璃鱼，在房顶上忽东忽西地游着。

小红不错眼珠儿，盯着那鱼。

院儿里积水了？昨晚下雨了么？

小红闭上眼睛，回想有没有打雷刮风的声音。

没有。或者有。都记不清了。

再看看身上盖的被、北窗户外面小雨家的房檐儿……

就连什么时候给找回了家，也是糊里糊涂的。

院子里只有轻微的“嗒，嗒”声，像有一种小小的果子，一个个地坠到了地上。

那条玻璃鱼越游越圆，一会儿成了个白天的月亮，停在北墙上。一会儿又动起来，左摇右晃，成了一道宽宽的亮线。

最后那条亮线忽地灭了，灭了就听见“吱扭”一声门响，小雨攥着个小圆镜子进来了。

“嘿，我来了两趟你都睡着呢。”小雨说着又晃了晃镜子，“是它把你叫醒的吧？”说着又借着阳光往房顶上晃了晃。小红眯起眼睛。小雨就把镜子揣兜儿里了。

“阿姨给你买冰棍儿去了。”小雨往床沿儿上一蹿，就啃起了指甲，“你一走，阿姨都快疯了。好容易你回来了，又一直发烧，她抱着你上医院，眼睛哭得桃子似的……”她啃完了一个，看了看，又接着啃下一个，一嘴两用，声音就还是呜噜呜噜的，“倒是我妈，不是亲的。我早就知道了。”

小红就把耳朵往小雨那边儿凑了凑。“我问过她好几回，我是怎么生出来的，她都说是从石头缝儿里蹦出来的。我问她是哪块石头，她说就是斜对门儿山墙后头那块——”

“那块扁圆的大石头？”小红问。

小雨点点头。

小红刚要再说话，小雨就拦住她：

“你听我说呀。开始我还真信了。夏天摸着那石头晒得太烫了，就端盆水浇湿了它，冬天还从家里找点儿旧棉花给它盖上……后来有一天下完雨，我看它浑身上下都是泥，就给它洗，洗啊洗啊，你猜怎么着？”

小红赶快说：“我还不知道？！我没少跑上去玩儿——上面可没有那么大的裂缝，能让你蹦出来！”

小雨狠狠拍了一下小红的手：“对呀！不光没那么大的裂缝，就连一个头发丝大的缝儿都没有！”

停了会儿，小雨又说：“可是我先不走。你想想，往常咱们从胡同西口跑到东口儿就有点儿饿了不是？等我长大了，有劲儿了，再找我的亲妈去。”

屋里又静下来。

“嗒，嗒”，听得见院儿里每一点轻微的响动。

“吱扭扭——”

是西屋的门响。

小红从床上欠起身来往外看，一个披头散发的女人端了个盆儿走过去了。不是橘子，也不是奶奶，更不会是橘子妈。

小红望望西屋低垂的窗帘，心里想着好像有很久没看见橘子了。还有奶奶。像是有好几年了。可也许就是几天的工夫……这么想着，那女人的影子又浮现在眼前，她不禁问："刚过去那人是谁呀？"

小雨瞪大眼睛看着小红，又伸手摸摸她脑门儿：

"谁？！那不是橘子么？"

小红一骨碌从床上坐起来。

这时候小红妈捧着个纸盒进屋来了，进屋一见小红醒了，都坐起来了，那眼圈儿就又红了。

小雨一看这阵势，赶紧从床沿儿上蹦下来，"阿姨我走了"。

小红妈这才回过神儿来，一把拽住小雨："别价，吃完冰棍儿再走。"

于是小雨、小红、小红妈，一人举了一根冰棍吃着，可只有小雨吃出来：那是小豆冰棍。

小雨走了。

屋里一下子静了。

"嗒，嗒"，还是那种小果子的落地之声。这会儿又听见了。

小红真想跟妈妈说点儿什么——几天不见妈妈，眼下觉得又生又亲。可是张张嘴，又不知说什么。

这时候"吱扭扭——"，西屋的门又开了一次，那个披散着头发的人闪进去了。

小红又想起刚才到了嘴边儿的问题来，就扭过脸去问妈妈：

"妈——"

谁知这个字刚一出口，小红妈一把抱住小红，眼泪扑簌簌就落下来。

二

爸爸下班了。回来就帮着妈妈择菜。爸爸看小红好多了，很高兴，又让她出去跑跑，找小雨玩玩儿，晚饭还得会儿呢。

小红出了家门儿，出了院门，又进了小雨家。一路上东瞧瞧西看看，还真是瞅着哪儿都有点儿新鲜。

小雨爸正在院儿里洗菜呢，看见小红来了，就停下手说："小红来啦。"小雨妈也从厨房里探出头说："小红来啦。"

小红就低下头，有点儿不好意思。

小雨在屋里朝她招手，小红赶快进了屋。小雨弟弟正趴在床上咿咿呀呀地乱唱着，小雨一边看着他，一边趴在桌上写暑假作业。小红进来了，她还是不停笔地写着。小红悄没声儿地坐在她旁边，一会儿看看她写作业，一会儿又看看小雨弟弟在床上连唱带爬。几天不见，小弟弟好像又长大了一圈儿。小雨虽说背对着大床，可她总能在弟弟快爬到床沿儿的时候一回手把他推到里面去，好像后脑勺上长着眼睛。这些小红看在眼里，觉得全是一个新鲜。

"唰！——"她听见厨房里炒菜的声音，过一会儿就闻见了油香。

"你说——"

小雨一边写字一边说话，眼睛盯着作业本儿，像是念着上面的字：

"你说现在我肚子里的小孩儿有多大？"

小红有点儿蒙了。她看着小雨。小雨很严肃，还放下了笔。两人对视了一会儿，小雨忽的一下，反手把弟弟又推了回去：

“告诉你吧，也就这么大——”她竖起铅笔，指了指那细细的笔尖儿。

“你怎么知道？”小红问。

“因为橘子的孩子这么大——”小雨跷起了大拇指。

“橘子的孩子？”小红更蒙了。

“对，橘子的孩子。怎么你什么都不知道？没人告诉你呀？”

“咿咿呀，咿咿呀，呜哩哇啦呜哩哇。”小雨弟弟一边唱，一边往床沿儿爬，小雨索性把他抱在了怀里：

“你不知道，你走，你发烧这几天，你们院儿里可乱啦。先是你们家人到处找你，后是橘子奶奶病——”

“奶奶病了？！”小红吃了一惊。

“病了，让橘子给气的，病得动不了了。好家伙，这边你妈抱着你去医院，那边你爸陪着奶奶去医院……”小雨一边抱着弟弟，一边轻轻拍着他的屁股。

半晌，小红才想起来问：“因为什么呀？”

“小孩儿呗！橘子那天早上起来，忽然一下子仰面朝天倒在地上，身上掉下个小孩儿！就这么大一小孩儿——”小雨腾出拍弟弟的手，又跷起了大拇哥。

“你看见啦？”

小雨顿了顿，摇摇头：“没有。是二分钱告诉我的。可一准儿是真的。要不，奶奶怎么就病了呢？”

小红不再言语了。

小雨弟弟不知什么时候睡着了。小雨把他轻轻放到床上：“你看，我弟弟刚生出来的时候这么大——”小雨比画了两支半铅笔那么长，又说："我妈比橘子大好多，所以橘子的孩子才那么点儿小，我又比橘子小，所以我的孩子也就这么一丁点儿——"小雨又摸了摸铅笔尖儿。

"可是——"小红终于说，"可是奶奶干吗生那么大气呢？她挺喜欢小孩儿的呀！"

小雨也想了想："二分钱说橘子生小孩儿是因为跟男生好，跟好多男生好。"

小红回到院儿里的时候，天已经擦黑儿了，她又听见那"嗒、嗒"的声音，就跑到南墙根儿去瞧——原来是野茉莉花结籽了，一个个黑黑的"小地雷"，又硬又亮。可是野茉莉也就不再开花了，叶子也发了黄。

三

吃晚饭了。妈妈先盛出一大盘热气腾腾的饺子递给小红："端好了，给奶奶送过去，奶奶一直惦记你呢。"

小红捧着大碗，小心翼翼地往西屋走。团团的热气腾在眼前，她恍惚间从里面看出一个拇指大的小孩儿，皮肤又白又嫩，就像碗里晶亮润泽的饺子。

一进西屋就闻见一股刺鼻的味儿，跟饺子香混在一起，成了一种说不出的怪味儿。

奶奶躺在大屋床上。橘子正单腿跪在上面，一手托着奶奶的腰，一手从她身子底下撤出一块厚厚的软布，沉沉的，紧跟着垫上一块干布，小红看见那干布下面还铺着一层塑料布。奶奶虽说瘦小，可橘子的额上，还是汗津津的。

小红进来半天了，这会儿橘子才顾上回头说了句，“小红来了。”眼睛看着空气。然后就把那换下来的湿布搁进盆里，端着盆出去了。

奶奶两眼望着小红，嘴唇动了动，声音含混，小红猜出那是在叫自己呢，就把盘子放到桌上，说：“奶奶吃饺子。”

奶奶一只手软软地平放在床上，另一只手慢慢伸过来，小红踮起脚尖，奶奶才摸到了她的头发。

直到小红出了西屋门，橘子始终没再露面。

只有那灰白的日光灯“嗡嗡”地响着，让屋里总算有一点声音。

小红端起了饭碗，还觉得嗓子里堵得慌。她一边木呆呆吃着饺子，一边想着奶奶，橘子，还有那个刚才忘了看一眼的“拇指小孩儿”——他（她）这会儿在屋里吗？睡在哪张床上呢？

吃完饺子，妈妈又端出一盘粽子：“刘大妈送来的，开始我根本不打算要，可后来你爸给接过来了……已经撒上白糖了，你吃吧。”

爸爸妈妈刷碗去了。

小红吃了一小块粽子，就从自己那堆小人儿书、字书里面找啊找，终于找到了那本童话书，一页一页地翻啊翻，最后找到了《拇指姑娘》那一页，就搬了个小板凳，重新读了一遍。

读完了她就对着那插图发愣：

一朵盛开的花，在那花蕊上端端正正坐着个小小的女孩儿，蝴蝶的长尾巴能做她的腰带，一朵花上的露水足够她喝一天……

小雨是不是也看过这个故事呢？二分钱呢……

小红越来越糊涂。

后来她干脆不想了，只是一直盯着那幅画儿瞧。

小红想，要是自己能有个拇指姑娘，那该多好。自己会每天去采花上的露水给她喝，都不用从家里偷吃的——每顿饭省下一颗饭粒儿就足够了。

第十三章

一

这一天在小红的眼里，充满了各式各样的红色。所有那些红色，蜂拥着打着漩儿挤进她小小的心里，搅和着，又安静下来。最后慢慢地，凝成了沉沉夜色。

二

早上本来很快乐的。

国庆节，又是星期天，一起床小红就穿上妈妈给洗净补好的衬衫和长裤，蹦蹦跳跳找小雨去玩儿。

已是深秋时节，天空又高又蓝，阳光朗朗地照着，家家门口插着红旗。

小雨家正炸油饼儿呢。小雨吃得嘴上手上全是油。小红一来，小雨妈就用那双长筷子挑起刚出锅的一张，吹了吹，递在她手里。小红正好没吃早饭，就吃了一个。本已经饱了，可是又眼巴巴地盯着那盘儿里的，小雨又拿起一个给她。

两人吃得饱饱的，两个小嘴儿都是油汪汪地闪亮，就一块儿挺着肚子洗了手，又一前一后出了院门。

胡同里还没什么行人。小雨就从兜儿里掏出滑石笔，在路中央画上了一个个方格子，又扔出沙包儿，俩人轮流单腿蹦着“跳房子”。

胡同里向阳的一面铺满了亮丽的阳光，微风吹来，又有红旗飘扬，两边的灰墙陈瓦，都让那几片鲜艳的红色映衬得明朗起来。

跳着跳着，小雨忽然停住了，耸耸鼻子说：“真香！”小红也吸吸鼻子：“真香。”那是一种清爽的甜香，弥漫在早晨的胡同里，仿佛掺和进了阳光和红旗的颜色。

她们吸着鼻子在附近找了一圈儿，什么也没找到，只剩小红家的院子了。刚一推门那股甜香迎面扑来，同时伴着“咂——咂”的声音。

院子里晨光朗照。

白大爷门前的枸杞子架，叶子已经落了不少，大片大片地透着阳光。地上一篮子红红的亮点儿正在那阳光里闪烁不停，还散发着艳红香气。小雨小红让那香气拽着，一步步地走近。

白大爷就坐在门前那个小椅子上，佝偻着背，低着头，捧了个东西贴着嘴巴，“咂——咂”的声音，就从那里传出来。

他好像非常用力，两手绷着劲儿，看得出骨节，发亮的头顶上，仅剩的两根白发抖抖地闪着亮光。

小雨小红走近了，发现篮子里全是些新鲜橙子，白大爷正吃的也是。不过白大爷吃橙子不像小雨小红家里用刀切开，一瓣儿一瓣儿地吃，而是先用筷子打个洞，然后捧着嘬汁，嘬得“咂——咂”地响。

小雨咽了几下口水，小红也咽了几下。这时候白大爷已经嘬干了一只，随手把那空壳丢在一边。

小雨见白大爷的嘴空下来了，就忍不住问："白大爷，您吃的什么呀？"

白大爷嘴边挂着明黄的一滴浆汁，笑了，拈起一只来，指着那果子的顶上说，"脐橙呀，你们摸摸，看，像不像肚脐呀？"

小雨就伸手摸了摸，小红也摸了摸，那上面疙里疙瘩地生了个圆鬏鬏儿，摸上去，还又腻又滑的——可不知为什么，小红的指头抽回来半天了，还是麻酥酥的。

她正纳闷儿那个指头怎么了，就听白大爷说："拿去，一人一个。"

就见小雨一手一个接了，同时又见白大爷张了嘴，一口就把那红橙的"脐"给咬了下来，含在嘴里品了品，吐了，然后颤巍巍举起筷子往上杵，见有明丽的汁水流出来，就捧住了深埋下头去，于是满院子里"咂——咂"地响了。

小红耳朵里嗡嗡着，糊里糊涂跟着小雨奔了自家厨房。

小雨把那果子刚一放上案板，小红妈正择菜呢，回过头来问："哪儿来的橙子？"

小雨一边伸着脖子找菜刀，一边说："白大爷给的。"

小红妈就拉长了脸，又指指案板："快着，哪儿来的给我送回哪儿去！"

小雨不找刀了，悄没声儿袖了果子就走。

小红跟着小雨，也出了自家厨房。小红妈看见两双小脚迈出了门槛儿，这才回过身又去择菜。

小雨出了门儿，却没往大门口儿走，而是兜了个小圈儿，进了南墙根儿橘子家厨房。小红也就跟了进去。小雨把那两个果子在案板上放好，又开开抽屉找出刀来，刚切开头一个，小小厨房里顿时清香四溢，她们忍着心跳一人拿了一瓣儿吃了，正要再拿下一瓣儿，这时候西屋门响了一下，橘子几步跨进来说："你们躲在这儿吃什么好吃的呢，也不说叫上我。"说话间就拿了一瓣儿。

小雨一边嚼着果肉一边拿起那没切的一个："你摸摸，像不像肚脐儿？这叫脐橙，白大爷给的。"

橘子正吃着，这时候慢慢僵在那儿，小雨递过来的橙子还没送到，她已经回过神儿来，架起胳膊挡住了小雨的手，然后回身冲着门外，"呸！"的一声吐了口里的东西，还把手里那半块也扔了出去。

小红看呆了。小雨也愣住了。

屋里这下子静了，院儿里那"咂——咂——"的声音就透过薄薄的墙壁钻进来了。声音在三个人的耳朵里嗡嗡着，以至于有人"噔噔噔"从外面走进来，她们都没听见。

进来的人是小春儿。她一见橘子就说："你不是一直想要拉毛么？看我今儿给你带什么来了……你怎么了？"

橘子的脸白里透青，眼睛低垂着死死盯住地面。好一会儿才指了指案板说："拿走。"

小红顺从地把手伸向了案板，可是"啪"地挨了小雨一巴掌，小雨一下子提高了嗓门儿："我今天在这儿吃定了！"说着拿起刀就往那第二个上砍。橘子忽地过去劈手就夺那刀，一边夺一边压低声音说："吃你也出去吃！"小雨的牛劲也上来了，两个人四只手握着那刀摞在了一块儿，小春儿嘴里说着："你们这是干吗呀！"就要上去掰开，小红就往后退，一直退到门槛儿上。

忽然就听"嚓"的一声，先是三个人过了电一般，全都撒开手呆立着，接着小红就闻见了一股腥气，她跑近前一看，那新切开的两半橙子，两个圆圆的断面上，都滴着几朵圆圆的血迹。

第一个醒过闷儿来的是小春儿，她先举起自己的手看看，吐了口气，又看橘子的，再瞧小雨的，“没人手破呀！”她又拿起那橙子舔了舔，那红色并没有稍退一点儿，小春儿就对橘子说：“这果子天生就这样儿。”

可这时候橘子慢慢蹲下去，蹲下去就靠了墙脚两手捂住肚子，头也佝进去，整个身子缩成了一团。

小春儿就蹲下去摇她：“怎么了你这是——”

橘子不吭声，只是身子越缩越紧。

小雨也害了怕，抓着小红的手，越攥越紧。

橘子全身隐在墙脚的黑暗里，只是那雪白的脚踝在黑暗里亮着。

小红看见有一条细细的暗红小溪，从橘子吊起的裤管里流出来，沿着脚踝，无声地落进鞋窠里去了。小红的鼻子就一吸一吸地抽起来，眼眶也湿了。

橘子的头还是佝偻着，一只手还是捂着肚子，另一只手腾出来摆了摆，声音几乎听不见：

“……拿走吧。”

小雨垂了头，收拾了残破的果子，她拿不过来，小红跟着拿了，两人蹑手蹑脚出了门。

一路上她们都不作声，也不知该拿手里的东西怎么办。路过白大爷家门口，两人都停下来。门前空空的，白大爷不知去了哪儿，她们就把手里的东西搁进篮子里，这时候小红就闻见又一股腥气，她四下里看看，地上散乱地扔着几个空壳儿、几个红“肚脐”，有的空壳那破口的地方，还隐着几抹暗红的细丝。

这时候小雨小红听见院子外面那些大旗呼啦啦地飘动，抬头看看天，天也不再蓝了。阴风卷进院子，小雨小红都同时眯起眼睛缩了缩脖子。

这天儿，说冷就冷了。

三

“在海的远处，水是那么蓝，像最美丽的矢车菊花瓣，同时又是那么清，像最明亮的玻璃，然而它是很深很深，深得任何铁锚都达不到底。要想从海底一直达到水面，必须有许多许多教堂尖塔一个接着一个地联起来才成。海底的人就住在这下面。”

小红吃过晚饭，就又捧起那本童话书。这几天她一直在看《海的女儿》，现在已经看到第三遍了，不光没了生字，好些段落都快背下来了。一边看，她还一边幻想着海底的宫殿，小人鱼的房间，还有那些人鱼是怎么浮出海面来的……想着想着，眼前浮现的，就是胡同里那片大大的空地。

小红没有见过海。她见过的最广大的地方，除了天安门广场，就是胡同里那块空地了。

空地已经拆空两年了，还是没见盖起房子来。倒是来过一些工人，可着四周挖了一圈儿宽宽的深坑，又走了，走了就再没来。

四周的深坑围着中间一个“岛”，就是当年那个防空洞的洞口。那门经过风吹日晒，油漆都已剥落，门上的锁也掉了，风一吹，“哐当哐当”地响。天长日久，深坑里长出了蒿草，蒿草蔓上去，没过那岛，也蔓上胡同的路面，乍一看去，几乎像是宽宽的平地了。于是就有骑车的人掉进坑里，又加上靠近垃圾站，也难免有人往里扔个破瓶子旧罐儿的，就也有人掉下去，扎了胳膊扎了手。

以前那是小红他们常去玩儿的地方，后来一挖坑，就没人敢去了。只有小四儿胆子大，进去探过两回险，带回几枚玻璃弹球儿、几张洋画儿，还给了橘子一本儿旧书，里面夹了不少剪纸……可有一次小四儿在那儿把腿摔破了，他也就不大去了。

小红每天上学，或是帮家里倒土，妈妈都不忘嘱咐一句："别掉坑里啊！"可她每回从那儿经过，都忍不住停下来瞧瞧——一片荒草，夏天绿得没边，秋天黄得没边，冬天落了雪，将将能看见三面的旧墙垣，还有那墙上斜挂的铁梅像，四个按钉掉了三个，和那"对岸"墙上挂的方牌牌：黄绿的底色上，缀着粉的绿的红的点点儿——小红虽然看不大清，可能猜出那就是刘大妈家里挂了多年的那种月份牌儿：黄绿的底色像天又像水，一个粉脸胖娃娃，穿个绿兜肚儿，怀里抱个红鲤鱼……可是一到晚上，孤单的路灯只能照着胡同里可怜的一小块方圆，将将能照见几根蔓上路边的枯草。整个空地呢，全都隐没在黑暗里。夏天还有蛙声和虫鸣，有时也能看见点点萤火流星般地闪烁着……到了深秋天，就只有风吹枯草的声音了："沙——沙——"像远处的海涛。

自从看了那童话，小红就把空地想成了小人鱼居住的"海"；枯草缠绕的路面，就是那故事里的"岸"……晚上，她有时候爱借着倒土的机会，在那岸边坐会儿，对着那一大片深不可测的黑暗，听听海涛，想想人鱼的故事。

今天小红家的垃圾桶有点儿沉，橘子一手拎着自家的，一手帮着小红拎，小红只是搭把手儿。

走到街上的时候，借着路灯光，小红见橘子脖子上围了个东西，仔细看看，是个雪白的拉毛。她记起这是橘子念叨了好多日子的东西，以前胡同里只有小春儿有的，如今橘子也有了，再看那拉毛茸茸的，就忍不住抬起手，“去！”橘子推开她的手，“小脏爪子，回去洗净了再摸。”

天还没有那么冷，橘子穿了两件单衣，围着拉毛，拉毛更显得又厚又沉。

到了垃圾站，橘子放下两个铁桶，也不嫌小红的“爪子”脏了，弯下腰让她捧着拉毛，还让她站远点儿，自己转身倒了土，又翻过桶来磕了磕。等灰土沉下去了，这才拎起两个空桶走过来，又弯了腰，让小红再给她围上。

橘子好像早已经忘了上午的不快，这会儿围着拉毛，走起路来非常轻盈，一边走一边哼着歌，又借着路灯照自己的影子……

小红一边走一边侧过头望着那空地，那里虽是一片黑暗，可是又有隐隐的微弱闪光，她就想，那也许是人鱼摆尾闪出的鳞光吧。她这么想着，忽然被橘子拎的空桶打了一下，转过头一看，橘子已经站住了，墙脚的阴影里闪着一点红光，一个抽烟的人蹲在那儿。

红光又亮了一下，那人猛吸一口，对着橘子喷过来一道白烟，白烟里，他站起来，慢慢走近。

走近了他就抓住那拉毛的一角在手里揉搓着：“今儿就戴上了？”他笑了一下。路灯离这里很远。可他这一笑，小红还是认出来——竟是胖脸。

橘子木木地立在当街。

不过她很快就笑了一下：“过两天，我找你去？”

“咚。咚。”胖脸握住她的两只手一攥，那两个空桶就落在了地上。然后他拽住拉毛的两头儿，笑着在头里走，橘子的脖子围在拉毛里，也就跟着走。

路灯微弱地亮在远处。他们的影子一前一后，长长地拖在地上，好像有分量似的，拖起一路的灰尘。

橘子好像回头看了小红一眼，可她的脸逆着光，只是一片模糊不清。

他们的影子后来漫到了干草上，发出“沙沙”的声音，像是沉沉的锚，很快就在“海”里消失了。

当街上，小红对着两个空桶站了会儿，直到冷风吹来，她这才有点费力地一手提起一个，转身往回走。刚一回头，冷不丁又吓了一跳，还有一个人立在当街。

小红喘着气提了桶，绕过小四儿，磕磕绊绊回去了。

进了院子，洗了手，她就又坐回屋里的小板凳上看书。

找到夹着花瓣儿那一页，眼睛从一行行的文字上扫过去，可她的脑子里却闪着那“海”里的隐隐微光，耳边响着“沙沙”的涛声，心里止不住“怦怦”地跳着。

这时候窗外起了风声，窗棂也呼呼地响，小红妈就放下毛活，跟小红爸说上西屋看看奶奶。

妈妈出门的时候，直吹进一股阴风来，小红就是一哆嗦：冷风里，那海边的铁梅像，是不是一直在发抖呢？月份牌上，那粉脸娃娃怀里的鱼，会不会趁势溜走呢？那黑暗的海里，会涌起一浪一浪的泡沫吗？那一涌一涌的泡沫下面，也许会有无数黑黑的水草，漂过来，荡过去……

小红正想着，妈妈推门进来了，进来就问，怎么一块儿出去倒土，橘子现在还没影儿？

“找找去。”

小红就又合上书，出了门。

胡同里更静了，小红走啊走啊，都走到垃圾站了，才有一个骑车人，“哐啷哐啷”蹬着破车过去了。那人的影子投在路边墙上还很清晰，投到“海”上的时候，影子就整个被吸进去了。

不一会儿，骑车人的背影就在胡同拐角消失了，小红伸着脖子望了望，那里更是一片静，再没一个人影。

这是一个无星无月的夜晚。微弱的路灯光亮在很远的地方。偶尔有风吹枯草的声音响起来，有远处人家婴儿的一两声啼哭传过来。

夜里的海是静的。静得使人想不出里面有鱼在游。

小红坐在岸边，瞪眼看着那黑暗中的海，仿佛要一直看进海里去。

黑暗中，海静静的。没有风，哪怕是只能推起一缕柔波的风。

也许只是海面如此。在那千沟万壑的深海，可能正涌起巨大的旋涡，由下而上，要卷起冲天巨澜。

不过眼下这海面是静的。静得如今晚的夜色。静得能觉出岛上传来的声息。

小红隐隐听见有风声从岛上传来，那是风拨枯草的声音，一根一根的枯草，在风中摆动、扭曲、断裂的声音。那声音里，传来阵阵岛上的气息，雾一样的气息。她还记得那洞里一级一级的台阶，那墙上湿冷的水痕。

今晚，那墙还在出汗吗？

她于是闻见那空中飘浮的洞穴气息。潮湿的，混合着土腥味儿。人走进那空空的洞里，每一个足音都是有回声的。回声在四壁里来回撞击着，又聚合，聚合了又散开……每一次聚合都把那潮湿的空气挤出一滴水珠，倏地落下去；每一次散开又都扑向墙壁，把上面那些汗珠震得滑动起来，由小变大，紧贴着墙壁，滚下去，滚下去……

她觉得那岛上的风都仿佛浸润了那洞里的汗，远远吹到脸上，还是潮湿的，散发着腥气。

这时候天际划过一道红线，那流星的光芒寸寸熄灭，像成行的血珠缓缓陨落。

潮湿的腥风呜呜地响着滑过耳畔，像是人的声音从遥远的地底传来。

小红耳朵里灌满了那断续颤动如呻吟的风声，身上一阵阵发冷，就从岸边站起来。

这时候她觉出那风声里又夹杂进一种模糊不清的喧响，仿佛是盖得很紧的锅里，喧腾的沸水呜噜呜噜涌动的声音。她有些怕。这声音使人想起那个“吞蚕”的故事，她忽然头皮一紧，拔腿就跑。

“啪”的一声，脚底下让什么绊了一下，拾起来借着路灯瞧瞧，是个干瘪的橙子壳。小红冷得手也抖了，一抖就把那空壳扔进坑里，“噗”的一声，一个人影动了动，小红从那人影的晃动里认出了小四儿。那“呜噜呜噜”干呕的声音停了。

小红又吃了一惊，磕磕绊绊地奔回了院子。

进了院子心里还是“咚咚”地蹦。站定了舔舔嘴唇，喘喘气，忽然间感到又困又乏。等她推开家门的时候，眼皮沉得都抬不起来了。糊里糊涂就往暖和的被窝里钻，连妈妈问什么都顾不上回答了。

四

这一夜，小红的梦漂在海面与深海之间。

她总是做些怪梦，脑海里一遍一遍演着人鱼的故事，耳朵又听着窗外呼呼的风声，也许还有短暂的嘈杂人声，可就是睁不开眼睛。

小红迷迷糊糊里觉得冷，就把被子裹紧了，脖子缩着，才慢慢地暖和起来。

在梦里她感到了对橘子的想念——她觉出脖子暖和的时候，恍惚之间，仿佛自己就是橘子了。梦中，围着白拉毛的脖子暖和的橘子，在一片白光的包围中化成了泡沫。泡沫从深海的黑暗中缓缓升起，浮上天际。

她梦见泡沫浮起来的时候，窗外正有嘈杂的人声响起，但此刻小红已经沉睡，沉得仿佛坠入了深海一般。

五

早上小红起来的时候，看见爸爸一个人在厨房里做早饭，妈妈从西屋里出来又进去，一会儿给奶奶倒便盆，一会儿又打洗脸水。这些都是往常橘子做的呀。

院子里很静。西屋里除了妈妈开门关门，再没别的声音。平日里，白大爷这会儿早浇上花儿了，可现在前院里更静，静得没有一滴水打在叶子上。

小红心里就有点儿发毛。又不敢问，匆匆喝了口粥，拿了块烤馒头，挎上书包上学去。走过月亮门儿，白大爷的屋门闭得紧紧的，窗帘也拉得很严很严。

一出院门，看见小雨和二分钱背着书包迎面走过来，一边走还一边咬耳朵。她们见了小红，就不再咬耳朵，只是声音还是压得很低，小红还是听不清。这样走着走着，就到了“海”边。只不过此刻阳光朗照，“海”里每一根枯草，几乎都清晰可见。

三个人都忍不住停下来。二分钱忽然指着那“岛”说，“就是那儿！”

小红心头一震，远远看去，那扇小门洞开着，门前的枯草东倒西歪。

“听居委会主任说，里面有草垫子，还有吃的……可全乎了。”小雨看着那“岛”，多少有点儿羡慕。

她们俩看了一会儿，又接着往前走。小红也就跟着走。快到路的转弯了，二分钱又停下来，指着电线杆子下面那块扁圆石头说：“夜里外面一乱我就醒了，往外一瞧，就看见路灯底下站着她。她好像累了，一下子就坐到这石头上，后来居委会李大妈拽住她，跟着警察走了。”二分钱一边说，一边跟着小雨往前走，小红越听心里越紧，跑回去细看那石头，上面有两块暗褐色的印迹。可她还是不愿意相信，就追上去问：“你们说谁呢？”

二分钱和小雨停下来瞪着她：“你还不知道哇！橘子夜里让警察跟工宣队抓走啦，还有个男的。”

小红呆了。可二分钱她们拽上她接着走，边走边说：“半条胡同儿都给吵醒了，你就没听见？”

小红木木地迈着步子，早上的阳光刺疼了眼睛，她索性闭上。可这时候眼前就晃着小四儿那孤立的背影，她不由自主地问出来；“是谁报告的？是小四儿吗？”小雨马上摇头说：“不会。小四儿发了一宿高烧，小四儿妈昨晚上还到我们家要退烧药呢！”

这时候二分钱绷不住了：“听我们家人说，是白大爷报的信儿。白大爷跟工宣队的王大叔，好像憋了他们好儿回了。”小红眼前又浮现出那大太阳里拉得严严的窗帘。这时候阴风吹来，她不禁连打了几个冷战。

“早上凉，出门也不说加件衣服。”二分钱说着，褪下外衣的一只袖子，把小红揽过去，裹着她走。小红靠着二分钱，身上暖和了，就又想起橘子。现在她在哪儿呢？冷不冷呢？

这么想着，小红眼前的灰墙、街道和行人，都变得模糊起来，模糊中听见二分钱的声音，远远的：

“听说橘子妈又离婚了，好像也是因为橘子……”

六

橘子爸从外地赶回来第二天，就一个人闷头儿坐在西屋门前，一边“嗞嗞”地吸烟，一边“啪啪”地劈劈柴。从早到晚，溜溜劈了一整天。

手起斧落，木屑四溅。

小红坐在屋里写作业，好久都做不出一道题，院子里“啪啪”的声音，劈得人心里裂开了缝。做不出题她就拿起铅笔在废纸上乱划一气，铅笔道儿纠缠着，像平地里冒出的浓烟。这时候她闻见一股怪味儿。

隔着玻璃一瞧，橘子爸正把那些劈柴点燃，怪味儿就是从那火堆里腾起来的。除了发霉的木头味儿，好像还有油漆烧着了的味儿。橘子爸木在那儿，盯着火苗一动不动。小红大气儿也不敢出。这时候西屋有了点儿响动，橘子爸才站起来，拖着步子进去了。

那火“噼噼啪啪”地自己燃着。

等到只剩一点余烬的时候，橘子爸还是没有出来。小红才蹑手蹑脚出了门。

只有两块木头还没燃尽。小红蹲下来，捡起一块没着的瞧瞧，又捡起另一块瞧瞧。在那片油漆剥落的地方，有一团模糊的铅笔印儿，小红细看的时候，认出那是一只小兔儿，她有天早上随手画的，是在……这么一想，小红的心里就是一惊。她斗着胆子轻轻推开西屋门一瞧：真的，原先橘子睡的那张大床不见了。

小红悄悄掩上门，踏着一地灰烬，跑出院子，一边跑她一边忍住眼泪。她不知道橘子这会儿在哪儿，也不知道等她回来了，住哪儿呢？

小红跑累了，就在路上走。胡同里人来人往，买菜的买菜，聊天的聊天。小红也就噙住眼泪，怔怔地走。直到看见路面一点点儿湿了，空中飘着蒙蒙的雨雾。

小红走进院子，发现橘子种在墙角的向日葵都已枯萎，那些籽儿不知什么时候丢光了。过去金灿灿的圆盘，如今全落在土里，经过日晒雨淋，都成了泥土的颜色，又多已腐败，暴露出无数深深的黑洞，还有蚂蚁爬进爬出。小红想起向日葵金光灿烂的时候，橘子蹲在这儿仰头对着太阳，把个脸盘儿转过来又转过去，学着向日葵，逗得小红咯咯地笑。

这时候日头早已经落了，院子里弥漫着蓝烟。看着蚂蚁们在那些黑洞里爬进爬出，也许是烟熏的吧，小红鼻子一酸，忍了好久的眼泪一下子滑出来，无声地落进阴湿的泥土里去了。

第十四章

一

从那以后，院子里一直冷冷清清的。

先是小红妈再也不准她跟橘子玩儿了。上下学都叫她自己直去直回，回来就做功课，要玩儿，就找小雨去。小雨妈也再不让她到这院里玩儿了，因为这院里不光住着橘子，还住着白大爷。就连二分钱，刘大妈也不让她多来了。小四儿发过一通高烧之后，这院里也就再见不着他的影儿。

白大爷呢？工宣队解散了，王大叔走了，白大爷连个说话的人也没了。小红一家人都不跟他过话，橘子见了他走得就快了，橘子爸呢，走过去倒是不快，只是有时候干干地哼一声。橘子爸一哼，白大爷的手就有点抖。

可抖归抖，白大爷的手从来就不闲着。没人说话，他就每日里泡壶茶，坐了小椅子听收音机，放得呱啦呱啦响。手里还“咔嚓咔嚓”忙个不停。

王大叔临走要扔不少东西，有个袋子里装了几十把带着钥匙的锁，从老式的铜挂锁“广锁”，到后来的“永固”“长安”都有。那都是王大叔抄家抄来的，几乎没有哪两把锁，是来自同一家的。王大叔嫌累赘，要当废品卖了，白大爷当宝贝似的捧回来了。

没风的天，白大爷就在门前的太阳地儿里坐定了，一把一把地开着玩儿，开了又关上，关上又开开，锁眼带着钥匙，明晃晃摊了一地。白大爷玩儿得津津有味，尤其是橘子跟小红放学回来，白大爷总要趁她们经过的时候，敏捷地一手举起钥匙，一手举起锁，“噗”的一下插进去，拧呀拧呀“啪”地打开来，开始小红还是走她的路，后来看见橘子在这时候飞快地几乎是小跑着冲进家门，她就害了怕，也跑起来。于是就能听见白大爷在身后咳嗽似的“咕咕咕”的笑声，小红的头发忽然像是铁砂遇见了磁铁，唰唰地根根直立起来，每两根头发的空隙里，都有一股子阴风嗖地穿过去。

可即使在那样的时候，她也不敢跟橘子说话。各人跑进自家的门，也就不再照面了。

橘子已经像一个“全托”的小孩子——上下学有班干部“护送”，回到家就不许出门，上厕所橘子爸给她规定了时间，晚上跟奶奶合睡一张大床。

有时候天刚一擦黑，橘子上厕所回来，就能听见橘子爸的声音：“晚了五分钟啊。”可是听不见橘子的声音。

隔着窗棂，小红只听见穿过大杨树所有秃枝干杈的“呜呜”风声，还有前院时断时续的“咔嚓咔嚓”的声音。

每到这时候，小红妈就说，“魔怔！”沉了沉，又问小红爸，“咱们快搬了吧？”

小红爸就从书本里抬起头来想了想：“快了吧。”

这样的对话又重复了几次，就到了小红第二个寒假。

二

春节刚过，小红爸妈趁着那喜庆气儿，就去看了新房。回来都很满意——新房子面积大，又是楼房，离市中心虽说远了些，可住着痛快呀。当然小红也许就要转学了。

“也好。”小红妈说。

于是一家人就开始打包打捆儿地收拾了。一间房收拾起来，也有数不清的东西。等到打好的包袱箱子把个小屋塞得没了落脚的地方，才算收拾得差不多了。只等着爸爸单位的卡车哪天有空，来了就能搬。

小红妈就催着小红写作业，因为搬过去还要乱上一阵子，再一晃又该开学了。于是小红就觉得这个寒假短得让人委屈。

那两天小红除了赶作业，难得跑出去玩玩儿。小雨又得了腮腺炎，两个腮帮子糊着黄黄绿绿的中草药，草药又结成了两片圆圆的干壳儿。腮腺炎传染，小雨弟弟被送到姥姥家去了，小红去找小雨呢，小雨就隔着玻璃窗，坠着两个沉沉的黄腮帮子朝她摆手儿。

小红就只好掩上门，走了。

路上遇见刘大妈，刘大妈拉着小红的手，迈进自家的门。进了门她就先爬上炕，从那吊在房梁上的竹篮里，满满抓了一大捧花生瓜子儿，“哗啦”一下倒在桌上，让小红吃。

小红只吃了几颗。她知道那是过年凭着购货本，定量卖给每家的，一般人家都舍不得吃，总要慢慢吃到正月十五的。

刘大妈抬手抹了下眼睛，回身进了屋，出来的时候捧着个彩色纸盒，“你们走了我也没什么好送的，”刘大妈摸摸小红头发，“大妈就送个纸盒给小红当个念想儿吧。”

提着纸盒，迈过门槛，走出好几步了，小红再回头，看见刘大妈还扶着门框望她。

她扭过头接着走，两个衣服兜里唰啦唰啦响着——那是临走，刘大妈硬塞进来的花生瓜子儿。

小红唰啦唰啦地在冬天的太阳地里走着，一边想着刘大妈，一边又想起橘子来。搬家也就这一两天的事儿。妈妈爸爸已经领着她看过橘子奶奶了。可是没碰上橘子。小红觉得怎么也得跟橘子说一声。想到这儿她就下了决心，哪怕挨妈妈一顿数落呢，也要说一声。

这时候她又想起那个晚上：橘子回过头来，她的脸模糊不清。

真的，小红眼下几乎想不起来那个叫“橘子”的人，长得究竟什么样儿了。

三

可巧这天小红爸妈早早吃过晚饭，就到新家收拾打扫去了，橘子爸也正好借了辆三轮车，陪着奶奶去西城看一位老中医，临走还嘱咐小红，帮他“看着点儿橘子”。小红垂着眼睛低下头，也不知该说些什么。

院门远远地“哐当”一声关上了，院子里也就沉沉地静下来。

小红竖起耳朵，西屋没有一丝响动，就像一个人也没有一样。

她呆坐在大大小小的包袱纸箱中间，盯着作业本，手里拿着铅笔，可半天落不下一个字。

后来她终于站起来。

站起来想想，又坐下了。坐下来却不知该干些什么，盯着刘大妈送的纸盒发愣。她已经把所有的宝贝都收进去了。

那盒子是天蓝色的，有两面印着五彩的气球，每只气球都带着一根细线，细线舞起来，气球也就好像飘起来了。小红的心正随着那些五彩的气球在蓝天上缓缓地飘着，一点也觉不出那像是风摇窗棂的声音，是有人在叩门呢。

等她觉出来了，那声音也就停了。小红迈过包袱和纸箱的山，推开门，就听西屋门响了一下，院子里又静下来。可这种静是一种凉凉的白色，外面不知什么时候落了雪，地上已积了薄薄一层，几个浅浅的脚印，从自家门前伸向西屋去了。

迎着纷纷的雪花，小红由那脚印领着，不知不觉就进了西屋，西屋的两间房都黑着灯，只有靠北那个小间，门虚掩着，漏出一线亮光。

小红轻轻推开那扇门，看见一个人逆光坐在方桌前面，不动，那虚虚的影子，占了整整半个屋。小红就有些心惊。

“要走了……”

小红朦朦胧胧知道屋里响起个声音，可是听不清。同时，她倒是清清楚楚听见了窗外雪落的声音。

“咱们往后更不容易见着了。”

雪落的声音。

“我攒的糖纸。送你。”

小红挪到桌边，借着台灯光，看那夹在书里的晶亮亮的玻璃糖纸。她知道那是橘子攒了好几年的，每得到一张糖纸，橘子都拿干净手绢先把它擦净，抚平，再夹好。冬天围着火炉，把糖纸托在手心儿里——那是她们常玩儿的。

小红这就轻轻拈起一张，一撒手，让它飘落到手心上。展平的糖纸遇见了温热的手心，仿佛有知觉一般，慢慢地卷起来，卷起来，最后卷成了一个细细的小筒。小红的心也卷起来了。

借着灯光，这才敢抬眼看看橘子。

她只看了一眼就赶紧让目光又落回手上。再轻轻拈起那个透明的纸卷儿，放回打开的书页之间，看着那卷筒又慢慢展开，平了。小红这才觉出自己刚才什么也没看清，只仿佛瞥见那双眼睛下面，有两抹淡淡的青色。直到她走出这间屋子，橘子长得究竟什么样，小红总也没有看清，惟有那两抹淡淡的青色，一直印在她的记忆中，拂之不去。

起风了。摇得窗棂哐哐响。橘子就起身走向窗户，拉上窗帘。窗帘拉严了，屋里就更静，炉子上坐的水壶先是“咝咝”地响着，一会儿不响了，开始往外喷白汽，橘子就提起那壶，靠在炉台一边，红红的火苗蹿上来，映得她的脸有了些血色，映得四壁白墙不时闪着跃动的红光。这时候小红听见了橘子的呼吸。火光在她的双颊上慢慢洇开，现出一种潮红。

小红顺着橘子的视线往墙上看去，画片上，橘子的目光摩挲过的地方，渐渐变得飘飘欲动。

白毛女破碎的衣袖缓缓地临风而举。

柯湘雪白两臂上的鞭痕慢慢地洇出深红的血迹。

南霸天高举的手杖狠狠地戳进吴清华的额角……

这时候，小红感到橘子的目光落到自己肩上停住了。她没有回头，也能觉得出。小红只觉得心口微微一酸，她使劲咽了下口水，对着墙说："那咱们再玩儿一回吧。"

过了很久。她听见橘子的喉咙里响了一下，隔一会儿，是拉开抽屉的声音，她回过头，看见桌上摆着猴皮筋儿、筷子和红领巾。

四

直到西北风呼啸着，像尖刀一样切进窗棂，掀得窗帘飘起来。

火光映在屋顶上，一跳一跳的，隔一会儿还能听见炉子里"噼啪噼啪"的爆裂声。

小红放下红领巾，解开了猴皮筋儿。橘子摸索着扑到床上，沉重的眼皮半张半闭。过了一会儿，她慢慢抬起一只手——小红就端了半杯水，她半闭着眼睛喝了，就又倒在枕头上。

风不停地摇着窗棂，吹起窗帘。小红拿了本厚厚的字典把窗帘压好，把所有的道具都收进抽屉里，又把橘子的鞋脱了，给她拉上棉被。

小红觉得屋里干，就又把那壶水坐上。等“咝咝”的声音在屋子里响起来，她才在椅子上坐定。

坐定了她就听见轻轻的鼾声。

小红的心里就像忽然飘上一朵雪花，一化，成了一滴雪水。

五

小红再睁开眼睛的时候，看见那雪水又凝成了雪花，在天上飘啊飘。又觉得脖子痒痒的，一瞧，裹着爸爸的棉大衣，再往上看看——自己正让妈妈抱着，坐在卡车驾驶楼里呢！抬眼一望，外面是一世界的雪和陌生的街道。她又看看妈妈，妈妈疲倦地一笑：

“赶巧今儿早上卡车能用，没舍得叫你，橘子爸把你往车里一抱，我们几个人稀里胡噜一搬——快不快？这就要到新家喽！”

小红又眨巴眨巴眼睛，好像还没醒过来。

“瞧，你的宝贝盒子，妈也没忘。”

一片蓝色拥到眼前：蓝天里飘着气球。

“糖纸！”小红忽然说。

“什么糖？妈给你买。”

小红不吱声了，重新闭上眼睛。她想起那些晶亮透明的有知觉的糖纸来。有什么东西跟着卷起来，越卷越紧。

终于有一滴雪水，从那卷紧的细细圆筒里滚啊滚，不知不觉顺着眼角渗出来，随着卡车的颠簸，一溜就溜走了。

第十五章

一

从那以后，我大概再也没有见过橘子。要说再也没见过，恐怕不确切；可要说真的见过一面，又吃不准。

二

那一晚朔风呼号。路上几无行人。头天北京普降大雪，第二天雪刚化一点，马上刮起了大风，路上又是雪又是冰。我竖起棉衣领子，又把围巾在领子上绕了两圈，头上捂着毛线帽，双肩背着书包像背个小被子……可还是冷。如果不是第二天一早有课，说什么我也不肯迈出家门一步。

我让西北风连推带搡地拥进了地铁车站。一进去就暖和了，尽管那种暖和里掺杂着温吞污浊的热风，我还是松了口气，摘了帽子，松开围巾。

大厅里空荡荡的。仅有的几个等车的人，还没两旁的圆柱子多。安全员缩在军大衣里长长地打了个哈欠，又拎起那个信号板敲了两下石头柱子。白色安全线上，有人探头探脑地顺着铁轨朝隧道里张望。

列车呼啸着进站，那些飞速而过的空车厢，像是一排从远方突然被抛到眼前的房子，亮着灯，可没有人。我上了车，在一个角落里坐下。车门关闭。启动。

列车进入隧道，发出有节奏的轰鸣，车身也随之左右摇晃起来。空荡荡的车厢里，所有供人抓扶的吊环似的把手，齐刷刷地左摇右晃着。

明亮的灯光对于这节只有一个人的车厢，似乎显得过于奢侈了。相比之下，旁边的车厢似乎又过于晦暗了。喇叭里传来电脑模拟的报站声，那非人的声音又清脆又客气。对面的玻璃窗映着晃动的把手，也映着我的脸。我对着自己的影子看了一会儿，又侧过头，去看旁边的车厢。隔着两重蒙尘的玻璃，只能看见一个浓妆的女人。我看了她一眼。

又看一眼。

那边的日光灯坏了，不停地眨眼，她的脸忽明忽暗。灯明的时候能看见她那烫着乱妆的缕缕黄发，灯暗的时候她衣服上缀的细碎亮片依然在闪闪发光。

我掉过头去的时候，感到她也在往这边看。带着些莫名的狐疑直视前方：玻璃车窗正映出我的影子，影子后面叠印着飞驰而过的隧道。

隧道一段段飞速逝去，而列车挟带着我和那个女人还有我们的影子依旧向前奔驰……我心里一震，远远地涌上来一丝温热。于是抬眼又去看她，可她已经站起来了。

她穿着一身缀满亮片的毛扎扎的裙子，将将过膝，肩上挎了个亮闪闪的坤包，脚上踩着尖细的高跟鞋，在晃动的车厢里，有点蹒跚地向车门走去。

我不知不觉站起来，也走到门边。这时候车门开了。车门关了。列车启动，重新钻入隧道。

我又坐下来。再看那车厢，已经空无一人。惟有那日光灯还在不停地眨眼。这时候余光感到有水珠滑落。我侧过头，发现门边的双层玻璃窗之间，存了许多哈气，哈气凝结，结成无数细密水珠，列车飞驰，水珠滑落，曲曲折折拖下无数的湿痕。

当时我并未想到，此后不止一个夜晚，那女人身上无数亮片的光芒，如飞轮般打磨着我记忆的坚冰，向梦中洒下无数的碎屑，化成水珠，水珠滑落，曲曲折折拖下无数的湿痕。

恍惚之间已经到站。我下了车，顺着层层台阶走出地铁站。前面走着的，大概是位父亲，怀里抱着两个小孩儿。在一个背风的地方，有个小贩缩着脖子卖氢气球。小小的，五彩的。两个小男孩儿吵着不走，爸爸就一人给买了两三个。刚举在手里，两人就仰头欢呼，一欢呼我才发现他们是双胞胎。

爸爸抱着两个孩子，两个孩子举着气球，他们在我前面走着，踩得雪地咯吱咯吱响。

走着走着，两个小孩忽然咯咯咯地笑了，我顺着他们的小手一看——五颜六色的气球全都飞起来了。

我停下步子，忽然就想起小时候刘大妈送的纸盒。

路灯下，双胞胎兄弟在父亲怀里咿咿呀呀地欢叫着，三个人一齐盯着那些气球越飞越高。我抬头呼出一口白汽，眼睛看着那些气球飞远，头脑中浮现的，是那旧纸盒上的蓝天——隔着十几年的岁月，望过去，它依然是那么湛蓝碧透，蓝天上有五彩的气球飞升，更衬得万里无云。气球飘到眼前，天色却又变了，正值深冬之夜，天空里不知堆聚着几许彤云，只一味地阴沉着，那种深厚的夜色，仿佛能把所有的声音和颜色都在一瞬间吞没得无影无踪。

渐渐地，周围除了风，还是风。那父子三人已经远去，他们方才呼出的热气还在路灯下袅袅云集着，形成一团朦胧的光晕，幻化出五彩的光芒。但这也只是刹那间的事，光晕让冷风一击，顿时消散得杳无踪影。只有风声和那唰啦啦抖动的声音，才长久地属于这冬夜。

我顺着声音望去——绞在电线上的，是个旧塑料袋，在寒风里抖着。

我不止一次注意过它们。在我心目中，那该是北京冬日里特有的景象。废弃的塑料袋在飞扬的尘埃中临风而舞，飞上高压线；裹住路灯伞，挂上干树枝……无风的时候，它们也会懒散地晒晒太阳。一旦狂风大作，它们立刻就鼓鼓地兜满了风，在漫漫冬夜里久久长啸。

一九九二年春——一九九四年春

夏天的素描

引子

那只蝉叫得真响。整个校园都听愣了。本来就热，再听见它，让人心里躁得不行。

从今天起，开始期末考试。闯过这三天就自由了！所有走进考场的人，都这么对自己说。

沈明看看表，差五分八点。前边还有一个位子空着。他的眉头皱得更紧了。他担心舒梅……

考场上仍旧是老规矩——把课桌倒过去放，就是口朝前向着黑板和监考老师。大家为此曾经很不痛快。这招真是想绝了！

但时间一长，就像习惯了似的，没人再说什么了。

蝉声里，铃声也响了。教室里一下子飘散开油墨的气息。邓海涛使劲闻了闻卷子上的油墨味儿。这是个习惯，能马上兴奋起来。他把五张试卷顺次理好，平摊在课桌上——“一九八五—一九八六学年度高一年级期末语文试卷”。他从第一张试卷卷首的第一个字看起，很快就进入了临场发挥的最佳状态。

教室里只有笔尖在试卷上行走的声音。老师在一行行的座位间踱步。座位上的每个人都很清楚这次考试对自己将意味着什么。一年以前，经过升高中的鏖战，终于接到录取通知书时的那股松快劲儿，如今已经消失大半。他们知道，学校在去年的高考中又一次取得了百分之百升入大学的成绩，有个同学还夺得了全市理科“状元”的桂冠。这个同学的名字就被每个年级的每个老师在各自的课上挂在了嘴边。一提“状元”所在的那届学生，不说“某届同学”，而是说“某某某那届”。“状元”的名字成了那一届所有同学的代名词。他本人也成了在校同学仰慕的一颗星。随着那星光的照耀，一种自豪之后的紧迫感和沉重感透进了每个班级……

铃声再一次响起。总成绩的六分之一已经无法更改。交卷后，许多人并不像往常考试那样，急于对答案。有人出去走走，有人上厕所，有人静静地坐着。都是考场“老手”了，懂得在这个时候要保持情绪稳定，以待二十分钟之后的物理那一关。

一个初中小男孩儿，在门口一闪，就过去了。考勤员拿到了一张纸条。认出那男孩儿是舒梅的邻居，沈明忙走过去。考勤员的表情有些异样。

舒梅送母亲遗体火化。请老师准事假并予补考为盼。

学生家长　舒天华

班里有些骚乱。许多人围在考勤员身边：高晓帆、陈茜、宋萍萍、邓海涛、林秀……

那假条上，一个没有写出来的字，撞开了每个人心里那扇门。

从那里走进去，将看到一个怎样的世界呢？那个字，对于十七岁的人们，是太遥远了。此刻，也许只有舒梅，正眼睁睁地面对着它……

铃声又响起来。每个人都匆匆坐回原位，教室里重又安静下来。闷热的混着油墨味儿的空气里，似乎多了些什么。每个人都集中精力开始答卷。那扇门，刚刚被撞开，现在又关上了。可那是虚掩着的。

监考老师注意到，除了舒梅，还有一个人没来。那是梁京生，座位在邓海涛后面。不过，他的缺席，没人留意，也没人知道是什么原因。

第二门考完了。许多人开始摇头叹气——物理卷子比预想的还难。有人在心里骂物理老师："好个横路静二！"物理老师长得酷似日本演员。无法挽回了。无可奈何。走人，回家去。

校门口一下子热闹起来。蝉声和人声撞击着闷热的扬着尘土的空气。沈明一反往日，不理任何人，蹬上车就骑远了，似乎没有听见高晓帆喊他。宋萍萍见林秀又和高晓帆走在一起，心里很不是滋味儿。陈茜轻轻拉了她一下，两个人并肩走了。邓海涛很迟才离开，用中速蹬着车，脸上毫无表情，听一路的蝉声，任树荫洒满肩膀。

真的，蝉的叫声太大了。那噪声响成一片，占据了胡同里整个空间，逼着空气跟着它颤抖——那么奔放，那么自豪，向天空，太阳和人，宣告着蝉们的存在。路边的槐树静立着，它知道，自己还可以有许多次枯荣；蝉呢，只有这么一个夏天。

夏天，生命最蓬勃最富有活力的时候，有人死去了；夏天，世界最美丽最值得眷恋的时候，有人向世界永别。

所有的生者，尤其是十七岁的人们，听到陌生人的死，可能只会意识到那是个模糊又遥远的概念；而一旦听到自己熟知的人的死，就会受到震动。死者对我们曾是那样真切，而现在，她死去了。还有一个原因，那样隐蔽，然而不可抑制地显现出来——由这个死亡，联想到自己的归宿。死，只有把它和自己联想起来，人们才开始发现各自内心世界的许多角落。

哦，那缕光透出来了。轻轻地推开那扇门，走进各色的十七岁的世界。

第一章

离开了林秀，高晓帆独自往前骑着车。尽管他总是愿意和林秀在一起，可是今天，离开了女孩子，他觉得有些轻松，可以好好想一想。

这是怎么回事呢？一个人，怎么就死了？

那是怎样一双眼睛啊！她的女儿很像她。有那么一双温存的眼睛的人，会死么？

他感到从脊背到头顶的凉意。那女儿现在会怎么样呢？他的心，缩紧了。车轮猛地转得快了起来。

他忽然记起了今年的春游。

在稻香湖，他们四个人划一条小船。

两岸的垂柳已浅浅地飘出一层嫩绿。远山在晨雾里泛出一抹深蓝。湖水很清，船也更自由。都市的喧闹和功课的繁重，在这里被暂时遗忘了。

林秀忽然发起感慨来。她总爱这样。

"真好啊。本来这两天都快把我考木了。到了这儿，我才又恢复知觉。大概再重的病人来这儿一看，病也就轻了，也许一时不会……"

看着她那陶醉的样子，大家都笑起来。笑够了，就说。话题三转五转，转到了这么个古怪的题目上——在什么季节死去，对自己最合适？并且根据各自的性情和对季节的偏爱，分别扮演四季，每人来一段独白。

"春"是舒梅，"夏"是林秀，"秋"是高晓帆，"冬"是沈明。

一切准备就绪。为了酝酿情绪，进入角色，他们原是对坐的，现在都转过身，背对着背。林秀忍不住笑起来。"严肃点儿！"高晓帆憋粗了嗓音，活像赛球场上的裁判。

"春"低头想了想，又抬起眼睛望望蓝天。

"我从白雪的被子底下醒了，把一个个冬天的好梦都捡到一块儿，抱在怀里。每个梦都变成了一粒种子，在我心上发芽。大地的枯黄，没在一片嫩绿里。荒原的裸土，穿起了野花织成的衣裳。没有别的季节能像我拥有这么多的希望。既然我是在世界的盼望里走来的，我抱着的就只能是希望，只能是爱。爱是生命的根，希望就是生命的花，生命就是春的主题。春季里每一天都是节日。没有人会在春天里死去。"

三个好朋友都在静听。

小船悠悠地在水上漂。是啊，在春天，怎么能死呢？

"夏"调皮地清了清嗓子，阳光闪烁在她的眸子里。

"我有一顶王冠，名字就叫太阳。我的每一根头发都是热情。我浑身上下都是劲儿。春干不完的活儿，就都给我吧。我有一条特别特别大的绿围裙。我是已经长大的春。嗯，我会让云跑得特别快，庄稼蹿得特别高。我把黑夜都缩短了。我会让所有的希望啦、幻想啦，都无限地扩展，像一个大极了的光环，罩在全人类的头顶上。无论是谁，在夏天都不会死去！”

“夏”一说完，自己就笑起来。笑声惊起了岸边的两只小鸟，小鸟扑棱棱地飞向蓝色的山边去了。

“秋”说：“我跟夏跑的是接力赛。夏的步子奔放，我的步子稳健。我，是希望结出果实的季节。有人说，秋是金色的，其实秋的色彩谁都说不全。田野也不全是金黄的，山上的枫树更是火红，大海在秋天蓝得最深，天空在秋天蓝得最远。一片片叶子就有数不尽的色彩。世界上该有的颜色，在秋天里都能找到。人的笑容在秋天里也是最甜美的。秋天这么好，人们不会，绝不会在这样的季节里死去！”

每个人都微笑了，阳光温柔地轻抚着湖水。是啊，谁能舍得在秋天离去呢？

“冬”说：“人们总以为我是冷酷的季节，我让世界变得荒凉。可有谁问过冬天的心，是怎么想的？你要是问：‘冬为什么冷？’我回答：‘成熟之后的世界需要冷静，需要思考，也需要学会等待。’‘冬为什么要使万物凋零？‘凋零了才会更新。’冬为什么带来肃杀的气氛？’‘那些习惯了温暖气候的孩子们，会从冬天里懂得人生的严峻。’……冬的特色就是雪。雪的原野印着春的足迹。雪把冬和春连接了起来。谁能在迎接春天的时候死去？”

四个朋友都大笑了起来。笑声震荡着湖面上的阳光。是啊，无论哪一个季节，人都不该死去……

那时候多好啊。高晓帆清楚地记得当时朋友们的眼神。“春”

的眼睛，细长细长的，总微微眯着，眼睛里的光芒，从睫毛间透出来。那是一双并不漂亮，但能让人一见难忘的眼睛。“夏”的圆圆的眼睛，黑白分明，又总爱睁得大大的，灵活地转动着，把一切情感都表现得那样强烈和明朗。这双眼睛会让你不知不觉地爽快起来。这双眼睛展示出了一切都那么分明的女孩子的内心世界。“秋”的眼睛嘛，除了对着镜子，他自己总也看不见。可对着镜子，又总是见不到和朋友们在一起时的那双眼睛。所以，“秋”的眼睛装在朋友们的眼睛和心里。哦，只要听到那《黑眼睛》的旋律，他一下就会想起“冬”的眼睛，冷静的黑眼睛，透出十七岁男孩子少有的沉稳。这个两岁就失去父亲的少年人，瞳仁里深深的黑色，仿佛可以把任何苦痛默默地溶解。他喜欢和这双眼睛相对，从而感受到男孩子与男孩子注视之后，心里获得的力量。那是准备负重的力量。

红灯亮了，他停下来，苦笑了一下。那时候“死”这个概念，实际上多么模糊而遥远。舒梅笑得多痛快。可是她哪里想到，母亲的死，正一步步逼近。

舒梅的母亲，他只见过一面。因为沈明的妈妈和她过去是同学，所以沈明有时候去她家，高晓帆也随着去过。不知道为什么，这样一位温和的人，怎么会瘫痪在床上十几年呢？他想问问，却一直没有开口。

病人躺在那儿，说了一两句话，也听不很清。可她的眼睛，那么温存地望着他，让他想起自己的远在千里之外的母亲，也让他想起了那位草原上的老额吉。

高晓帆的父母都是地质勘探队员，长年在野外工作。他从小在北京的奶奶身边生活。小学毕业的那年暑假，他到大草原上去和爸爸妈妈住了一段时间。妈妈有时候把他托付给当地的牧民家。

刚到草原，他觉得什么都新鲜。一下长途汽车，来不及跟妈妈说句话，就在松软的草地上打起滚儿来，到了牧民家，又缠着那个叫巴图的小男孩给他逮一只百灵鸟；羊群牛群分散在山坡上吃草，好悠闲哪，他一会儿学羊叫，一会儿学牛叫……

落日真美。他站在草坡上看呆了。一个圆圆的大火球，打着滚儿滑向对面的坡顶，背后是一片广阔的晴空。沉下去了，那火球。他向草坡的高处跑了几步——又看见了。这样追了好几次，他乐坏了，觉得是太阳正跟他，逗着玩呢——一个恒星和一个男孩子。直到他跑上了坡顶，才无可奈何地看着那越来越红的火球，沉入到天地相交的地方去。天空的湛蓝变得越来越浓，终于把他的影子，也融进深蓝的夜色里了。

白天，他和巴图在大草原上跑啊跑啊，什么都忘了。有一次，他们跑到一处有许许多多小土包包的地方，巴图猛地收住脚，拉着他坐了下来。他想，那些土包包，大概是牧民们的坟。朝阳默默地在每一个圆顶上洒一层红光。四周一片空阔。两个孩子久久地坐在那儿，只感到草原无边无际的安宁。直到远远地出现了勒勒车的影子，巴图才站起来跑过去——那是额吉，巴图的奶奶，拉水回来了。

额吉七十多岁了，可还是每天拉水，挤牛奶，做饭，忙个不停。她那宽宽的颧骨上，泛着草原妇女特有的潮红。她的话，晓帆听不懂一个字，只觉得好听。喊你回毡包啊，叫你喝奶茶啊，都跟唱歌儿似的。只从那眼神里，那抚摸他头顶的手掌上，他就能觉得出额吉的心意。

许多个晚上，他都是和巴图在毡包里入睡的。额吉一边拨着纺锤，一边唱着古歌，慢悠悠的，一个尾音好像可以从草原的这边一直送到草原的那边。每个夜晚，额吉低低的歌声和悠悠的拨动纺锤的声音，都融进那支小蜡烛的昏黄的光里，又随着她模糊的身影缓缓地摇动着。晓帆觉得自己也融进了那声音和光影里。和巴图疯跑了一天之后，常常是巴图早已入睡了，他仍旧朦朦胧胧的，看着那个纺锤，想数数额吉拨上一下到底要转多少圈，可是，常常没等那纺锤停下，额吉就又拨了一下，或者是，他就不知不觉地睡着了。有时候他嘴里轻轻地嘟哝着："额吉，慢点拨啊……"不知额吉听懂没有，她只是拨下去，唱下去。每天，她都以同一个节奏拨着纺锤，唱着同一支歌。他几乎天天都在那声音和光影之中入睡。后来巴图告诉他，那古歌的调子总不变的，词句可每晚都不同。这些天常有这么一句在额吉的曲调里反复着——为啥要让纺锤慢些转呢？谁能让太阳慢点下坡？——他忍不住笑了。

每天，他和巴图醒来的时候，额吉早已经在晨光里煮奶茶了。蒸汽，把额吉的面影烘得那么柔和。

他快要走了，回北京去。可是额吉那两天感到有些疲倦。那个晚上，没纺线，也没唱歌，很早就睡下了。他和巴图都睁着眼睛——哦，明天，他们就要分手了。他静静地躺在那儿，身边是额吉均匀的呼吸，很慢的呼吸。黑暗里，他环顾了一下蒙古包，模糊地看见挂成一圈的相框，那上面的每一张，额吉都指给他看过。听不懂额吉絮絮的话，他只能猜——这是老伴儿，这是儿子，女儿……其中，只有那个穿蒙古袍的老爷爷，他一直没见到。他想，可能是睡在了那边的哪一座土包包里了吧。

蒙古包顶上的毡子，在夏天，总是揭开的。现在他能从蒙古包顶的木支架的空隙里，望见外面的夜空。他就这么躺着，几颗星星在木架之间闪烁着。夜空那样明净。

他记起了在《少年科学》上看到的一篇文章，说地球总是在很快地转动着，那些星星，也都在不停地转着。他觉得奇怪，难道地球是额吉的纺锤么？那自己为什么不觉得晕呢？唔，等明天，捉一只小虫子放在纺锤上，让额吉拨一下，看小虫子会不会晕得掉下来。嗯，他笑了。真的，怎么竟看不出星星在动啊？它们真是在离我们好远好远的地方不停地转么？他久久地凝望着，把那几颗星印在心底。他想，巴图看着那些星星，在想什么呢？额吉呢，她那么多个晚上都看过星星，她想的什么呢？

妈妈告诉过他，草原上空气清新，夜空就离人很近；星星，也就比在城市里见到的更大、更亮。星星在他头顶上闪烁。世界睡去了。草原和夜空融合了。他仰着头，看啊，看啊。他想到每个人的眼睛都像亮晶晶的星。满天的星。

第二天，当他醒来的时候，外面已经大亮了。晨光里，却没有人煮奶茶。身边的额吉一直睡着。再也没有起来。他永远也不会再知道，看见那夜空里的星星，额吉在想些什么了。

他哭了。巴图没有哭。草原上的人把死看成是劳累后的安眠，是去寻找祖先，跟死去的亲人团聚。

当他离开草原的时候，他看见那些小土包中间，又隆起了一座。只是，那上面还没长出青草。

妈妈说，额吉一辈子就在草原上，她觉得世界上只有草原；草原的边上，还是草原。

额吉……

后来，妈妈他们又调到海边做勘探工作。他又见到了大海。初次见到海，他也落泪了。

“好额吉！世界上除了草原，还有海！”

从城市走出去，他见到了草原；从草原走出去，他见到了海。他惊奇于世界的丰富。生活像一扇一扇神秘宫殿的门，一一向他敞开。他向往着有一天漂过海洋，再打开世界的另一扇门，心里揣着草原的夜空和那一双双印在记忆深处的眼睛，他要走遍世界。

额吉，还有刚刚辞世的阿姨，你们都在哪儿呢？我们有一天会再见面的吧？但是在这以前，我得实现自己的梦想。世界上，美好的东西太多了，我一定要看见它们……

死，是可怕的。心里空空地去死，会更可怕。

死啊，我将站立在你面前，直视你的眼睛微笑，不只用我十七岁的青春，更用我的心，它将随着岁月的增长而更加丰富——如这多彩的世界。

高晓帆轻轻地笑了。他感到十七岁的心灵里那种渴求探知一切的力量，正使自己勇敢和坚强起来。他想把这种心情说给舒梅，还要说给林秀……不知从什么时候起，一见到林秀，他就有些紧张，又很快乐。他觉得，女孩子和自己之间的世界，有些像晨雾中的草原：淡淡的雾气迷蒙着，使人分不清天地之间的界限究竟在何处。是的，淡淡的雾，是一种美，也许到了阳光朗照的时刻，人们依然会怀念晨雾的淡淡的独特的美丽。

想起舒梅，高晓帆的心又缩紧了。他能理解为什么沈明放学的时候谁也不理就走了。他能理解好朋友心里的苦。唉，明天，还是问问林秀，也许她会知道该为舒梅做些什么……

快到家了。他已经猜出奶奶做好了香喷喷的饭菜，等着自己。可不知为什么，今天到了这会儿，还不怎么饿呢。

第二章

宋萍萍看着陈茜走进那扇大灰铁门后，继续向胡同里走去。

宋萍萍去过舒梅家。她还模模糊糊地听说过，舒梅的爸爸是位有名的雕塑家。她很好奇——艺术家的家里又是什么样儿呢？一进院子，就看见天井里摆着一些石头啦，树根哪什么的，挺有艺术味儿。可一进屋，她不自觉地撇了撇嘴——哟，就这么点儿大的房子呀！不过十三四平方米。一张大床占去了一大半，只留下一块直角的通道。床和窗户之间，放着一个长沙发和一张写字台。床边和门之间，放着碗柜和脸盆架还有煤气灶。床上还搭着那年抗震的木架子——床的四角立起四根支柱，撑起一块和床的面积相等的顶棚。棚顶和房顶之间，堆放着箱子、书籍和各种稀奇古怪的盆盆罐罐，或是刻了半截的木头人。

长沙发上也堆满了书。舒梅就只好现把书搬开，给她腾了一小块儿坐的地方。她心想，艺术家？瞧这么点儿的窝！国内外知名有什么用？人家陈茜她爷爷也是知名人物，三十多间房子五口人住。一个人在屋里来回折跟头也没事儿。这儿可倒好，俩人一块儿在屋里走，没准儿就得撞上。

她再一看这屋里，穷兮兮的，连个录音机、电冰箱都没有，更甭提彩电、空调了。人家陈茜家……唉，艺术家，图什么呀？我哥去北京站拉一宿三轮，回来少说也得二三十块，现在不什么都置上啦。艺术家，唉……

不过，她看着舒梅的那位瘫在床上的母亲，就觉得这个同学可怜了。哎哟，谢天谢地，没让我摊上这么个家，这么个妈。

今天，一看到那张假条，她的心里咯噔一下。太惨啦！她同情那个和自己一样年龄的女孩子。可是，她转念一想——也好，病人死了，对活人来说，卸下了一个累赘。舒梅就可以松口气了。

唉，真不敢想：一个自己眼睁睁见过的人，就这么死了！可给活人撂下了一大堆事儿。

去年，同院赵大爷死了，第二天，他儿子、闺女就张罗着要分他攒下的那两千多块钱。常到我们家跟我妈摸麻将的赵大爷的三闺女，傻呵呵的，也不知怎么跟哥哥嫂子打这种交道。是我妈指点她，你该怎么怎么说，怎么怎么闹。结果她分了五百多块钱，还提了只浦五坊的卤鸡来谢我妈呢。我直乐，谢什么，我妈只要一听钱，脑子转得比电脑还快。指点你这事是她的本能。倒是赵大爷，怪可怜的。可这是身后之事了，不知道了，也落得个省心。唉，人人都得走这条道儿么？我呢？——咳，我才十七。再说，人家有的，我还没有；人家享受了的，我还都没尝过滋味儿呢。可我受的那份儿罪，别的同样大的孩子没受过。为考上这所重点高中，在家里那么闹哄哄的环境里念书，容易嘛！屋里边是妈的麻将桌子，房檐底下是哥哥他们的扑克摊子。夜里十一二点了，大呼小叫的，连对面楼上的街坊都忍不住站在阳台上向这边儿抗议。没用。我呢，得先往耳朵眼儿里塞棉球儿，再往耳朵上贴“伤湿止痛膏”，真应了古时候那句“两耳不闻窗外事”。结果呢，也许是汗沤的，耳朵感染了，发得像海绵了。还得给一家子做晚饭。家里都说我考高中是“吃饱了撑的”，妈还骂我是“双料赔钱货”。大热的天，这么熬下一天来，才能坐下复习功课……一想起这些，我就心酸。我起誓发愿，要得到我想要的一切。不然的话，可就白活这一辈子了！

她笑了，伸手进书包里找——没有。她爱在笑的时候看见自己的模样。可今天考试，小镜子没带来。

前面传来那位女歌星声嘶力竭的“我要美丽，我要快活，我要你的心儿一颗”的刺人耳鼓的歌声。那是胡同里的一家个体小店在招徕生意。她加快步子走了过去。

往常走到这儿，她总是放慢速度，或是干脆走进去。她总是带着一种微微颤动的心情，去注视那些五彩缤纷的进口货——各色的裙子、花格港裤、金腰带、变色唇膏……她盯着那些东西，想象着自己被它们打扮起来，那种光彩照人的模样……可她没敢要过来看。这里的女店主有个脾气，你要是看了不买，她先拿白眼球翻你一下子，两句话再一出来能把你噎死。她总是失望地走开，脚步有点儿沉重。每次看见那些穿着时髦的女孩子走过去，她两眼就要着火。可偏又碰上个把钱死死抠在手心儿里不放的妈。除了每月的那点儿零花钱，好容易盼着给买件衣服吧——拿回来一瞧，她就撇嘴。唉，要是自个儿攒钱吧，见到好吃的又忍不住……妈是铁公鸡一毛不拔。哥哥呢，好点儿，可那得把舌头磨薄了一层才行。再说，那些衣服少说也得二三十块钱，他给那点儿，也就够买一个裤兜儿。唉！今天又进那小店，是因为她早就看中了一件粉色的柔姿纱连衣裙。可又没钱。盯着那衣服，她直咬下嘴唇，只剩下了诅咒那个买到它的人：“我穿不上，你穿上没准儿就得撞汽车！”

女歌星的声音远了，家也快到了。

宋萍萍打了个哈欠，昨天睡得太晚了。本来复习完了就十一点多了。她妈聚了人打麻将。赵大爷的三闺女喝足了“高末儿”，落了个不输不赢走了。缺一把手儿，硬拉着她去凑数。一开始，她借哥哥的钱。玩着玩着，不但还清了哥哥，还因为连来两把“一条龙”，赢了四块多。既然赢了，赶快收兵。她忙推说自己太困，明儿还大考，不玩儿了。全家都睡下了。可萍萍妈因为输了几块钱，怎么想怎么别扭，翻来覆去睡不着。三点多钟又把女儿拽起来，把老头子、儿子轰起来，接着打牌。女儿迷迷糊糊，当妈的可心明眼亮。直到把她赢了个分文不剩，才放她又去睡了个回笼觉，害得她今天早上考试差点儿迟到。她心里直骂——钱狠子，还是妈呢！要不是看你生我那时候跟阎王爷就隔一层窗户纸，哼！

一有机会，宋萍萍就跟哥哥结成同盟。她给哥哥当军师。那天，萍萍妈拿着全家上班的人买的那二百元国库券，怎么看怎么不舒服。她就是觉得这是国家坑了她。恰巧儿子在那儿，他说不会的。老太太就抓住这句话，非要跟儿子用国库券换二百块现钱不可。儿子这时可有点儿犹豫了。是宋萍萍把哥哥拉到一边，告诉他，国家应该不会坑人，妈倒没准儿。她让他把国库券换过来，准亏不着。哥哥一听，就换了。萍萍妈这份儿乐，心想——这下好了，国家要坑人，坑我儿子去，反正儿子大了得归媳妇。可是从今年开始，银行已经逐步兑付国库券了，还有一定的利息。萍萍妈一听，眼睛直了半天，才冲着女儿说："谁说你哥傻？哼，他可是精到姥姥家了！"宋萍萍看着妈，心里直乐——你呀，精过了头儿，就傻了；哥哥呢，傻过了头儿，也就学着精了。可说到底，真精的，在这儿呢！

不过，再精的人，也有失算的时候。她和哥哥都想知道妈究竟攒着多少钱——她那么"抠"，全家每月八九百元的进项都在她手里攥着呢。可妈的屋里，所有的抽屉和衣柜都上了锁，钥匙总在她腰带上丁零当啷地挂着。没办法呀。那天特别热，爸在屋里憋得慌，催她妈出去遛个弯儿，透透气儿，萍萍劝她妈换上那条黑裙子。妈一时大意，换上了裙子，就跟着老头子走了。萍萍赶紧从那腰带上拿过钥匙，让哥哥在门外"望风"，自己打开了屋里所有的抽屉和柜门——这时候，就听见院里哥哥说：“妈，我……可没我的事儿啊！”一抬头，老太太已经站在门口了。

人都说，最容易化解的，是家庭中的尴尬；宋萍萍却以为，最不容易化解的，就是家庭中的尴尬：当时，娘儿俩都不知如何是好。以后，老太太自然是“草木皆兵”了。花了一笔可观的钱，在家里大大小小的锁吊儿上边又加了一把新锁。所以，宋萍萍怎么也无法理解高晓帆曾经在一篇作文里写的，草原上的牧民如果全家外出，家里的东西不必搬走的话，只要在蒙古包的小门上拴一根牛皮绳儿，不让牛羊乱闯进去，就可以了。这样的事，怎么可能呢？竟不上锁？她想不明白：自己家里凡是有值钱东西的地儿全是上了锁的，而且，那些住单元楼的，门上两道三道锁的，多的是，还有安装了门镜仍然不放心的呢……一条牛皮绳儿？那些牧民是怎么想的呢？她很困惑。但有一点，她是清楚的，那就是锁保护的是钱。而钱又是什么呢？她记起了妈妈对她说过的为数很少的一句让她回味良久的发自内心的嘱咐：

“记着，孩子，我算越活越明白了——什么都是假的，只有钱，只有钱才是真的呢。”

她琢磨出了这句话中的真理，觉得自己明白了它，就变得更聪明了。

宋萍萍相信自己是聪明的。初三的时候，她拼命用了一年功，从一个普通校，一下考进了市重点，凭的是自己的聪明；父母都是工人，哥哥是初中肄业，而她，要从重点校的高中考上大学，也将要凭着自己的聪明。除此以外，她觉得自己还另有个资本——漂亮。那个小镜子，是她的好朋友。每次从那里看见自己，她都更加自信。她看不起妈——一个只知道钱的老太太；她看不起爸——一个只知道喝酒和“敲三家儿”的老头子；她也看不起哥哥——甭看你挣那么多，到头来还不是个蹬三轮儿的“板儿爷”。只有乡下大舅，年轻时候偷学的一套好手艺，如今用上了，成了万元户儿，在宋萍萍心里还占点儿位置。反正她看不起家里的任何人；因为她比他们都聪明，都漂亮。而聪明加漂亮，这可是一笔没法儿估、没法儿算、真正是用之不尽的大本钱呢！

她羡慕陈茜，又妒恨她。每次看见她走进那座大灰铁门，她都在心里诅咒她。可每天当她站在那大门口等陈茜上学的时候，又总事先在脸上准备好一个微笑。放学后，目送陈茜走进大门的时候，她的微笑才倏地消失，盯着那背影的眼睛里才放出关了很久的冷光。只有这个时候，她的表情是最松弛的，也是最自然的。可是有一天，陈茜在进门的时候，无意间转过身来，而她没有来得及做出反应，四道目光相遇了……她那一瞬间的表情，后来总也解释不清了。

陈茜身上，有许多让她弄不明白的问题。比如，陈茜为什么和她宋萍萍好？这个住在胡同里那个最气派的院落里的女孩子，为什么和自己，和自己这个从小眼巴巴地看着她走下小轿车，又眼巴巴看着她走进大铁门去的女孩子要好呢？从很小的时候起，那个大大的高墙围起来的院落，那扇大灰铁门，那个公主一样生活在里面的同龄人，以及那门里的一切，对于宋萍萍，都有着一种说不清楚的吸引力。如今，自己竟然能够和陈茜朝夕相处了；那神秘的院落，竟然也可以时常出入了；还能一起去看“内参片”；还能很快地跟她学会跳舞——在好几个舞会上，周围灯光和目光闪烁着，陈茜潇洒地跳着男步，带着涨红了脸的她轻盈地旋转。陈茜还能给她讲那么多从没有听说过的事情，让她好奇，让她兴奋，又让她的心狂跳不已……所有这些，再加上那些妙不可言的精致的小吃，或许还有顺手捎带出来的一枚别针，一条丝带什么的，都让她自然而然地，又是不可抗拒地愿意和陈茜在一起。可是，让她不懂的是，陈茜是为了什么才和自己好呢？还有，陈茜几乎每个周末都去参加舞会，可为什么学习照样儿挺棒？陈茜又为什么对班里的男生那样不屑一顾——这一点，是她最不懂的。

她觉得，班里有好几个男生都很帅。比如高晓帆，虽说不够漂亮，可很有派，尤其是踢起球来，让人不自觉地眼睛追着他在球场上跑。高晓帆走过许多地方，宋萍萍总愿意缠着他讲上一两件有趣的见闻。邓海涛不单漂亮，而且够风度。她每次听邓海涛在团员会上的总结发言，都听得入了迷。不是为那内容，而是他那个时候的样子。他的眼睛，闪出一种光，简直让人不能不同意他的观点。邓海涛对她呢，拿眼角儿夹一夹就算高抬她了。不管她赔上多少笑——这笑可是她真翻脸的时候，亲爹亲妈豁上十块八块也不一定哄得出来的，可就愣是换不回他邓海涛一句温乎话儿。这可真让人有点儿伤心了。她也很少见过沈明这样的男生。他学习好，能吃苦，也很有口才。尽管他是班长，却不常在全班同学面前讲话。他还有点腼腆，可踢起球来又很凶猛。肤色不像邓海涛那样白，而是有点儿黑红——陈茜说，那属于“人体国际流行色”，“小白脸儿”那种“奶油色”的“外汇比值”，早掉价儿了。沈明从不轻易和别人动气，总那么心平气和。男孩子们在一起高谈阔论，他的话最少。可要遇上谁需要帮助，出力最多的却是他。宋萍萍只要一有难处，总爱去找沈明。为这个，陈茜常笑她，并且随口似的把舒梅的名字带出来。真的，宋萍萍怎么也不明白，为什么沈明对舒梅那么关心。这是不是像陈茜判断的那样呢？她可是“老手”了，眼力不会有错。可舒梅有什么好的，她一丁点儿也不漂亮。哼，这个沈明！她真有点儿恨舒梅，又觉得沈明也不怎么样了。其实，她也挺喜欢高晓帆的。可高晓帆又总爱跟林秀一起做题或是争论个什么事儿。她又有点儿怨恨林秀了。

她曾经把小镜子收在课桌里，悄悄地把自己跟班上的女生一个个地比了个遍，结果发现，班里除去陈茜，再没谁比自己更漂亮了。陈茜嘛，还不是应了那个“三分人才七分打扮”的老理儿。外班男生夸她“十二分人才”，可要是把她那一套套穿的戴的跟我宋萍萍的对换一下儿呢，嗯？想着想着，宋萍萍又有点儿高兴了。

一高兴，她想绕几步路去看看舒梅了。可又一想，“人死三天，晦气三丈”——妈说的，就猛地又收住脚。尽管觉得那一家人很可怜，这两年生活刚有点儿起色，就……嗐，她总忘不了乡下大舅一来，半斤叉烧肉、四两“二锅头”一下肚就白话起来的那番道理：“这天下大势，分久必合，合久必分，如今也叫大乱必安，大安必乱。那些个赶在乱头儿上的屈死鬼，只能自认倒霉。咱们可得趁着太平，得赚就赚，得乐就乐！这可不叫钻空子。这叫有运气会走，有福气会享。国家大事，不管吉凶，是有你插嘴插手的分儿，还是有你掐算的分儿？唉，就说那年唐山大地震吧，你们老姑姥姥前半夜咽的气，落了个‘善终’二字；你们老姑姥爷呢，守着老伴儿的尸首，傍天亮赶上地震，脑勺子让房梁给砸开了花——一辈子老实巴交，倒落了个‘恶死’！唉，这一善一恶，就是子时前后的事情。人生在世，也无非赶个寸劲儿就是喽……”她这个做外甥女儿的听着，竟顿悟其中哲理似的，不言语了。“真理是朴素的”——政治老师总这么说。大舅的话，可不像马列的书里，正文后头还坠着那么一大串儿“注释”。

随后，宋萍萍心里有了结论，“人生哲理”般的结论。

死？！哼哼，见鬼去吧！我想要的一切，没得到，我才不会死呢！

每次从陈茜家回来，她都好久睡不着觉。那高墙里的每个角落都让她留恋。那里面的生活不再神秘了，可又好像离她更远了。她想追上去，抓住它。凭什么呢？她想到了自己的本钱。是啊，有了这样的本钱，而不能过上那样的生活，那种日子，还有什么劲呢？

“砰”的一声，从院子里扔出一个酒瓶子，接着传来吵闹的声音。准是爸爸又喝多了。她微皱了皱眉，又忙松弛了一下。为这个落下皱纹儿，值么？

第三章

吃罢晚饭，陈茜就泡在浴缸里。望着手掌下的象牙色浴缸，汉堡海伦娜洁具公司最新产品，她觉得这色泽和自己的肤色很相配，抚摸着浴缸的边缘，那种光洁和润泽，让她有一种安宁而轻松的感觉，好像尽可以把全身的、连同头脑里最难得放松的几根神经，都在这温馨清澈的水里渐渐松弛了下来。

欣赏着自己的身体，她为那种凝脂般的光泽而陶醉……

哦，这种睡前的温水浴，是她的习惯。她知道，常洗温水浴，有美容作用。当然，她并不那么需要美容，她以为。

这个时候，她总要想一些轻松的事情。其实，她的大部分生活都挺轻松。即使有些可以让她愁一愁的，也多半是她自己想出来的。

她很喜欢这样，身心松弛地玩味着自己的轻松。这倒不只是因为她今天两门考试都很得意，还因为，那张惨白的假条。她的嘴角轻轻翘了翘，形成一弧柔美的月牙。

舒梅，叫你那么安宁，这回……

她感到轻松。被她反感也反感她的人，遇到了不幸。

好像已经很久了，对舒梅的敌意跟她脑子里难得松一松的神经缠在一块儿——那么，就更该在这个时候让自己轻松一下了。

可水有些凉了。她脑子里忽地闪过了一个冷冷的字。竟然觉得浴缸像一口白色的石棺，她差点儿没坐起来。不知怎的，一下子记起来，去年，在西郊那座名牌高等学府，她参加一个周末舞会。那些大学生也乏味得很，可倒是碰上了点儿刺激。一个男朋友，带她去一栋宿舍楼，告诉她三层某间屋里正躺着个得了脑炎的女学生，马上就要送进医院，估计熬不过几天了，问她敢不敢上去看看。她的高傲不允许她退下来。她走进了那个许多人避之不及的房间——真可怕呀，几个同学按住那女学生，才使她不至于满地打滚——陈茜不敢久留，匆匆走出来，可那女学生的狂喊声却一直追着她的耳朵响着。她起了一身鸡皮疙瘩。男朋友告诉她，那女学生为了苗条，也为省钱买衣服，节食过度，结果，人是瘦下来了，好衣服也攒了一箱，可身体垮了，抗不住病毒了……

可怜的大傻瓜。她在心里给那女学生归了档次。想要“条儿”，干吗偏要这么从自己身上抠？！把命都搭进去了……刚才心头那个冷冷的字，被轻蔑的情绪赶走了。无论对什么事情，她几乎都可以最终报以轻蔑，并从轻蔑中找到自己最需要的内心感觉。

从那女孩子的悲剧里，她又一次感到了自己的富有、姣好和明智。

是的，自从降生那天，她就时刻被这种高贵与优越轻托着。一提起爷爷和爸爸的名字，她遇到的任何人都会立刻对她客气起来，何况，她又那么聪明、那么漂亮。这使得她从小就成为许多场合中的令人瞩目的人物。如果哪个场合她竟没有成为众人目光的焦点，那她就会难以忍受。但是，她却不怎么喜欢过集体生活，那需要什么都和大家一致，她受不了。小学还好些。爷爷给学校捐了钱，许多同学知道了她的身份，都爱围着她，听她讲各种他们从没有听过的事情。她感到满足，觉得在周围人的眼里，她头顶着“光环”。到了中学，尤其是上了高中，尽管大家知道她家的地位，可是昔日的小学生都已长大，时间使他们成长起来的自尊心增长着自控能力。同学们几乎都谨慎地保持一种重点高中学生的自持的风度。那“光环”，似乎消失了。

一阵隐隐的沮丧之后，她并没有灰心。从那些还想跟自己接近的女孩子们中间，她挑出个宋萍萍，每天上下学同去同来，形影不离。宋萍萍为什么肯和自己好，这她一眼就看出来了。至于她为什么总跟宋萍萍在一起，恐怕只有她自己知道。宋萍萍是班上的女孩子中间相当漂亮的。关键在于她和陈茜虽然都很漂亮，可是又有着显著的差别。那就是一个外露，一个含蓄；一个爱大喊大叫，一个总是柔声细语；一个肤浅，一个深奥；一个粗俗，一个优雅……这种对比是明显的。这样两个漂亮的女孩子在一起，就会比任何一个单独行动更能引人注目，而让宋萍萍在身边，恰好更能衬出她的格调。比如，宋萍萍喜欢穿大红、浅粉和金黄色的衣服，她便也鼓励她这样穿，她自己呢，却常穿墨绿、海蓝、深玫瑰紫；到了夏天，常常是一身纯白，更不用说衣服的质地、款式和做工了。对宋萍萍，她从各种变色唇膏，讲到各种香型的进口香水，从《飘》，讲到《俊友》，又从《教父》讲到《绿房子》……看着宋萍萍入迷的样子，她觉得有趣。许多故事都讲到了，她却从没有给宋萍萍讲过左拉的小说《陪衬人》。

与此同时，她找到了另一种更有吸引力，也更有趣味的事情。她每个周末几乎都去参加一次舞会。每次，几乎都成为舞会的中心。最初，她很是紧张，但很快就习惯了。她拥有高雅的仪容举止和十七岁的年龄。她已经能够分辨出来自不同方向的女孩子们的羡慕、嫉妒甚至是愤恨的目光。她只是报之以微笑。那些目光使她意识到自己所占据的富有挑战性的位置。这使她舒畅。她的舞伴，许多是英俊潇洒青年，她能感到和他们一起旋转起来的时候，异性的呼吸和体热。但她很少陶醉。她只不过觉得有趣，证实了自己的征服力而觉得有趣。特别是一些熟识了的人，在偶然得知她的身份之后，主动地然而含蓄地做出某种暗示的时候，她含笑不答，进退都有余地。也就在她沉默的那片刻间，她只凭直觉，就给对方做出了某种测试性的估量。比如，从应付异性的熟练程度里估计对方情爱阅历的深浅，从言谈举止的分寸感上品对方在家世、学历乃至社会层次的高低……临别，对方往往主动留下地址甚至电话号码，她却只是以谢代答。过后，在她觉得乏味的时候，她可以通过电话跟其中的哪一个约会。高兴了，还可以一个星期天安排三处约会，和不同的人。但是，她绝不陷进去，总是那样不即不离，若即若离。她相信，对方也只是玩一玩儿，大家都玩一玩儿，都觉得有趣。她看过一本进口画报，有个美国人，在手指上画画儿，做成各种面部造型，拍成照片。她忽然觉得该做个类似的游戏，于是就在左手的五个指头肚儿上画了五张面孔，都是男性，耍来耍去地，真是好玩儿死了。最后，她把水浇在手上，于是“他们”就都消失得无影无踪了。

尽管她的社交活动那么多，但是，她从不放松学习，尤其是英语，必须坚持每天早起朗读一小时。即使在舞会结束得很晚的第二天，在星期日早晨，也从不例外。在社交圈子里，有时候也有些事情让她清楚地，也是痛苦地意识到，自己还不是最优越的。她不能忍受。她要在将来的某一天，比那些目前优越于自己的人更令人瞩目。而出国去镀金，正是一条捷径，以便回来能争取到让人们都需仰视才见的地位。她很能控制自己。为此，她不得不在需要集中精力学习的时候，忍痛放弃任何内部录像，尽管有时候就在家里放映。她常常反锁房门，把丝绒落地窗帘拉严，给自己强行制造出一种学习气氛。

生活里，也有一种更不能让她忍受的东西，那便是来自她认为无论天资和地位都低于自己的人的高傲。她和舒梅的积怨，就是这样结下的。

那还是在小学的时候。班上几乎没有一个同学不爱在课间围到她身边，以羡慕的目光罩着她，听她讲家里的各种设备和布置。可总是有一个小女孩儿，远远地，从没有靠近过她。

一个雨天，许多同学七嘴八舌地把忍不住的要求说了出来——能不能，带我们去你家，玩儿？她心里有一种说不清的兴奋。表面上却还很不情愿似的。最后，说，好吧，就带你们去一次。“勉强”地率领着一大群叽叽喳喳的同学，冒着细雨，走进离学校不远的那扇大铁门。

她只给他们看了几间普通的房子和自己的一堆旧玩具。他们却个个都睁大了眼睛，张着嘴，看愣了。有个男孩子一玩上那串电动小火车，就不肯放手。

天不早了。她正想送他们出大门，雨却突然下大了。大家就巴不得再待一会儿。其中有个女孩子急着回家，又没带伞。陈茜问她怎么回去，那女孩儿说："舒梅带伞了，她说让我进来玩儿，她在外面等着。"

跟着那女孩儿，她来到了大门前。在看门人给开大门的时候，她看见了，门外的大雨地里站着个女孩子，举着一把旧青布伞，跟大门保持着相当远的距离，显得那样小。她当时宽容地笑了，却笑得有些特别。她远远地看着舒梅那样瘦弱的身躯，感到自己心上的某个部分沉了一下。这一沉，让她永远也不会忘记。

敌意就这样埋下了。直到她们都以优异的成绩考上了这所重点高中，又被分到一个班里。这时候，她的爷爷和爸爸已经更有名望了，舒梅的目光里，却还是没有丝毫她想看到的东西。那女孩子总还是那么微低着头。跟小时候不同的是，每遇上她，总是淡淡地笑着，看看她，作为无声的招呼。她却觉得那招呼占据了某种主动的优势，而那双没有任何戒备的含着淡淡笑意的眼睛，更让她感到支撑自己微昂的头颅的颈椎里，注满了疲倦……

她期待着一个隐蔽在未来某一时刻的机会。

从宋萍萍那儿，她证实了自己的一项判断。在舒梅和沈明之间，真的有着一种不寻常的关系。这使她有点儿悻悻然。她并不像宋萍萍的感觉那样，对班里的男生，一点儿也没有兴趣。她觉得跟中学生接触，比跟大学生接触更要乏味。不过，这并不妨碍她欣赏班里的一些男孩子，比如沈明，高晓帆，邓海涛。

对舒梅的报复心理，使她萌生了一种愿望——接触一下沈明。说不定会一举数得。

那是在学校的足球场上。沈明踢得满头大汗，正坐在一棵树下面。远处不断传来男生们招呼同伴或是叫好的声音。足球场，真是男孩子们的世界。她走过去，坐在沈明旁边一块大石头上。

“你踢球的时候真有点儿像普拉蒂尼。”她说着，侧过脸，给对方一个粲然的微笑。

“你真逗，我能像高晓帆就满意了。”沈明一边擦汗，一边把毛衣脱下来搭在肩上。他的肩膀很宽。她瞟了一眼，顺带着发现那衬衫的领子是补过的。

谈话一直围绕着足球。跟男孩子谈足球，就像跟女孩子谈影星一样，是可以让交谈一下子就活跃起来的。

远远地，她看见舒梅和林秀在打板羽球，似乎林秀还向这边看了一眼。她嫣然一笑，转了话题：

“沈明，你，有女朋友吗？”她两眼盯住对方，以自己的最佳角度面向对方——这个角度，是她自认为最美的角度。面部，包括脖颈和两肩，所有的优点都在这个角度上得以恰当的表露。她有整整一本影集，一次又一次换衣服，换头饰，换项链和耳环，取的却都是这同一个角度。同一种深浅的微笑。目光里，同是包含着几分期待，几分暗示，几分隐秘和几分妩媚……各种神情的比例和搭配，几乎都是一律的最佳方案。她掌握自己表情的能力，并以之作为征服的武器的能力，不能不说，是天生的，也是惊人的。这时候，她也正相信了这个角度的魅力，才断定，对方在这样的笑容面前，不会说出“有”这个字。

沈明正处在由于谈到马拉多纳、济科和巴茨引起的兴奋里，一瞬之后，才明白了她的问题。他恢复了一向的平和的情态，看着她的眼睛问：

“怎么才叫‘女朋友’呢？”他好像不大清楚陈茜想要知道什

么。

“就是情人。”陈茜大胆地盯住沈明，这使他感到有些窘。他没有想到十七岁的女孩子会有这样的目光。他一时找不到恰当的语言。对另一个女孩子的情感和责任感，使他一时不知如何回答。

“也就是说，你目前心里有没有最喜欢的女孩子呢？”陈茜换了个姿势，但笑容还保持着最佳角度。她觉得自己占了上风，让沈明不敢承认舒梅在他心里的位置。她笑得更妩媚了。

“有啊。”沈明平静地回答，他从对方的目光里，已经隐隐地明白了什么。

“你对舒梅怎么看？”陈茜匆匆地掩盖住自己的失望。

“她是我印象中最好的，也是最美丽的女孩子。”现在轮到沈明直视对方了。

“那也就是说，她很漂亮啰？”没有经过考虑，她就一扬下颏儿，说出了这句话，也忘记了坚持最佳角度。

“哦，”沈明忽然宽宏地笑了，“怎么说呢——嗯，这就像你袖口上的这枚仿木纹的扣子一样，跟那些各种花样的有机玻璃扣子比，你很难说它漂亮。可是，它的朴素，是它自己的。那你就不能否认，它很美。舒梅相貌挺平常，可是，她的……她的气质，就是别人没有的了。这也是我心目中的美丽。”沈明站了起来，目光转向远处。

陈茜也站了起来。眼睛却还盯着沈明：“那，你对我，有什么看法吗？”

沈明侧过头来，微笑着，望了她一下，又低头想了想，然后说：

“我们平时接触不多。你给我的一种明显的印象是，你好像觉得自己什么都有了，可是，坦率地说，有一种属于女孩子的很珍贵的东西，我觉得你好像还没有。”

“是什么？”陈茜想尽量使自己显出平静的样子来。

“只是感觉，我说不清。”沈明有些抱歉地笑了笑，正巧高晓帆喊他上场。他答应了一声，向她点了点头，跑到男孩子们中间去了。

陈茜似乎很少这么沮丧过。她后悔了，又忽然怀疑起自己的自信力了。但她不允许自己这样。她索性把沈明扔进了自己怀恨的圈子里，尽管她对漂亮的男孩子一向宽容。她想起了沈明补过的衣领，不觉让嘴角上又溢出一丝轻蔑来。

尽管舒梅、沈明和高晓帆对她的态度很相似，他们中间却没有一个人对她故意表示蔑视。而对她这样做的，是另一个人，也是给她的印象最复杂的人——邓海涛。

邓海涛，人并不十分漂亮，他的风度却使他整个的人显出一种潇洒。如果你让他闭上眼睛站在那儿不动，你简直会觉得他很平常，但是，一旦他行动起来，一旦他张开嘴讲话，一旦他随讲话做出各种手势，一旦他的眼睛里放出锐利而机智的光，你就会被吸引住，并且会不由自主地承认，他确实是个很漂亮的男孩子。他，就是那个老师见了总要含笑注视的三好学生标兵；就是那个次次在团支部会上都要做出精彩的总结发言，使一向沉闷的团组织活动变得生动起来的团支部书记；就是那个连续三年荣获全北京科技小论文一等奖的骄子。他以那种几乎使人炫目的才华，那种几乎使不少大学生甘拜下风的才华，赢得了班里甚至年级里许多女孩子的钦佩甚至多情的目光。比起英俊来，女孩子们更容易为才华所倾倒。当然陈茜也不例外。哪怕邓海涛仅仅是对她客气些，她也就满意了。然而，邓海涛对班里的多数女生，都是很和气的，即使对宋萍萍也从没有像对她这么高傲。这使陈茜无法忍受，也无法理解。

比如，那次爬“鬼见愁”，每个人都觉得书包越来越沉，许多男生都主动帮女生背。高晓帆和沈明，肩上都是好几个书包和水壶，邓海涛走到舒梅和林秀跟前，可她们要自己背。他又走到陈茜和宋萍萍身边，要走了宋萍萍的书包，就大步向山顶走去，给了她个脊背。

如果仅仅是高傲，那么陈茜会用更厉害的高傲回敬对方。但是，她凭自己特有的敏感发觉，在那双亮亮的眼睛闪出的冷冷的光后面，有一种注视，一种不易觉察的呼唤。这使她产生一种幻想的冲动。她总觉得，邓海涛给人所有的印象后面，必定隐藏着什么，而那隐藏着的东西，似乎对她更有吸引力。她也无法知道这种自我隐蔽能力是怎么形成的。她想接近邓海涛。她的自尊心又一刻也不能等待。这样一个才华横溢而又潇洒的男孩子竟然对自己如此傲慢，不行，无论如何也不行的。她必须征服他。

她想着，简直有些兴奋了。

她裹着浴巾走出来，上好了闹钟。保姆已经铺好了床。她拉上窗帘的时候，见对面的窗子依旧黑着，哼，妈妈准是又去聚餐了。她不屑地伸了个懒腰。这个老太太，那十年熬过来了，就觉得一切都是白赚的，成天不是吃饭店，就是到处游山玩水，把软卧当成半个家了。唉，指着她能干什么呢？陈茜瞥了一眼床头柜上的照片，她和老太太，一样高高的额头，一样妩媚的圆圆的眼睛，一样稍稍扬起的下颏，只不过，一个是另一个的过去，一个也将是另一个的未来。会么？

忽地，眼前闪过了一张比她更富于女性气质的脸，只是多了两撇小胡子——爷爷惟一的孙子，爸爸和妈妈惟一的儿子，她惟一的哥哥——瞧那副腻味相儿！她明白，每回哥哥犯了事儿，爷爷和爸爸都跟霜打了似的原因，明白他们心里都在想些什么。把人弄出来，派车接回来，这连他们自己出面儿都不用。可是他们那副失神的样子，却好久也缓不过来。

她隐隐约约感到自己在家里的位置正在慢慢变化着。脚下的地平面在上升……

想到这些，她突然觉得，命运本来为她安排好的一个机缘，差点儿就错过了。她似乎从邓海涛的神情和风度里看到了这种机缘。她想，为什么不能往前多看十年——那时候的邓海涛会是什么样子？其实，在得知邓海涛递交了全年级头一份入党申请书的时候，她就应该注意到这机缘了啊。

她从菲律宾木写字台抽屉里，取出一张淡粉色的带着玫瑰香的信笺，想了想，在上面写道：

“明晚七点，我在紫竹院公园东门等你。”

是不是太干巴了？不，越简单明快越好。她要在明天考完试之后，亲自交给他。还不能肯定对方会不会接受。凭直觉，她感到接受的可能性只占一半儿。这回就要看看对方的胆量了。

终于有些困，该睡了。她忽然又想到，明天下午，应该让宋萍萍陪着去一趟舒梅家，倒要看看，你是怎么一副惨相。

这样想着，她就睡了。夜色正浓上来，室内温度，调节得最适于做个好梦。

第四章

那窗子还关着。

他又看了看，终于骑上车走了。

昨天，他还强迫自己安静下来考试。一放学，就疯了似的骑上自行车。可不知要去哪儿。沥青路面反射着惨白的阳光。他满头大汗，背上却爬满丝丝冷气。他想用尽力气喊——我不信！——而喉咙像被锁住了。脑子里是一片雪白的布单和女孩子的眼睛。那双眼睛！他无法想象那双眼睛现在是什么样。那扇他常常远远地看上一眼的窗子，紧闭着。站在过道的一头，看另一头，那扇让他总想轻叩的小门，上着锁。锁是冰冷的。“这不是真的！”他还想这么喊一声，但是已经没了力气。

“舒梅！”心里低低地吼。

路面的白光刺得眼睛痛。

汗水没了。背心凉凉地贴住心口。他咬着牙蹬着车。不幸已经发生三十多个小时了，不知道舒梅是怎么过来的。也不知该做点什么，为她，和那位母亲。

在家门前停下来，全凭着条件反射。

他下了车，两手一提，搬起车走进那个好大的院子。

每天把自行车搬个来回，像演杂技一样。院里各家的小厨房，有八九间，挤剩下一条窄窄的七拐八拐的通道。对面过来几个人，他又退出来，让过他们，才重新往里走。

家在后院，那座小楼后面，俗称“排子房”。一面墙是借那小楼的后山墙；门朝东，东面有房子挡着，窗开在北面，北边临街，一年进不来几缕阳光，只在盛夏西晒的时候，从窗里斜过几缕。屋子里，总漫着扑鼻的潮气。

弟弟还没回来。沈明点上煤气炉，等水开了，就下挂面。妈妈在学校吃午饭。他和弟弟习惯了中午一锅面条。

昨天，妈妈很晚才回来。他一直犹豫着，舒梅母亲的事，怎么告诉她，他们是从小的朋友。

妈妈进门的时候，他的心，掠过一阵颤抖。那一瞬间，他突然感到，和母亲在一起的日子也总有一天要失去。他忍不住迎上去，抓住母亲的手——那凉凉的十指，被自己紧紧握着；仿佛觉得还不够，竟忘记了几年来在母亲面前形成的羞赧，索性舒开两臂，把母亲瘦弱的双肩紧紧围住。不，他不能失去母亲。

那一刻，他觉出了母亲刚刚去过什么地方：不必隐瞒了。心里很痛。母亲抽出一只手，举起来，轻轻摸着他的头。沉默了很久。第二次热好的菜又凉了。弟弟愣在一边。

夜深了。他的掌心里，久久地留着握那双手的感觉——母亲的手啊……记忆里，母亲的手，苍白而瘦削的，温暖而柔软的，擦拭过血污的……

商店里。他还没有玻璃柜台高，两眼紧盯着那只小军舰，再也不肯挪一步。妈妈的手，轻轻地，又是坚决地拉他走。他哭了一路。回到家还是哭，睡下还是哭。忽然不哭了，体温一下子升到三十九摄氏度，躺在床上紧闭着眼和嘴。吃了药，渐渐醒来，他在医院里，枕头边放着那小军舰。他把小军舰抱进怀里，才看见妈妈一手支着额头，坐在床边。妈妈的手，好苍白。后来，春哥的奶奶告诉他，妈妈去卖了血。

他再不敢去碰那小军舰。

妈妈送他进小学。操场上，同学们整齐地排开，左边一行女生，里面站着个穿花裙子的小女孩儿。每天在操场列队，她都侧过头来，从前到后看着他这一行男生的脚——皮凉鞋、网球鞋、旅游鞋……看完了就盯着他的脚哧哧地笑。那双破了好几个洞的旧球鞋，让他不知该怎么站着才好。天天如此，他受不了。回到家，哭丧着脸，想让妈妈给买新的。

妈妈正洗那一大盆衣服。弟弟在一边吹着肥皂泡。妈妈擦干双手，捧起他的脸，问，怎么了？他觉得出妈妈手心里的温柔，忙摇了摇头。从洗脸盆里倒出些水，刷净那双球鞋。等干了，又学着妈妈捏起大针，穿上线……蹬上那球鞋，站在操场上，再不去注意那小女孩儿的笑。春哥的奶奶说过，笑破不笑补。

那时候他并不知道，就是那双手，曾经一点一点地擦净了父亲满身的血污。

谁又能知道，十几年啊，这双手怎么支撑起一家三口的日子的？

他去换煤气罐了，他去买菜了，他能做饭了，他包下了洗全家衣服的任务……为了母亲的那双手。

有时候想，为什么母亲这一代人会有这么多苦难呢？不光是母亲这一代，她的上一代人，下一代人，怎么总也不能告别泪水和叹息？

春哥，原来住在前院那间东房里，父母都在外地，他和奶奶一直住在这儿。春哥没插过队，可在家里整整待业八年。沈明小时候，常看见春哥晃着宽厚的膀子，整天不是做饭，就是倚着门框翻几本小人儿书。再不然，就吹吹那支破笛子。忽然一天，街道居委会来通知，春哥有工作了。全院的人都跟着高兴，奶奶乐得直抹眼泪。春哥揣了几块钱出去了，醉醺醺地蹬车回来——一下子没刹住闸，丢了一条腿。春哥出了医院，又被送进疯人院……每想起春哥，他的耳边，就飘过来断断续续的几缕笛声，后来才知道，那支曲子，叫《苏武牧羊》。

春哥的奶奶，院儿里人都顺着春哥叫她“奶奶”。从那以后，奶奶更老了。可没过几天，她还是跟以前似的，拆起布毛来。从针织厂来的边角料，用废锯条刮着，拆呀拆的，拆成一团团各色棉纱，能去擦机器，擦汽车。拆出一公斤，街道上就给两毛钱。过去奶奶拆得很快，加上有春哥帮着，一会儿就是一座小山。可是后来，奶奶拆得慢多了，而且颤巍巍的。每天傍晚，一边拆布毛，一边给院里小孩儿讲故事。那时候，沈明总搬着小板凳，坐得离奶奶最近，听奶奶讲八仙过海，讲牛郎织女，轻轻哼着“小放牛”，或是数叨着“打花巴掌儿”……那些黄昏，都伴随着一个个古老传说，在他的心里印上神奇的色彩。可奶奶终于有一天不能再讲故事了，奶奶，躺在那张小木床上，再也不能起来。

屋里屋外，站满了同院的人。奶奶似乎还有什么放心不下，指了指那些没有拆完的布头。人们懂了，把那几支锯条分成许多小段儿，从奶奶的床边到院子里，每个大人都一手拿着一块布头，一手拿着一段锯条，拆呀拆呀……沈明也学着大人拆着。他永远忘不了，那个黄昏，当最后几束阳光照进小屋里的时候，许许多多细细的布毛在阳光里飘飞着。奶奶最后说，把攒下的所有的钱，留给春哥，娶亲用。他这才明白，为什么奶奶的白发上，鼻翼的两侧，总蒙着一层细细的暗红色或是乳白色的绒毛了。

阳光里，布毛飘飞着，奶奶一定觉得那时刻很是美丽，看着，慢慢闭上眼睛。

可春哥没回来。

火葬场的车，停在大门口。几个和春哥一样年纪，也听过奶奶讲故事的小伙子，让老人平躺在担架上，从那间小东屋里，抬出来。可过道太窄了，左一间厨房，右一间小棚子，这样抬绝对出不去。可是，又绝对要让奶奶平躺着离开。人们都愣在原地。沈明忽然想起自己家后檐临街的那一堵墙，后窗下正好有一段窗台。要是从那儿——嗯！“抬到后院儿来！”他喊着，跑在担架前面，跟邻家的几位哥哥一起，进了自己家，用锹、镐、撬杠，不大工夫，就把屋里那半堵临街的后窗拆出一个好大的缺口。灰和汗混在一处。随着铁锹和砖头撞击出火星，虎口也把灼热的感觉一直传到上臂。他什么都不顾，而且对那半堵墙竟产生出一种莫名的愤恨。奶奶走了一辈子不平的路，不能再有什么挡着她了……望着老人安安稳稳平躺着离开这里，他才直了直腰，竟然笑了一下。可是当他一个人，面对着那个大大的缺口的时候，他又哭了。哦，奶奶，春哥，那些永不能再听的故事，那一堆一堆小山一样各色的布毛，还有，那条窄得卡住奶奶担架的全院子几十口人天天来往的过道……

锅里的面汤冒了出来。他打开盖子，减小了火。记得那墙很快又重新砌好了。那天，妈妈回来，什么也没有说，只是搂住他，紧紧地。

“哥——”是弟弟。一进门，他就看见了弟弟脸上的两道红。“又挂彩了？”他一边拿出剩菜来热，一边问。

弟弟抹了一下眼睛，不吭声。

沈明小时候，胡同里总有男孩子欺侮他。没有爸爸的孩子，就得一个人对付四五个。春哥跟他说过，可以帮他收拾那帮小子。他咬着牙摇摇头。挨了打，脸上青紫着回来，他总一个人闷头躲进屋里抹泪。他恨爸爸为什么自己走了，又怕妈妈看见难受。可他从没有求过春哥伸一伸胳膊。现在，不知是大家都已长大，还是由于自己宽宽的肩膀和一米七八的个头，反正那些人和他见了面，都是打声招呼或是一笑才过去；有时候，还停下来，聊上几句。回想童年，他们都笑了，男孩子，自有男孩子的大度与洒脱。

弟弟还是个孩子。当然免不了和别的孩子闹些摩擦。那天，刚回家，弟弟抹着泪，拽他去给自己“报仇”。沈明没有去。其实，他只要往那儿一站，就足够了。他抓住弟弟的肩膀：“我不能去，一个男孩子，遇事总得把哥哥戳在背后壮胆儿，将来还怎么成人？！”弟弟撇着嘴，小脸让泪水冲出一道道泥沟儿，可还是点点头，沈明又说，“擦擦去。以后不许当着别人的面哭。男孩子的眼泪，可不是流给人家看的！”弟弟又点点头。

他渐渐觉得，在家里，妈妈承担起了对他们两人的来自母亲的教育；而他，正学着从一个男子的角度，教育弟弟和自己。

面好了，他和弟弟一人一碗，拌上剩菜，吃得很香。

大概就在弟弟这个年龄，有一段时候，他吃得很多，让妈妈睁大了眼睛。又特别贪睡。那个夏天，踢球，游泳，爬山，玩得真痛快。开学时候，体检一量，自己也吓了一跳，一个暑假，竟一下子长了七厘米。

不知从什么时候起，觉得胡同窄了，房子矮了，邻家哥哥不那么高了。感到自己身上从里向外透出的热量，烘暖着周围的空气。眼前一下子亮堂了——《趣味物理》《天体的奥秘》《从一到无穷大》……还攒了钱去买北岛的书，还渴望远远地看一眼那个叫江河的诗人……哦，化学反应里那灿烂的火焰，绚丽的絮状沉淀；爱因斯坦的幽默；牛顿的神奇；达·芬奇笔下光与影奇妙的和谐……世界的广大，世界的变幻，让他一下子觉得，忽然从童年的寂寞里走出来，从排子房的阴暗和潮气里走出来，走进了晴空下的阳光里。

心，一天天地成长。心里的那片阴影，也就一天天地浓重。

终于有一个夜晚，弟弟已经睡熟，妈妈也看完了最后一份试卷。他轻轻地问，心，跟着颤抖了一下——

“妈，爸爸为什么死的？”

以前，他问过两次。在第一回挨了男孩子们打之后；在春哥的奶奶去世的第二天。妈妈摸着他的头，沉默良久，终于什么也没有说。

几年过去了，那个疑问压在心里越来越沉。他爱踢球，带球飞跑着，风呼呼地从耳边过。他能感到，血肉之间，一种热流在奔涌。凭直觉，那热流一定源于父亲的血脉。愿望一天天地强烈。父亲，父亲！

对父亲，除了那张旧相册里发黄的结婚照，再也没有任何东西可以提供给他。妈妈从不说，他没办法，也问过春哥的奶奶。奶奶瘪瘪的嘴唇嘬在一起动了动，终于摇摇头，那一张布满皱纹的脸，让他更加困惑。

血管里，青春在涨潮。心底里回荡着遥远的呼唤。黑黑的眼睛，透过小后窗，凝视夜幕上那颗星星。

“妈，我爸，怎么死的？”

母亲没有动。背对着他，案头那盏灯从面前照过来，在他的瞳仁里，印上母亲黑黑的沉重的背影。母亲老了。忽然感到。闻见了房间里那一丝常年不散的潮气。

那个夜晚，母亲出奇的平静。

事情竟会是这样。仿佛看见母亲一下子扑在那片血泊里，周围瞪着数不清的惊愕与迷惑的眼睛。就在自己这张床上，母亲把背回来的父亲身上的血迹一点一点擦净。可那重重的生命凿出的疑问是抹不掉的。母亲到处奔波——却无从查询。一个人，就那么死了，在那样的年代。谁也不知道为什么。

母亲很平静，背对着他。他的头发竖了起来。夜幕上那颗星，太亮了，刺得眼睛痛。弟弟的呼吸，均匀而安宁。

一连几天，那股滚烫的血在他心里奔突。发了疯似的踢球，连连撞倒了想要堵截他的人。抬脚劲射却总也射不中。冲出场外去跑个两千米，直到高晓帆把他拽回来，精疲力竭地靠在球场的角落里。大口地喘着气，仿佛好受些了。坐在好朋友身边，不说一句话。

父亲死了，在十几个春天以前。妈妈说，小明笑的时候，眼睛和父亲的一模一样。他真恨不得毁了这双眼睛，而不让母亲再引起令人神经抽搐的回忆。

父亲的死因，无声地淹没进那片血海般的历史。那一切都是为了什么？在自己这辈人出生之前，世界到底怎么了？

春哥的笛声。奶奶鼻翼上的布毛。父亲身上的血污……它们究竟都源于何处又都去了哪里？

他觉得自己的心太沉了。一下子握住高晓帆的手，想告诉他一切。泪光已经在眼睛里亮亮地闪烁。

男孩子流泪，在别人看来，也许会是可鄙的。沈明却有自己的理解。

他第一次感到高晓帆该成为自己的朋友，正是因为高晓帆说：刚见到草原，自己第一个感觉，就是想哭。

小时候，长时间住在这两间排子房里，他几乎没有见过一缕真正的阳光。只有夏天的傍晚，夕阳最后的几缕光才斜进那北向的小窗。他于是登上小凳子，趴在窗口，对着那几缕阳光，举起心爱的万花筒，看那几片小花玻璃变幻出永不相同的图案。直到那最后几束光完全消失。

那是一个秋天，妈妈带他去看望自己儿时的伙伴——舒梅的母亲。路过一片空旷的青草地，他不走了。从没有见过这么蓝的天，从没有见过蓝天这样没有遮挡地铺开，从没有见过阳光这样辉煌……泪水，涌上来，漫过蓝天，漫过阳光，又唰地退回去，只留下一两滴，挂在睫毛上，被阳光照着，幻化出五彩的光。

他喜欢画画儿。有一幅画儿，一直在他心里，从没有落过笔。那该是一幅油画，断崖之上，一个男子挺立在劲风里，面对火红的落日，热泪奔涌。那景象一直珍藏在心底。他觉得还不能满意地画出来。他只是珍藏着，也许，他会用一生，真正完成这幅肖像。

是的，男子的热血同热泪联结起来，才能是真正的人。同时，热泪奔涌的脸庞，比起那些铁面孔，或者更具有真正的血肉之躯的阳刚之气。

沈明流泪，只有在他一个人的时候。

他只破例过一次。

那个黄昏，那个许多烦恼都被涤荡干净的安宁的黄昏，他和女孩子面对面，伫立在晚风里。他，不再束缚自己滚烫而明澈的热情。

那个奇妙的黄昏啊，是怎样来临的？

必定是先遇上了那个傍晚。班主任老师和他们几个班委，一起去看望舒梅。她病倒了。他们才知道家庭的重担都落在她一个人肩上。门开了；女孩子苍白的脸庞，卧床不起的母亲……她那双回避开怜悯目光的眼睛，不时抿紧的嘴唇……昏黄的灯光，昏黄的天色……告别之后，随大家一起蹬上自行车，他又一次回头望一眼那小窗，觉得舒梅和自己，似乎有什么地方很相像……

以后，还必定又遇上了那个早晨。好大的风啊。课间的时候，校园里没有一个人。自从知道了父亲的死，他给自己默默立了条规矩。这让他走出去，走进冷风里。挺直了脊梁，稳稳地站着，任冷风狂吼。迎面跑过来一个人，怎么，是那个女孩子，在跑八百米。长辫子没有了，一头短发在大风里飘。女孩子对他微微一笑，冷风里的微笑，是温暖的。从此他知道了，在同一个班里，舒梅，有那样的微笑。

好像还少不了那些课间。他在一张张纸上列开一个个公式或是解出一道道难题，一步一步地讲出来，直到她蹙着的眉心舒展开。看到总是沉默的她渐渐地笑声多起来，他的心里，那么舒畅。

还有那个下午。放学了，他们同路。"天上那块云彩挺奇怪。"舒梅说。真的，一大片浓云遮住了阳光，只留下一个小小的圆缺口。她问，"想得出么？太阳给一个什么动物做了眼睛？""狗熊！"他说。她笑了，但是那只"眼睛"越来越小，终于太阳整个被挡在了"狗熊"身后。他们在一大片阴影里走。忽然，女孩子指了指前面，太阳踱到了云的另一边，胡同里有一条明显的分界。这边，浓浓的阴影；那边，灿烂的阳光。女孩子使劲跑着，跑过那分界线，跑进阳光里。当时，他愣在那儿，想起自己曾在那洒满金辉的蓝天底下久久伫立；想起女孩子小窗里昏黄的灯光；想起那个大风天；还有女孩子的诗和讲给自己的故事。他觉得那个向往站在阳光里的女孩子，就是一束阳光。他骑上车，也穿过那阴影，于是有温暖的阳光在头顶和身旁照耀。

那以后，逼来一连串紧张的白天和夜晚。终于闯过了最后一道难关，他们相视而笑。担心过，假如自己和她，有谁考不上本校……但是他相信女孩子，也相信自己。

终于盼到了那一天，通知书上写得很明白。他们都松了一口气。黄昏，又来临了。

从学校里出来，已经走了很远。他从来没有说过那么多。他发现，舒梅原来也不像自己印象中的那么沉默。

他们向往有一天能走出城市，走出很远，去看海，去看山。

他们心里，都装着一点儿东西，很沉很沉。他们又很高兴对方和自己一样——并不羡慕那些心情一向轻松的同学们，一点儿也不羡慕。

他们就这样走下去。舒梅望着落日，说，她想念一个童年的朋友，她在很远的南方，那天分手的时候，那个女孩子趴在她耳边说——

"等我们再见面的时候，你想不出我会变得多好。"

舒梅眯细眼睛，注视那最后几缕阳光，说，真的，谁能知道我们会变得多好呢？

望着她，沈明觉得心里处处洒满阳光。

那句话里，每一个字都那么普通，它们合起来，竟产生了一种奇妙的力量，像一阵风，吹得他心海里那片白帆鼓胀起来，一心向往远航。他记得，爬"鬼见愁"的时候他先一步登上峰顶，回过头拉了舒梅一下。现在，好像是舒梅拉了自己一下。他们一同站在一个美丽的峰顶。更高更远的山峰，使他们神往。心里充满了温热的潮水。好像自己此后生命的每一天，都是为了证实那一句话。

他们都停住了。面对面凝望着。夕阳洒在目光的桥上。他的眼睛里，只有女孩子，只有阳光。不知道该说些什么。只觉得心的闸门敞开了，那暖潮涌出来，涌上眼睛。他看见女孩子正注视着自己，微笑在夕阳里。他知道，女孩子的眼睛，一定也流过许多泪，但是现在它们流露出阳光一样明朗的笑意。他想握紧女孩子的双手。但是最终只凝望着那双眼睛，让阳光洒满心底。

永远的微笑。永远的阳光。

现在没有阳光。微笑也那么遥远了。房间里的丝丝潮气渗透着他。墙上的年历默默地昭示着他。七月，在明天那个日子下面，有一个圆圆的红点。他的目光突地跳了一下，觉得头皮有些发紧。

一年以前，他和妈妈去舒梅家。舒梅的妈妈躺在床上，让她俯下身，在她的眉心上，点一个红红的圆点儿。那天，正是舒梅十六岁生日。打开新年历，他做的第一件事，便是找到七月，在那个日子下面，用红水笔认真地点上。

一个星期以前，他就做好了这件小礼物，想，舒梅一定会喜欢。

盯着那个带红点的日子，他不知道是什么东西让自己的心这么热，热得痛起来。生日，究竟包含着什么？

窗外的天空那么蓝。舒梅最喜欢这样的天空了。无论如何，今晚要再去一次。他甚至不敢见到她。但是一定要去。哪怕只看见那小窗，哪怕只看见那盏灯。

第五章

邓海涛端坐着答卷。第四门了。嗯，考试，一旦驾驭了它，就会有一种如入无人之境的豪情和惬意。全然没有被迫的痛苦。他现在正如置身于无人之境。

交了卷子。背上书包刚走出教室，忽听后面有人喊自己。是陈茜。她从容地送过来一封信，丢下一个神秘的微笑，走了。周围人多起来。他很随便地把信插进衣袋，看也不看那个婷婷的背影，径直走向班主任老师办公室。

这是个习惯。每天放学，他都要去问问老师，有什么工作要做。事情虽小，也不是每天都一定要做什么，而如果坚持下来，是会给老师留下很深印象的。

今天，老师确实有点儿事。梁京生被拘留了。

他做出有些惊讶又不太相信的神情。其实，他早已觉出这小子要出事的，却从没有对谁议论过。他只不过是在训练自己的判断力和预见力。看着老师忧虑的神色，他想，你，该早看出来才是。

老师今天就去看梁京生。班委会和团支部也该去一次，不过那是考试之后的事。到时候你们再商量吧，老师说。

回家的路上，他慢悠悠地蹬着车子。从不骑快车，总是保持那种随时都可以立刻刹住的车速。需要高速度的，只有思维。这两天，考试并未占领他的全部思维领域，他临考的几天从不摸书，照样能拿好成绩，他注意处处培养自己有条不紊的习惯与风度。生活极有规律。每天睡够八小时，只是昨天例外了。昨天，入夜了，还是睡不着。他曾经发誓要忘记舒梅的。现在，她会怎么样呢？他不忍心再想，可是觉得一定有许多的泪水……那个月光下的女孩子啊……他的心，还从没有为一个女孩子，这样疼痛过。

不再想了，他克制着自己。

来想想梁京生吧。他嘛，哼，货真价实的弱者。

他和梁京生座位很近。平时，他经常试着运用自己的谈话艺术，从梁京生那里，“套”出自己所期望的而对方又不大愿意讲的东西，来印证他的判断。

果然，梁京生的父母已分居多年；他跟双双都是高级工程师的爷爷奶奶生活；平时几乎不跟家里的任何人说一句话，他恨家里许多人。真的是这样。为自己判断的基本准确，他在心里笑了，同时，回避开梁京生那片恳切的目光。

梁京生渐渐地似乎明白了些。那目光暗了。过了些时候，邓海涛发现，他跟校外哥儿们来往更密切了，身上常散发着隐隐的烟味儿，脸上时而青一块紫一块，不过不很明显。那准是帮谁"拔份儿"落下的。邓海涛感到，这种盲目地为了别人或是为了发泄而打架不怕死的，也是弱者。

他断定，梁京生这次犯事儿，一定又是为铁哥们儿报仇去了。唉，弱者——你的名字也可以是男人啊。

拐弯，到家了。闻见了炒菜的香味儿。

自己的小屋。对面靠墙三个书架，正中上方墙上，挂着父亲的遗像。两旁的书架顶上，一边是一本看似旧书的东西，一边是一个发了乌的长命锁。他望着，望着。

"海涛，吃饭吧。"

两碗米饭，就着西红柿鸡蛋、酱牛肉、海米油菜，真香。

自从父亲去世以后，妈妈几乎把收入的大部分都花在吃上。她变着花样做。但是自己吃得很少，总是爱看着他多吃。在那双目光里，他随着那些香喷喷的饭菜咽下了许多发涩的东西，心里生出一种夹杂着感动和理解的心情。

妈妈从不让他刷碗。他重又坐在小屋里。

他不喜欢回想往事。可今天不知怎么了，就愿意坐下来想想。那三个人都已经不在了，像舒梅的母亲一样。

父亲去西藏多年。母亲又加上一条“海外关系”，被迫带着他下放到江南农村，就把他托养在小镇那一对无儿无女的老公公老婆婆家里。他记得那镇上的小巷，又深又窄，脚下青砖都已坑坑洼洼。两边房子灰乎乎的，很老了，老得像要隔着小巷倒在一起。他仰头看，觉得有趣，就像阿公阿婆，人老了，走路就向一起靠。

阿公阿婆那三间大屋很结实。他去了不久，见一对小夫妻来求两位老人，说家里没地方安身，想借一间屋。阿公阿婆见他们可怜，真的腾出一间来。他还记得开始还去那小夫妻屋里玩儿，后来人家就不许他进了。

阿公阿婆总把能弄到的好吃的留给他。他开始壮实了。阿公总捧着一本多少年前攒下来的洋画——那是为招徕顾客，插在纸烟盒里的彩色长方形小画片。阿公指着每一张上的小人，给他讲《封神演义》的故事。日子久了他就接过那本子，指着那些小人儿，把所有听过的故事，都给阿公讲一遍。阿公先是半张着嘴望他，又抱过他乐啊，眼睛都细了，阿婆那时候总望着他们一老一小，笑着，手里做那总也做不完的针线。妈妈有时候也来看他。印象里，总记得妈妈掏出钱来，跟阿婆推来推去半天，常常是阿婆硬把那钱塞回妈妈的衣袋。妈妈每回总是抹着眼睛离开。

忽一天，来了些人，把阿公阿婆两间屋占了。他吓得紧紧拽着阿婆的后襟。阿公一气倒地，手指着那两间屋咽了气……邻居们明白，那些人是工宣队，那小夫妻也是工宣队，惹不起。

妈妈来接他走。阿婆把那套《封神演义》洋画儿捧给他；把那长命锁捧给他，颤颤地。那锁，银的，是老两口给自己的孩子准备的，可一直……阿婆两眼发直，目送他们母子离开了那小镇。

不久，传来阿婆故去的消息。那以后，他常望着那本洋画和那个长命锁出神。

回到北京，妈妈倒愁眉不展了。爸爸去西藏十多年，就是调不回。妈妈就抿紧嘴唇，三分钱、五分钱地节省，买回各种高档礼品，一个门槛一个门槛地送进去。凭着她的机智和忍耐，打通了一层又一层关系，总算有了希望……

对爸爸，他没有一点儿印象了。听妈妈说，爸爸当年是清华大学高才生。人极老实，一直要求入党。谁知五七年竟出了事。到“文革”一起来，就被专了三年政。他生怕这辈子也赎不完自己犯下的不知究竟是什么罪，就趁着那次“下放”高潮，主动申请去了西藏。谁知这一去……

不知从什么时候起，邓海涛一下子觉得妈妈老了，撑不住了。他就按着妈妈那个小本子上的人名住址，一处处行动起来。他提着的那一大兜一大兜的礼品，那些用各色透明纸包着的漂亮盒子，那些在阳光里闪动着绿、红、黄各色光波的瓶子，让他不自觉地舔了舔嘴唇。他记得在江南小镇，在那永远有些潮气的屋里，每个早晨，太阳从屋檐的那个裂缝直射进一缕光来，阿婆就拿出那只妈妈带来的瓶子，里面的橘黄色液体，被那缕阳光照着。他看了许久。起初，阿婆盛出两勺，用水冲成淡黄色，捧给他。后来，就每天盛出一勺了；每天盛出一勺又倒回半勺了……橘子水越来越淡，他却总是觉得美极了。喝完了，总要再倒点水冲冲杯底。每天那个时候，阿公阿婆总坐在身边，一声不响地看他喝。黄色的液体在阳光下闪烁晃动……现在提着那一大兜东西，他的鼻尖上，渗出几星汗珠。瓶子里的波光真好看哪。他又舔了舔嘴唇。

他逐渐学会了一套彬彬有礼的言语，劝说那些其实巴不得收下而又故意推托的人接受那一份份礼物；他学会了从对方的仪态、家人的举止、屋里的陈设，判断对方的社会地位；也学会了从对方的表情里，捕捉出一些有价值的暗示。同时，他更学会了憎恨。

仿佛就在一夜之间，他的嗓音变得厚实了，眉毛比过去黑多了。他喜欢抚摸自己突出的喉结，感受音流的震荡。妈妈好像一下子变得瘦小了，降到自己的水平视线以下。他感到了自己的强健。而更大的变化，还来自于他的头脑。

妈妈包下了所有的家务。他学习一向轻松，一回家，就扎进那几架作为抄家物资幸而发还的旧书里。那是早已故去的爷爷留下的，加上爸爸的，可真够人读几年。他已经完全有了自己选择书籍和阅读古文的能力。优秀的语文成绩在这里得以证实。每天，同院的男孩子们逮蛐蛐儿的时候，一群同龄人围坐在窗外的路灯下敲“三家儿”的时候，他让那一本本书，引导着走进一个又一个神秘的世界。从历史、哲学、书法、文学到兵书战策。《史记》《三国志》《中国通史》……在他的头脑中延伸起一条摩天的纵线；艺术和自然科学的历史，又在这条线上，向四面八方拓展开一层层广阔的平面；平面之间，又有一根根坚实的支柱，那便是人类的思想史。

视野一下子打开了。他意识到，自己身体里之所以会有现在这种强有力的感觉，是因为心里装着那些书的精髓。他自信抓住了那些古旧的书里依稀可见的闪烁了千百年的智慧之火。它们聚集起来，照亮了他的世界。这使他想起那本《封神演义》洋画，觉得自己很像其中的杨任。那人一对眼睛里长出一双手，每只手掌心里又生出一只眼睛，多么大胆而光辉的想象！这想象照亮了他的眼睛。是的，要为视线开辟出一个更高的境界，只有靠自己——眼中有手，手中有眼，手眼非凡。

他最崇拜的，还是兵家历来尊奉的孙武。

孙武说，作战，要紧紧把握住主动权才行，要“致人而不致于人”。

当邓海涛看到这里，他几乎是捧着那本书，凝望窗外的天空，心里涌起感激的潮水，眼睛亮了——“致人而不致于人”。这也就是说，要想不让别人掌握自己的命运，就该抢先掌握别人的命运！

哦，睿智的孙武啊。不知你如今随了哪一阵雄风，哪一股江水。

读《孙子》，他觉得达到了一种思接千古的境界。每看到一个心领神会之处，眼前就现出一个微笑，孙武的微笑！并不真切，但确实是孙武。孙武确实在微笑。从容的，平和的，智慧的微笑。感到了孙武和自己之间目光的交流，决心铭记孙武的哲理，做出一番连孙武也想不出的创造——运用在生活中的其他领域，惟独除去战争。

他感到了一种超越。站起身，走出屋门，站在阳光下。他觉得自己成熟了。

从此，打开了又一片视野：《拿破仑传》《白宫岁月》《领袖们》《赫鲁晓夫》《蒋经国传》……他觉得自己正朝着一个模糊而又清晰的目标走去。这以前，他有点儿嫉妒那些早早成名的“神童”，什么小画家呀，小诗人呀。他戏称他们为“少年得志者”。现在，他只是对那些“神童”轻轻一笑。知道嘛，有些领域，是没有神童的。那里要求人们在少年、青年甚至壮年时期默默苦斗；而最终，那最有竞争力的，才会脱颖而出。在那些领域里，没有神童，只有天才。神童只是一瞬，天才方是永恒。

他感到了勃勃的雄心在胸腔里膨胀。他也努力让自己学会冷静。他决心从各方面锻炼自己，日趋符合走向那目标必备的条件。他对自己充满信心。是的，尼克松说得对，“要做大事，就要学会从小处做起”。从此，他开始以一种崭新的目光，注视自己周围的一切。

他发现自己的现状很有利。他十分清楚，自己要做的，是进一步获得老师的信任和喜爱。要对所有老师都彬彬有礼，要保持名列前茅的学习成绩。这些，对他都不难。对同学，要充分展示才华，使他们拥护自己，这要比以前难些。一上高中，尤其男孩子们，谁没有自己的主见和一套处世哲学！不过，他记得基辛格说过，自己和别人谈话，不出十分钟，就要对方跟着转。他正在训练自己的一套“基辛格式”的谈话艺术。交谈的时候，他看上去很轻松，实际呢，他正不留痕迹地使对方的思维跟着他走。至于那些对他很“铁”的同学，他倒觉得早都“看透”了他们。带着微笑，他注视着班上的另一些不好对付的男生，比如高晓帆。他注意到，高晓帆是那种把玩儿视作生命一半儿的人，似乎不足为虑；但他同时发现，高晓帆跑过许多地方，见多识广。

那天中午，高晓帆随口说起锡林郭勒大草原，连陈茜和梁京生都不错眼珠儿，盯着他听下去。十分钟预备铃响了，没人动；下午第一节课的预备铃响起来，围拢的大半班人才不情愿地散开——这时候，也才发现语文老师早站在一边了：“我愿捐献十分钟，请主讲人把这段‘那达慕大会’盛况讲完，好不好？”连一直不远不近地静听着这段草原见闻的他，也不由自主地鼓起掌来。他明白了，一个人的阅历可以直接变为一种魅力，在令人倾倒和令人嫉羡各方面的作用，自己都不该低估。

还有的男生，看上去好对付，其实却不然，比如沈明。他知道，沈明和自己一样，没了父亲。这竟使他产生一种隐隐的敌意。男孩子失去了父亲，会在心里升起一种不同寻常的力量。思索了父亲的死，男孩子就成了男人。至于沈明的英俊，他并不以为然。而让他感到威胁的，只是对方的平和又不失刚劲的气质。十七岁的男孩子，一般不够稳定，又很难把握自己的情绪及情感。而一旦能够平衡自己的内心了，他也就不好对付了。沈明是班长，平时不大爱说话。这更使邓海涛感到一种潜在的威胁——说得越少，听得就越多，也就越让人难以把握……

那么，对于男孩子们，有什么更巧妙的办法，使他们支持自己呢？

邓海涛想到了物理学上那条“同性相斥，异性相吸”的著名定律。他感到了自己周围聚拢着的女孩子们的目光。他笑了。他觉得应该在她们面前施展魅力。首先征服这些女孩子，再由她们去影响那些男孩子。这恰是孙武所说的，“此知迂直之计者也”！

他赢得了普遍的胜利。他很是兴奋。他还从来没有看重过自己在这方面所具有的魅力的意义。既然为自己选择了那样一个遥远的目标，而那目标需要它的追求者具备多方面素质和种种不同的魅力，那么，测定一下自己在女孩子心目中的影响力度，就并不是什么浅薄行为了。可这种测定究竟是从哪天开始的，连他自己也不大清楚。他只觉得宋萍萍比以前任何时候都更主动地跟他搭话，陈茜也竟然在那次年级乒乓球赛的时候，站到他的台子旁边为他加油。于是他就更愿意玩味一下陈茜和宋萍萍两个人的关系。他一眼就看出，一个不过想沾沾光，另一个，不过想找个陪衬。至于陈茜的高傲，倒从没让他不快。他早看透了这位小姐。他听说过她的门第。那个家族里，倒是有两个人值得自傲一下，但绝不是她。这种高层人士子女，只是在自我欣赏里活着。脸蛋儿和门第，都不过是个壳儿。而从她的眼角和眉梢流露出的一瞬间的神情，他断定，这类女孩子，十七岁的经历，从某些方面讲，比自己母亲那一代妇女四十多年的经历还要复杂。正因如此，他倒想试一试。想去玩味一下那位女公子的傲慢被击碎之后的软弱，也想从一个新角度测测自己的魅力。同时，更想研究一下，那两个著名人物的私生活，以及他们所在的那个阶层，那帷幕后面的神秘的天地……他采取了孙武那条“近而示之远”的策略。他这样做了，很巧妙。他相信，鱼，会上钩的。

也有时候，静夜醒来，他久久不能入睡。他仿佛看见自己守在一座坚固的堡垒里，把所有的人都看作敌手，只通过四周的瞭望孔去观察周围的人，而绝不向别人暴露自己的一丝一毫。但是，在那双清澈的眼睛面前，堡垒被透视了。他顿时陷入无从掩蔽的窘境。拥有那双清澈眼睛的人，邓海涛把她的名字像珍藏阿婆家的屋檐下透进的那缕阳光一样，珍藏进自己的心灵深处——“舒梅”。

他和舒梅、沈明，都是初中时候的本校同学，只是他不跟他们两个一班。对舒梅，他最初的印象是一个留着长辫子的女孩儿，很有些伤感的。后来，他忽然发现，那女孩子每天都跑步，除了大雨天之外，刮风飘雪都不间断。他不相信女孩子能有这样的毅力。继续观察她，天天如此。那种沉静和坚韧，给了他很深的印象和很深的疑问。上了高中，他们分到一个班，又听说沈明和舒梅之间存在着一种耐人寻味的关系。他更对那女孩子产生出一种兴趣，那是一种研究者的兴趣，也是一种想证实自己力量的兴趣。

第一次真正接触舒梅，他就明显感到了女孩子身上的某种变化，也感到一点儿让他的情感波动了一下的东西。

那天，校团委会老师让他去出一期板报。他想起舒梅那一手整洁的小字，就和她商量好，放了学一起去团委会。可放了学，女孩子不见了。他一个人下楼的时候，差点没在楼梯拐弯的地方跟跑上来的人撞上——舒梅。

“我正找你呢。怎么一下就没影儿了？”他尽量想让自己的话亲切而礼貌，尽量掩饰住责怪。

“哦，我下去了——天晴了！”舒梅喘着气，眼睛亮亮的。

他这才注意到，从早上一直阴沉沉的天，现在放晴了，阳光朗照。风也暖了。他忽然觉得，自己这颗心装得太满了，竟没有匀出一些目光和思绪，留意一下天空和阳光。他感到一种莫名的失落。

“对不起，让你——”舒梅见他不语，含了些歉意说。

“哦，说对不起的该是我。”对方还没有明白他的意思，他又说，“走，我们再下去看看吧，去团委无非是绕点儿路。”

出了楼门，迎来满眼阳光。女孩子快乐的情绪和温暖的风融在一起，向他冲击过来，使心灵防线上的那道屏障似的东西颤动了一下。哦，阳光。

望着阳光里舒梅的侧影——她现在平静些了，但是依旧快乐，鼻尖上细细的汗珠在阳光里闪烁着——他一下子想起了宋萍萍的做作和陈茜的高傲，他在心里说，阳光，你只有照耀着这样热爱你的女孩子，你才是真正的阳光啊。

在走向团委会那间小屋的一路上，他想，这就是那个忧郁的女孩子么？多奇妙的变化啊。可记忆中那个跑在飞雪里，跑在大风里的身影，又让他似乎领悟到了什么？

过去，邓海涛很少注意她。用他的眼光看，舒梅并不漂亮，可今天，在这阳光下的时刻，他忽然发现舒梅的相貌里，蕴含着一种很动人的东西，可一时又说不清那究竟是什么。

以后，他更注意舒梅的一举一动，并且找出些值得思索的地方。比如，舒梅在校园里待人也那么彬彬有礼，而他自己的礼貌却只是对老师而言。至于什么种花的，扫地的，收发室的老传达，他从不想多花言语。舒梅却不，尤其对那个扫楼道的老太太，早上一看到，她就说："阿姨，您早。"还总是甜甜地笑着。怪不得宋萍萍要问："她是你亲戚？"舒梅的温和，使许多校工和她成了朋友。可她一见校长，反而拘谨得连招呼也打不成。邓海涛觉得不可思议。

一个下午，班里只剩下他、高晓帆、沈明、陈茜和舒梅。那个扫楼道的老太太忽然出现在门口，向舒梅招呼了一句什么。她走出去，一会儿就回来了，向窗外的校门口看了一眼，就急急地问沈明和高晓帆："能不能给我凑够十块钱？"那两个人正站在黑板前面，一边画图，一边苦想那道物理题。沈明转过身来，舒梅又说了一遍，他没有动；高晓帆使劲掏了掏两个衣兜儿，抓出一把揉皱了的毛票和几个钢镚儿，再也没有了。女孩子皱了皱眉，侧过头，看了陈茜一眼，犹豫了一下，竟向他走来。

她的眸子，有两个亮点在闪烁。像秋日湖面的两点波光。他的心，动了一下。同时，他只瞟了一眼陈茜，见她正带着一种安闲的微笑。他知道，陈茜的书包里，总装着一只精巧的鳄鱼皮钱包，只要舒梅向她开口，她一定会优雅地跷起小拇指，打开那小钱包，用右手的中指和食指夹出舒梅需要的任何数目，并且会面带着高贵的微笑；如果舒梅不开口，她也绝不会主动有任何表示。邓海涛凭着直觉，早已看出这两个反差很强的女孩子之间的紧张关系。他料定，舒梅不会向陈茜请求。他感到了自己此时的特殊地位。他正准备去买球衣。兜里揣着不知妈妈是怎么省出来的几十元钱——噢，失散多年的姨妈，倒是汇来了一些钱——正要去利生体育用品中心选一身他盼了几年的深蓝色球衣。然而，他感到了女孩子的目光。屋子里所有人的目光也正向他聚集。他迅速做出了决定。不能让那两个光点黯淡，不能。舒梅向他走来。不等她开口，他就从兜里，拿出一张折得平整的十元钱，递了过去。

他望着她笑着接过去，说了声“明天一定还你”，就跑了出去的背影，心里不觉一阵和暖。

宋萍萍这时候走进来，一手举着一只“雪人儿”。“舒梅这是怎么了？风风火火地揣一张大团结出去了？”没人理她。沈明和高晓帆从窗口望见舒梅跑下楼，跑向那个老太太。陈茜——他能感到，陈茜望着宋萍萍的目光后面，有两道射向自己的东西。“快吃吧，都化了。”宋萍萍一边吃自己的那根，一边把另一根举到陈茜面前，同时从指头缝里把剩下的钱漏到陈茜的桌子上。“雪人儿”的眼睛和嘴已经模糊了。宋萍萍忙用舌头舔了舔化到手背上的奶汁，邓海涛很难想象，平时那条能道出许多刻薄话来的舌头，竟也能如此绵软灵活。“快点啊，不吃全化了！”陈茜谁也不看，慢吞吞地说：“由它去吧。”宋萍萍一听，赶忙左右开弓起来。

舒梅回来的时候，高晓帆问她怎么回事。她说，那个阿姨，儿子很大了，可每天不和她说一句话，就因为她给人家扫地。只有在没钱的时候，才来学校找她。舒梅走到窗前，看着那老太太走到校门口，跟一个早等在那里的小伙子说着什么。

舒梅背对着他。陈茜和宋萍萍已经出去了。沈明和高晓帆也望向窗外。他想，舒梅的眼睛里，这时候会有什么样的目光呢？

第二天，当舒梅把钱还给他，目光里闪烁出真挚的谢意的时候，邓海涛的感觉如此复杂：他有点羡慕舒梅，她得到的那样一种信任，是和自己所得到的家长、老师的赞扬全然不同的一种褒奖，他感到有些惆怅；而他能够使女孩子那样满怀着诚恳的谢意，望着自己，却是出于一种偶然，是妈妈给的钱，是他恰恰要在那一天去买球衣，他又觉得有些懊丧。然而毕竟赢得了这样真诚友好的目光。这目光如此纯净，使他回想起江南小镇的温柔。

又是个偶然的机会，他和舒梅初中时候的班主任闲谈。无意间，知道了舒梅曾经承担了很重很重的担子。怎么女孩子那单薄的肩膀能够承担这些呢？她经历了这一切，为什么还会有如此明媚的热情，有现在这样的心地呢？

他永远忘不了，那个月夜，那个清光如水的安宁而幽静的夜晚。他和舒梅走在一起。

真是奇怪。他忽然感到，在这样的时刻，在这样纯净的女孩子身旁，自己不必有任何提防，竟然觉得“堡垒”在柔情般的月光里正慢慢消融。他几乎是头一次这样直接地和别人交谈。他不再顾忌，思维也松弛而活泼。他说了快到百分之九十的心里话。他感到异常清爽。从江南小镇，讲到了父亲的调动；从自己读书受到的启示，讲到将来的抱负……舒梅听得很专注。月光里，他偏过头，望着舒梅的眼睛。那双眼睛，清澈得溶进了两个月亮。它们注视着自己，宁静而平和。哦，原来舒梅最动人的地方是那双眼睛，那双被泪水洗过，又让月光赋予了清辉的眼睛。他的心，涌上一种温存。多么想和舒梅就这么走下去，让心和月亮一样澄澈，走进月色，走进月亮心里。一股柔情涌上双唇。他凝望着舒梅，告诉她，自己从心里喜欢她。这是真的。可一说出来，他就后悔了。沈明的影子，一下闪进他的脑海。这才发现和自己在一起，舒梅并不像他那样激动。舒梅开口了。他惊异地发现，她的感觉太敏锐了。那样单纯的人，不知为什么会把他看得很透。无法理解。舒梅确实认清了他，以那双清澈的眼睛。他不知道是怎么和她分手的，也不记得那个时刻以后的大半个夜晚，是不是还有月色。

一夜都没有睡。他终于意识到，使自己那样喜欢舒梅的东西，正是舒梅心上足以促使她远离自己的东西。认识到这一点，太痛苦了。

但是理智一旦复归并重新运转起来的时刻，那惯性就不允许他继续陷入这痛苦之中。他终于脱身了，开始冷静地审视这件事的后果，会不会使他几年来努力在老师同学中间形成的印象遭到破坏。但他终于松了一口气：了解这一切的人，除了自己，只有舒梅一个。自己是安全的。即使是沈明，也无从知道。根据嘛，也恰是女孩子的善良。他笑了，笑得有些异样。而眼前一闪出沈明，他又无法想象，那双清澈的眼睛望着那个男孩子的时候，会是什么样子。他从不肯把那种不可能属于自己的东西珍藏进心里，可这一次——他把舒梅的名字埋在心的最深处。有得必有失。他咬着牙，把眼睛眯细，像猎人搜索目标。这种神情，是他从青藏高原带回来的。这倒不只是由于拉萨的日光格外灿烂。

当他为父亲调回北京的事突破了最后两道关口的时候，忽地接到一封拉萨来电："调京事暂缓。"五天后，一封航空信紧随着寄来："再等等吧，据可靠消息，我的入党志愿书，就要发下来了……"这使他对遥远的陌生的父亲，生出一种陌生的遥远的感觉：感动与酸楚，尊敬与悲悯，都混杂在心头。他咬咬牙。继续奔走。

他以前从没有听说过这种病——心脏猝死。春节前夕，就在他亲眼看着父亲的调令盖上了最后一道红红的公章以后第四天，家里接到又一封拉萨来电。“准是他加入组织了。加入了……”妈妈兴奋地捧着那电报，竟撕了好几下才撕开——那上边，就有“心脏猝死”这四个字！

妈妈攥着那张纸，躺在床上，一声不出。眼泪浸着纷乱的头发贴在脸上。他真想抱着妈妈大哭一场，却不得不拼命克制住自己——还有多少事情要做！

“……爸就我一个孩子。让我，去西藏，把他……接回来！”妈妈像没听见，还那么愣愣地躺着。他俯身跪在床边，一手放在她肩上，又说了一遍。妈妈突然像小孩子似的，搂着他，生怕一松手，他就会消失。“海涛！”泪水迸出来，“路太远，路太远了……”“妈！”他抓住那颤抖的两肩，“您怎么忘了——我，十七岁了！”

火车的汽笛终于响了。他背负着母亲的目光侧过头去。他仿佛已经预感到，此行往返之间，他将从一个十七岁的男孩子变成一个十七岁的男人！

高原的太阳，高原的风，高原的人流，都在他的脑海里无边地展开，使他陷入了深深的思索。

只有在看见了父亲面容的那一瞬间，邓海涛才第一次面对面地跟命运相遇了。

一双眼睛——想睁，又没力气睁，想闭，又不忍心闭。那还没有完全垂落的眼睑，似乎仍然在预示着一生悲剧还没有完全结束。眼角凝固了的余光，似乎还在延长着一个颤动的尾声。无怨，无恨，无悔，只有一种在遗憾和向往之间的朦胧感觉，由那眉宇间的豁朗，透露给每个来向他告别的人。

邓海涛感到愤懑——别人和他，他和别人，都跟死者的这同一副神情告别。他全没有看到一丝一毫只属于父子之情的暗示！

在他面前，放着四样东西：一张正常死亡证明书，一张附着思想政治鉴定的准予调动的公函，一沓五元一张的抚恤金，一串死者私人用的钥匙！

这就是父亲的一生！

“我父亲的组织问题……”

“太遗憾了，没有来得及。一个是工作实在忙，上下都忙；一个是你父亲性格太内向，多少年没主动找过组织汇报过一次思想，组织上无从掌握他的思想线索，比如，入党动机，对党的认识，都从没……没来得及向组织上汇报。也难怪，他总觉得自己也还年富力强，日子还长呢。万没想到，哦，谁也没想到哇……”

邓海涛死死盯着那张脸，那张两角冒着白沫子的嘴。

“如果没有什么别的要求，那就去火化场吧……”

“‘别的’要求没有了，只有一个要求。”

“哦，哦，抚恤金嘛，这是经过一再争取才破例的……”

邓海涛狠命忍着，不让眼泪流下来，紧抿着嘴唇，一手拿起那沓纸币，揣起来；一手提起那串钥匙，放在掌心里。两份证明，没动。

“谁也别以为我父亲的死就把什么都结束了。”他一字一顿地说完，就离开了办公室。另一句话，从心里默默升起来：“父亲的死，对于儿子，是一个全新的起点。”

他开始在拉萨市，他父亲所在系统各个层次的机关里奔走。三天过去了，事情毫无进展。这使他沉重地意识到自己十七岁的年龄。带来的钱不多了，抚恤金不能动。多亏父亲的一个同事，那位高颧骨的藏族叔叔照看，为他在本单位安排了食宿。他从中更感到父亲的那几个汉族同事的冷漠，孤独感慢慢围上来，希望在退却。

心底一片茫然。也做好了在失败中回京的准备。但，他并不承认一败涂地。有父亲的遗容在记忆里，他总能感到勇气和智慧就在自己身上。渐渐冷静下来。专程寻访了有名的哲蚌寺。不是为朝圣，只是一种探索的冲动的驱使……

寺里的幽暗，使他恍如走进神秘的渊底；四壁模模糊糊的宗教壁画，又使他仿佛回到远古。跳动着的酥油灯光映出佛像的轮廓。整个昏暗的建筑里，惟有这一处最明亮。那酥油灯点燃的气息里，他仿佛闻到一种生命的膏脂正在燃烧的味道。是否正是这种生命的供养，才让这佛前的空间一片光明？他抬起头，哦，巨大的经幡高高垂下来，垂下来，如从天降，令人不敢正视，甚至忘记了自身的存在，只感到了凝于世界极高处的朦胧的神圣与尊严……

从寺里走出来，重又站在阳光下，他才仿佛从梦境里走出来。回首哲蚌寺，它竟是白色的。最初的疏忽，使他强烈地意识到，白色所覆盖的，竟是那样一个神秘莫测的世界。这使他看到了西藏，古老的西藏的特色。

宗教，也许是永远不可消亡的。他想。

明天就要走了。中午，他为了给母亲买点儿藏红花——一种内地绝迹多年的妇科草药，跑了很多处药店。最后在一处个体货摊上发现了，就掏出钱包，匆匆打开。就在他从里面取钱的时候，一只肥硕的手放在他肩上。

“小伙子，药有真假，先别忙着成交嘛！”

一口漂亮的普通话，一身藏青毛哔叽中山装，一张肉乎乎的圆脸，一派中级以上干部的架势。说着，随手一指邓海涛钱夹子里插着的那张全家福彩照——那中间，一位服饰考究的中年妇女，特别醒目——说："原谅我冒昧地问一句，这张照片是，是你的么？……噢，亲戚。那么这位女士，噢，她叫……对，白若兰，Miss白，你的姨妈？嗯，姨妈，至亲喽。那年，我们系统接待第一批进藏观光的外国高级代表团，就是她，Miss白，担任客团首席翻译和团长私人秘书。我很幸运喽，荣任的就是和她相对应的职务嘛。回到美洲，她还给我来过信。很干练、很热情的一位女强人嘛……可你，听口音是北京人啦，到拉萨来有什么公事，还是……"

邓海涛以前从不相信机遇在某些事情中的决定作用。现在，他真正看到了那种光芒。

一张印制精良的名片递过来。邓海涛感到兴奋，他紧抿着嘴唇，决定迎上去。

"不必忙着走嘛，拉萨的古迹很多。Miss白就说拉萨是个神秘的梦。哦，你也许不知道，班禅额尔德尼·确吉坚赞最近返藏了。明天就要主持一场多年没有举行的大法会。去观礼一番怎么样？机会实在很难得嘛——一切由我来安排！"

从全拉萨一家最高档的对外商店里，他竟然用人民币——咬着牙动用了那笔抚恤金——买了一身笔挺的西装，一件雪花呢中长大衣，一架弗兰卡"傻瓜"照相机，五卷柯达胶卷。

一个彩色的计划，在邓海涛的心里拟定。只是当他把那一张张五元人民币从钱夹里抽出去的时候，他竭尽全力，控制着指尖的颤抖——爸爸，原谅我！

巨大的一轮白太阳，悬在蓝空，俯视着上万藏民信众跪拜在大昭寺高台之下，也照耀着寺顶方形平台——大法会的中心。威严的班禅，端坐在那高台正中央。冗长的佛经诵读声中，一颗颗虔诚的头颅触地——与大地交换体热。拉萨河默默流过。两旁的山峰静静肃立。十七岁的少年，站在太阳与高原之间，站在人海之上，胸中的激流以巨大的落差轰然撞击着心扉。他从没有见过这样多、这样密集的人，从没有见过这样庄严与虔诚的场面。此时此刻，宗教、信仰、权力——无论是神的还是人的，几股巨大的力量拧合在了一起。世界在脚下，而在这高可摩天的地方，那巨大的拧合力正显示着历史的严峻与深重。

几分钟以前，他还有些沾沾自喜呢——

为了只凭自己这一身装束和那张名片，就从门卫起，一路如入无人之境；

也为了那圆脸官员还没迎上来，就见这翩翩少年已经顺利来到这高台之上的那副赞许神情；

也为了在高台之上，趁班禅高贵的法座还空着的时候，经介绍，他一个个结识着藏汉族官员们。“叔叔，您好！”一声声招呼，加上一次次出示姨妈那张彩照，他就在一闪一闪的镁光中，给那些“叔叔”一一拍照。“能不能把您的地址留给我，好把照片给您寄去？”对方从欣然微笑，到深表好感，几无例外地递过一张名片来。他在名片上标出相机显示的底片序号，同时，也把对方的形象尽力在自己的视觉中感光。他为自己进入了预先构想的境界而自喜。

然而现在，邓海涛面对这庄严的大法会，第一次感到了自己思维容量的狭小和思维能力的薄弱。面对这样一个使自己如此震撼的场面，竟不能归结出什么深刻的东西。他又一次想到了自己十七岁的年龄。但是，他以巨大的热情注视着眼前这一切，用记忆的海绵，把每一幅情景，每一个细节，每一种感觉，每一刻的气氛，都吸收储备起来。他相信，在将来的某一时刻，必定会从这里，寻找出那珍贵的启示。

巨大的太阳更白，高悬在头顶。他既感到十七岁的有限，又感到十七岁的无穷。高原做证，我的思想最终会穿透你的神秘。你只管等待。

第二天，邓海涛拿着加急冲扩的一张张彩照，去走访那些“叔叔”们的时候，仿佛那些扇沉重的旧式的门，一夜之间都安上了自动开启装置，一一为他敞开了。

“我父亲援藏十五年，连组织问题还没解决。我要求，看看我父亲生前写的入党申请书，受受教育：还请求党组织……”

“不必说了，都交给我！——来，先去吃饭！”

当他回到父亲单位的时候，那三句话嘴角就冒白沫的干部正恭候着他。桌面上放着一摞厚厚的材料。入党申请书，从一九五五年七月一日起，每年到这个节日，必定再交一份！直到一九八五年，整整三十份！而每相邻两份申请书之间，都夹着一至两份书面思想汇报材料！页页字体端正，字字笔迹工整——邓海涛看着，眼睛湿了：三十年！人这一生能有几个三十年！世界上难道真有用死都换不来的信任，用死都完不成的认同么?!

他一下子扑上去，用整个胸膛压住这一切！

京城的灯火近了。他陷进一种感伤里——父亲，告别这里的时候，还是意气风发的青年；回来，已成一捧轻灰了。这就是那个命运吗?！父亲留下的全部遗产，只是他一生的教训。对父亲最好的告慰，便是不再像他那样生活！

当他站在家门前的时候，他把怀里的骨灰盒搂得更紧。心里不禁低唤着：

“爸爸，到家了。”

寒假过后，开学第一天，邓海涛向校团委会递交了他的入党申请书，成为全年级第一个申请入党的学生。学校经过研究，决定在高一年级开设党课学习小组，并请邓海涛同学向许多优秀团员和校党支部老师宣读他的申请书：

“敬爱的党组织：

我的父亲刚刚去世。他在西藏工作十五年，申请入党三十年。一直坚持支援边疆建设到生命的最后一天。他终于被追认为中国共产党党员。父亲的一生，是光荣的。他留给我的全部遗产，就是对党的忠诚和对祖国建设事业的热情。我对父亲最好的告慰，就是向父亲学习，做一个对党忠诚，对祖国忠诚的优秀青年。我向往成为一名共产党员，这也是对父亲最好的悼念。请求党组织考验我，也希望团组织多帮助我。我一定努力学习和工作，争取早日加入中国共产党……

妈妈好像变了一个人。每天几乎不说一句话，只是给他变着花样做好吃的，教他消除疲劳的自我按摩，教他每天晚上打一遍太极拳……

他感激妈妈。妈妈每个眼神都在叮嘱他——活下去，这是最重要的！

是的，他充分意识到自己一无所有，一无所靠，惟一可凭借的，只有自己。而这时候，他的决心，又一次经受了考验。

若兰姨妈又一次从美国来信，劝他们母子去美国定居。这次，妈妈动心了。

他一夜没睡。最后，在夜色里自己对自己摇摇头：每一棵长成的树，都离不开自己所适应了的环境。他也适应了脚下这块土地。他的思维方法，他的长处和短处，都已经和这环境有机地和谐起来，甚至连这里的缺陷和病症，都成了他生存和发展的条件。一旦换了完全不同的环境，那将会……不，决不放弃已经选定的目标，也决不放弃已经成功地走了一段的道路。

他告诉妈妈，自己愿意一辈子待在这里，除非姨妈为他安排留学的条件——那是他惟一可以接受的。妈妈落泪了，轻轻摸着他的头。妈妈终于决定不走了。邓海涛立刻写了一份思想汇报交给团委会，表达自己要留在祖国努力奋斗的决心。

在他的心目中，自己正朝着一条最佳路线前进——一条通向那最终目标的笔直的大道。

同时，他觉得心里很沉——阿婆和母亲的泪水，阿公和父亲用生命换来的教训，都在这里承接着——你们不幸，是因为你们善良。思索到这一层他就要心里装着这一切，上路。

凝视着父亲的遗像，他点上一炷香——从大昭寺擎来的藏香。

轻轻打开《封神演义》的全套洋画，他又看见了那个眼中有手，手中有眼的人。他笑了。

忽然想起陈茜那封信，于是打开来。

“明晚七点，我在紫竹院公园东门等你。”

有些意外。有些茫然。怎么回事呢？思维快速地运转起来，从各个角度做着判断和权衡。命运真的又一次引导着自己走向另一个机遇么？何必意外呢？自己不是投过饵料吗？该自信的。

他意识到自己正面临着一种选择，而且有些不同寻常。心抽搐了一下。另一个女孩子的影子闪出来。真的，该去看看舒梅，今天就去。

一边想着，一边把那张漂亮的信纸叠来叠去，叠成一只纸青蛙。记得初中时候，许多男生玩这个，比谁叠的跳得最远。他若有所思地把那小青蛙放在桌上，一按它的尾部，纸青蛙弹起来又落下，又高，又远。

第六章

谁的口琴声，随着几缕阳光，送进这小窗子里？

舒梅直起身，听着。

床，铺得很整齐了。枕边一摞洗净叠好的衣服，母亲的。就要收进那只旧箱子，直到明年春天才拿出来晒。

口琴声断断续续。像是《红河谷》。她愿意让心和着那音乐微微颤抖……

三十六个小时了，一切如梦一样过去。琴声里，她像重又找到了平衡。那又不是原来的平衡了，里面仿佛少了些什么，又多了些什么。

搬来那只旧箱子，擦去浮土。里面装了些什么，她几乎记不清了……

一块天蓝色的纱巾蒙在最上面，边角已经磨损。那原是母亲的，后来她上幼儿园，母亲给她蒙上，怕风沙迷了眼。揭开那纱巾，她有些意外——那些自己时常怀想起的东西，原来都在这儿。

小脸儿很脏的布娃娃，独自躺在那里不知有多久了。她扶起它来，端详着。那是她童年里最亲近的伙伴。她给它“喂饭”，讲故事，也搂着它在被窝里偷偷流过泪……哦，你是不是怪我长大了，就把你冷落了？她和布娃娃脸贴着脸。从记忆里遥远的地方，涌来一股酸涩。

一个小布包，几件儿时的衣服。那件小棉袄，是母亲用自己的旧外衣改的，当作大衣穿，现在大概只能伸进去一只胳膊。那条连衣裙，是妈妈从一大堆各色的布头儿里挑挑拣拣，拼成的。记得那天穿上了，她颠儿颠儿地跑遍了院里每家邻居。

她重温了一回童年。

阳光给小屋带来了几束温暖。樟脑球气息更浓了。舒梅把那些旧衣物理好，想腾个地方，装母亲的衣服。

这是什么？箱子底，层层裹着，还用麻绳紧紧系着的，好像不愿再看，可又舍不得丢去……她不安地打开来——哦，细密的针脚，厚厚实实的鞋底——真的，真是那双鞋！

那双鞋，她只听父亲说起过。

父亲原是学油画的。可是一场大难逼得他烧毁了自己的所有作品。女儿一岁多一点儿，他就被遣送到南方深山里一个采石场去劳动。

父亲一去就没了消息。母亲想到那采石场上一定费鞋，就给父亲做了两双寄去。还是一直没有回音。母亲不放心了。那年开春，要下放到干校，就趁着送女儿去湖南外婆家，回来绕了点儿路，进了那深山。路上，又做好一双鞋。

山里还很冷。花岗岩条石横七竖八乱躺在路边。再往对面望去，一座大石头山，纵向裂开，暴露着雷轰地震般的断层，却还是把阴影盖得那么广，让那些赤着脚的苦工怎么也逃不出它的投影……母亲惊呆了：在这里卖命的，都赤着脚。

等父亲走过来，从乱石头上走过来，母亲的心颤抖了。她无法看那双脚，只是奔过去，搂住亲人的肩膀，抖得如秋风里的干叶子。说不出，也哭不出，只觉得双膝一软，跪下去，摸着丈夫的双脚——那还是双脚吗……她猛地一抬头，看见丈夫身后，大山正遮天蔽日，压下来。耳朵里响起大石头乱滚乱撞的声音。腿，也正在变成石头。太阳穴突突地跳，心里有团火来回地冲撞。她一眼看见远处那座监工或是看守的房子，飞跑着冲进房门。烟雾之中，几个人，牌正打在兴头上。其中一个正脱下鞋来像要换个姿势，盘盘腿，母亲疯了一般夺过鞋来：啊，那鞋口，那针脚……狠命把鞋摔在地上，吼了一声："还有一双！"回头却见那另一双，就蹬在另一个人的脚上。眼前发黑，耳鼓轰轰地响，火星乱迸，就像那座大石头山，黑夜里崩塌了，下起满天的石头雨……

轻轻抚摸着那双鞋，舒梅仿佛触到了母亲的手背。她怎么也想不出母亲暴怒的样子。这双鞋却见到过。至于把鞋包捆得这么严严的，一定是父亲，是父亲那双手——那双手，扔了油画笔，拿起了锤子和凿子，让蕴藏在石头里的生命显现在阳光里……

谁又吹起那口琴，那么悠悠的，让心跟着颤抖。

她犹豫过。母亲爱洁净。这一件件换下来的衣服本该洗一洗。又怕一过水，会洗去留在衣服上的母亲的气息。再一想，怎么会呢？从小偎在母亲怀里习惯了的气息，不正是童年里最初的感觉和记忆么？那是水能洗去的么？

她闻了闻那一摞衣服，却只是一缕洗衣粉淡淡的清香……

有人敲门，那么轻。可她的心还是颤了一下。

是林秀和高晓帆。见了她，又不知该说什么了。看到林秀这么久久沉默着，看到高晓帆一声不吭，来回搓着两只手掌，舒梅心里涌上一股歉疚。她感到自己心里正有些东西在慢慢失去控制。可她强迫自己，在好朋友面前，也要挺得住。

“都办完了？”林秀想了半天，才开口。“嗯。”她点了点头，觉得“完了”这两个字，正引着自己摆脱那些梦一般的记忆。仍然能感到右手隐隐地痛。从……从那个地方回来的路上，父亲一直攥着她的这只手……

“让我们干点儿什么，你说吧。”高晓帆也开口了。

她抿紧嘴唇，摇摇头。

“没有了。你们，准备明天的考试吧……”

“就剩政治和外语了，看不看都一样。让我们……”林秀有点儿急了。

“不。你们来，我就，最高兴了。”她说着，低下了头。

又是沉默。

“怎么，沈明没来？”高晓帆忽然说。

直到这时候，她才又想起那双黑黑的眼睛。真的，他的妈妈昨天下午就来过了，他还没有来。她的心里弥漫开一种自己也说不清的情绪。

临走之前，林秀还是抢过那块抹布，把椅子、茶几、方桌都擦了一遍；高晓帆利用他的高度，把那扇惟一朝南的小窗擦得跟玻璃消失了一样。

西斜的太阳还很高呢，朋友们在阳光下走远。目送着他们，心里真正感到了阳光的暖意。

两个朋友的背影消失了。她还站在门口。哦，高晓帆这个独生子，家务由奶奶包下了。林秀也是一样……听说高晓帆的奶奶发烧那几天，他拽着沈明去做了几回饭。林秀呢，那天正赶上她妈妈不在，她想用面条招待自己。可怎么也找不到盐罐在什么地方——这让她想起两年前的自己……

她刚上初三，准备中考的时候，母亲的病情恶化住了院。接着，一个雨天，父亲蹬着那辆破三轮，去郊外拉一墩外形极好的老树根，回来的路上，连人带车摔了出去……右侧颅骨严重挫伤。右肱骨粉碎性骨折，父母几乎同时住进医院。一个在东城，一个在西城。

有时候，要一个孩子从心灵上长大成人，需要一个很长的过程；也有时候，只要一个夜晚就足够了。

那以前，舒梅几乎连划根火柴都感到害怕。可父母住了医院，逼得她靠着邻居大妈的帮助，很快就学会了料理家务。医院的伙食不好，她就买来活鸡，动手杀了，收拾好，照大妈说的放好作料，炖熟，分成两份，送去。

那天课后，她看了妈妈，又赶回西城去看爸爸，早已过了规定的探视时间。住院部的看门人铁青着脸，不放她进去。她央求着："我是刚看完一个病人，就又赶来看这个了。"看门人不耐烦了，说："到底哪个病人重要？那个重要，看完那个也就行了；这个重要，就该早来呀。"她垂下了眼帘。好久，才说："那个，是我妈妈；这个，是爸爸。"

看门人挡在前面的身子慢慢侧了过去。她为了避开那怜悯的目光，竟忘了道谢。

从医院出来的时候，满天星星在闪烁。她没有注意到星空的美丽。

她变得沉默了。她总感到累。她原是贪睡的。每天的奔波，加上功课繁重，她总也睡不够。她害怕在那间只有自己一个人的小屋里度过漆黑漫长的夜。常常是从噩梦里惊醒，一看表，又要迟到了。

她忘不了那些早晨，站在教室门口，不知是怎么喊出那声“报告”来的。那雷鸣似的开门声过后，首先投来的是老师责备的目光，接着是班上几十双不同含意的目光。她忽地意识到自己头发的凌乱，脸色的苍白，瘦小和自卑。低下头，抿紧了嘴唇，逆着那些目光合起来的重压，走向自己的座位——好长的路啊。

那是一个秋风里夹着黄叶的日子：她不会忘记。接连发下的物理、化学考卷，都没有及格。只能躲到教学楼背后那僻静的地方。那些日子，她常到那棵老槐树后面独坐。有一天，趴在老槐树身上，任凭眼泪涌出来，也任凭黄叶撒落两肩……似乎拐角的地方晃过一个身影，高高的，她却无心也无力抬一抬眼睛。

第二天，他避开她的目光，匆匆递过一张卡片来，字很挺拔：

> 不要哭。眼泪和鲜血同样珍贵
> 也不用叹息。声音要留着唱歌
>
> ——一个无名诗人

只读了一遍，就刻进了心里。哦，他也爱诗。上小学的时候，当他——那个眸子漆黑的小男孩跟着他妈妈来自己家，他们已到了男女生之间不自然地相互隔绝的年龄。上中学分到一个班里，又像彼此不认识一样度过了两年。不知为什么，她能感到他的目光有时候注视着自己；她也有时候很快地瞥一眼他的眸子。忽然有一天，发现他的肩膀宽了，嗓音也厚了。他上课回答问题的时候，那声音，她喜欢听。哦，也许是像他妈妈总来帮助自己的母亲一样，他也友善地向她伸出了手。那小小的卡片，带来了一片温暖，如一缕阳光。

也许那是个转折。

体育课，测验八百米长跑。精疲力竭。连垂在背后的两条辫子都沉得人心慌。又是众目睽睽之下，她最后一个跑到终点。狠命低着头，下唇都快咬破了。

第二天，一下课间操，她就跑在长长的胡同里。每天这个时候，她都要奔跑。不管天多冷，风多大。

红白蓝三色的圆柱旋转着，她终于走进去了。女理发师惋惜着，剪掉了那两条长长的黑亮的辫子。她凝视着镜子里的自己。从此，她和那个忧郁的女孩子，那个整日里心上压着沉重思绪的女孩子，那个透过蒙蒙的雾气注视生活的女孩子，告别了。

再跑起来，真是轻快了许多。寒冬里，她跑着，感到身体里正长起一股热热的活力，心底正升起一片晴空般的明朗。

许多大风天，她蹬上球鞋独自跑进冷风里，也总看见冷风里站着他。她跑回来了。他仍然迎着冷风站着。风越大，他站得越稳。终于有一天，风声狂得盖住了一切声音。她跑到终点，走过去，扬起头，跟他相视而笑。一种默契，穿透严寒，在心与心之间筑起一条路……他们一起走向教室。她猛地感到，他周围的空气，真暖和。

那种活力和明朗，透进她生活的每个部分。她一点一点地把功课的漏洞补上，也逐渐突破了内向与拘谨。实在不懂的，就去问周围的同学，去问他。当她把过去望而生畏的化学、物理，学得得心应手的时候，回过头来，才惊异地发现，她战胜了那个严冬，也战胜了自己。

当父亲母亲从医院先后回到家里的时候，她已经能挑起原来由父亲承担的许多担子了。那天晚上，三口人都沉默在暖暖的灯光里。沉默中，她见母亲眼睛里含着深深的歉意。握住那双手，她凝视着母亲，希望母亲能理解：我们在一起的日子，就是最美丽的幸福。父亲的眼睛却流露出更复杂的神情。她只从那里看出了一种沉沉的信任和隐隐的感激，她垂下了眼帘……

太阳更偏西了些。她转身走回院子。通道两旁各是一溜房屋，屋檐把头顶的天空夹成了窄窄一条。她跟林秀说过，凡是在这院里住过的人，有一天到哪处名山去玩，再也不会为什么“一线天”去赞叹了……

通道的尽头，是父亲的作品收藏室，一间比普通的小厨房大不了多少的房子，父亲自己搭的。她想进去擦一擦那些雕像的尘土，忽听身后追来了脚步声。回头一看，宋萍萍，后面还跟着陈茜。

她感到有些意外。平时，这两个人很少跟别的女生谈笑。她也只跟宋萍萍聊过几次。那时候，一上语文课，宋萍萍就打开藏在课桌里的《烟雨蒙蒙》或是《窗外》。而一上政治课，她就翻开《撒哈拉故事》或是《稻草人手记》，她更爱在晚上躲进父亲收藏间那群雕像身边去读，为三毛的悲欢流泪或是微笑。她不理解，为什么宋萍萍那么热衷于琼瑶；宋萍萍也不理解她为什么醉心于三毛。她只得对宋萍萍说，自己渴望的东西，从三毛的倾诉里，得到了……她们最终谁也没有说服谁。至于陈茜，舒梅似乎没有想跟她谈话的愿望。从很小的时候起，也许从那个雨天，她一个人站在那高大的灰铁门外面起，她就感觉到一种隔阂。也许，面对那种只承认自己尊严的高傲保持沉默，这已经是一种自持和礼貌了。

一时间，她还没有弄明白她俩的来意。

宋萍萍最先摆脱了尴尬。她微笑着说："舒梅，我们来看看你。"

舒梅轻轻推开房门："请进来吧。"

宋萍萍在跨进那门槛的一瞬间，生出一种奇怪的感觉，仿佛那母亲还在床上躺着，正含笑注视着门口。可那床，空了。她觉得心里堵得慌，要不是答应了陈茜，她是不会来的。又一想，借这个机会，让陈茜和舒梅之间有个缓和，也是好事儿。

陈茜笑容可掬，随着宋萍萍走进屋子。哦，真够难为人的了。她打量着，可又没发现想象中的凌乱。舒梅嘛，憔悴了许多，却又没有预料中的委顿……她的心里，爬上一股失望。

俩人都坐下了。陈茜只倚着沙发的边缘，半坐着。

"舒梅，别太伤心了。你跟你爸爸都得注意身体呀。"宋萍萍轻声说。舒梅望着她，点了点头。陈茜依旧平静地环视着房间陈设，她注意到屋里那张惟一的床，铺得极整齐。

再也找不出一句话。宋萍萍看了看陈茜，见她仍没有开口的意思。怎么，不是你要来的么？……她微扭过头，不再看陈茜，掏出兜儿里永不会短缺的瓜子儿，一个一个地嗑起来。

沉默。三个人都觉得不自然。舒梅想起凉瓶早空了，本该去烧一些水来，可就是不想动。沉默。只有宋萍萍还"喀喀喀"的。舒梅就安详地奉陪。

宋萍萍绷不住了。又觉得现在就走不合适，就问："舒梅，能去那间小屋里……"

小屋里更拥挤。每个角落都被占据了——根雕的、大理石刻的、泥塑的、青铜铸的……各种各样的人和动物，都那么奇异。渐渐地，宋萍萍和陈茜几乎一同注视着一尊纯白的大理石雕像：一位妇女，微昂着头，双手举向天空。面庞有些模糊，像是在月光里似的；一双眼睛，好像等着雕刻家最后的完成，一时还没有显出明确的神情——可是也就在那种模糊里，一种大悲大喜之后的内心平衡，反而更突出，更恒定——那种精神世界的平衡，大概只能叫作安详……

她们都认出了那雕像的原型是谁。

宋萍萍定定地望着，半天说不出话来。唉，再美的人，也会死去的；可是真正的美，又永远不会死。她不知道这话到底是自己想出来的，还是别的什么人说过的。忽然发现自己心里有那么一片从没有注意过的地方。她轻轻握住了身边舒梅的手指。

陈茜凝视着那雕像。她似乎明白了沈明说过的，真有那么一种东西，“你很难说它漂亮，但是你必须承认它很美！”她又侧过身来，接连换了两三个立足点，审视良久，才立定在一处，自语似的说：“这是最佳角度……”

宋萍萍愣住了。不知为什么，她觉得陈茜像是在美术馆里。从手指间，她感到舒梅的手在微微地抖；从目光里，她觉得陈茜像块冰似的了。

舒梅不看陈茜，只握紧了宋萍萍的手。望着那石雕，想，从那个早晨以来，为什么这尊石像仿佛渐渐变得温暖了？

那个早晨，被一种凉意惊醒了。发觉自己的手被母亲握着。那是常有的事，可不知为什么，母亲那只手，竟是冷的，而且越来越冷了。不敢动，就那么躺着，疑心仍在梦里。那种冷，渐渐渗到自己的臂上了。终于轻轻侧过脸；母亲熟睡的安详一如往日；躺在另一侧的父亲，正大睁着眼睛，一动不动。母亲也握着他的手——啊！那个时刻真的就在眼前了么？父亲和自己两个人的体温都不能把母亲一个人暖过来了么……

她不知道是怎么送走那两个同学的。现在，夕照变成橘红的了，洒在那尊雕像上。想再擦拭它一遍，如果那落在上面的冰冷目光也能擦去的话。

又是这样的黄昏了。许多个黄昏，她做好晚饭，等待父亲归来的时候，常独坐在这小屋里，跟每一尊雕像对望着。她总相信，夜深人静，那个耸着耳朵的小鹿，那个像是晒太阳的老人……一定会交谈起来。它们该说些什么呢？或许，母亲能听得见……

她记得，每次父亲完成了一件作品，总是兴冲冲地捧到母亲的床前。如果母亲微笑了，那么它就成了这小屋里的一员；如果母亲摇头了，那么，父亲往往会推倒了重来。她觉得，这小屋里的每一个成员，似乎都跟自己一样，是父亲和母亲的孩子，朋友。

每逢父母提及她出生之前的事情，总是说："那时候还没有你呢……"终于有一天，她忍不住了："为什么没有呢？从爸爸妈妈一出生开始，我不是就在你们各自的生命里了么？"那一霎时，父亲和母亲都愣住了，望着她，久久地。

夕阳的橘红色更浓了。她凝望着。母亲爱阳光。从母亲病倒以后，每逢把晒在外面的被子抱回来，她总是把脸埋进去，然后抬起头对母亲说："太阳味儿！"母亲笑了，笑得眼睛湿了。

那双眼睛里又一次闪着泪光，是去年国庆节的晚上。每年那个时候，因为周围总有楼房挡着，父亲都要抱母亲坐上三轮车，推着，走远远的路，才找到一个视线没有遮拦的地方，看焰火。去年，父亲在外地办展览，赶不回来。她没有跟小伙伴儿们出去，一直在家陪母亲。母亲怎么催，她也不去玩。忽听有人喊，"放花了！放花了！"母亲想出个办法，让她借邻居家的梯子，爬上收藏间屋顶。小屋尽管低，可一站上去，眼界就宽了，看见那焰火了。五彩的星星与花朵，在两座大楼之间的夹缝里，开放和熄灭。直到一色的星星重新占据了夜空，她才下来。当时一定快活极了，母亲见了她，也笑了。点点的光在那双眼睛里一闪一闪的，就像自己也见到了满天火花一样。

哦，那些焰火啊。那是最后一次的焰火了。以后的每年，也许都要燃放，但是在她，那是最后的最美丽的一次焰火。永不会再有那样的美了，永不。

夕阳呈暗红色的了。不知为什么，舒梅觉得门外有人。

心跳得有些急。可又觉得不像他。轻轻推开门——竟是邓海涛。

邓海涛见到舒梅，也想不出第一句话该说什么。片刻，才说："你好。"

舒梅站在小屋门口，一时不知怎样回答。从那个月夜之后，邓海涛总是有意避开她，一直没交谈过。

那天晚上，中秋晚会散了，剩下几个人自愿留下来打扫教室。梁京生可能喝了酒，一个人望着窗外的月亮，忽然撕心裂肝地喊："谁能理解我呀——"眼睛里汪满了泪。舒梅感到一阵心酸。她也看见，邓海涛望着梁京生，眼睛里透出月光似的清冷。沈明和高晓帆把梁京生送回家去了。其他人一同出了校门。一路上道了几次再见，月光下只剩了她和邓海涛。

以前，舒梅也钦佩邓海涛的才华和风度。可是，她渐渐觉得看着邓海涛的时候，好像总隔着什么。什么呢？总想不清。那天，走在月色之中，邓海涛竟跟她谈了那么多，那么多，让她又有些感动，又很吃惊。不知为什么，她觉得，生活赐予邓海涛许多东西，可他像是没真懂。

她也想跟邓海涛谈谈，可谈什么呢？许多只是感觉，说不清。那些有益的道理呢，平常得找都找不见了。她只得放弃了那个念头。直到班主任老师宣布邓海涛在年级里第一个递交了入党申请书的那一天，舒梅竟然莫名其妙地为他感到几分忧虑。

现在，邓海涛忽然来了，真让她感到突然。

“我站在这儿有一会儿了。你干什么呢？”邓海涛很快平静下来，挺自然地走进了那小屋。

刚才在窗外，觉得舒梅似乎在擦着什么，进来，他一眼就看见了那尊雕像。

那么安详！

他不禁回过头望了望舒梅——问原型是谁，是愚蠢的。那种气质是他熟悉的。是的，舒梅的眉宇之间，也流动着那种气质。安详，宁静，坦然。那纯白的大理石，让他记起高原上的冰雪。不知为什么，他想到了父亲。父亲最后的面容上，竟也有着那种坦然。他的心轻轻地说，善良，所以安详；善良，所以宁静；善良，所以坦然。一种温暖的柔情仿佛正从那大理石雕像涌上他的心。低低地，像是自语，“我父亲，没有人，为他刻一尊像……”他垂下了头。

舒梅望着他，轻轻咬住下唇。他父亲的事，她听说过一些，援藏十几年，最后死在那里。她望着窗外的夕阳，说：“那么多年，都见不到亲人，他心里一定很苦……”

邓海涛的心掠过一阵战栗，眼前这个失去母亲才几十个小时的女孩子，竟能这样记起别人的父亲。那种温暖的柔情涌上了他的心头。可是，他忽然注意到那妇女向空中微微举起的双手——那不分明是一种痛苦的责问么？善良的心在遭受屈辱和压迫之后，几乎惟一的办法便是责问苍天啊！他又记起阿公最后举手指向那房子……那种暖意，又从心头开始变冷。他咬了咬牙。刚刚在心里融化着的东西，这时候又凝固起来。望着那雕像，他很平静：“舒梅，我没见过你妈妈。我想她一定是个非常善良的人，又一定吃过很多苦。有时候我觉得，父母那一代人，像是从苦海里过来的。那海里，东西太多了。我们都应该从里面得到些什么。我好像已经找到了。你呢，你想要什么？”

好久都没有回答。

珍珠么？珊瑚么？似乎都不是。沉默让他竟有些紧张。

“是盐。”

女孩子终于说了。那么轻，那么肯定。

懂了。

他觉得有些无力。苦笑了一下。这让他记起入夏之后的一次义务劳动，为了让那张申请书的分量更充实，他拼命干。可能是干得太猛了，天又热，结果虚脱了。进了医院。他醒来，得知大夫给他注射的是——生理盐水！

哦，盐。

他站在那儿，怀着懊丧，还有忧虑。他曾想为舒梅担起只有自己能担的责任。现在看来，不必了。他马上要做另一种选择。可是，舒梅这么纯真，在未来的日子里，究竟能坚持多久？

苦笑。他感到几丝说不清的凄凉。隐约地觉得自己竟是专程来做一种告别的。向谁、向什么告别，都还说不清。但这确是一种告别，永远的告别。

“我去给你烧点水吧。”

邓海涛猛醒过来，忙说："不，别忙了。告诉我，要我做些什么……"他望着她，眼神是诚挚的。舒梅摇摇头。"好吧。那我走了。"他又看了一眼那雕像，然后伸出左手，放在舒梅的肩上："答应我，一定多保重。"没有推开他的手，舒梅只是轻轻地点了点头。

那双眼睛啊，竟没有泪！还是泪水流得太多了，眼睛才如此清亮？那种清亮，使他不忍心再看一眼——命运啊，你为什么不把苦难匀一匀，而让这个女孩子承担这么多呢？他现在真想大哭一场，诉尽自己心里的苦；他真渴望舒梅能轻轻擦去他脸上的泪，用温柔的手抚摸他的头……他真想！但是，什么也没有发生。他顽强地克制着自己。他不敢再看那双清亮的眼睛，他强烈地感到，如果在这双眼睛面前再多待一会儿，他就会把自己心里一切的一切全都倒出来——而那将多么可怕！不。再见了，再见了。邓海涛骑上车，风一般地远去了。

只有夕阳，在最后望一望这片世界的时候，看见那个少年的眼睛里，迸出两行热泪。

舒梅望着他消失在两座高楼中间的夹缝里，望着西边日落之后留下的暗紫色逐渐和天空的深蓝融成一体，想，她和邓海涛，都失去了一次机会。

不知为什么，她的心里，升起一股惆怅。每见到今天这么好的阳光，她总想久久地站在阳光里。高晓帆说，东灵山很美，大草甸子，许多野花。她有时候想，哪一天，她和那个眼睛黑黑的男孩子，两个人，站在那峰顶，看太阳。现在呢——太阳落山了。许多人都来过了。抬眼望望头顶的星空，她更向往见到那种明澈的阳光；见到那片蓝得让人心里发颤的晴空。她闭了一下眼睛，走回去。

几十个小时，都是守在母亲身边度过的——从这床头，到那个通向永恒的入口处。在那里，整整等了一夜。父亲却一下子老了十年……下午，父亲还是去了他的工作间。他就会回来的，陪她度过小屋里没有母亲的第一个夜晚。她感到累了。还是不饿，父亲可能也不饿。但是无论如何，一定要做晚饭。她拉亮了灯，划着火柴。

两旁黑黑的房屋夹着黑黑的过道，过道尽头，那小窗亮着温暖的光。另一头，一个男孩子久久地站着。他终于看见那灯光了。他知道，窗里的女孩子喜欢一位女诗人。女诗人说："祝福我吧，因为灯还亮着。"

头顶一线幽蓝的天空连着前面小窗里那片橘黄的温暖。男孩子终于没有进去。只是望着那一片温暖渐渐地扩展开，消融着夜的幽暗。

尾声

那个被称作"胜利大逃亡"的、结束了所有考试的时刻，已经过去了。

宋萍萍对着镜子，试那件粉柔姿纱连衣裙——还是从哥哥手里"磨"来的三张票儿——真飒！她又找出从陈茜那儿"顺"来的变色唇膏，涂了一层。嗯，这样一打扮，陈茜也会嫉妒。本来说好了一块儿去那个舞会。陈茜突然说不想去了。一个人去，也好，她换着姿势欣赏着自己。有些兴奋。这两天累惨了，该好好散散心了。昨天从舒梅那儿回来，心里真不对劲儿！真不想跟陈茜好了，说不上为什么。其实，跟陈茜这么摽着，就算是"好"么？今天买了裙子，还剩点儿钱，给妈买了块紫雪糕。妈让这价码儿吓了一跳，吃了一半儿，又搁冰箱里了，说是给爸留着。唉……

《新概念英语》第四盘听完了。陈茜站起来，换上麦克·杰弗逊的带子，跟着轻轻哼下去。

他会去吗？为什么要约他？他有什么好的？

忽然烦躁起来。麦克也讨厌了。干脆停了他。停了又太静。太静也受不了。

怎么回事？舒梅哪儿来的那种安详？为什么她一句话不说比不停嘴儿地说更让我受不了？凭什么那间小破屋儿里会拥有那么多艺术品？……她猛地意识到：世界上多了这么个舒梅，自己也许会好长时间活得不自在的。

那么他呢？万一他去呢？

重又打开录音机。减小了音量。麦克小心哼唱着，陪伴她出神。

教室里正上党课。第三讲。主讲人面对全年级二十多名优秀团员，正滔滔不绝。这人的思维怎么不连贯？邓海涛一边专注地望着主讲人，一边想，同时不放过一个机会，在做笔记的间隙里跟主讲人交流目光。主讲人感受到了，竟越来越频繁地主动跟他进行目光交流，简直就像全场只有这么一个听众……哦，决定了，去！今天这个晚上似乎将是不寻常的。自己最终会胜利。希望就在搜索的过程中。走着瞧。不知为什么，以前还觉得陈茜是班里最漂亮的女生，可今天上午忽然觉得她那副故作高雅的样子真可笑。

身边这名临时指定的考勤员，在本子上记着：缺席，沈明，事假。邓海涛瞥了一眼，心里一沉——他，现在到什么地方去了？去，做什么？……望望窗外的天——好蓝。他竟在笔记本上连连写了几个错字。

天好蓝。那片草地，在阳光里闪亮。它不久将会被一座大楼覆盖。可现在，小草们仍然在阳光里舒展着叶子，草香在阳光里酝酿。

四个朋友走向那草地。坐在那棵馒头柳下面。蝉声忽地停了。城市的喧嚣一时不知去了哪儿。寂静在阳光里铺开。

“生日快乐！”朋友们终于说。

十七岁的舒梅一直低着头。阳光透过树荫，缕缕地渗进她的发丝间。

高晓帆捧过来一枚贝壳——那是他在海边捡的。上面天然的图案，像远山的轮廓，像海鸟的剪影。每看到它，就想起海——捧过来了。生日快乐。

林秀捧过来一串纸仙鹤——那是她叠了一中午才赶出来的，又用一根红丝线串起来。淡淡的红色鸟，整整十七只——捧过来了。生日快乐。

沈明捧过来一个小小的木盒子——很轻很轻，那里面会装着什么呢？——捧过来了。生日快乐。

舒梅再也忍不住，泪水涌出来。

蝉儿们一下子热烈地唱起来，为它们惟一的夏天。

沈明默默地掏出心爱的口琴，轻轻地擦着。他心里升起一股温暖：陌生而亲近，比阳光又深重又轻柔，仿佛只跟母亲的体温近似。他低着头，想——生日，对所有的孩子，它是节日；对所有的母亲，它是受难日。有了母亲们无数的受难日，才有今天绵绵不绝的生命；我们庆祝生日，我们纪念母亲的受难，然后我们走向青春。想着，他把口琴放在唇边，慢慢吹起来。《红河谷》。

泪水还在涌。舒梅终于能够痛痛快快地哭了。口琴声里，她止不住颤抖着。昨天，那粗粗的烟囱向着湛蓝的晴空腾起一股漆黑的浓烟的时候，她颤抖过。哦，妈妈，你并没有在那黑烟里消失。那一捧轻灰也不就是你。你真正在哪儿，我知道了。

他们终于走出树荫，并肩站在阳光下。每个人的眼睛里都闪着泪花。今天，夕阳比以往任何时候都更壮丽。母亲，你又看见阳光了吧？我从你的生命里走来，现在，你不是也在我的生命里么？阳光，仍属于你。

这时候，十七岁的心里，似乎都珍藏着一句话。他们高举起自己的心，对着落日宣告：

放心吧，母亲。没有人知道，我们将会变得多好！

他们呼吸着草香。他们呼吸着阳光。他们的血液里流淌着阳光。他们身边，所有感受着阳光的叶子，都渐渐透明起来。

一九八五年夏——一九八六年夏

后记

大约一九七五年的春季，我还在北京东城的甘雨胡同上幼儿园。一天下午，教室里忽然变得异常安静。一位目光锐利的先生，在课桌间慢慢踱步。他出去之后，老师随即进来，点了几个同学的名字，其中就有我。

我们被选中参加第三届全运会开幕式儿童大型团体操——椅子操的表演，接下来就是将近半年的艰苦训练：凭藉一把椅子，做出多种动作造型，有一些还微微带点儿惊险，比如，两手抓住椅背正面的两个立柱根部，胳膊紧贴椅背，双脚点地，上身一挺，随后两腿倒立起来，让身体成为一条直线……

我在幼儿园苦练，回到家也练，抿紧嘴唇，一任倒立时候，汗水顺着发梢流到椅子坐面上。第一次彩排没有问题；第二次彩排也顺利通过。可是真正到了开幕式上，雪白的顶灯齐刷刷点亮，摄影机开始嗒嗒转动，音乐大作，我不知怎么就慌了，节奏忽然有片刻的停顿，周围的小伙伴，个个都是紧张专注，几乎没人觉察。惴惴下场之后，老师也没有半句责怪，仿佛浑然不知。然而，等到小朋友们在冬天的电影院观看全运会开幕式纪录片，我也盯着那巨大的银幕：当上面所有的“小黑点”都把双腿落下时候，忽然有小小一双腿刺目地举起——虽然只是一刹那，但我知道，那就是自己。那一刻，负疚、恐惧，甚至拌和着微量的骄傲，一齐直抵幼小的内心。

约略仿佛的心情，在我一九九二年开始写作《橘子》的时候，又于心里蒸腾着。那时候，正值国内“身体写作”大潮汹涌澎湃。但我的写作动力是：通过一个小姑娘的眼睛，写一个大些的姑娘的成长，也会写到性，但是不会涉及任何具体的器官描写……没有具象的感官刺激——这种写作方式本身却令我着实感到刺激。我寄望于穿越“性”的车站，呈现那种束缚人、桎梏人的童年梦魇。

《橘子》发表之后无声无息，这在我，都属意料之中的事情。责任编辑王洪先老师建议开一个作品讨论会，也被我婉谢了——我总觉得自己需要积累，需要沉静。

转眼十年过去。当我作为一个二十四小时围着家庭和孩子转的主妇的时候，偶尔会在夜阑人寂，听见另一个自己的絮絮低语。于是，等孩子三岁半刚刚上了幼儿园，我就急急铺开稿纸，开始了蜗牛爬行般的写作——这一作品就是《美器》。

《美器》之于自己的意义，是我从此以作品为武器，开始了与时间的对抗。懵懂如我，平和如我，也只有在人到中年时候，才发现那与生俱来的可爱、可敬而又可怕的对手，“这位贼人，这位爱人”，正是时间。

关于时间的咏叹，也是《妙色》中的部分母题。

至于《妙色》的写作过程，亦是甘苦参半。每天把孩子送到潘家园附近的幼儿园，却不回城南亦庄附近当时那两层楼的家，而是开车直奔东郊——母亲单位分配的一间里外屋的狭小阴暗的平房，在那里，身心放松的同时，又调动起另一种新鲜的紧张，当我写下“人一老，几乎事事都与年轻时候相反”这第一句的一刻，有如调音师校准了琴弦，心里充满了从未有过的清越与笃定。写着写着，对时间的恐惧慢慢稀释，时间仿佛倒流，余光所及的那扇幽暗西窗的窗台上，依稀映现出过世多年的祖母的剪影……

在《妙色》的写作中，我既尝到了堆叠文字所带来的快乐，同时也感到这一行为的隐忧——就如主人公平先生所喜爱的下棋，每落一子，既可能置对手于死地，又可能暴露自家之短，而且写得愈多，短处愈显……所以，是不是可以这样说，写作，是不知其短和自知其短的人所醉心的工作。前者姑且不论，而对于后者，自知其短却又孜孜以求，可能正有一种巨大的魅力，引领斯人超越了多重恐惧。

当我在学到英文“小说”一词“novel”的词根“nov”时候，得知它有“新奇”“异常”之义，感到豁然开朗。这一点，正应了中国古人所云：“苟日新，日日新，又日新”；“彼月异，月月异，再月异”。

不过呢，我所追求的中短篇小说的“新”与“异”，却并非单纯的故事性的新与异，它应该没有戏剧性的大起大落，大概也没有高声的呼天抢地，几乎没有人死亡，又几乎都是日常中的寻常，然而就在这一片宁静中，有着片刻的微风拂过树叶；在一潭死水之上，有着微弱的涟漪，搅扰了近乎凝结的空气。

又如《换头》的写作，语言的“旧”与内中情愫的“新”之间，形成了一种有趣的张力，我在这“新”与“旧”的纠结中完成了作品，当写到“既辞，则佛光中悬，细路绵延”时候，不知为什么，泪水一下子模糊了视线。

二〇一二年，我在北大哲学系宗教学所佛学班读硕士时候，同学中有一位藏传佛教的法师，一次放学我们一道步出院落，法师撩起深红法衣的下摆，把一个迈步的动作，细细拆分成几个部分，为的是向大家解释，没有所谓的“现在”，所有的印象，反射到我们的头脑中，都已成了“过去”……

我知道，自己离“应无所住”的境界还远，我是这样无法忘怀人间的种种苦恼、情感意绪和生死心结，这样着迷于试图以文字去拨动心弦，这样着迷于以何种形式艺术地再现“过去”。正如汪曾祺先生所言，小说写的是“回忆”。同时，我也坚信小说写作，是我迄今为止找到的最好的抵御“逝者如斯”所产生的虚无感的有力武器，每一部坚持己见的作品，都是自己最好形式的时间的结晶。

今年，是父亲去世整整五周年，我也刚刚完成了长文《斯人斯文华彩华章——韩少华先生五周年祭》，里面提到了父亲对我早期的小说写作所给予的最初引领和宝贵启蒙。

收入在本书中的《夏天的素描》，即是向我父亲致敬。

感谢陈建功先生多年来的看承与厚爱，并早早为本书写下深挚的序言，陈先生的小说《飘逝的花头巾》和《找乐》等作品，是八十年代伴随我成长的名家名篇。

感谢李静女士在相当苛刻的时间要求中拨冗作序，李静是我同龄作家中从容游走于文学评论和戏剧创作间的佼佼者，她的广博、犀利与热忱，常常令我感佩击节。

感谢刘宁女士多年来的友谊与勉励，如果没有刘宁，则《橘子》之后的作品，可能都不会存在。刘宁往往是我作品的第一读者，同时，作为古典文学专家，又常常为我作品提出中肯订正。

感谢历史学者史睿先生百忙之中题写书名，玉润温雅，秀中有骨，为本书增色良多。

感谢本书责任编辑王霆女士，如果没有王霆的不懈努力，则此书的正规出版，大概还不知要等到何月何年。

感谢美术编辑韩笑女士为此书封面所做的精心设计，斯文蕴藉，深得我心。

感谢好友老安、金晓北夫妇，刘小东、喻红夫妇多年来的关心与鼓励。

感谢我的母亲冯玉英女士和孩子冯润德同学，如果没有他们两位的鼎力支持，则很可能我放在创作中的时间，更会少之又少吧。

是为记。

二〇一五年六月一日

图书在版编目 (CIP) 数据

美器 / 韩晓征著. — 北京 : 北京十月文艺出版社,
2016.3
ISBN 978-7-5302-1531-9
（青年原创书系）

Ⅰ. ①美… Ⅱ. ①韩… Ⅲ. ①中篇小说 - 小说集 - 中
国 - 当代 Ⅳ. ① I247.5
中国版本图书馆 CIP 数据核字 (2015) 第 260290 号

美器
MEIQI
韩晓征 著

出　　版　北京出版集团公司
　　　　　北京十月文艺出版社
地　　址　北京北三环中路 6 号
邮　　编　100120
网　　址　www.bph.com.cn
发　　行　新经典发行有限公司
　　　　　电话（010）68423599
经　　销　新华书店
印　　刷　三河市三佳印刷装订有限公司
版　　次　2016 年 3 月第 1 版
　　　　　2016 年 3 月第 1 次印刷
开　　本　880 毫米 ×1230 毫米 1/32
印　　张　11.625
字　　数　265 千字
书　　号　ISBN 978-7-5302-1531-9
定　　价　35.00 元
质量监督电话 010-58572393